D1674660

ullstein

Das Buch

Moskau, im Herbst 2016: Ilja kommt nach sieben Jahren Straflager endlich nach Hause. Dort ist nichts mehr, wie es war. Seine Mutter stirbt wenige Tage vor seiner Rückkehr an einem Herzinfarkt und seine Freundin ist längst mit einem anderen zusammen. Ilja ertränkt seine Enttäuschung im Alkohol. Im Rausch der Verzweiflung sucht er jenen Fahnder auf, der ihn vor sieben Jahren zu Unrecht hinter Gitter brachte. Ilja ersticht ihn im Affekt. Als Ilja nach seiner Tat im Handy des getöteten Petja stöbert, stößt er auf verstörende Spuren aus dessen Vergangenheit. Und immer wieder erreichen ihn besorgte Nachrichten von Petjas Mutter und dessen schwangerer Freundin Nina. Ilja beginnt, ihnen an Petjas Stelle zu antworten, und seine Identität verschmilzt immer mehr mit jener des Toten.

Der Autor

Dmitry Glukhovsky, geboren 1979 in Moskau, hat in Jerusalem Internationale Beziehungen studiert und arbeitete als TV- und Radio-Journalist unter anderem für den Fernsehsender Russia Today und die Deutsche Welle. Mit seinem Debütroman *METRO 2033* landete er auf Anhieb einen Bestseller. Er gilt als einer der neuen Stars der jungen russischen Literatur. Der Autor lebt in Moskau.

Dmitry Glukhovsky

TEXT

Roman

Aus dem Russischen von
Franziska Zwerg

Ullstein

Besuchen Sie uns im Internet:
www.ullstein-buchverlage.de

Lizenzausgabe im Ullstein Taschenbuch
1. Auflage März 2020

Die Originalausgabe erschien unter dem Titel »Текст«
bei ACT, Moskau, Russland, 2017
Umschlaggestaltung: zero-media.net, München
Titelabbildung: Arcangel Images / © Paul Gooney
© FinePic®, München (Bildschirmflimmern)
Satz Pinkuin Satz und Datentechnik, Berlin;
Druck und Bindearbeiten: CPI books GmbH, Leck
ISBN 978-3-548-06004-0

1. KAPITEL

Die Fensterscheibe zeigte verschwommene Tannen, das weiße Bildrauschen eines Novemberschneesturms; Telegrafenmasten flimmerten, schoben sich ins Bild wie Streifen auf einem verkratzten Stummfilm. Russland wurde auf der Scheibe gezeigt, und seit Solikamsk sah es immer so aus: Tannen, Schnee, Masten, dann eine Lichtung mit gedemütigten Bauernhütten, dann ein Bahnhof mit anämischen Zweistöckern aus Silikatziegeln und wieder Tannen, die millionenfach entlang der Schienen steckten, dicht und undurchdringlich – wie Stacheldraht, kein Durchkommen. Aber in dieser Endlosigkeit und Einförmigkeit der natürlichen Bebauung Russlands lag auch seine ganze Kraft, Größe und Schönheit. Ja, schön war das, verdammt!

»Und was wirst du tun?«

»Weiterleben. Was würdest du tun?«

»Ich würde ihn umbringen.«

»Klar. Und ich habe ihm verziehen. Jetzt will ich leben. Gibst du mir mal kurz dein Telefon? Meine Mutter geht irgendwie nicht ran.«

* * *

Der Jaroslawler Bahnhof überwältigte ihn mit Frische und Lokomotivenrauch. Nach dem säuerlichen Dunst des offenen Liegewaggons, nach dem verqualmten Eisen des Vorraums, süßlich durch Uringeruch, war die Luft hier unfassbar: jede Menge Sauerstoff, berauschend wie Tschifir. Auch Moskau war unfassbar, nach den engen Tannenfluren tat es sich den Ankommenden auf wie ein Universum. Eingemummte Menschen sprangen aus den Waggons über die Lücke am Bahnsteig, luden ihre mit Klebeband umwickelten, blau karierten China-Taschen aus, packten sie mit beiden Händen und stoben auseinander, eilten über die Bahnsteige in die Ferne wie Jagdbomber über eine Startbahn. In der Ferne war es dunstig, und in diesem Dunst wähnten die Anreisenden Paläste, Schlösser und Hochhäuser.

Ilja hatte es nicht eiliger als die anderen, ruderte nicht in der Menge – ließ sich treiben. Er schnupperte am Moskauer Himmel, gewöhnte seine Augen an die Weite, staunte schweigend. Hell war es hier, wie in seiner Kindheit. Das trübe Novembermoskau brannte in den Augen.

Gefahren war er nach Moskau, aber dort angekommen war er noch nicht. Der Bahnhof vertrat immerhin das umgebene salzigspeckige Russland. So wie die Botschaft von Bangladesch in jeder Hinsicht das Territorium von Bangladesch ist.

Am Ende des Bahnsteigs wurde gesiebt. Ilja erkannte das schon von Weitem über die fremden Köpfe hinweg. Graue Uniform, genährte Visagen, suchende, zupackende Blicke. Geschult. Zack, zack, zack. Sogar ein Diensthund an der Leine: genau wie dort. Hier war er für etwas anderes gedacht, klar. Hier schnüffelte er einfach nach Drogen, nach Sprengstoff wahrscheinlich. Aber er konnte ja auch Angst erschnüffeln.

Ilja lenkte seinen Blick ins Leere, an ihrem zupackenden Blick vorbei, um ihn nicht auf sich zu ziehen. Er versuchte, an gar nichts zu denken, um nach gar nichts zu riechen.

»Junger Mann!«

Gehorsam blieb er stehen. Wie hatten sie ihn erkannt? Am Grau seiner Haut? Am gebeugten Rücken? Am eingezogenen Kopf? Wie ein Hund die Bestie wittert?

»Kommen Sie mal her. Ihre Papiere.«

Er gab ihnen seinen Ausweis. Sie blätterten nach dem Meldestempel, schnalzten.

»Von wo kommen Sie?«

Lügen oder die Wahrheit sagen? Die werden es ja nicht überprüfen. Er war … war einfach weg. Im Urlaub. Bei der Oma. Auf Dienstreise. Wie wollten sie das überprüfen?

»Freigelassen. Nach der Haft.«

»Entlassungspapiere?«

Sofort war der Ton anders. Herrisch.

Er gab ihm die Bescheinigung. Der Uniformierte drehte sich damit weg, brabbelte etwas ins Funkgerät, lauschte auf die gebrabbelte Antwort; Ilja stand schweigend da, stritt nicht. Alles war sauber bei ihm. Die ganze Zeit abgesessen, ohne Straferlass.

»Wir haben uns also gebessert, Ilja Lwowitsch?« Endlich drehte sich der Uniformierte ihm wieder zu, gab die Bescheinigung aber nicht zurück, faltete sie einfach in der Mitte.

Hinter ihm rückte Moskau in die Ferne und schrumpfte, der Himmel wurde kleiner und rollte sich zusammen; Stimmenlärm und Autogeheul verhallten. Mit seinem Wanst, seinem gescheckten Brustkorb, seinem Fettgesicht verstellte er ihm ganz Moskau. Eigentlich wusste Ilja: Er konnte ihm nichts anhaben. Ilja musste ihn nur gewähren lassen, ihm erlauben, seine Macht auszuüben. Dann würde er nachgeben und ihn gehen lassen. Deshalb stand er hier, machte genau deshalb diesen Dienst.

»Jawohl, Herr Kommandeur.«

»Zur Meldeadresse?«

»Nach Lobnja.«

»Adresse laut polizeilicher Anmeldung?«

»Depotstraße 6.«

Der Uniformierte schaute zum Vergleich in den Ausweis, knitterte ohne Notwendigkeit beim Umblättern die Seiten. Er war wahrscheinlich genauso alt wie Ilja, aber die Schulterklappen ließen ihn älter aussehen. Dabei hatte für Ilja, und nicht für ihn, jedes der letzten sieben Jahre wie drei gezählt.

»Nach Hause also. Dein gutes Recht«, grinste er hämisch. »Paragraf zweihundertachtundzwanzig«, las er. »Punkt eins. Was ist das? Punkt eins? Hilf mir mal.«

»Herstellung. Und Verkauf. Bei mir war es nur Weiterverarbeitung zum Verkauf, Herr Kommandeur.«

Ilja richtete den Blick etwas unterhalb seines Kinns – es gibt einen besonderen Punkt, auf den man schauen sollte, wenn man mit diesen Beamten spricht. Nicht in die Augen und nicht zu Boden.

Der Bulle zog es in die Länge, ihm gefiel es, die Zeit dehnen zu können wie einen Draht.

Da begann der Hund einen schreckhaften Tadschiken anzubellen, der wie alle eine karierte Tasche dabeihatte.

»Na gut. Vergiss nicht, dich anzumelden.« Der Uniformierte steckte Ilja seine Bescheinigung zu. »Und keinen Handel mehr.«

Ilja nickte, ging beiseite, steckte die Papiere in die warme Innentasche, wo er gedanklich auch das Verhör abgewartet hatte. Der Uniformierte nahm sich bereits den Tadschiken vor. Der Tadschike war aussichtsreicher.

Durchgeschlüpft.

Die betäubte Welt kam langsam zu sich, begann zu sprechen.

Jetzt aber, als Ilja Moskau näher trat, sah er dort überall nur das, was er vom Zug aus nicht hatte erkennen können: Bullen. Auf dem Bahnhofsvorplatz, an der Metro, in Eingangshallen und an Bahnstationen. Scharenweise, und alle mit Schäferhundblick. Vielleicht lag das aber nicht an Moskau, sondern an Ilja.

* * *

Geholt hatten sie ihn aus dem Sommer, entlassen in den endenden Herbst. Und das Moskau, in das er entlassen wurde, hatte nichts gemein mit dem, aus dem er geholt worden war.

Moskau stand vor ihm wie ein kahler Baum im November – feucht, dunkel; früher war es überwuchert von grellen Aushängeschildern, Kiosken, an denen mit sonst was gehandelt wurde –, und nun war es rau geworden, hatte alles Bunte abgeworfen, sich bis auf den Granit entkleidet.

Ilja hatte diese Stadt früher vergöttert, als sie vorgab, ein lärmender Basar zu sein – ihm war es so vorgekommen, als könne er sich auf diesem Basar jede erdenkliche Zukunft kaufen. Er war damals immer mit der Elektritschka aus seinem Lobnja gekommen – zur Universität, in Clubs, zu Konzerten –, und jedes Mal hatte er sich vorgestellt, ein Moskauer zu sein. Er hätte nur zu Ende studieren, eine Arbeit im Zentrum finden und mit Freunden eine Wohnung anmieten müssen. Moskau stand auf magischem Grund, und der war mit Wachstumshormonen gedüngt: Steckte man seine Wünsche hinein, wuchsen daraus einträgliche Jobs, angesagte Freunde und die schönsten aller Frauen. Moskau war von sich selbst berauscht und berauschte auch alle anderen. Alles war möglich hier. Und wenn Ilja sich vom süßen Hefeteig sein Stückchen Glück abgezupft hätte, wäre Moskau davon nicht ärmer geworden.

Jetzt jedoch erschien ihm die Stadt wie in einem Traum – schließlich hatte er oft von ihr geträumt, dort, im Lager. Sie war strenger geworden und geschniegelter, ernster, förmlicher – und sah dadurch aus wie verkatert nach dem Wochenende. Er erkannte sie wieder und auch nicht; fühlte sich fremd hier, als Tourist. Als Tourist aus Solikamsk – und aus der Vergangenheit.

Er blieb eine Weile auf dem Platz der drei Bahnhöfe stehen: Inmitten der anderen verdatterten Ankömmlinge fiel er kaum auf als jemand aus dem Straflager. Konnte durchatmen und sich die Augen reiben.

Er rieb sich die Augen und ging los.

Vorsichtig setzte er seine Schritte, damit Moskau sich nicht von zu weit ausholenden Bewegungen und zu selbstsicheren Schritten tatsächlich als Traum erweisen und zerstreuen würde; damit er nicht aufwachte im Gefängnis, in der schmierigen, grauen Hütte, im klammen Mief, inmitten von Pritschen und von Leben, die in eine Sackgasse geraten waren, im Geruch von Socken und der ewigen Angst, etwas falsch zu machen.

Aber Moskau blieb fest. Die Stadt war real und für immer.

Er war freigekommen. Tatsächlich freigekommen.

Vom vorletzten Geld kaufte Ilja ein Metroticket, fuhr unter die Erde. Ihm entgegen förderte ein Fließband Menschen aus den Moskauer Tiefen – und hier konnte man ihnen ins Gesicht sehen. In sieben Jahren hatten die Menschen es geschafft, sich besser anzuziehen, sogar die Tadschiken. Entschlossen schauten sie nach vorn und nach oben, viele stiegen die Rolltreppe hinauf, konnten keine halbe Minute stillstehen: Oben warteten unaufschiebbare Dinge. Die Moskauer haben es eilig zu leben, erinnerte sich Ilja. Die Strafkolonie hingegen lehrt zu verharren.

Bei allen Entgegenkommenden – unter ihnen ältere Leute in liebevoller Umarmung, ein ins Smartphone vertiefter Pope, ein dem Alter trotzender Punk – blieb Ilja nur an den Frauen hängen. So sehr hatte er sich über die Jahre von ihnen entwöhnt. So sehr vergessen, wie wenig sie einfach nur Menschen ähneln, wie viel herrlicher sie sind!

Kaum reagierte eine von ihnen auf Iljas Blick, schnappte er nach diesem Köder, und sie zog ihn auf ihre Seite, hinter sich her, an die Oberfläche.

Aber dann runzelte eine andere die Stirn, fauchte lautlos, und Ilja verzagte sofort, verkrampfte sich: Sie konnten in ihm ja noch den Häftling erkennen. Das stand grau auf seiner Stirn, war mit einer Rasierklinge in seine erdige Haut geritzt. Wie ein grober Kittel saß seine Jacke. Frauen wittern in einem Mann die Gefahr, wittern Hunger und Unsicherheit – darin sind sie tierhaft, unfehlbar.

Weiter beobachtete Ilja sie verstohlen, verschämt, damit ihn niemand mehr entlarvte. Er lugte hinüber, und in jeder suchte er Ähnlichkeit mit Vera. Das ergab sich von selbst.

Vera wollte er auf keinen Fall anrufen.

Er wollte ihr verzeihen, sie aber nicht anrufen. Ein Gespräch würde ihm nichts bringen, selbst wenn sie sich darauf einließe. Nur ihre Stimme hören? Wozu. Er hatte in Selbstgesprächen schon so viele Male mit verteilten Rollen gesprochen, die Fragen und Antworten gleich für sie mit. Vorwürfe, Beschwörungen. Immer entglitt ihm die imaginäre Vera.

Die echte Vera hatte ihm alles in einem Anruf erklärt, schon im zweiten Jahr. Hatte sich gerechtfertigt, entschuldigt und gesagt, sie wolle nicht lügen. Sie habe jemanden kennengelernt und ein Recht darauf, glücklich zu sein. Sie hatte es wiederholt, als habe Ilja ihr widersprochen. Dabei konnte er ihr vor den anderen ja gar nicht widersprechen.

Nie war sie ihn besuchen gekommen.

Deswegen hatte er einer imaginären Vera widersprochen – noch fünf Jahre lang.

Aber auch die imaginäre Vera hatte sich nicht umstimmen lassen.

In der Metro konnte er die Menschen furchtlos betrachten, sogar jene, die ihm genau gegenübersaßen. Hier wollte niemand was von ihm: Alle waren in ihre Telefone versunken, durchfurchten die Displays – angemalte Frauen mit angemalten Fingernägeln, schlitzäugige Gastarbeiter mit Schwielen, Schüler mit Streichholzfingern –, jeder hatte hinter dem Glas ein anderes, echteres und interessanteres Leben. Früher waren nur die ganz Coolen, die ganz Jungen im Besitz eines Smartphones gewesen. Während Iljas Haftzeit hatten nun auch die Mohammedaner ihre Seiten im Internet bekommen, für die Alten gab's was und für die Milchbärte.

Bei ihnen auf der Hütte gab es nur ein Telefon. Natürlich gehörte es nicht Ilja. Er musste sich Gesprächssekunden und -minuten auf Vkontakte.ru mit Zigaretten aus Mutters Päckchen aushandeln. Geld wäre ihm sofort weggenommen worden, aber Zigaretten wurden beim Filzen nur aufgeteilt – die Hälfte war Zollgebühr. Und jede Verbindung war teuer. Die Sekunden mit Mutters Stimme und die Minuten auf Veras Seite waren also knapp. Aber Vera lud hier kaum Fotos hoch, nur Links zu irgendwelchen Clips, zu Persönlichkeitstests, zu allem möglichen sinnlosen Schrott. Vielleicht ahnte sie, dass Ilja sie aus dem Gefängnis heraus beobachtete, wollte nicht, dass er etwas sah.

Manchmal zweigte Ilja auch etwas Zeit ab, um sich das *Schwein* anzuschauen. Was der so trieb. Wie es bei ihm lief. Wie sein Dienstgrad wuchs. Wie er in Thailand Urlaub machte. In Europa. Welchen »Infiniti« er sich gekauft hatte. Welche Mädels er umarmte.

Das Leben von *Schwein* war glorreich. Es schnürte Ilja die Kehle zu, wenn er seine Fotos sah; es zerfetzte ihm das Herz. Er konnte nicht hinsehen, aber nicht hinsehen konnte er auch nicht: wie jemand statt ihm lebte.

Für den Rest der Welt hatten Iljas Bytes nicht gereicht. Im Lager durfte man keine Schulden machen, dort war das Leben komplett im Soll.

Kein Problem, es ging auch ohne Telefon. Obwohl es, bevor er einfuhr, sein größter Traum gewesen war: Er hatte es sich von seiner Mutter ein Jahr im Voraus zum Geburtstag gewünscht, in der Uni dann immer gleich aufs Pult gelegt, wenn er zur Vorlesung kam, um die Mädels mit der Größe des Displays zu begeistern.

Es waren noch ganz andere Sachen, an die er sich dort hatte gewöhnen müssen.

Er stieg an der Sawjolowskaja aus.

Wieder Bullen. Überall Bullen.

Über den Dritten Verkehrsring wälzten sich Millionen von Autos, die Scheinwerfer brannten auch bei Tageslicht, in der Luft hing der Reifendreck, aus den Unterführungen quollen die Menschen, Moskau quirlte, atmete, war lebendig. Ilja wollte es anfassen, alles nacheinander anfassen, darüberstreichen. Sieben Jahre hatte er sie berühren wollen, die Stadt Moskau.

»Einmal nach Lobnja.«

Die Elektritschka hatte sich völlig verändert. In seiner Erinnerung waren die Züge grün, versifft, von außen beschmiert, die Scheiben zerkratzt, innen Holzbänke vierter Klasse, überall Sonnenblumenkerne, vergossenes Bier, das sich nur langsam verflüchtigte, alles war von diesem Bier durchtränkt. Und jetzt: weiße neue Wagen mit gelben Pfeilen an den Seitenwänden, weiche Sitze – für jeden ein eigener. Gesittete Fahrgäste. Die weißen Züge adelten sie.

»Kommst du mit, die Nawka gucken? Mit ihrer Eisshow?«, sagte eine abgehalfterte Tante zur anderen. »Ich war schon mal drin, zauberhaft.«

»Könnten wir machen. Die Nawka hat doch diesen Schnurrbart geheiratet, oder? Den Sekretär von Putin. Netter Typ«, antwortete die andere, über fünfzig, die ihre Abgeschlagenheit überspachtelt hatte. »Imposant.«

»Na ja«, winkte die Erste ab. »Die Nawka hätte auch was Besseres finden können. Weißt du, wen ich gut finde? Lawrow. Lawrow ist gut. Mit Lawrow könnte ich. Der ist auch tüchtiger als dein Schnurrbart.«

Ilja hörte zu und verstand nichts. Der Zug fuhr langsamer. Die leeren Gedärme knurrten, in der Herzgrube ein Ziehen. Für ein Tscheburek am Bahnhof war ihm sein Geld zu schade: Die Bude forderte Moskauer Preise, sein Fahrgeld bemaß sich an denen in Solikamsk. Wozu Geld für ein Tscheburek ausgeben, wenn es bald Mutters heiße Kohlsuppe gab?

Wie er sich auf diese Kohlsuppe freute! Drei Tage durchgezogen. Mit saurer Sahne. Ein wenig hartes Brot hineinbrocken, wie in der Kindheit, wie Großvater es ihm gezeigt hatte. Die Brühe andicken. Krusten in der Suppe versenken, aber nicht aufweichen lassen, dass sie noch etwas knusprig sind, dann den Kohlgeruch einatmen, und – den heißen Löffel in den Mund schieben. Ihm floss der Speichel.

Seine Mutter würde übereck sitzen an ihrem halbmetergroßen Tisch – und flennen. Ziemlich sicher. So lange hatten sie sich nicht gesehen.

Die ersten vier Jahre war sie alle sechs Monate gekommen: Alles, was sie von ihrem Gehalt zurücklegen konnte, gab sie für Fahrten nach Solikamsk und für Mitbringsel aus. Dann spielte ihr Blutdruck verrückt, Ilja hatte sich in der Kolonie ganz gut eingewöhnt und riet ihr nun von diesen Fahrten ab. Von da an kamen sie mit Anrufen aus, auch wenn seine Mutter ihn immer wieder besuchen wollte.

Im letzten Jahr endeten diese Gespräche oft mit ihren Tränen. Aber wieso weinen, wenn kaum noch was geblieben war, verglichen mit dem Abgesessenen. Und was hätte er ihr sagen können, wenn neben ihm ein Schließer oder, noch schlimmer, der Knacki saß, bei dem Ilja seine Mutter für eine Minute erkauft hat? Also legte er sofort auf, wenn sie anfing zu heulen. Anders wäre es nicht gegangen. Verstand sie das?

Macht nichts, heute konnte sie weinen, so viel sie wollte. Heute ging es. Alles war vorbei.

* * *

»Lobnja.«

An einem Gleis hatte die Elektritschka gehalten, das andere war bis zum Horizont zugestellt mit Güterwaggons: raureifbedeckte Zisternen mit Erdölprodukten. Im Raureif stand mit Finger geschrieben – »Krim nasch«, »Obama = Idiot«, »14/88«, »Vitalik + Dascha«, »Minsk – meine Heimat« und anderes. Ilja las es mechanisch, während er auf die Unterführung zuging.

Das mit der Krim war losgegangen, als Ilja im Lager saß, und es war an ihm vorbeigegangen. Den Knackis war die Krim egal, die Beute dieses Schließer-Staats juckte sie nicht. Knackis sind ohnehin Oppositionelle. Deswegen bekommen sie in den Strafkolonien bei Wahlen auch kein Stimmrecht.

Den Weg vom Bahnhof nach Hause wollte er zu Fuß gehen. Das erste Mal musste er ihn einfach zu Fuß gehen. Das wollte er so. Es war auch schneller, als auf das Linientaxi zu warten.

In Lobnja war das Wetter anders. Es war Moskau, das Hitze verströmte, in Abgasen schmorte. In Lobnja war die Luft klarer, frostiger; hier fielen vom Himmel eisige Kristalle, sie peitschten die Wangen. Die Bürgersteige waren nicht frei, überall festgestampfter Schnee auf dem Asphalt. Die Reifen von schmutzüberzogenen Autos kneteten ein graubraunes Gemisch. Plattenbauten mit nach außen gekehrten Nähten trotzten unfroh dem Wetter. Die Menschen wirkten argwöhnisch. Geschminkte blasse Frauen hechelten entschlossen irgendwohin, setzten ihre feinbestrumpften Beine dem Frost aus.

Eine halbe Stunde mit der Elektritschka von Moskau nur, aber es schien ihm, als sei er wieder in Solikamsk.

Moskau war über die sieben Jahre gealtert, Lobnja hingegen hatte sich kein bisschen verändert: Es war das Lobnja, aus dem man Ilja geholt hatte. Es war das Lobnja seiner Kindheit. Hier kannte er sich aus.

Von der Lenin- bog er in die Tschechowstraße. Drei kurze Straßen gingen hier ab, die jeweils von der Lenin- bis zur Industriestraße reichten: die Tschechow-, die Majakowski- und die Nekrassowstraße. In der Tschechowstraße stand die Schule Nummer 8, die seiner Mutter und seine eigene.

Sie hatte ihn natürlich bei sich untergebracht, auch wenn es gleich neben ihrem Haus – in den Höfen – eine andere Schule gab, die Nummer 4. Die wäre bequemer gewesen, näher: Bis zur achten hatte er mit Kinderschritten eine halbe Stunde gebraucht. Aber seine Mutter wollte ihn unter ihre Fittiche nehmen. Bis zur siebten Klasse gingen sie zusammen zur Schule. Dann fingen die Mädchen an, sich lustig zu machen, sodass Ilja nun immer zehn Minuten vor seiner Mutter das Haus verließ, um zu zeigen, dass er erwachsen und unabhängig war. Das mit den Zigaretten ging damals ebenfalls los.

Gegenüber der Einfahrt zur Schule erstarrte Ilja. Gelb-weißer Plattenbau, drei Stockwerke, dreiteilige Fenster, wie Kinder sie ihren Häuschen anmalen – die gleiche Schule wie überall im Land. In den letzten zwanzig Jahren war sie offenbar nie renoviert worden, als hätte man sie für Ilja in ihrem ursprünglichen Zustand erhalten, damit er sich an alles leichter erinnern könnte.

Er nahm einen tiefen Atemzug. Schaute zu den Fenstern: Im ersten Stock liefen die Kleinen herum. Der Hort. Es war drei Uhr nachmittags.

Seine Mutter hatte die Schule schon verlassen.

Er hätte sie direkt hier abholen können, am Zaun, wenn der Zug früher angekommen wäre. Dann wären sie zusammen durch den Schnee nach Haus gegangen, den gewohnten Weg – die Chaussee entlang, über den Bahnübergang.

Aber mit ihr wären auch andere Pauker herausgekommen. Die Schulleiterin, diese Kratzbürste. Sie hätten Ilja natürlich erkannt, trotz der erdigen Haut und der abrasierten Haare. Wie viele Jahre hatten sie ihm ihre Buchstaben und Ziffern eingebläut ... Ganz sicher hätten sie ihn erkannt.

Und wenn schon. Wie hatte Mutter ihren Kollegen seine Einbuchtung erklärt? Wie hatte er es ihr erklärt? Sie musste ihm ja glauben, konnte ja nicht denken, dass ihr Sohn ein Junkie war und mit Drogen handelte. Aber all diese Schulweiber ... für die gab es da keine Notwendigkeit. Tun freundlich und mitfühlend, aber hinterm Rücken? Hatte er seiner Mutter Schande bereitet? Würden die ihn jetzt grüßen? Und Ilja sie?

Er steckte die Hände in die Taschen, plusterte sich auf, eilte weiter. Damit sie ihn bloß nicht sahen. Später würde er alle treffen, bis dahin wüsste er, was er sagen, wie er sich verhalten soll. Früher oder später traf er sowieso alle. Klein war die Stadt – Lobnja.

Über die Industriestraße, vorbei an einer russischen Betonmauer, gelangte er auf die Bukinskoje-Chaussee. Er trotzte dem Schnee, lief auf dem Randstreifen, rutschte, fiel aber nicht. Durch die Schneeflocken schimmerte die Fakultät für Finanzrecht, Vera hatte hier studiert.

Vor der Nummer 27 blieb er wieder stehen.

Veras Haus.

Ein grauer Sechzehnstöcker mit gelben, verglasten Loggias: So nannten die Leute ihre Balkons, wenn sie versuchten, dem Leben ein paar zusätzliche Quadratmeter abzuringen. Ilja zählte bis zur siebten Etage. Ob Vera noch da war? Oder war sie nach Moskau gezogen, wie sie es vorgehabt hatte? Sie war jetzt siebenundzwanzig, wie Ilja. Da wohnte sie wohl kaum noch bei den Eltern.

Solche schäbigen sechzehnstöckigen Plattenbauten wie Veras gab es hier drei, sie standen abseits, am Rand der Siedlung. Unten war ihnen ein kleines Gebäude aus roten Ziegeln angeklebt worden, das nach Eigenbau aussah: ein hier völlig deplatziertes Theater. Oberhalb der zweiten Etage waren riesige Buchstaben angebracht, seltsamerweise in Fraktur: KAMMERTHEATER. Ilja tastete sie mit den Augen ab. Und belächelte den neuen, tieferen Sinn dieses alten Namens.

Das Theater hatte hier immer gestanden und immer so geheißen, seit sich Ilja erinnern konnte, seit er zu diesem Haus gekommen war, um Vera zu bringen oder abzuholen. Auf dem Spielplan: »Baal«, »Offene Zweierbeziehung«, »Fünf Abende«. Demnächst auch die Silvesterrevuen.

Ihn fröstelte. Inmitten der Platten- und Betonkulissen erlangte seine schemenhafte Vergangenheit auf einmal beißende Schärfe. Er sah sie deutlicher, als ihm lieb war.

In der neunten Klasse, im April, hatte er Vera hierher eingeladen. Zu den »Drei Schwestern«. Ihre Eltern hatten es erlaubt. Während der gesamten Aufführung streichelte er ihr Knie, lauschte auf ihren unregelmäßigen Atem. Lauschte und schwebte. Sein Herz hämmerte. Das Brabbeln der Schauspieler hörte er kaum.

Aber Vera schob seine Hand weg, und zur Wiedergutmachung verhakelte sie ihre Finger in seine. Ein süßes Parfüm hatte sie, mit einer scharfen Note. Später merkte er: Die Schärfe in diesem süßen Cocktail – das war sie selbst. Vera, ihr Moschus. *Nach Moskau! Nach Moskau!*

Später im Hauseingang hatte er sie ungeschickt geküsst. Es roch nach Katzen und undichter Dampfheizung: heimelig. Der Geschmack ihrer Zunge war genauso wie der seiner eigenen. Kein bisschen ähnelte dieser Kuss dem in Büchern. Ein Ziehen unterhalb des Bauchs, peinlich war das, aber er konnte es nicht aufhalten. Vera flüsterte. Nachdem ihr Vater sie aus dem siebten Stock durchs Treppenhaus gerufen hatte, kratzte Ilja an dieser Stelle mit dem Schlüssel in die Wand: »Vera + Ilja«. Wahrscheinlich war das Bekenntnis immer noch dort. Jeden Tag war sie daran vorbeigegangen und – hatte drauf gepfiffen.

Nach den Ferien, als alle schon ziemlich erwachsen geworden waren, hatte sie ihn zu sich eingeladen. Ihre Eltern waren nicht da. Lass uns Hausaufgaben machen. Ein gestreiftes Sofa, durchgesessen.

Moschusgeruch. Kein Parfüm also. Hell war es, und wegen der Helligkeit peinlich. Auf dem Fußboden stand eine halb volle Zwei-Liter-Flasche Fanta. Danach tranken sie – verschwitzt, ausgehungert – nacheinander gierig vom orangenen Limonaden-Geprickel, schauten einander an, wussten nicht, wie es weitergehen sollte.

Es ging weiter. Noch drei Jahre. Es war einmal …

Ilja blinzelte zu ihrem Balkon hinauf, zu den Fenstern: Ist da nicht eine Silhouette? Nichts zu erkennen. Nein, Vera war keinesfalls mehr da. War längst in Moskau. Ein leerer, blinder Balkon. Trübes Balkonglas und dahinter – ein Fahrrad wohl, Gläser mit Eingelegtem, die Angeln ihres Vaters.

Er überquerte den Bahnübergang, ging weiter die Bukinskoje-Chaussee entlang, versuchte dabei, sich auf der verschneiten, dunkler werdenden Straße den Sommer auszumalen und die sommerlichen Spaziergänge mit Vera auf diesem Weg. Es wurde nichts. Stattdessen hing ihm, zudringlich wie Tabakqualm und mit den Händen nicht wegzufächeln, das Bild aus dem »Paradies« vor Augen. Aus jener Nacht. Die Tanzfläche. Das *Schwein*. Alles, was dann geschah. Das Bild blieb und brannte wie Qualm in den Augen, bis ihm die Tränen kamen. Hatte er es damals richtig gemacht? Ja. Wirklich? Und sie? War es trotzdem richtig, ja?

Macht nichts. Das war jetzt alles vorbei. Schon bald wären die sieben Jahre vergessen. Das normale Leben begann.

Linker Hand ließ er die Grünanlage von Lobnja liegen: vier Bänke im Quadrat zu Füßen eines gewaltigen Strommasts, daneben dicht gedrängt kleine Birken, kümmerlich und verkrüppelt durch die Nähe zur Hochspannungsleitung. Trotz der eiskalten Kristalle taten Mamas mit Kinderwagen ihren Dienst auf den Bänken, fütterten die Kleinen mit Sauerstoff.

Er bog in die Kompaniestraße ein.

Kam am Denkmal für jene Kompanie vorbei, die Lobnja während des Kriegs verteidigt hatte: auf dem Sockel eine alte Flak, die von einer Art riesigem Schützengraben aus Granit umgeben war. An den Innenwänden des Schützengrabens – Täfelchen mit den

Namen der gefallenen Helden. Nur einen schmalen Zugang gab es von der Straße aus, ansonsten war das Innere des Grabens nicht einzusehen.

Hier hatte er mit Serjoga meistens nach der Schule geraucht, während sich daneben Penner mit Wodka von zweifelhafter Herkunft vergifteten. Serjoga und er waren die Namen auf den Täfelchen durchgegangen: Wer den witzigsten fand, hatte gewonnen. Die Penner erörterten in ihrem Paralleluniversum mit schwerer Zunge das Leben. Ilja prägte sich einzelne Worte ein. Dann gingen sie immer zu Serjoga, Playstation zocken, bis seine Alten nach Hause kamen. Danach lief er eine Weile allein durch die Straßen, wollte den Rauch auslüften. Wäre seine Mutter hinter die Pafferei gekommen, hätte es was gesetzt.

Am Kompaniedenkmal überquerte er die Straße – und da begann schon die Depotstraße. Es versetzte ihm einen Stich.

Der Hof bestand aus Häusern der 60er: graubraune Ziegel, weiße Rahmen. Das schiefe Karussell leicht eingeschneit. Kahle Birken, fünf Stockwerke hoch.

Schon war sein Haus zu sehen, Ilja entdeckte sogar sein Fenster, an der Stirnseite. Sah ihn seine Mutter? Sicher hielt sie nach ihm Ausschau, während sie das Essen warm machte. Er winkte ihr hoch.

Ging an den Garagen vorbei.

Der Müllschuppen war mit Figuren aus sowjetischen Trickfilmen bemalt: Löwenjunges, Schildkröte, Winnie Pooh, Schweinchen. Verblichen, abgeblättert, immer noch lachend. Über den Garagen war Stacheldraht gespannt: Dahinter befand sich das Gelände des Eisenbahndepots, das der Straße ihren Namen gab. Eine Alte krümelte den verfrorenen Müllplatz-Tauben Brot hin, und für dieses kostenlose Brot quälte sie sie mit Belehrungen. Ein unbekanntes Mädchen in einem plüschigen Hausanzug kam heraus, wollte Müll wegtragen. Sie bemerkte Ilja: Ihre Wege hätten sich an den Mülltonnen gekreuzt. Vorausschauend drehte sie sich weg und trippelte mit ihren Tüten durch die Kälte zum entfernteren Müllschuppen. Ilja schob nur die Hände tiefer in die Taschen.

Sein Hauseingang. Er hob den Finger zu den Knöpfen der Türsprechanlage. Ihm wurde schwindlig. Die Knöpfe waren dieselben wie vor sieben Jahren. Auch die Tür. Nur sein Finger, der war ein anderer. Aber das Treppenhaus würde doch dasselbe sein? Und die Wohnung. Und Mutter.

Er drückte: Null, Eins, Eins. Ruf. Ein Piepsen. Sein Herz ziepte. Er hatte nicht erwartet, so aufgeregt zu sein. Wozu sich aufregen?

Wie oft hatte er sich diesen Tag vorgestellt. Wie oft an ihn gedacht. Wenn er etwas in der Kolonie ertragen musste – dachte er an den Hauseingang, an die Klingel. An seine Rückkehr. Es gab Dinge, die er dort hatte fressen müssen – um wiederkommen zu können. Um wieder normal zu werden. Wie?

Zu Ende studieren. Seine Mutter hatte am Telefon immer gesagt: Du darfst dich von denen nicht zerstören lassen. Sie haben dir so viele Jahre weggenommen, aber du bist noch jung. Wir kriegen das hin. Du hast es schon mal ohne Schmiergeld an die Moskauer Uni geschafft, warst richtig vorbereitet, also darfst du auch zurück. Wenn nicht zu den Philologen, nicht an die Uni, dann irgendwo anders hin. Du bist begabt, hast einen wendigen Verstand, der darf bloß nicht verknöchern und steif werden. Lass dich nicht verrohen. Du hast eine Schutzschicht. Sie wehrt alles ab, alle Abscheulichkeiten. Was auch mit dir geschieht, im Gefängnis, lass es nicht an dich ran. Als wäre da ein anderer, nicht du. Als wäre es eine Rolle, die du spielen musst. Und dein wahres Ich hat sich in deiner Innentasche versteckt und wartet da ab. Versuch dort bloß nicht, den Helden zu spielen, um Gottes willen. Tu, was ich dir sage. Sonst machen sie dich kaputt, Iljuscha. Sie machen dich kaputt oder bringen dich um. Das System lässt sich nicht austricksen, aber du kannst dich unsichtbar machen, dann vergisst es dich. Du musst abwarten und ausharren. Du kommst zurück, und wir bringen alles in Ordnung. Gucken die Nachbarn schief, ziehen wir in dein geliebtes Moskau. Da erkennt einen niemand, da reicht das Gedächtnis der Leute nur für einen Tag. Und du findest eine Neue, lass sie doch, die Vera, man kann sie auch verstehen. Komm nur lebend zurück, gesund. Ja, und von mir aus zeichne für die. Siebenundzwanzig – da fängt das Leben erst an!

Die Gegensprechanlage schwieg. Also noch mal. Null. Eins. Eins. Vielleicht war sie einkaufen? Weil Sahne fehlte oder Brot? Ilja schaute sich ratlos um: Einen Schlüssel hatte er nicht dabei. Ohne seine Mutter konnte er nicht heim. Er rüttelte an der eisigen Klinke.

Trat ein paar Schritte zurück. Sah hoch zum Fenster im zweiten Stock. Das Oberfenster öffnete sich zu einem schwarzen Loch – sie lüftete die Küche – aber in den übrigen Scheiben zeigte sich der Himmel wie zäher Zement. Härtete. War es nicht Zeit, das Licht anzumachen? Bei den Nachbarn brannte es schon.

»Ma! Ma-a-ama!«

Hatte sie also doch das Haus verlassen? Wie lange sollte er hier stehen jetzt? Oder musste er alle Läden ringsum abklappern? Kein Brot da? Egal! Sie hätte auf ihn warten sollen, er wäre selbst gegangen. Zwei Tage unterwegs, die Rübe juckte, der Bauch krampfte, und dann musste er auch noch dringend, seit er vom Bahnhof losgelaufen war.

»Mama! Ma-a-a-ama!!! Bist du da?«

Die Fenster bleiern. Auf einmal wurde ihm bang.

Null-zwölf.

»Wer ist da?«, kam es heiser von dort.

Gott sei Dank.

»Tante Ira! Ich bin's! Ilja! Gorjunow! Genau! Meine Mutter macht nicht auf! Bin zurück! Freigelassen! Alles abgesessen! Machen Sie mir auf?«

Die Nachbarin beschaute ihn erst durchs Guckloch. Ilja stellte sich extra unter die Glühbirne, damit Tante Ira seinen Kern erkennen konnte durch die angesammelten Jahresringe.

Das Schloss knirschte. Sie kam vor die Tür: Hosen, kurzes Haar, gedunsenes Gesicht, Damenzigarette. Buchhalterin im Depot.

»Ilja, Iljuschka. Wie konnten die dir nur …«

»Und meine Mutter? Wissen Sie, wo sie ist? Ich kann sie nicht erreichen, und jetzt …«

Tante Ira zirpte mit dem Feuerzeug. Zirpte noch mal. Zog die Wangen ein. Schaute zum Müllschlucker zwischen den Etagen – an Iljuschkas Augen vorbei.

»Vorgestern ist sie … das Herz tat ihr weh. Rauchst du?«

»Ja. Ständig habe ich angerufen … Sie ist im Krankenhaus? In welchem? Hat sie denn ihr Handy nicht mitgenommen?«

Tante Ira gab ihm eine dünne weiße Zigarette mit goldenem Reif.

»Die vom Rettungsdienst sagten, es war ein Infarkt. Ein schwerer.«

Knisternd saugte sie den Rest der Zigarette auf. Zündete daran die nächste an.

»Das heißt …«, Ilja schüttelte den Kopf. Zu rauchen fehlte ihm die Luft. »Das heißt? Sie ist auf der Intensivstation?«

»Sie haben noch … also, sie haben es versucht. Aber sie waren zu lange hierher unterwegs. Obwohl es ja gleich um die Ecke ist.«

Sie schwieg. Wollte es nicht aussprechen, wollte, dass Ilja selbst alles begriff.

»Wir haben doch erst … Wir haben vorgestern noch telefoniert … Als ich rauskam … Da habe ich sie angerufen … Sie sagte … Ungefähr zum Essen …«

»Genau, zum Essen. Und ich habe so gegen fünf bei ihr geklopft. Wollte zum Fleischer. Dachte, ich kann ihr was mitbringen. Und da … Da steht die Tür auf, sie sitzt am Boden, angezogen. Und ich gleich: Lass uns den Notarzt rufen!«

»Sie lebt nicht mehr? Ah, Tante Ira!«

Ilja lehnte sich an die Wand.

»Da sag ich zu denen: Warum braucht ihr so lange!« Die Nachbarin wird lauter. »Wann habe ich angerufen! Und sie – da war noch ein anderer Anruf, auch eilig, wir können uns ja nicht zerreißen. Ein Magnetsturm, da hat's alle Alten umgehauen. Und ich zu ihnen: Was hat das mit den Alten zu tun? Ihr solltet euch schämen! Die Frau ist erst sechzig. Nein, nicht mal sechzig.«

»Und wo. Wohin ist sie.«

»In unseres hier. Ins städtische. Fährst du? Sie muss ja abgeholt werden. Mit der Beerdigung muss man sich was überlegen. Mühselig ist das, so eine Beerdigung, das weißt du noch nicht, aber ich habe meine ältere Schwester beerdigt, du kannst dir das nicht vorstellen. Denen musst du was zustecken, und jenen, einfach allen.«

»Ich fahre. Nicht jetzt. Ich … Später.«

»Sicher, bist ja grad erst angekommen. Willst du reinkommen? Hast du Hunger?«

»Und wie komme ich bei mir rein?«

»Einfach so … Da ist offen. Wer weiß, wo sie ihre Schlüssel hat. Kommst du kurz rein?«

Ilja schüttelte den Kopf, drehte sich zu seiner Tür. Lauschte, was dort war. Tante Ira dachte nicht daran, in ihre Wohnung zu gehen, war neugierig. Aber Ilja konnte die Klinke noch nicht herunterdrücken.

»Ich habe doch vorgestern noch mit ihr gesprochen.«

»So ist das nun mal. Da lebt ein Mensch, und schon ist er weg. Sie hat sich ja oft übers Herz beklagt. Legte sich dann immer eine Tablette unter die Zunge, und schon ging's besser. Ja, wer ist heute noch gesund! Ich ja auch nicht – scheinbar geht es, aber sobald das Wetter zickt, zerspringt mir der Schädel.«

»Ich komme später vorbei. Danke für den Notarzt … Von Herzen.«

Ilja stieß die Tür auf. Betrat die Wohnung. Schaltete im Flur das Licht an. Knöpfte die Jacke auf. Hängte sie an den Haken. Schloss die Tür. Steckte seine Füße in die Hausschuhe. Die hatten auf ihn gewartet. Er blieb stehen. Musste aber weitergehen.

»Mama?«, flüsterte er. »Ma.«

Er tat einen Schritt und war in ihrem Zimmer. Das Bett zerknüllt, die Matratze verrutscht. Das Foto von Ilja im Rahmen umgeworfen, rücklings liegt er da, lächelt – stolz auf sich, verpickelt, fröhlich. Gerade angenommen zum Philologiestudium. Dabei hatten alle gesagt – wenn du die nicht schmierst, nehmen sie dich nicht. Aber bei den Ergebnissen in der Aufnahmeprüfung hatten sie ihn einfach nehmen müssen. Er war von seiner Mutter vorbereitet worden. Eine Schublade war aufgezogen. Die, wo sie ihre Geldkassette hatte. Er schaute hinein – alles weg. Ausgeräumt.

Er ging in sein Zimmer.

Leer. Keine Mutter, kein Ilja.

Die Bücher auf den Regalen waren anders geordnet, Science-Fiction vermischt mit Klassik, als hätten sie auch in den Büchern nach Geld gesucht. Aber auf dem Tisch lag die alte Bleistiftzeichnung, seine Illustration zu Kafkas »Verwandlung«. Auch der Bleistift lag da. Er hatte in jener Nacht daran gesessen. Bevor sie ihn holten. Sieben Jahre hat dieses Blatt hier gelegen, ja und alles, bis auf die Bücher, war so, als sei Ilja nur mal eben in der Uni.

Blieb noch, in die Küche zu schauen. Wenn sie nicht in der Küche war, dann war sie nirgends.

In der Küche war es kalt. Der Vorhang blähte sich vom Durchzug. Ein altbackenes Weißbrot auf der zerschlissenen geblümten Wachstuchdecke, ein Allzweckmesser, eine angetrocknete Kochwurst mit weißen Fettstücken, die ringförmig verschrumpelte Wurstpelle. Auf dem abgestellten Gasherd – ein riesiger Emailletopf. Ilja hob den Deckel.

Kohlsuppe. Ein ganzer Topf Kohlsuppe.

In der Toilette stand er im Dunkeln. Konnte zuerst nicht. Dann kam der Strahl – und ihm schien, es floss Blut. Kein rotgelber Urin, wie nach einem Schlag in die Nieren, sondern schwarzes venöses Blut, dick und schal. Keine Erleichterung. Er schaute ins Klosettbecken – nein, alles gut. Die Hände seifte er sich zweimal ein. Dann spülte er sie eiskalt ab.

Er nahm sich mit der Kelle von der kalten Kohlsuppe, so, wie sie war, ohne sie aufzuwärmen. Zerschnitt mit dem Messer die getrocknete Brotrinde, verrührte sie in der Brühe.

Schaltete den Fernseher an. Es lief »Comedy Club«.

»Welches Passwort? Versuch's mal mit ›Medwedjew‹.«

»Oh! Passt!«

»Klar, Medwedjew passt überall!«

Der Saal lachte mit weißen Zähnen. Schöne junge Frauen lachten. Braun gebrannte, gepflegte Männer lachten. Ilja blinzelte. Er verstand rein gar nichts. Keinen einzigen Witz.

Er nahm einen Löffel kalter Suppe in den Mund. Schob ihn in den Rachen. Noch einen. In den Rachen. Noch einen, noch einen. Einen für Mama. Wodka hätte er kaufen sollen. Wodka, genau.

2. Kapitel

Wer immer die Wohnung ausgeraubt hatte – Nachbarn, Diebe oder die Ärzte vom Rettungsdienst –, alle Verstecke seiner Mutter hatten sie nicht entdeckt. In der Kommode fanden sie Geld, hinter dem Pickel-Foto, aber unterm Laminat hinter dem Bett hatten sie nicht einmal gesucht. Dort waren ganze fünftausend Rubel in einem Schein. Gibst du mir Geld, Mama?

Ilja schaute sich den Fünftausender aufmerksam an. Würde er lange reichen? Während er saß, hatte sich der Wert des Rubels halbiert. Die Metro kostete vorher fünfundzwanzig und jetzt fünfzig. Geld zu sparen hatte keinen Sinn: Die Zeit ließ es einem wie Sand durch die Finger rinnen. Und es gab ja auch kein Morgen, für das es zu sparen lohnte. Das Leben reißt immer am heutigen Tag ab.

Die Schlüssel waren nirgends. Vielleicht in Mutters Taschen?

Seltsam war es, sein Zuhause nicht abschließen zu können. Er fühlte sich dadurch fast so, als hätte er keins.

Bei der Nachbarin borgte er sich einen Hausschlüssel, ging zum Laden »Magnit« über die Straße, griff sich eine Flasche, dann noch eine zweite. Der schlitzäugige Kassierer ließ seinen neuen Fünftausender dreimal durch den Scanner laufen, so wenig war er Ilja zuzutrauen, aber er sprach seine Zweifel nicht aus. Das Geld war echt, vom Lehrergehalt.

Die Flaschen in der Tüte klirrten so verflucht zauberhaft, wie Glöckchen am Kummet der fliegenden Troika Russland. Ilja ging über die Moskowskaja zur Depotstraße, trug das erste Mal unverhohlen Wodka nach Hause: Er musste ihn vor niemandem verstecken, und anzulügen brauchte er auch niemanden.

Wenn ihm doch nur Serjoga über den Weg liefe. Damit es kein Leichenschmaus wäre, sondern eine Wiedersehensfeier. Man könnte beim Trinken anstoßen. Aber die angenehmen Zufälle waren schon auf andere verteilt. Vielleicht war Serjoga auch weggezogen – von der Moskowskaja nach Moskau?

Ilja stieg zu seiner Wohnung hinauf. Es war offen.

Er setzte sich an den Tisch. Aus der Flasche trank er nicht, goss den Wodka in ein verstaubtes Gläschen aus dem Geschirrschrank. Hoch das Glas. Und runtergekippt. Das brannte. Wurstfett auf die Brandwunde. Gleich noch einen. Und noch einen. Das war nötig. Unbedingt. Nüchtern ist der Tod unfassbar. Real ist er nur für Betrunkene, wie die Liebe.

Das letzte Gespräch war kurz gewesen. Das war's, Mama. Ich bin raus. Ich fahr los. Gott sei Dank, Iljuscha. Ich freu mich auf dich. Gott sei Dank.

Wie konnte das passieren? Warum war er zu spät? Wieso hatte sie es so eilig gehabt? Eine Kluft von zwei Tagen. Nun konnte sie sich nicht mehr ausweinen, und er konnte ihr keine Vorwürfe machen wegen dieser vergeblichen Tränen. Sie konnte ihn nicht über das Gefängnisleben ausfragen, und er konnte sich nicht ausschweigen. Sie konnte ihm keine normale Zukunft ausmalen und er nicht müde das Gesicht verziehen.

Sie war tot.

Tot. Daran musste er sich gewöhnen.

Er schnappte sich die Flasche, zog um ins Kinderzimmer, wie seine Mutter es genannt hatte. Er hatte sie dafür ausgeschimpft, sie wollte damit aufhören und vergaß es trotzdem manchmal.

Ihre Wohnung hatte fünfzig Quadratmeter, ganz anständig. Für zwei war sie genau richtig, für einen zu geräumig. Laminatboden, tapezierte Wände, braune Möbel, Küche sechs Quadratmeter, gekacheltes Bad, eine gemütliche Toilette: die Wände mit Gummiziegeln beklebt. Eine Loggia.

Sein Fenster ging zum Depot hinaus. Zu dessen Hangar, zu den ausrangierten Waggons und Lokomotiven, klein und niedlich. In der Kindheit war es seine, Iljas, Spielzeugeisenbahn gewesen. Ein Geschenk aus dem Nichts. Die beste Aussicht in der Stadt. Stundenlang konnte man hinschauen.

Ins Depot führten von irgendwo rostige Schienen und endeten dort: eine Sackgasse. Aber Ilja war zu Hause in dieser Sackgasse mit ihrer umgestülpten Perspektive. Das Depot war für ihn Ausgangspunkt, der Beginn des Wegs, der über die Eisenbahnschwellen zum Horizont führte.

Da war er nun mit einem Transportwagen über diese Schienen ans andere Ende von Russland gelangt, hatte sieben Jahre wie in einem trüben Zerrspiegel des Moskauer Lebens verbracht und war zurückgekehrt: eine Sackgasse eben. Endstation.

Er stieß mit dem Depot an.

Ohne besonderes Interesse blätterte er in seinen alten Büchern; früher hatte er gedacht, darin stände die Wahrheit über das Erwachsenenleben, aber wie sich dann zeigte, gab es die Wahrheit nicht gedruckt. Er trank mit den Strugatzkis, mit Platonow, er trank mit Jessenin.

Literatur und Russisch hatte seine Mutter unterrichtet.

Ilja ging in ihr Schlafzimmer. Kniete vor ihrem Bett. Legte sein Gesicht auf ihr Kissen. Atmete tief ein. Es sah ja niemand, was soll's. Wenn niemand zusieht, ist es nicht peinlich.

Es roch säuerlich – nach Einsamkeit, Starrsinn, nahendem Alter. Das Leben seiner Mutter war hier versauert. Sie hatte Ilja mit zweiunddreißig durch Zufall bekommen. Von einem Vater hatte sie ihm nicht mal was vorgeflunkert, wie sehr er auch danach fragte: keiner da, hat ja nicht jeder einen. Der Mann im Haus war also er gewesen.

Früher konnte man bei ihr ganz schnell auf diesen Stahl stoßen: als wenn man eine saftige Bulette verschlingt und aus Unachtsamkeit plötzlich voll auf die Gabel beißt, Sterne sieht. In der Schule rief sie ihn immer nur beim Nachnamen. Gorjunow, zur Tafel. Eine Drei, Gorjunow, setzen. Welche Schande.

Bei Gericht war sie ganz aus Stahl. Als das Urteil gebrabbelt wurde, war sie aus Stahl. Und zu Beginn der Haftzeit. Dann fing der Stahl an zu bröckeln – vor Überhärtung.

Der Mann im Haus.

Ob sie andere Männer gehabt hatte? Eins war klar: Nach Hause brachte sie nie jemanden. Seine Fragen unterband sie. Über Anspielungen lachte sie. Aber sie war doch ein Mensch, wie konnte sie ohne Liebe sein? Hatte sie nur für ihn gelebt? Ilja konnte die gesamte Mutterliebe nicht in sich aufnehmen, ihr aber auch nicht entkommen. Und für ihre Liebe hatte sie ihm viel abverlangt.

Er überlegte, ob seine Mutter schön war. Dabei merkte er, dass er sich nicht richtig an ihr Gesicht erinnern konnte. Das erschreckte ihn. Er wühlte in der Kommode, fand das Fotoalbum.

Da überlief es ihn eiskalt.

Nun erst erblickte er sie. Nun erst wurde ihm klar, dass er sie nie wiedersieht. Er trank aus der Flasche.

Begann zu blättern. Neue Fotos gab es nicht. Alle Aufnahmen im Album waren gemeinsame: Ilja und sie in der Schule, Ilja und sie am Strand von Koktebel, Ilja und sie auf der Datscha einer Freundin. Nachdem sie Ilja geholt hatten, hörte sie auf, sich fotografieren zu lassen. Es begannen Jahre, die man besser nicht festhält.

Er kippte noch einen.

Am Ende des Albums kam nur noch Ilja. Mit Freunden von der Uni, dann mit Vera. Die Aufnahmen mit Vera hatte sie bei ihm gefunden. Jene, von denen er noch Abzüge hatte machen lassen. Denn sein Telefon mit allem Unausgedruckten wurde beschlagnahmt und den Akten beigelegt. Was hatte es da schon gegeben? Vera schlafend, nackt? Serjoga und Sanka auf dem Dach eines Hochhauses, ganz außen, am schwindelerregenden Rand? Das betrunkene Hochsommer-Skating im WDNCh?

Warum?!

Warum taten sie das?! Was hatte er verbrochen, dass sie das mit ihm taten?!

Das Urteil schluckte er, das Lager schluckte er, Veras Verrat schluckte er, eifrig zeichnete er für die Oberschließer Wandzeitungen. Aber alles ließ sich nicht herunterschlucken. Man konnte nicht vor allem die Augen verschließen. Aber vielleicht musste man? Vielleicht hätte er, wie seine Mutter sagte, bis zum Schluss in dieser verfluchten Innentasche abwarten müssen? Dann wäre er ein halbes Jahr früher gekommen!

Der Wodka hatte seinen Geschmack eingebüßt. Durch ein Wunder war Wasser daraus geworden. Selbst die Luft schien bitterer.

Ilja saß da, schaute auf ihr Telefon. Das Zimmer schmolz in der Hitze. Aus Mutters Fotoalbum schaute ihn Vera fröhlich an; also hatte Mutter ihr verziehen, hatte Vera nicht aus seinem Leben gerissen.

Er nahm den Hörer ab, nur um zu hören, ob da ein Tuten war. Es tutete.

Klagend, herausfordernd.

Drei Nummern kannte er auswendig. Mutters. Veras. Serjogas.

Dazu brauchte er nicht einmal sein Gedächtnis. Der Daumen tanzte von allein den Jig auf den Knöpfen, Ilja musste nur zusehen. Er legte den kalten Hörer ans Ohr. Er wollte ihn wegreißen, solange es nicht zu spät war, aber schon war er festgewachsen. Sein Herz pochte.

Als würde nicht Serjoga am Rande des Daches sitzen, sondern Ilja. Als würde er mit den Beinen baumeln und sich vorlehnen, um den Abgrund besser zu sehen.

»Hallo.« Da war sie. Absturz.

»Hallo, wer ist da?«

Sie hatte seine Festnetznummer gelöscht. Vielleicht auch ihr Telefon mit allen Kontakten verloren. Verloren oder gelöscht? Das war jetzt die entscheidende Frage.

»Vera?«

»Wer ist da?«

»Vera, ich bin's, Ilja.«

»Welcher Ilja?«

»Na, dein Ilja. Gorjunow. Die haben mich rausgelassen. Das heißt … Ich hab's abgesessen. Ich bin raus, Vera.«

»Bist du betrunken? Herrgott, es ist doch erst sechs.«

»Na und! Vera … Ja. Bist du in Moskau? Bist du weggezogen?«

»Ist doch egal. Ja, bin ich. Warum fragst du? Bist du … bist du wirklich raus?«

Es stimmt nicht, dass Wodka betäubt: Er macht dumm, ja, man kann nicht mehr richtig denken, ein Gespräch führen, sich vorm anderen in Acht nehmen. Aber man hört besser. Sowohl sich selbst als auch den anderen – als könne der andere mit seinem nüchternen Verstand seine Gefühle nicht hinter Worten verstecken. Wodka ist wie Röntgen.

Aus Veras Stimme klang Angst. Angst und Unzufriedenheit. Sie hatte gefragt: Bist du wirklich raus? Und wollte, dass Ilja antwortete: Ein Witz.

»Wirklich.«

»Und was willst du von mir?«

»Ich … Ich dachte, wir treffen uns … sehen uns mal? Das könnten wir doch, oder?«

»Nein. Ilja, nein. Nein, entschuldige.«

»Vera … Warte … Vera! Weißt du … ich war dort sieben Jahre! Sieben. Du warst hier und ich dort, verstehst du?«

»Ich habe mein eigenes Leben, Ilja, mein eigenes. Schon lange.«

»Klar, hast du dein Leben, sicher doch. Und ich war im Lager. Und nun bin ich zurück.«

Das hatte sie schon begriffen, wollte nichts hinzufügen. Schwieg einfach. Schien nicht mal zu atmen.

»Ist … ist er gut? Ein toller Typ? Ja?«

Vera antwortete nicht, hängte aber auch nicht auf. Sie hätte aufhängen, Ilja mit seinem trunkenen Gebrabbel abschalten können, blieb aber aus irgendeinem Grund dran. Vielleicht begriff sie, dass sie ihm dieses Gespräch schuldete. Mit allen Zinsen, die über sieben

Jahre aufgelaufen waren. Vielleicht gab sie Ilja auch ein Rückfahrtticket?

»Hör mal«, sagte sie auf einmal strikt. »Du warst im Lager, und ich war hier, stimmt. Aber du musst mir das nicht alles anhängen, klar? Und du brauchst keinen Druck zu machen … Ich habe dich damals um nichts gebeten, im Club. Du hast dich selbst eingemischt.«

»Du warst meine Freundin! Was hätte ich denn sonst tun sollen? Ich bin doch kein Weichei!«

»Schrei mich nicht an. Der hätte mir nichts getan. Was hätte er schon tun können? Da standen überall Leute. Du warst es, du hättest dich nicht einmischen sollen. Dann wäre auch nichts passiert.«

»Einmischen? Du weißt nicht mehr, wie du damals …«

»Ja und? Ja und! Statt dass du erst nachdenkst. Ich war doch ein Küken!«

»Und ich? Was war ich?!«

»Ilja. Du bist betrunken. Wach auf. Das ist eine sehr alte Geschichte. Ich bin schon seit drei Jahren mit einem anderen Mann zusammen. Ich werde heiraten.«

Er schüttelte seinen schweren Kopf. Langsam rechnete er, rieb sich die Stirn; die Lippen rutschten zur Seite, nach oben.

»Drei? Es ist also nicht mal der, wegen dem du mich verlassen hast?«

»Hätte ich etwa die ganzen sieben Jahre auf dich warten sollen? Warum? Nur, weil du mich damals einmal verteidigt hast? So was gibt's nur im Kino, klar? Mein Leben ist real! Und ich habe nur eins, verstanden? Meine besten Jahre.«

»Die besten?«

»Ich werde dir keine Rechenschaft ablegen! Auf keinen Fall!«

Ilja schluckte. Nein, er wollte ja nicht, dass das Gespräch so verlief. Er wollte ihr keinen Vorwurf machen, schon längst hatte er ihr verziehen, vor vielen Jahren. Er hätte anders beginnen müssen … Nur wie?

»Vera … Verotschka. Ich … Ich sag doch gar nichts.«

»Doch, das tust du!«, schrie sie, und der Wodka offenbarte ihre Tränen. »Das tust du!«

»Ich hab doch nur … Ich hab hier unsere Fotos angeschaut. Du hast mir gefehlt. Wir können uns … doch einfach sehen? Ich würde ins Zentrum kommen. Nach Moskau.«

»Nein.«

»Bitte.«

»Nein, ich bin schwanger, Ilja. Ich bekomme ein Kind. Schluss.«

Er war verwirrt. Legte eine Pause ein: ein Schluck aus der Flasche. Durchatmen. Er schaute auf Veras Sommersprossen, auf ihr rotbraunes, gewunden-drahtiges Haar, in ihre hellen Augen. Sie bekommt ein Kind. Sicher irgendein Moskauer Businesstyp. Ist ja auch unwichtig. Diese Schwangerschaft – das war sein Todesurteil.

»Meine Mutter ist gestorben.«

Vera atmete. Ilja drückte den Hörer ganz fest, lauschte.

»Was? Tamara Pawlowna? Wie schrecklich … Ich … Das tut mir leid.«

»Ja. Ja. Hör mal … Vielleicht einfach nur auf einen Kaffee. In irgendeinem ›Coffeehouse‹, wo es dir passt, in der Nähe deiner Arbeit oder …«

»Also, Ilja, ich kann nicht länger sprechen. Mach's gut.«

»Halt!«

Aber der Hörer war schon taub.

»Vera!«

Sofort wählte er ihre Nummer erneut. Das Tuten begann – und dauerte endlos, und dann teilte ihm eine Frauenstimme monoton mit, die Nummer sei nicht erreichbar. Er wählte noch mal. Umsonst. Noch mal. Nein. Noch mal. Worauf hoffte er? Dass sie beim fünften Mal abnimmt? Beim zehnten?

Vera war es scheißegal.

»Schlampe!«

Ilja ballte die Faust, schlug sich, landete ungeschickt auf dem Ohr.

Wozu hatte er ihr das erzählt? Von Mutters Tod?

Es summte und tat weh, aber wegen des Wodkas nicht weh genug. Er schlug sich nochmals.

* * *

»Und, wie war's?«

»Bestanden! Ich habe die verflixte Syntax bestanden. Und Russisch als Fremdsprache. Russisch mit Eins, jetzt kann ich ausländische Spione unterrichten, vielleicht finde ich für den Sommer einen Job. Und für Syntax habe ich eine Zwei, aber die vom Fernsehen haben schon angerufen: Her mit diesem einzigartigen Jungen, der cool blieb bei der Syntax im Gegenwartsrussisch. Ich sag's dir, Vera, es ist überstanden! Jetzt bin ich ein freier Mann. Die Prüfungen sind vorbei. Lass uns heute in die Stadt.«

»Und was ist da heute los?«

»Meine Kumpels gehen ins ›Paradies‹. Die aus meinem Jahrgang.«

»Was ist das für ein Paradies?«

»Total abgefahren! Das ist beim ›Roten Oktober‹, wo früher die Schokoladenfabrik war. Da kommt so ein angesagter Schwede, und in der Mitte des Clubs, stell dir das mal vor, ist ein Swimmingpool, in dem sich die russische Olympiamannschaft für Synchronschwimmen tummelt! Leider nur die der Frauen, aber dafür die olympische! Mega, oder? Fahren wir?«

»Kommen wir da rein? Sicher gibt's da Facecontrol und so was alles.«

»Hast du dir dein Face mal im Spiegel angeschaut? Du bist dort der Star, den Schweden stellst du locker in den Schatten. Die werden dich anbeten, dir zu Füßen liegen! Und ich versteck mich unter deinem Rock und schlüpfe mit durch.«

»Ich wollte eigentlich Mini anziehen.« Endlich kicherte Vera.

»Tja … Das ist Pech. Unter einen Mini passe ich nicht ganz. Aber versuchen müssen wir es unbedingt. Wer wagt, gewinnt! Keine Panik, meine Jungs haben uns schon angemeldet, und ich sag, ich bin in Begleitung.«

Am Bahnhof kauften sie »Klinskoje«, stießen mit grünem Glas an, lachten, schauten in den blauen Abend, erwarteten aus dessen Tiefe die Elektritschka aus Dmitrow. Unter den Laternen flatterten Falter, eine Eisenbahn-Brise strich mit kühler Hand über ihre Wangen, wehte den Geruch nach Heizöl und erhitzten Schienen heran, die vorbeifahrenden Güterwagen versuchten mit ihrem Rattern den Rap-Beat von »Kasta« zu erwischen, den Vera und er mit einem geteilten Kopfhörer hörten, und gut war, dass Vera sich von Ilja nicht weiter entfernen konnte, als das Kabel es zuließ.

Er musste einfach genau an diesem Abend nach Moskau fahren, in dieser bierseligen, späten Elektritschka, vollgestopft mit ebensolchen Vorort-Clubbern, den sich gegenseitig musternden Fremden mit einer gemeinsamen Vorfreude.

Das musste er haben nach den Juni-Prüfungen, als er schon nicht mehr denken konnte, weil der Arbeitsspeicher vollgestopft war und nichts mehr behielt, als er schon Asthma hatte von der Kreide, Migräne vom Surren des Professors, das fern und fliegenhaft zu den letzten Reihen drang, und einen Tremor beim Eintreten zu den Exekutoren-Examinatoren. Er wollte fühlen, dass diese stickige Vorhölle hinter ihm lag, und vor ihm – der Sommer, ein Abenteuer-Sommer, ein Reise-Sommer, ein Liebes-Sommer, die endlos lange Ferienzeit, wie in der Schule. Er musste eintauchen in die tanzende Menge, in den Rausch, musste sich volllaufen lassen mit Freude bis zur Übelkeit, um dann um sieben Uhr morgens mit dumpfem und dröhnendem Schädel in irgendeinem »Coffeehouse« zu frühstücken, wo man sich schreiend banale Erkenntnisse und trunkene Offenbarungen zuflüsterte.

Ungekämmte Barden sangen für speckige Scheinchen schiefe Balladen und undefinierbare Chansons, überschrien den Lärm der Waggons. Hungerleider boten Leuchtbänder feil, Zigeunerinnen erbettelten Almosen, Vera und Ilja küssten sich. Sie kauften die Bänder, fochten damit, machten dann Armbänder daraus und hakten sich aneinander fest. Immer schneller zog es die Elektritschka ins nächtliche Moskau, wie in ein schwarzes Loch, und von dort drangen vom Horizont der Ereignisse, direkt aus dem Club »Paradies«, allen Gesetzen der Physik zum Trotz, die hämmernden Bässe einer sich steigernden Musik, sodass es im ganzen Körper summte und das Herz fieberte.

Das hatte Ilja gebraucht, und Vera auch.

Er war an der Moskauer Uni bei den Philologen, sie – dem Namen nach an der Moskauer Akademie für Finanzrecht, aber der Geografie nach in Lobnja, auf der Industriestraße. Er studierte auf Träumer, sie auf Pragmatikerin. Sie – die Grundlagen der Buchhaltung und Finanzwirtschaft, er – europäische Literatur des 20. Jahrhunderts.

Als Kommilitoninnen hatte Ilja liebeshungrige Sechzehnjährige, fleischfressende Pflanzen in voller Blüte, Moskauer Gören. Sie brauchten Sprache und Literatur bei den Philologen nur, um aus Buchseide und romanistisch-germanistischem Hauch das silbrige Spinngarn weiblicher Reize zu weben. Die wenigen Jungs des Jahrgangs waren für sie erste Insekten, und die täuschten sich, wenn sie das für Verhätschelung hielten: Die Schule dieser Mädchen war hart und real.

Vera hatte als Kommilitonen kurz geschorene Vorort-Kerle mit Pony, die sahen aus wie Riesenschnauzer und hatten auch hündische Manieren, diese künftigen Beamten und Genossenschaftler. Bei denen wusste man immer, wie das Gespräch laufen würde: Alle Repliken waren vorhersehbar, eigentlich brauchte man gar nicht mit ihnen zu reden. Auch ihre Liebesromanzen waren kalkulierbar, genau wie ihre Ehen und ihre Rente.

Er hatte Moskau, sie Langeweile.

Eine Schulliebe ist wie eine Zimmerpflanze – verpflanzt man sie aus ihrem Topf ins erwachsene Leben, wird sie vom Unkraut erdrückt.

Vera war auf Moskau natürlich eifersüchtig; aber er betrog sie nicht mit Moskau. Mit zwanzig ist die Gegenwart zu gegenwärtig, als dass man die Zukunft planen oder über die Vergangenheit grübeln könnte. Wenn er sich aber vorstellte, als Erwachsener in Moskau zu sein, war Vera irgendwo in der Nähe, alles andere peripher. Mehr konnte man von einem jungen Kerl nicht verlangen, das hatte auch keinen Sinn. Für ein Mädchen ist eine solche Kurzsichtigkeit jedoch unvorstellbar.

Gerade hatten ihm die Jungs aus seinem Studienjahr vorgeschlagen, sie könnten zu dritt eine Wohnung mieten, eine Bushaltestelle von der Fakultät entfernt. Er hätte Vera also nur noch am Wochenende gesehen.

Deswegen war es so wichtig, dass sie jetzt beide in diesem Zug saßen, der sie in dieselbe Richtung brachte. Könnten ein Kopfhörer für zwei und die verschlungenen Leuchtbänder die beiden zusammenhalten, die von der Gravitation des Weltalls in verschiedene Umlaufbahnen gezogen wurden? Wer weiß das schon.

Die Elektritschka fuhr am Bahnhof Sawjolowski ein.

Tagsüber ist das sommerliche Moskau eine Mikrowelle. Langsam dreht sich die Scheibe des Dritten und des Gartenrings und der Ringlinie der Metro, man wird geschmort von unsichtbaren Strahlen durch die Wolken, durch die staubige Luft, bis hundert Meter tief durch rotbraunen Lehm. Immer schweißverklebt. Regen dringt durch Haut und Knochen, knetet Straßenstaub zu Klumpen, walkt schmutzige Watte aus dem Pappelschnee, und wieder schmort man.

Aber wenn die Bestrahlung aufhört, es eine Atempause gibt, die Luft dünner wird, die Sonne untergeht – dann ist Moskau die beste Stadt der Welt.

An jenem Abend waren Wolken über Moskau aufgezogen: Das sorgte für Kühle. Auf Veras blasser Haut, die nie bräunen wollte, sträubten sich die Härchen, Ilja streifte sein Kapuzenshirt ab und hüllte seine Vera hinein. Von der Metrostation gingen sie zur Schokoladenhalbinsel »Roter Oktober« – und als sie nach der engen Poljanka-Straße die Weiten vor sich hatten, mussten sie blinzeln. Der Kreml leuchtete blendend, von unten angestrahlt, und es gab kein Gebäude an der Uferstraße, das es ihm nicht gleichtun wollte. Die Wolken hatten sich mit irdischer Elektrizität aufgeladen und phosphoreszierten. Moskau war selbst ein Himmelslicht, es brauchte keine Sterne.

Die Zugänge zum »Roten Oktober« waren verstopft. Autos drängten, einander antreibend, durch die einzige Verkehrskapillare zur Halbinsel. Wer es eilig hatte, stieg eilig aus. Im Sturm nahm die fröhliche Menge die Brücken zur Bolotni-Insel, umringte die Clubs, ging zum Angriff über. Lolitas in Mini traten in den Schlangen von einem Bein aufs andere, es plapperten ihre Pagen. Erregt brummte der Bienenstock des Clubs, Honig floss. Von allen Enden der Stadt, selbst den entferntesten Vorposten, war das juvenile Menschenvolk herangeflogen, um ganz sicher die öde Unschuld zu verlieren.

Der Abschied von ihr begann mit einer kleinen Erniedrigung beim Facecontrol.

Eine lange Schlange führte zum Türsteher, der konnte zu seinem Vergnügen die nacktbeinigen Mädchen betrachten, vorgeblich abschätzend, oder auch stur und gekränkt durch sie hindurchschauen wie ein Eunuch. Den Jungs starrte er in die Augen, zwang sie zu Geduld, zu einem Lächeln: Sozusagen ein Freundlichkeitstest, Dreckspack brauchen wir im Club nicht. Er konnte einen mustern, bis man Gänsehaut kriegte, und sagen: Sie dürfen nicht rein. Oder er konnte, wenn man ausharrte, flehte, das Gezische der Schlange ertrug, schließlich Gnade walten lassen und flüchtig mit dem Kopf nicken: Na gut, geh rein. Angenehmen Abend. Was soll's, man ertrug es. Hauptsache, man kam rein, und die Erniedrigung wurde sofort wegpoliert. Mehr noch, die Freude war so groß wie bei einem bestandenen Examen: ein ehrlich verdienter Rausch.

Ilja dachte, seine Jungs von der Uni schleusen ihn durch – aber sie hatten nicht gewartet, eine SMS geschrieben: treffen uns drinnen.

Vera wurde nervös.

Er holte zwei Luftballons aus der Tasche, sagte zu Vera – das ist der Anfang einer wichtigen Tradition, die halten wir unbedingt ein Leben lang ein. Feierlich löste er das Leuchtband von ihrem Arm – und von seinem. Er zog sie gerade, stopfte sie in die Ballons, die er dann aufblies und zuband – nun waren es Schwimmlaternen.

Sie gingen zum Geländer – unten der Fluss.

»Küss mich.«

Er nahm die Ballons und ließ sie ins Wasser. Sie setzten nebeneinander auf und schwammen gemächlich den dunkel-schimmernden Fluss entlang – innen grün und rot: das Leuchtkäferpärchen. Vera und Ilja schauten ihnen nach.

»Sie schwimmen zusammen«, sagte Vera.

»Nächstes Jahr machen wir das wieder an diesem Tag«, verkündete Ilja. »Na gut, am Wochenende.«

Er nahm sie bei der Hand.

Drinnen im Club brummten saftige Bässe, und als die Türschleusen aufflogen, sprudelte Lachen heraus, das in der Musik ertrank. Scheinbar handelten sie drinnen mit Glück vom Fass. Daran wollte man sich betrinken bis zur Bewusstlosigkeit.

Sie ertrugen die Schlange.

Paare, hieß es, würden am Eingang eher ausgesiebt – Paare geben weniger aus, brauchen sich nicht gegenseitig betrunken zu machen. Sie mussten so tun, als seien sie Singles, damit die anderthalbstündige Reise aus Lobnja nicht umsonst gewesen war. Aber Ilja konnte Vera nicht verraten und ihre Hand loslassen. Na ja ... es war eher so, dass er ihr nicht sagen konnte, dass sie es so machen müssten – und weshalb.

Auf der Stelle tanzend standen sie lange Minuten direkt vorm Eingang. Seine Freunde gingen nicht ans Telefon. Wahrscheinlich war es laut drinnen.

»Was lächeln Sie, junger Mann?«, fragte der Face-Controler.

»Prüfungen geschafft!«, sagte Ilja.

Und der »Erzengel«, der wohl auch mal ein Mensch gewesen war und dergleichen nicht vergessen hatte, ließ sie beide ins »Paradies«, in Wolken von süßem Rauch, in die dröhnende Musik, in die Seligkeit.

Gleich fanden sich auch Iljas Kommilitonen ein – die freuten sich, aufrichtig. Klopften ihm auf die Schultern, umtanzten sie. Jeder hatte einen Cocktail in der Hand, bot Vera an, aus ihren Strohhalmen zu trinken. Vera ging darauf ein, lachte.

»Willst du was?«, fragte Ilja sie. »Bier oder …«

»Nicht nötig!«, wehrte Vera schüchtern ab.

Trotzdem ging er zur Bar. Für sich wollte er nichts, er konnte wie immer in der Toilette aus dem Hahn trinken. An der Bar zögerte er, fragte nach den Preisen, entschied sich schließlich für einen »Screwdriver«: vernünftige Qualität zum vernünftigen Preis. Mädchen winkten ihm vom anderen Ende des Tresens zu, und nur für einen Moment bedauerte er, dass er schon verliebt war.

Vera wartete auf ihn, freute sich über den »Screwdriver«, runzelte komisch die Stirn vom Wodka, bot seinen Freunden was an, auch Ilja, das Tanzen machte mehr Spaß jetzt. Nach vierzig Minuten endlich ging auch alles Krampfhafte weg. Herrlich war die Betäubung!

Ilja schaute bewundernd zu Vera: offenes Haar, kein BH unter dem eng anliegenden Shirt, anstatt des Minirocks schwarze Leggins, das wirkte unschuldiger und gleichzeitig lasziv. Sie war wirklich besser als die meisten hier.

Die olympische Auswahlmannschaft stieg in den Swimmingpool, sie schlugen Purzelbäume zum Beat, aus den goldenen Logen der oberen Etagen blickten unbekannte Götter gönnerhaft auf ihre perfekten Hüften, sie wurden umschwirrt von servilen Kellnern, während die Sterblichen sich aneinander auf der Tanzfläche rieben, ein Feuer entfachten. Heiß waren sie, küssten sich in den Ecken, stöhnten in schlecht verschlossenen Kabinen. Alle redeten, keiner verstand was.

Der Club war etwas Entgegengesetztes zum irdischen Leben, vielleicht auch das Paradies, warum nicht? Ein Garten Eden mit grünen Wiesen, weißen Klamotten und einer Harfe – das wäre kein Paradies, sondern ein bürgerliches Altersheim. Für Zwanzigjährige total uncool, dort zu sterben.

Ein Stroboskop wurde angeschaltet, es zerfetzte das Fernsehbild der Realität in monochrome Wochenschaubilder. Deswegen war es so unfassbar, als es dann losging. In der Menge tauchten Männer in Maskenmützen, mit Panzerwesten auf, aber das konnte ein Teil der Show sein, immerhin hatte es davor tanzende Zwerge mit angeschnallten Phalli gegeben und den Olympiastolz des Landes im Planschbecken, auch Dicke mit Body-Art – warum also keine Maskerade?

Doch die Haudegen drangen zum Turm vor und drehten dem DJ den Ton ab.

»Drogenkontrolle! Jeder bleibt an seinem Platz!«

Das verwirrte Stroboskop wollte noch flackern, dann wurde sein Stecker gezogen, das blendende Oberlicht eingeschaltet. Es war, als müssten sich alle bei vorgehaltenen Pistolenmündungen ausziehen. Das endlich erschreckte die Leute. Sie fluteten von der Tanzfläche, strömten den Ausgängen zu – aber da wurden sie schon erwartet. Die Logen waren bereits leer.

»Ruhe bewahren! Jeder bleibt an seinem Platz!«

Die Schwarzen zogen wie Kämme durch den Saal, holten sich die Tollkühnsten, die ihren Tanz bei verstummten Boxen fortsetzten, und zerrten sie irgendwohin. Ilja packte Vera, zog sie von den herannahenden Zinken weg.

»Stehen bleiben! Wohin?!«

Vera schrie auf. Hing fest.

»Oh, schau mal, was für eine Hübsche!«

Ihr Handgelenk wurde von einem Mann umklammert. Lockenkopf, jung, glatt rasiert. Er war in Zivil, deswegen riss Ilja Vera zu sich. Aber der andere hatte einen Bulldoggen-Griff.

»He, was machst du?«

»Lass sie!«

»Ilja! Ilja!«

»Föderale Drogenkontrolle. Sie ist verhaftet. Widerstand zwecklos.«

Vera – hilflos, verloren – schüttelte nur den Kopf, schaute zu Ilja.

»Zeigen Sie Ihren Dienstausweis!«, forderte Ilja, seine Stimme überschlug sich.

»Den Ausweis willst du?« Der Zivile schnaubte; er hatte einen wilden Blick, die Augen weit aufgerissen.

»Ja! Das ist so üblich.«

»Hier!« Kurz hielt er Ilja seine Pappe vor die Nase: irgendein Unterleutnant. »Reicht das? Lass sie sofort los, sonst nehme ich dich gleich mit.«

»Mit welcher Begründung?« Ilja ließ die Finger nicht locker.

»Bist du übergeschnappt? ›Begründung‹?!«, schrie der Leutnant stotternd. »Ich nehme eine Drogensüchtige fest, die wird jetzt untersucht! Hände weg!«

»Das stimmt nicht«, Vera fing an zu weinen.

»Sie haben kein Recht dazu! Ich hab Zeugen ... Jungs! Ljoscha, wo bist du? Das ist ungesetzlich! Du willst dich bloß an meine Freundin ranmachen!«

»Dazu habe ich das Recht, ich bin im Dienst, und du stehst im Weg! Sergeant! Hej, Omeltschuk!« Der Lockenkopf rief die Schwarzen mit den Ärmelabzeichen der Drogenkontrolle heran, zwei drängten sich zu ihm durch. »Also, den haltet ihr fest. Und du kommst mit!«, sagte er und zerrte an Vera.

Seine Studienfreunde, die gerade noch neben ihm gestanden hatten, wichen vor den Schwarzen zurück wie vor Pestkranken und verschwanden in der Menge. Ringsum lichtete es sich, inmitten der Lichtung standen jetzt nur noch Ilja und Vera – und die da.

»Wage nicht, sie anzufassen! Sie nimmt keine Drogen! Wag es nicht! Hörst du, Arschloch!«, schrie der taube Ilja. »Du bist doch selbst zugelötet!«

Der Lockenkopf ließ Veras Hand los. Ganz nah trat er an Ilja heran. Neigte sich zu seinem Ohr, flüsterte: »Willst du mir Anweisungen geben? Du Stück Dreck? Was willst du mir schon tun? Weißt du, wo die Mädels ihre Briefchen verstecken? Ich werde sie jetzt mit dem Gesicht auf den Boden legen ...«

Er rülpste in Iljas Ohr und redete weiter. Ilja hörte nicht mehr zu und stieß ihn weg. Der Lockenkopf schwankte, blieb aber stehen. Nickte Ilja zu, verzog das Gesicht.

»Omeltschuk! Angriff auf Vollstreckungsbeamten! Festnehmen! Und Sie können gehen«, winkte er der schluchzenden Vera zu. »Geh schon, was stehst du hier rum?«

»Geh, Vera!«

Und Vera ging.

»Widerstand gegen Festnahme«, sagte der Zivile zum Schwarzen. Ilja zappelte, aber da stürzte sich ein anderer Fahnder auf ihn, und sie drehten ihm die Arme um, drückten, beugten ihn nieder. Dann zerrten sie ihn weg, eingezwängt von beiden Seiten.

»Wieso machen Sie das mit ihm?«, zirpte einer seiner Kommilitonen mutig.

»Bleib hier stehen, dich holen wir auch gleich!«, blaffte ihn einer mit Ärmelabzeichen an – und schon machte der sich dünne.

Ilja reckte immer wieder den Kopf – ob Vera verschwinden konnte? Um sich selbst sorgte er sich nicht – was sollten sie ihm schon tun? Er hatte mal in den Schulferien Gras probiert, Drogen sonst nie angerührt. Er war sauber, ihm konnten sie nichts anhängen. Auch Vera war sauber – aber sie zu demütigen war für den Lockenkopf viel leichter. Wenn Vera nur entwischen konnte, würde Ilja aufrecht bleiben. Er war fest entschlossen, die Würde zu wahren.

Sie jagten ihn auf die Straße, schubsten ihn in einen Transporter, in dem waren irgendwelche verwirrten Minderjährigen, Menschen in Kitteln, ein schnauzbärtiger Kommandeur. Sie ließen ihn los.

»So! Taschen ausleeren!«, rotzte ihn der Leutnant an. »Alles rausholen, was du da hast! Und den Ausweis!«

Ilja zuckte mit den Schultern. Er steckte seine Hand in die Tasche – fischte seinen Wohnungsschlüssel heraus. Die Geldbörse, irgendwas Weiches … Brüchiges. Zog es hervor, verfinsterte sich.

»Das …«

»Soso. Pawel Filippowitsch, schauen Sie mal, was wir hier haben.«

Ein schwarzes Tütchen. Darin war etwas eingewickelt. Ilja wollte noch nicht wahrhaben, was.

»Legen Sie das auf den Tisch. Auf den Tisch!«, befahl der Schnurrbart. »Was ist das?«

»Das gehört mir nicht.«

»Aha. Hat mal jemand eine Pinzette? Und Zeugen brauchen wir. Hol die Zeugen, Petja«, befahl der Kommandeur dem Leutnant.

»Da sitzen doch welche, nehmen wir doch die, wozu so weit ausholen, Pawel Filippowitsch?« Der Lockenkopf zeigte auf die Verdatterten.

»Nun dann … ihr da! Hat jemand seinen Ausweis dabei? Und du setz dich hin, setz dich, keine Eile«, murmelte der Schnurrbart Ilja zu, »wo willst du noch hin …«

»Das gehört mir nicht!«

Er begriff es schon, konnte es aber noch nicht glauben, nicht protestieren, konnte auch nichts sagen, als habe man ihm zähen, faden Haferbrei in den Mund gestopft, als würde er gezwungen, ihn zu schlucken, und es wurde nachgestopft, direkt in den Rachen, und er würgte an ihren Worten, würgte an seiner Hilflosigkeit, zappelte, versank immer tiefer im Sumpf, während sie inzwischen schnell ihre Arbeit machten – wie gewohnt, mechanisch.

»Also, wir öffnen es.«

Sie öffneten das schwarze, feine Zellophan, und darin waren kleine Tütchen mit Kunststoffverschlüssen, darin Mehl.

»Hoppla, schon portioniert. Fertig zum Verkauf also. Na, dann zählen wir mal. Also, Leute, ihr schaut zu! Eins, zwei, drei …«

Die Zeugen rollten schwerfällig ihr Augenweiß, beobachteten gehorsam, wie der Leutnant mit einer Pinzette die Pulver-Tütchen auf eine Waage legte. Sie widersprachen nicht: Ilja bekam was auf seine Waagschale gelegt, und ihre Waagschale wurde leichter. Jeder denkt an sich.

»Das wurde mir untergeschoben! Er hat es mir untergeschoben!« Endlich hatte Ilja seinen Haferbrei heruntergeschluckt. »Was ist das? Was ist in den Tütchen?«

»Das werden wir jetzt die Experten fragen.«

Was dort war, erfuhr Ilja später: Sein Leben, zermahlen zu Koks, das war es.

Paragraf 228, Punkt 1. Weiterverarbeitung von Drogen zum Verkauf. Kokain.

»So. Die Zeugen. Hier unterschreiben. Petja, du auch. Die Beweisgegenstände werden ordentlich weggeräumt, da sind seine Fingerabdrücke dran, wisch sie nicht aus Versehen ab. Das war's, hol die Mannschaft her.«

»Das gehört mir nicht! Warum werde ich nicht untersucht? Sie haben doch Ärzte hier! Die sollen Blut abnehmen! Ich bin sauber!«

»Das kommt später, regen Sie sich nicht auf«, versprach ihm der Schnurrbart. »Wir sehen ja selbst, dass Sie nüchtern sind. Aber das hat keine Bedeutung. Ihr Dealer seid ja hier auf Arbeit, im Dienst, sozusagen. Da braucht ihr einen kühlen Kopf. Und saubere Hände. Genauso wie wir. Das war's, Petja, nimm ihn mit, wir haben noch jede Menge zu tun.« Mit seinen fetten Fingern, mit seiner fetten Stimme hatte er Ilja gepackt und ihn in den Trichter eines Fleischwolfs gepresst, ihn in dessen Spirale gedrückt, während Ilja sich wand und fiepte und Leutnant Petja die Kurbel drehte.

Als sie ihn zum Auto führten, drückte Petja Ilja die Arme noch höher. Und er sprach mit sich selbst.

»Na bitte, du Drecksack. Du Arschgeige, da hast du's. Sieben Jahre werden sie dir aufbrummen, Kleiner. Da wärmst du die Pritschen, kommst zur Vernunft. Und lernst mal, wie man sich benimmt. Denen im Lager kannst du dann erzählen, wer welche Rechte hat.«

»Das kommt vor Gericht! Bei Gericht kannst du nichts beweisen! Ich bin sauber! Ich habe noch nie Drogen genommen! Und nie welche vertickert!«, sprach Ilja mit sich selbst.

* * *

Aber die Richterin wollte das alles nicht wissen. Ihr reichte etwas anderes: sechs Briefchen mit je zwei Gramm, schwarze Folie mit Fingerabdrücken, die Aussagen des Lockenkopfs, des Unterleutnants im Föderalen Dienst zur Kontrolle über den Drogenhandel Pjotr Jurjewitsch Chasin. Den Namen hatte Iljas Mutter durch die Anwälte aus seiner Akte erfahren. Die Anwälte sagten: Bieten Sie Geld, schmieren Sie die. Aber seine Mutter hatte nichts.

Mit den sieben Jahren hatte der Leutnant ins Schwarze getroffen.

»Dieses Schwein!«, schrie Ilja flüsternd unter Tränen, als das Urteil verkündet wurde; und dann noch einmal, als die Berufungsklage abgelehnt wurde. »Schwwwein.«

Chasin kam nicht zur Verhandlung. Ilja interessierte ihn nicht mehr, der Dienst ging weiter. Die Richterin kam auch ohne ihn zurecht. Jeder erfüllte seinen Plan.

Sie klärten es schnell, und für ihn hieß das – Solikamsk.

3. Kapitel

Mehr ging nicht rein.

Nicht mal die Hälfte hatte er ausgetrunken. Saß in der Küche, schaute fern. Der Fernseher weigerte sich nicht, mit ihm zu sprechen. Der Fernseher war wie ein verrückter Nachbar: Fängt man seinen Blick auf, kann man ihm das Maul nicht stopfen, nicht entkommen. Der Fernseher plapperte, schnitt Grimassen, lehrte das Gruseln. Aber Ilja war froh über diesen Unfug, den fremden Stuss. Sollte er heulen. In der Stille hört man sich selbst, das ist noch schlimmer.

Gern wäre Ilja eingeschlafen, aber der Wodka ließ es nicht zu. Der Wodka war jetzt sein Skelett, hatte sich sein Fell übergezogen, riss seine Augen zum flimmernden Bildschirm auf, bewegte seine Kiefer, stopfte seinen Balg voll mit hartem Brot, mit fader, grauer Wurst. Der Wodka wollte was von ihm, aber Ilja mochte nicht mal daran denken, was es war.

Dann trugen ihn seine Beine zurück zum Telefon.

Er wählte die Nummer seiner Mutter. Die vom Mobiltelefon, das sie mitgenommen hatte. Er wartete sieben Töne ab, zehn. So gern wollte er durchkommen. Dann warf er den Hörer hin, machte: »huuuuuu«. Trocken waren die Augen.

Sollte er zu ihr? Sie nach Hause holen? Wenigstens einen Transport bestellen? Es war ja nicht weit. Dort lassen durfte er sie ja wohl nicht?

Nein. Er konnte jetzt nicht. Später, ein wenig später. Jetzt fehlte ihm die Kraft, um die Gewissheit zu ertragen. Er fürchtete sich, seine Erinnerung gegen eine Leiche zu tauschen.

Blieb eine Nummer, die er noch nicht probiert hatte. Serjogas.

Die Tasten drückte er schwerfällig, langsam. Außer Serjoga konnte er niemanden weiter anrufen. Das durfte nicht danebengehen.

Serjoga ging sofort ran.

»Guten Tag, Tamara Pawlowna.«

»Serjoga.«

»Wer ist da? Ilja, du? Bist du raus?«

»Ich bin raus. Du … Bist du hier in Lobnja? Oder weggezogen?«

»Hier bin ich! Wo sonst?«

»Und wir … Kannst du herkommen? Ich bin hier … allein. Heute erst … angekommen.«

»Du pichelst wohl? Oha. Na gut, Alter, ich frag mal meine Frau. Unser Kleiner fiebert ein bisschen … Aber wenn das so ist. Ich ruf zurück, warte.«

Versprach er – und rief zurück. Eine halbe Stunde später stand er bereits im Flur.

Seltsam sah er aus. Braun gebrannt, komische Frisur: an den Seiten geschoren, in der Mitte eine Tolle. Dazu ein gepflegter Bart; nie war in Serjogas Gesicht irgendwas gewachsen, und jetzt gleich ein Vollbart.

Sie umarmten sich. Er roch nach frischem, süßem Parfüm. Der Bart wiederum duftete nach etwas Eigenem, Besonderem, und er kitzelte.

»Und wo ist Tamara Pawlowna?«

»Nicht da. Komm in die Küche.«

Er goss ein. Serjoga kippte das Glas sofort runter, zierte sich nicht lange.

»Wo bist du so braun geworden?«

»Na wir waren … sind nach Sri Lanka abgezischt. Den Sommer hier abgehangen, der Kleine war nicht geimpft, also saßen wir auf der Datscha fest, bis wir die Motten kriegten vom russischen Kolorit, na ja, und Stassja wollte zum Geburtstag eine Reise nach Sri Lanka. Da war eine Freundin von ihr, mit Mann und so, alles erste Sahne, von der kam der Tipp. Wir hatten was zurückgelegt, und nun hat sich der Rubel berappelt, war also drin. Unser Wurm blieb bei ihren Eltern, die haben ja eine Wellenlänge, und ab ging's zum Surfen. War auch alles, wie die Freundin meinte, noch mal jung sein, du glaubst es nicht. Zwei Wochen wie ein Tag. Das heißt, solange du da bist, zieht es sich hin, du meinst, ein halbes Jahr ist um. Aber dann landest du in Scheremetjewo, aufgetankt noch und fröhlich, und dann watest du hier durch die Chemiepampe, Schnee rieselt dir ins Gesicht oder Regen, schon zwackt die Haut, und es müffelt so vertraut nach Heimat … Und du denkst dir, Mannomann, vielleicht hab ich von Lanka nur geträumt? Die Bräune ist auch bald futsch, schon hat unsere Sonne das Vitamin D aus der Haut gesaugt. Na, noch einen?«

Ilja goss nach. Serjoga schüttete das zweite Glas in sich hinein, ließ seinen Blick über den Tisch schweifen, suchte nach einem Happen, die Wurst rührte er jedoch nicht an.

»Dann hat sich die Arbeit angehäuft, die geben einem im November sowieso nicht gern Urlaub, wollen, dass du bis zu den Feiertagen wartest. Na klasse, zu den Feiertagen sind alle Flüge ausgebucht, und bei Airbnb tierische Preise, außerdem wollten wir in Ruhe surfen, wieder in Form kommen, ohne dass jemand glotzt, und zu Neujahr ist das da kein Meer, sondern Borschtsch mit Australiern, ist ja schließlich nicht nur bei uns Neujahr, sondern everywhere. Also sag ich zum Chef: Bleib mir vom Leib, Genosse Kommandeur – das hab ich natürlich nicht gesagt, aber laut gedacht. Und jetzt heißt es, deine Verkäufe für November sind noch unter Plan, wenn du willst, kannst du für die restliche Woche hier dein Bett aufschlagen, aber die Zahlen musst du bringen. Und da schleppt der Kleine aus der Kita einen Keim an, Spiegeleier kannste braten auf seiner Stirn, so heiß ist die. Stassja ist gleich durchgedreht, dabei kam ich nur 'ne halbe Stunde später von der Arbeit –

und sie gleich: ›Ich sitze hier mit Tjoma, und du bist weg, Tjoma und ich, und du nicht da, ist dir wohl egal, ja? Ein Monster bist du.‹ Na, das kannst du dir ja denken. Mir tut Tjoma selbst leid, zwei Jahre ist der Junge, hat an die 39 Fieber, aber weint nicht, sondern lacht, fantasiert wohl … Also, das mit Sri Lanka ist schon nicht mehr wahr, als wäre ich gar nicht weg gewesen. Na, und du … Wie geht's dir?«

Serjoga fragte ihn – schaute aber zum Fernseher. Dann zu den Brotkrümeln. Dann zum Fenster. Noch keinen Moment hat er mir in die Augen geschaut, dachte Ilja. Und selbst an seinem Gesicht blieb Serjoga nicht länger als eine Sekunde hängen, schaute sofort weg. Glitschig war Iljas Gesicht wohl geworden.

»Wie es mir geht? Na, ich bin raus.«

»Wie viele Jahre waren das?«

»Sieben.«

»Sieben. Ja, genau. Sieben.«

Ilja goss sich und ihm nochmals nach. Wahrscheinlich wollte er sich mit diesem Serjoga anfreunden, so wie er damals mit dem anderen befreundet war. Wollte die eigenen Ecken und Kanten mit denen von Serjoga verlöten. Wodka ist wie Aceton, durch Wodka schmelzen Ecken und Kanten der Trinkenden, sodass sie sich kurzzeitig verbinden können.

»Und …«, Serjoga starrte Ilja auf die Stirn. »Und wie ist es im Lager so?«

»Wie schon. Ganz normal. Lager ist Lager.«

»Mh ja.«

Er wollte verschmelzen, aber es ging nicht.

»Hör mal«, sagte er zu Serjoga, »gib mir doch mal kurz dein Handy.«

»Was? Ah, ja. Klar.«

Er steckte seine Hand in die Jeanstasche – hastig. Holte einen dünnen, grauen Spiegel hervor.

»Ein neues, ein Siebener.« Das klang so, als wolle sich Serjoga entschuldigen. »Warte … Hier ist der Pin«, er fuhr mit dem Finger über die Tastenkreise. Dann besann er sich. »Ah, es geht ja auch mit Fingerabdruck. Da.«

Er gab es Ilja etwas unwillig. Der betrachtete die neuen Icons.

»Das hier ist Anruf, das SMS. WhatsApp und so weiter, das ist Internet«, hüpfte Serjoga über die Apps, als er Iljas Zögern sah.

»Das weiß ich doch! Meinst du, ich bin total zurückgeblieben?«

Ilja strich mit dem Finger über das Glas, verfehlte die eng stehenden Ziffern, wählte vorsichtig.

»Hallo?«

»Vera!«, Ilja rückte zurück, der Stuhl kippte und begann zu fallen, aber in dieser Küche konnte man nicht umfallen, also blieb er schief hängen.

Ilja verließ die Küche, schloss laut die Tür.

»Wer ist da? Ilja?!«

»Weißt du, was dieser Arsch damals im Club zu mir sagte? Dieses Schwein, dieses Aas? Er sagte: Ich schau deiner Alten in alle Öffnungen und suche dort die Ware, und du stehst daneben und schaust zu!«

»Das hat alles keine Bedeutung mehr.«

»Nein! Was denn dann? Sollte er dich wie eine Straßennutte rannehmen? Dir deine Möse aufkanten?«

»Was du getan hast, hast du getan, Ilja.«

Vera blieb fest.

»Danke. Trotz allem. Ich liebe dich schon lange nicht mehr. Vielleicht bin ich ein mieses Stück. Aber auch das hat keine Bedeutung mehr. Ich komme nie zu dir zurück. Ruf mich nicht mehr an. Egal von welcher Nummer. Verzeih.«

Ilja legte selbst auf. Er hatte in Veras Stimme etwas gehört, das ihn keine Liebe mehr von ihr fordern ließ. In seinen Ohren rauschte es. Ihr »Verzeih« brachte keine Erleichterung. Es war eher so, als wäre eine Narkose vorbei. Die Narkose war vorbei, und anstelle der Hand war ein Stumpf. Ende. Man kriegt's nicht zu greifen.

Er hatte ruhig aufgelegt.

Dann drehte er sich um und haute dem Festnetzapparat dermaßen eine rein, dass er aus seiner Halterung auf Mutters Bett flog, in den Kissen versank.

»Mach sie leer«, brummte er Serjoga zu. »Hier, dein Handy, scheiß dir nicht in die Hose.«

»Vera?«

»Gieß ein, Schnüffelnase. Vera oder nicht … Hier gibt's nichts mitzuhören. Was sein muss, erzähle ich schon.«

»Ist ja gut«, Serjoga verteilte gehorsam den Rest: mit Berg. »Ilja … Die haben dich doch reingelegt?«

Ilja kam zu sich.

»Und du … was meinst du? Du selbst, was meinst du?«

»Ich? Also ich denke … du bist unschuldig. Aber wir haben uns damals kaum noch gesehen, die letzten anderthalb Jahre … als du an der Uni warst …«

»Gib die Gurke noch mal her. Ich mein das Telefon, nur kurz.«

Serjoga schob ihm gehorsam sein Spieglein zurück. Ilja blieb an den Icons hängen, schob sie unsicher nach links und rechts, dann drückte er.

»Hast du hier auch VKontakte?«

»Ja, hier … Mh. Was denn, ihr durftet da auf VKontakte gehen? Dass die so human sind bei uns, wusste ich gar nicht …«

»Alles hat seinen Preis! Und so 'ne Gurke hat einen Sonderpreis. Da darfst du die Scheine nur so hinblättern …«, Ilja war drin.

Der Fernseher lief ohne Ton. Die Nachrichtensprecherin sperrte den Mund auf, sah aus wie ein Riesenfisch im Aquarium mit abgelassenem Wasser. Der Fisch wollte schnell noch loswerden, wie gut es sich ohne Sauerstoff lebt. Serjoga schaute in die Fischfresse, versuchte die Lügen von den Lippen abzulesen. In dieser Stille saßen sie da.

Aber Serjoga wurde bald zappelig, als würde ihm die Luft nicht reichen. Auch er musste plappern.

»Weißt du noch, wie wir beide in den Taubenschlag auf der Bukinskoje gekrochen sind? Wann war das, in der siebten? Das war der bei Veras Haus, an der Bahn. Und wie uns der Besitzer entdeckte, mit dem Luftgewehr aus dem Fenster rumballerte? Ich versuche mich die ganze Zeit zu erinnern, warum wir da reinwollten. Tauben braten sicher nicht? Sie freilassen vielleicht? Oder sie als Brieftauben benutzen? Weißt du das noch? Ich hab's noch genau vor Augen. Mich hat's damals am Hintern erwischt. Die Kugel war schon im Senkflug, ist nicht mal durch die Jeans durch, aber 'nen blauen Fleck hatte ich …«

»Hier. Guck.«

Auf dem Display des Telefons war ein Foto: ein gelockter Typ mit dunklen Brauen und glatter, rosiger Haut in hellblauem Jackett und gestärktem Hemd drückt mit Kämpfergriff eine junge Frau mit aufgeblasenen Lippen und fächerförmigen Wimpern an sich. Die Hemdmanschette stößt sich an einer goldenen Armbanduhr. Der Typ schaut satt und herablassend, aber sein Blinzelblick sagt: Auch wenn ich satt bin – ich bleib ein Tier. Mit dem Mund lächelt er. Hinter ihm amüsieren sich verschwommene Menschen: Männer in Blau, Frauen in Rot. Unter dem Foto steht: »Heute mit Freunden im ›Erwin‹, später im ›Hooligan‹, wer ist dabei?!«

»Hier, diese Sau hat mich eingelocht. Hat alles getürkt.«

»Weswegen?«

»Deswegen. Vollgedröhnt war er, und ich hab's ihm auf den Kopf zugesagt. Fing an zu streiten. Weißt du, was die wollen? Dass man an ihren Lippen klebt. Dass man alles von ihnen schluckt. Wegen nichts, verflucht. Nur, weil er darf. Hier ist sein Schlitten. Schau nur, schau weiter. Hier: Da ist er ganz braun, wie du. Als die Chefs es noch erlaubten, ist er nach Thailand gedüst. Sicher, um kleine Mädels zu ficken oder kleine Schwuchteln. Guck, wie er glotzt, guck dir die Augen an, wie Glas. Total dicht ist der, hundert Pro. Voll die Fettlebe, he? Major ist er jetzt, sicher bald Oberstleutnant.«

»Die … die dürfen das einfach so ins Netz stellen? Ich dachte, das hätten sie den Bullen gekappt …«, erwiderte Serjoga vorsichtig.

»Kommt drauf an, wem. Früher war er hier unter seinem eigenen Namen … Jetzt hat er 'nen Nicknamen. Aber ich bin ja noch alter Abonnent. ›Hooligan‹, verflucht. Was ist das für ein ›Hooligan‹?«

»An der Rotschdelskaja. Die alte Manufaktur, Trjochgorka. Das ist so ein Ort ... war ziemlich angesagt letzten Sommer. Da gibt's so einiges, ein Riesengelände. Jetzt machen sie Büros aus den Fabrikräumen, Restaurants und so was alles.«

»Restaurants und so was alles ...«, wiederholte Ilja. »Und ich schlürf Brühe. Dem einen die Palmen, dem andern die Pritsche, verflucht. Warst zufällig im Weg? Da hast du's. Halt's aus. Kriech in die Innentasche. Hier die einen, da die anderen. Duck dich. Und kriech. Auf Hinterpfoten. Mach ihnen die Wandzeitung. Und dann erklär's den andern, sonst machen die dich kalt. Alles nur wegen der Bewährung. Früher rauskommen. Ganz schnell. Hätt ich wohl tun solln. Auf Hinterpfoten. Dann wär ich rechtzeitig zurück gewesen. Aber als wer? Dafür rechtzeitig. Und wenn ich nicht weggemusst hätte? Arschloch. Mistschwein.«

Er sprang auf und griff nach der zweiten Flasche, drehte den Verschluss auf, schüttete zuerst sich ein – über den Rand.

»Oh, hör mal ...«, Serjoga war erblasst. »Ich ... ich kann nicht. Das wird Stassja nicht verstehen. Ich muss jetzt. Lass uns ...«

»Bleib sitzen!« Ilja kippte die Flasche, verschüttete etwas auf den Tisch, goss Serjogas Glas voll.

»Nein, wirklich. Ehrlich. Ich soll dem Kleinen noch Panadol kaufen, hat sie gesagt, unsres ist alle. Ich ... Lass uns morgen ... oder nächstes Wochenende. Dann geht's dem Kleinen auch besser.«

Ohne zu antworten, kippte Ilja den Wodka. Nahm die Fernbedienung, stellte lauter.

»Ich ... Aber nur einen Absacker.« Serjoga nippte. »Ich nehm dann das Telefon?« Dann ging er in den Flur, zog dort seine Jacke über, ertastete den Türriegel.

»Wir bleiben in Verbindung, ja? Leg dich schlafen, Iljuscha.«

Ilja stellte noch lauter.

* * *

Die Kälte fühlte er nicht.

Neblige Dunkelheit verätzte die Umrisse der Häuser, verhüllte, zersetzte sie. Sparsam leuchteten die Laternen, man geizte mit Strom. Aus den Fenstern der Plattenbauten blutete tropfenweise das Licht – diffus, als habe man blindlings mit einem Spitzeisen auf sie eingestochen. Die unsichere Erde glitt weg. Der Schneefall war versiegt, aber so war der Wind nur böser. Die Menschen hatten sich verkrochen. An den Haltestellen warteten nur aufgeplusterte Pinguinartige darauf, wann die rostigen Schneepflüge kommen.

Seine Beine schritten von selbst voran, Lobnja rückte in die Ferne.

Kurzsichtige Autos hupten, wenn sie Ilja im letzten Moment am Straßenrand bemerkten.

In ihm stieg die Säure wieder hoch.

Es war dieselbe, die ihm im ersten Jahr in der Seele alle Schleimhäute verätzt hatte. Es hatte so gebrannt, er musste sie mit Demut neutralisieren. Aber auch diese Demutslauge fraß sich in die Seele. Als er dem Zugnachbarn sagte, er habe dem *Schwein* verziehen, war das nur die halbe Wahrheit. Es war so, als habe er dem *Schwein* einen Handel angeboten: Ich verzeihe dir, wenn ich ins Leben zurück darf. Auf Anfang. Aber er war in eine Sackgasse zurückgekehrt.

Nur Serjoga war noch da, aber den konnte er nicht mehr ertragen, es schüttelte ihn sogar. Er hasste ihn dafür, dass er ihm jetzt fremd war. Dafür, dass er sieben Jahre aufgestiegen war, während Ilja nur abstieg. Und fürs Mitleid hasste er ihn auch. Es war Zeit, ihn ebenfalls zu amputieren, solange er sein Blut noch nicht völlig infiziert hatte. Überhaupt musste er alles abschneiden. Sollten doch überall Stümpfe bleiben.

Aber Serjoga hatte wenigstens sein Leben gelebt, hatte kein anderes gestohlen.

Dafür war jemand anderer verantwortlich. Petja Chasin. Das *Schwein*.

Wer, wenn nicht er? Die Richterin war hirn- und herzlos gewesen. Mit der Übergabe des Talars hatte man ihr den Brustkorb ausgehöhlt. Ein Richter darf niemanden verteidigen: dafür müsste er sich dann selbst noch rechtfertigen. Landet man vor Gericht, ist einem das Urteil sicher. Künstlich sind die Augen der Richter, die dürfen die Angeklagten nicht mit lebendigen Augen anschauen. Verteidigen kann einen nur der Ermittler, indem er die Sache vorher abwendet. Kommt es zu einem Gerichtstermin, ist alles aus und vorbei. Von Richtern war keine Verteidigung zu erwarten, deswegen brauchte man sich auch nicht an ihnen zu rächen. Das zumindest wusste Ilja jetzt: Das war ihm in der Strafkolonie beigebracht worden.

Am Bahnhof stand ein Streifenwagen, aber die Bullen saßen drinnen, wärmten die Wangen. Menschen strömten hier von ganz Lobnja zusammen, aus diesem Gemenge war Ilja nicht gleich rauszuangeln, abzuschöpfen.

Er trug Stiefel, eine normale Jacke: seine eigene, aus Studententagen. Sie saß seltsam: war zu groß, auch wenn er aus ihr herausgewachsen war. Wirkte er darin wie ein normaler Mensch? Wenn man nicht sah, wie er ging, dann konnte er doch wenigstens wie einer scheinen.

Auf dem Bahnsteig war Eis, zerlöchert von Tausalz, Ilja meinte, der Wind wolle ihn unter die Räder eines vereisten Güterwaggons schubsen. Passagierzüge flimmerten vorüber, ihre Fenster verschmolzen zu einem Bildschirm, auf dem ein Clip des russischen Durchschnittslebens lief. In seinem Kopf leierte irgendeine billige Tanzmusik, Ilja schnalzte in ihrem Takt.

»Warum hast du das mit mir gemacht, Mistkerl? Wolltest die Aufklärungsrate erhöhen? Ein Missgeschick ausbügeln? Aus Langeweile? Wozu?«

Die Elektritschka aus Dmitrow verspätete sich, gab Ilja Zeit zum Nachdenken. Selbst wenn er das *Schwein* findet, was sagt er ihm dann? Wie zwingt er ihn zum Zuhören? Der wird ihm doch für eine Sache von vor sieben Jahren keine Rechenschaft ablegen? Erinnert der sich überhaupt?

Das wird er. Er muss.

Nur er hat die Antworten.

Wenn du einem Menschen die Jugend nimmst, um dich kurz zu vergnügen, wenn du für nichts und wieder nichts aus seinem Leben das schönste Stück rausbrichst - dann zahl dafür. Wenn du dich nicht als Macher fühlen kannst, ohne andere zu Staub zu zertreten - dann zahl dafür. Wenn du irgendwen mit dem Auto umnietest und weiterrast, ohne dich umzusehen - dann halt auch dein Rückgrat hin. Denkst du, dein verfluchtes System schützt dich wie ein Panzer? Denkst du, diese Hydra deckt dich, lässt niemanden einen ihrer Köpfe abreißen? Das kann auch völlig anders ausgehen.

Endlich kam Leben auf den Bahnsteig: Aus dem Dunklen nahte der richtige Zug. Ilja stieg ein, blinzelte, begann aufzutauen. Auf den Sitzen drängte sich junges Gemüse, wollte nach Moskau, feiern. Sie nuckelten am Bierchen, kicherten und küssten sich. Ilja schaute sie an, erkannte sich aber nicht wieder.

Schon ratterte die Elektritschka über die Schienen, die Stadt verschwand, jetzt war hier nur noch dieser Wagen im nächtlichen Schwarz, und ein Ausstieg aus dem Zug führte ins Nichts. Ilja wollte auch nicht aussteigen. Er wurde von der Gravitation nach Moskau gezogen, begann zu schwitzen: Die *Sonne* war nah. Er musste dorthin, musste dort was erledigen. Zu Hause hätte er nicht bleiben können, dort war es zu leer. Das ganze Leben war in einem einzigen Moment hohl geworden, er konnte sich an nichts festhalten.

Barden betraten den Wagen, sangen ihre Serenaden für einsame, mollige Tantchen, aus der Lautsprecherbox auf dem Rücken eines bebrillten Könners ertönte über den ganzen Zug hinweg eine himmlische Hirtenflötenmelodie. Dann kam ein schniefender Gitarrist mit Schlitzaugen, legte seine Finger an die Saiten und klampfte ein deftiges Gefängnislied. Seine Pupillen huschten durch die Reihen: suchten nach seinesgleichen. Ilja erkannte er sofort, wie Ilja ihn. Er ging an den jungen Leuten vorbei, auch an den biertrinkenden Kerlen, direkt zu ihm, trotz seiner Studentenjacke.

»Du enttäuschst doch einen ehemaligen Häftling nicht?« Er streckte ihm seinen Arm entgegen. Darauf war eine chemische Verbrennung, eine entfernte Tätowierung.

Ilja steckte ihm einen Hunderter zu, damit er weiterzog, und drehte sich weg. Dieser schlurfte zu einem anderen Passagier, kahl geschoren, finster. Er wusste, auf wessen Saiten er spielte. Eine einträgliche Sache: Das halbe Land hat schon mal gesessen.

Nein, nicht deswegen fuhr er. Chasins Antworten auf seine Fragen kannte Ilja schon.

Die im Lager hatten geholfen, sie zu verstehen: Dort gab es solche im Überfluss. Das Lagerpersonal bestand nur aus solchen wie Chasin. Die einen werden eingefangen wie geifernde Hunde mit rot unterlaufenen Augen, und Wachmännerstiefel treten ihnen in den Bauch; die anderen kommen von allein, freiwillig, denn wo sonst könnte man Menschen vernichten und dafür seine Ration bekommen?

Aber dafür, dass seine Mutter gestorben war, konnte er sonst niemanden bestrafen. Und dass Vera ihn nicht mehr liebte. Dass Serjoga jetzt unklares Zeug redete. Dass Ilja nach Solikamsk auf eine Ziegelwand von Fratzen gestoßen war.

Und was wird er tun? Was tun mit Chasin?

Der Wodka überschrie alles, übertönte alle eigenen Antworten. Der Wodka rauschte in den Ohren, brannte in den Venen, gab Zorn und Sturheit auf Kredit. Der Wodka brüllte, wo man hätte flüstern können. Ihm war es zu eng in Iljas Haut. Er drehte ihn von innen nach außen. Außen war seine Haut rein geblieben, aber die Innenhaut war voller Tätowierungen. Niemand kann im Gefängnis sein Inneres schützen.

Sie kamen an der Station Sawjolowski an, dem Kontrollpunkt für Moskau.

Die Stadt war neblig, es nieselte. Moskau schwitzte ebenfalls, war nervös.

Er schlüpfte in der Menge durch, hielt ein gelbes Auto an. Betrunken durfte er nicht in die Metro, das wusste sogar er, der Betrunkene. Die Moskauer Taxis waren jetzt gelb mit einem gewürfelten Streifen, wie unter den Sowjets. Alles wurde gerade wie früher: so gab's weniger Missverständnisse.

Der Taxifahrer plapperte recht munter auf Russisch, aber bei Ilja drehte sich eine eigene Schallplatte, er konnte nicht antworten. Allerdings schnorrte er was zu rauchen, der Wodka forderte es.

Tagsüber wirkte Moskau stolz, nachts hingegen unglücklich.

Auf den Straßen glommen die Laternen nur, und die Häuser waren wie schwarze Lochkarten, so wie in Lobnja. Ein blasses Abendrot lag über der Stadt: Den Fassaden fehlte Elektrizität, Reklame gab es kaum noch. Überhaupt gab es weniger Licht und viel mehr Dunkelheit. Die Leute liefen gebeugt, als würde man sie mit Stockschlägen antreiben. Sie schlitterten mit ihren Herbstschuhen über das eisige Gelee. Dabei stand der echte Winter noch bevor.

Der Wodka in Ilja atmete aufs Glas, alles hinter der Scheibe verschwamm.

Nur ein Gebäude leuchtete – das Hotel »Ukraina«, eine stalinsche Prachttorte, Fleisch und Stahlbeton. Aber von dieser hellen Flamme wurden die Schatten ringsum nur noch schwärzer. Der träge Fluss kämpfte mit dem Eis, schlummerte schon vor Unterkühlung, wäre bald totenstarr. Die Hälfte der Aussicht war mit den Türmen von Moscow-City verstellt. In den sieben Jahren waren einige hinzugekommen, ungeordnet, wie Stalagmiten gewachsen. Oder wie Polypen. Noch ertrug sie die Stadt.

Dann bogen sie von der Uferstraße ab und hielten.

»Rotschdelskaja, das ist das hier«, teilte ihm der Taxifahrer mit. »Trjochgorka. Hier Sie aussteigen.«

Es war genau wie vor sieben Jahre am »Roten Oktober«: Staus vor den Zugängen, Gebrodel an den Toren. Mädchen liefen scharenweise auf dünnen, bestrumpften Beinchen, umarmten zum Warmwerden sich selbst. Jungs trotteten hinterher, tranken im Gehen ihre Flasche aus. Man hatte Moskau das Licht abgedreht, die Erwachsenen wurden kurzgehalten, es herrschte jetzt ein strenges Regime, aber das Jungvolk schien das alles nicht zu betreffen. Rasant musste es leben, sich auf der Stelle verlieben, unverzüglich, sich benebeln und ganz schnell hergeben. Für sie zählte jede Sekunde; und alles musste in Flammen aufgehen.

Was hier wohl früher hergestellt wurde, in dieser Manufaktur? Vielleicht Arbeitskleidung, vielleicht Navigationssysteme für Raketen. Vielleicht auch beides, eins neben dem anderen – zwecks Geheimhaltung. Nun war die Kriegsproduktion von Trjochgorka auf Ziffern und Buchstaben umgestellt worden, Verpackungen für Fantasien. Und in der Nachtschicht gab es Eitelkeit, den Rausch und Geschlechtshormone. Die Ziegelgebäude verschiedener Höhe wirkten wie zufällig hingestellt, bei einigen waren die Scheiben ausgeschlagen, andere waren vernagelt, wieder andere blitzten mit frisch geputzten Fenstern – die Manufaktur wurde umgebaut. Polierte Limousinen und verbeulte Bauschuttcontainer standen nebeneinander.

Die Leute gingen durchs Tor und zerstreuten sich über die unbeleuchteten Winkelgassen von Trjochgorka. Mit ihren hellen Schaufenstern und den Taschenlampen der Face-Controler kratzten sich Clubs und Restaurants einen Streifen Helligkeit aus der Finsternis, und wo es keine Lokale gab, sah man die Hand vor Augen nicht. Die lärmenden Menschen wanderten zwischen Licht und Schatten, klopften und rüttelten an den Türen, lachten und rauften sich, flirteten und stritten laut. Hier waren alle betrunken, nicht nur Ilja; und hier konnte er warten, solange er wollte. Hier draußen, im Schatten, war er wie alle. Und rein musste er nicht – drinnen war es laut, und er hatte was zu besprechen.

Ein guter Ort war diese Manufaktur Trjochgorka.

Er stand da und überlegte: In Freiheit war die Luft sehr ausgedünnt. Platz gab's mehr als genug, die Bevölkerungsdichte war zu klein. Im Lager sind an die hundertfünfzig in einer Baracke, im Knast um die fünfzig in einer Zelle, die Pritschen haben drei Stockwerke, zum Nachbarschicksal ist's ein halber Meter; und jeder hat anstelle einer Lebensgeschichte einen offenen Bruch; mit hervorstechenden Knochensplittern. Man kommt am andern nicht vorbei, man schlitzt sich unbedingt dran auf, beschmiert sich an den Fleischfetzen. Man kriecht einander in die Augen, die Nase des einen steckt in den stinkenden Gedärmen des anderen, der eine stößt den andern mit dem Schwanz. Kein Entkommen. Anfangs ist das furchtbar, dann ekelhaft bis zum Erbrechen, schließlich gewöhnt man sich dran, ohne das wird es sogar öde. In Freiheit lebt man mit fremden Menschen in verschiedenen Wohnungen, abgetrennt durch eine Wand, in der Metro sitzt jeder in seiner Luftblase. Wie Beuteltee nach dem Tschifir – so ist die Freiheit. Eingepfercht meint man – nur draußen ist alles echt. Kommt man raus – ist es Fälschung. Das Leben im Lager ist übel, aber es gibt nichts Echteres.

Er stand da und überlegte: Und wenn er nicht kommt? Wenn seine Alte ihn zu irgendeinem Karaoke schleppt? Was dann? Nach Hause fahren? Einfach so? Und was ist dann morgen?

Es gab kein Morgen. Alles endete heute.

Die Kälte fühlte er nicht. Die Säure wärmte.

* * *

Er konnte es kaum glauben, als er ihn erblickte.

Da waren ihm schon die Füße abgefroren, zwickten und summten. Die Ziegelmauer stützte seinen Rücken. In der kalten Luft hatte der Wodka den Rückzug angetreten. Aber für einen Rückzug war es zu spät.

Chasin ging schwankend, brüllte was ins Telefon, zog ruckweise ein vollbusiges Weibsstück hinter sich her, das Weibsstück stolperte auf ihren Stelzen, beschimpfte ihn lauthals. Das war sie, die vom Hochglanzbildchen in VKontakte heute.

»Was stellst du dich so an? Die schick ich zum Teufel! Zum Teufel, hab ich gesagt!« Endlich drehte sich Petja um zu der Frau hinter sich.

»Erst, wenn du das machst, dann reden wir. Ich spiel doch nicht ein Leben lang die Nebenrolle«, quiekte sie.

Sie riss ihre Hand los und ging mit wackelnden Hüften, wie ein schlingernder Dampfer, fort vom Major. Zum Schlagbaum, zum Ausweg aus dem Ziegellabyrinth, aus Petjas Sackgasse.

»Fotz ab!«, spuckte ihr Chasin hinterher.

Er fuhr sich durchs Haar, trat auf der Stelle, hielt sie aber nicht auf. Dann starrte er suchend auf sein Telefon, vielleicht wollte er noch wen herrufen. Er tippte auf etwas, legte das Handy ans Ohr, schaute in den Himmel.

»Hej, Kleines, wie wär's mit einem Rendezvous mit dem Schneemann? Ja, hab's dabei. Nein? Was für eine Datscha! Denk drüber nach! Na dann verpiss dich.«

Verärgert drückte er sie weg, suchte erneut im Handy. Etwas juckte ihn, irgendein Geschwür, das wollte er aufkratzen; und Ilja wusste, was es war.

Da griff das *Schwein* in die Tasche und erstarrte.

»Hoppla ...« Fieberhaft tastete er sich ab. Er holte seine Schlüssel hervor, klirrte damit, dann noch etwas Unerkennbares. Dann scrollte er im Telefon die Anrufe durch, legte es sich ans Ohr.

»Ja, guten Tag! Ich war gerade mit einer jungen Frau bei Ihnen. Ist da noch meine Brieftasche? Grauschwarz, mit Würfeln, ›Louis Vuitton‹. Gefunden? Gott sei Dank. Ja, ich komme gleich.«

Es war so weit. Länger konnte er nicht warten.

»Petja!«, rief Ilja heiser. »Hej, Petja.«

Der Major hob den Kopf, durchmaß mit seinem Stecherblick den Ziegelschatten – woher die Stimme kam, wo er bohren sollte. Ilja ging ihm einen Schritt entgegen. Chasin blinzelte, erkannte ihn aber nicht. Selbst Serjoga – früher so vertraut – hatte ihn ja kaum erkannt.

»Krieg ich was?«

»Was denn?« Petja verzog das Gesicht. »Wer bist du, Alter?«

»Wir kennen uns aus der Disco«, Ilja war konzentriert. »Du hast mir was spendiert. Das war super. Ich bin Ilja. Erinnerst du dich? Anderthalb Monate ist das her.«

»War das ... war das im ›Quartier‹?« Chasin erinnerte sich an jemanden.

»Ja ...«, Ilja riskierte es. »Aufm Klo. Kann ich noch mal so was haben?«

»Ilja. Irgendwie ... Ja. Im ›Quartier‹, genau. Ok. Wie viel nimmst du?«

»Wie viel hast du?«

»Lass uns beiseitegehen, hier sehen uns alle …«

Ilja zeigte ihm, wohin sie konnten – der Major folgte ihm wie die Ratte den Flötentönen. Um die Ecke war ein abgeranzter Hauseingang – da wurde Schutt aus dem Haus gekratzt, um es danach mit Geld vollzustopfen. Hierher, in den Eingang.

»Nun?«

»Was heißt nun … Zweihundert das Gramm. Eine Qualität wie bei Escobar. Guckst du ›Narcos‹?«

»Hab ich noch nicht«, Ilja steckte die Hand in die Tasche, suchte – holte seine Rubel hervor.

Das war die Frage an das *Schwein:* ob er sich überhaupt daran erinnerte, dass er vor sieben Jahren jemandem das Leben plattgemacht hatte? Sie lag Ilja auf der Zunge, aber er wollte den richtigen Moment abwarten. In der Nähe war betrunkenes Lachen zu hören. Die konnten sich hierher verirren.

»Schau's dir mal an. Die Schule des kolumbianischen Lebens!« Petja steckte seine Hand unters Revers, zum Herzen. Und holte seine Pappe raus. »Lies das, Pissnelke. Reingefallen. Das Telefon nimmt alles auf.«

Verwirrt steckte Ilja die Scheine wieder in die Tasche, sagte: »Ich hab ja nichts gemacht …«, und aus derselben Tasche schnellte und rammte sich von unten nach oben in Petjas weiches Kinn: das Wurstmesser aus Mutters Küche – es war schmal, gewetzt an einem einsamen Abend. Petja gluckste, leckte, wollte mit der Hand das Loch verschließen.

»Erinnerst du dich an mich?«, fragte ihn Ilja. »Vor sieben Jahren bin ich schon mal so an dich geraten.«

Petja wollte Ilja widersprechen. Beschuldigen oder freisprechen. Vielleicht wollte er auch nur sagen, nein, er erinnert sich nicht. Aber die Stimme war weg. Er wollte raus aus dem Eingang, aber Ilja ließ ihn nicht, stieß ihn zurück. Das *Schwein* hockte sich hin, holte aus der Revolvertasche unter der Achsel seine Knarre, aber die Finger bogen sich kaum. Ilja nahm ihm die Pistole einfach ab. Petja schwankte. Riss sich zusammen, erinnerte sich ans Telefon. Er krallte sich daran fest, versuchte, es per Fingerabdruck zu entsperren, aber sein Finger war blutverschmiert, das Telefon erkannte Petja nicht. Ilja hockte sich daneben. Die Welt vibrierte, das Herz stockte. Er konnte sich nicht losreißen vom Schweinetod. Die Unwiderruflichkeit war schrecklich, und süß auch irgendwie; von der Rache wohl – aber die war grausig, auch deshalb, weil sie süß schmeckte.

»Na, was sagst du?«, fragte er das *Schwein*.

Petja tippte Zahlen, gab den Pin ein. Ziffern erschienen nacheinander auf der oberen Reihe, dann auf der unteren. Eins, zwei, drei. Sieben, acht, neun. Er krächzte, pfiff, gluckste – und tippte wie aufgezogen. Seine Finger rutschten ab, das iPhone zickte. Ilja schaute ihn mit aufgerissenen Augen an, bis sie ihm wehtaten. Dann nahm er ihm das Telefon weg. Petja wurde schwindlig, er schwankte, stieß mit der Stirn an die Wand, dann auf den Fußboden.

Jetzt war es real. Und brutal.

Es schüttelte Ilja.

Er wollte weg.

Er rannte aus dem Eingang. Kam zurück. Petja zitterte leicht, zappelte mit den Beinen. Da war nichts mehr zu machen.

In einer Gebäudeschlucht lag auf dem Asphalt ein veralteter, schmiedeeiserner Deckel der Kanalisation. Ilja schob ihn beiseite, zerrte Petja an den Beinen heran und beförderte ihn mit dem Scheitel voran hinab ins Schwarze. Petja schlug dumpf auf, wie ein Sack; Ilja wischte das Messer ab, warf es hinterher. Machte zu hinter dem *Schwein,* schloss ihn ein. Träge und zerfetzt waren seine Gedanken. Er kratzte Schnee zusammen, fing an, das wegzuwischen, was Petja im Eingang verspritzt hatte; und draußen wusch der erstarkende Regen alles weg.

Das war nicht mehr zu ändern. Nichts war mehr zu ändern.

* * *

Die Autos vorn sprühten den Straßendreck über die Frontscheibe, direkt auf die Hornhaut des Auges. Die Scheibenwischer kratzten und scharrten, schnitten einen schmalen Bogen in den Dreck, aber sofort wurde der Sehschlitz von den Autos vorn wieder mit trüber Flüssigkeit überzogen.

»Nix kann man in eurem Moskau erkennen!«, sagte der Taxifahrer.

Ilja saß schweigend da, die Augen voller Dreck. Er rieb sie: vergebens.

Nichts brachte Erleichterung. Mit niemandem konnte man ein Gespräch führen. Niemand konnte auch nur eine von Iljas Fragen beantworten. Kein Mitleid. Keine Angst. Keine Befriedigung. Außen ein Vakuum, und innen ein Vakuum. Seelenlose Luftleere. Nach Hause fuhr er nur, weil er irgendwohin musste. Um anzukommen und sich schlafen zu legen. Um aufzuwachen und sich die Pulsadern aufzuschneiden. Das war nicht schwierig, das lernte man im Lager. Nichts im Leben war schwierig: Sterben war einfach und töten erst recht. Aber das verschaffte keine Erleichterung, weder das eine noch das andere.

»Weißt du, was die Amis mit der Ukraine wollen?«, tönte der Taxifahrer als Hintergrundgeräusch. »Weil ihr Yellowstone demnächst hochgeht. Sagen alle Prognosen. Das geben sie natürlich nicht zu in ihrer Glotze, damit keine Panik aufkommt. Aber sie bereiten sich vor. Und nun sponsert ihr Statedep die Faschisten auf dem Maidan, damit die Kartoffelnasen gleich bei ihnen mitmachen. Die nehmen diese Debilen in die NATO auf, bringen denen ihre Panzer und Flugzeugträger, dann machen sie die mit ihren biogenen Waffen platt, und alle sind im Arsch. Und später schicken sie ihre Kolonisten und reißen sich das Neuland untern Nagel. Die wissen, dass Putin sie nie und nimmer da reinlässt, weil er alle ihre Rothschilds längst am Arsch hat. Weißt du das wenigstens, das mit den Rothschilds? Hej!«

»Nein.«

»Wo kommst du eigentlich her, so unterbelichtet? Den Rothschilds gehört die US-Notenbank. Da werden die Dollars gedruckt. Und der Dollar ist, nebenbei bemerkt, seit dem 15. Mai 1971 ohne

Gegenwert, der blanke Arsch. De Gaulle, weißt du, warum sie den beseitigt haben? Weil er von den Amerikanern gefordert hat, sie sollen ihre Dollars in Gold umwandeln, wie auf der Bretton-Woods-Konferenz beschlossen. Der schickte Flugzeuge voll mit Dollars nach Fort Knox, und die kamen mit amerikanischem Gold zurück. Die Rothschilds haben das gleich geblickt und unsern Charles beseitigt, so was läuft halt nicht. Das glaubst du nicht? De Gaulle, das war doch ein Fliegenschiss! Schließlich haben sie damals auch Napoleon beseitigt. Wirklich, da kannste jeden fragen. Das haben sie im Radio erklärt. Die britische Krone, meinst du etwa, die ist eigenständig? Deren Monarchie ist verschuldet bis über beide Ohren, und die Krone von denen ist beim Jidden dreifach verpfändet. Also, im Krieg von 1812, worum ging's da? Die Rothschilds haben uns gegen Napoleon aufgehetzt, weil er sie beim Business störte. Und jetzt ist es derselbe Salat. Der Dollar ist achtmal überschätzt, und weißt du, welches Haushaltsdefizit die Staaten haben? Siebzehn Trillionen – und das wächst weiter. Obama, Trump – allen wird in die Hände gespielt. Die drucken Scheine, kaufen damit unser Öl, Gas, Holz, und wir freuen uns auch über Glasperlen! Und die sind es, die diesen Krieg brauchen, die Rothschilds, damit das mit dem Dollar weniger auffällt. Die prügeln uns, weil wir hier noch eine reale Wirtschaft haben, klar? Wer hat denn den Wald? Diese ganzen Brennstoffe? Wir! So sieht's aus, das ist so einfach wie das Einmaleins.«

Ilja wurde übel. Aber zu kotzen erlaubte der Herrgott nicht.

Das Taxi fuhr fast bis vor die Haustür. Fast alles Geld musste er hergeben.

»Hör mal, die sind ja so verschmiert, ist das Blut oder was?«

»Hab mich geschnitten«, sagte Ilja. »Kommt von Herzen, Bruder.«

Er blieb an den Müllkästen stehen, hob den Kopf. Die Fenster ihrer Wohnung waren erleuchtet. Gemütlich. In der Eile hatte er vergessen, das Licht zu löschen. Nun schien es, er könne zurück. Als ob Mutter nicht schliefe, auf ihn warte nach einer Fete. Der Fete, die im Sommer 2009 begann und erst heute aufgehört hatte.

Er ging die Treppe hoch, stieß die unverschlossene Tür auf. Betrat das Bad. Schaute in den Spiegel. Da steckte in einem blauen Studentenjäckchen ein unbekanntes Insekt, bewegte sein Mundwerkzeug. Die Hände blutverkrustet, auf der Jacke rotbraune Flecken.

Das Waschen ließ er: Womit wusch man so was ab?

Er setzte sich in die Küche, goss Wodka ein: Anästhesie. Zerriss die Wurstreste mit den Fingern. Stopfte sie sich in den Mund. Legte noch einen nach. Das knallte rein. Vielleicht schaltete er sich bald ab. Guter Rat kommt über Nacht.

Im Fernsehen quakten sie.

Eine Fliege summte am Fenster. Verzweifelt, immer aufs Neue, nach gleich langen Pausen. Ein widerliches Geräusch. Ilja stand auf, um ihr die grünen Gedärme mit dem Daumen auszuquetschen, aber auf der schwarzen Scheibe war keine Fliege. Da war keine Fliege, aber es summte. Offenbar flehte jemand Unsichtbares penetrant, man möge ihn rauslassen aus dieser Kerkerwohnung, in die kalte Freiheit. Jemand saß hier mit Ilja fest und wollte freikommen.

Ilja bewegte seinen schweren Kopf nach rechts und nach links, dann kam er drauf, seine Hand in die Jackentasche zu schieben. Er staunte und holte von dort zuerst eine schwarze »Makarow«, dann ein schwarzes iPhone hervor. Das Handy hörte gerade auf zu klingeln.

Gleich darauf zeigte sich auf dem rotbraun befleckten Display: »WhatsApp: Alles in Ordnung bei dir? Mache mir Sorgen. Mama.«

Die Welt schrumpfte zusammen.

Ilja kratzte mit dem Fingernagel den dünnen Film von der Taste »Home«, tippte mit trunkener Klarheit den abgeschauten PIN-Code ein: zuerst die gesamte obere Reihe, dann die gesamte untere. Er gelangte sofort zu den Nachrichten. Mit dem Daumen gab er langsam, leise zur Antwort: »Ma, hallo. Du fehlst mir.«

Auf das Display fiel Salziges, verwässerte das getrocknete Blut.

4. Kapitel

Durchs Fenster kroch die Sonne. Bleich, seicht, drängte sie sich unter die Lider. Ilja erinnerte sich sofort. Er setzte sich im Bett auf – in seinem, dem früheren. Er war angezogen, nur die Stiefel hatte er abgestreift. Brei im Kopf, irgendein zäher Schleim – wie Teer. Die Zunge löste sich kaum vom Gaumen, die Lider waren verklebt.

Er schaute auf seine Hände. Die Hände waren weiß. Nur die Nägel hatten dunkle Ränder. Übel wurde ihm von diesen Rändern. Wären sie nicht gewesen, hätte er sich einreden können, alles nur geträumt zu haben. Aber er war nicht aus einem Traum über Trjochgorka erwacht, sondern aus einer Teergrube.

Im Flur piepste etwas schwach, brüchig, diffus. Der Fernseher in der Küche sprach mit sich selbst.

Vorsichtig, als sei er hier nicht zu Hause, ging Ilja dorthin.

Das fremde Telefon lag auf dem Tisch. Daneben die »Makarow«. Auf der Tischdecke Fingerspuren. Er atmete schwer, wie in der Sauna beim Aufguss. Er setzte sich, konnte alldem nicht standhalten. Begann sich die Stirn zu reiben. Schwermut erdrückte ihn.

Schwer war der Kopf nach dem Mord.

Das Gestern lag vor ihm ausgebreitet wie Polaroid-Aufnahmen – verschwommen, zusammenhanglos. Stumpfsinnig mischte er sie. Petjas Loch im Hals gluckst. Er rutscht durch die Luke. Ein fetter Streifen auf dem Betonboden. Dann steht er wieder da, lebendig, schlau. Fragt, ob Ilja irgendeinen Film gesehen hat. Dann überlässt er ihm mit Wattefingern die Pistole. Seine Augen. Er schaut hilflos, verloren. Die Erdachse steckt in Petjas Hals, die Welt – ein Kreisel. Wolkenkratzer wie Leuchttürme im Nebel. Falscher Weg. Alles im Nebel. Rote Geldscheine. Der grantige Taxifahrer.

Ilja nahm sich Wasser aus dem Hahn: Erst lief es rostrot mit einem Geschmack, als sei ihm ein Zahn ausgeschlagen worden. Er riss das Fenster auf, stickig war die Luft hier.

Wozu? Was ändert das? Wozu?!

Ein Fehler. Es war ein Fehler!

Aber er konnte nicht ins Gestern, sich nicht selbst an der Hand packen als der von gestern und zu Hause festhalten. Er nahm das Telefon vom Tisch. Wollte die Nachrichten lesen: ob sie das *Schwein* schon gefunden hatten? Darüber würden sie unbedingt schreiben. Der PIN-Code klebte in seinem Gedächtnis, ließ sich nicht vergessen.

Er wollte Nachrichten und fürchtete sie – da öffnete sich der Chat mit Petjas Mutter.

Erst jetzt erinnerte er sich daran, dass er ihr gestern geschrieben hatte. Und was? Was hast du ihr geschrieben, Affenschwanz?

»Ma, hallo. Du fehlst mir.«

»Ist wirklich alles in Ordnung?«

»Ja. Bin nur betrunken. Morgen telefonieren wir.«

»Schön. Gute Nacht.«

Er wischte zurück, schaute – keine verpassten Anrufe. Sie wartete, bis er ausgeschlafen hat. Warten Sie weiter. Ich muss erst meine Gedanken sammeln. Ich schlafe. Ich schlafe! Gleich!

Er suchte in Yandex: Rotschdelskaja, Mord. Manufaktur Trjochgorka, Überfall. Jedes Mal tippte er es ein – die Finger sprangen. Und wenn er jetzt was rausfindet? Was dann? Dann war's das.

Wie spät war es? Elf. Hat der Regen etwa über Nacht den Asphalt völlig abgespült? Und den Eingang? Im Eingang war Blut. Ilja hatte es mit schmutzigem Schnee verschmiert, aber bei Tageslicht würde der sich entzünden, in den Augen brennen. Heute war Samstag. Vielleicht wurde samstags dort nicht gearbeitet?

Leiche. Chasin. Club »Hooligan«. Polizist.

Nein, sie hatten ihn noch nicht gefunden. Oder sie hatten ihn gefunden, aber den Zeitungsleuten noch nichts gesagt. Aber das hatte nichts zu bedeuten. Sobald ihn die Verwandten vermissten – kämen sie sofort auf Ilja.

Er wollte nicht darüber nachdenken; aber es war unmöglich, diesen Gedanken zu entkommen.

Die finden ihn schnell. Die holen sich die Videos aus den Überwachungskameras. Hundertdreißigtausend solcher Kameras gab es jetzt, ganz Moskau war damit gespickt worden, während Ilja saß. Unter den Neuen im Lager waren so einige, die sie mit Kameras erwischt, angeklagt und verurteilt hatten. Jeder Hauseingang der Stadt glotzte einen einäugig an, mischte sich ins Leben, auf allen Hauptstraßen hingen Kameras – zur Beobachtung, Aufzeichnung. Es hieß, früher hätten sie wenigstens schlecht gesehen, aber jetzt waren sie hellsichtig. Woran hatte er gestern eigentlich gedacht?

An nichts. Daran, dass er mit Chasin abrechnet.

Ilja schaute in sich hinein, in den Modder. Mitleid mit dem *Schwein* war da nicht. Reue, dass er ihn umgebracht hatte, auch nicht. Keine Bitterkeit der Schuld. Gern hätte er den Triumph der Gerechtigkeit ausgekostet: Denn nur dies eine Mal in seinem Leben hatte Gott weggeschaut, und Ilja konnte für ein wenig Gerechtigkeit sorgen. Bloß Rache, Ma? Nein, das gestern war kein Triumph gewesen. Nur ein Miststück war krepiert. Iljas Ekel vorm *Schwein* kam davon, dass Petja so unschön gestorben war; und er ekelte sich vor sich selbst – davor, dass er diesen Tod wie einen knallsüßen Erdbeershake aufgesogen hatte. Und da war noch Zorn auf das *Schwein*, weil er mit Ilja nicht normal geredet hatte mit seiner durchstochenen Kehle.

Vor allem hatte Ilja das Gefühl: Er war am Ende.

Konnte nirgendwohin.

Die öffnen den Gully, befragen die Taxifahrer, und dann ist Schluss, am nächsten Tag klopfen die hier an. Er müsste sich bei der Polizei anmelden, tut er das nicht, kommt der Revierpolizist.

Selbst wenn Ilja das *Schwein* nicht umgebracht hätte, sie würden es ihm trotzdem anhängen. Wer grad aus dem Lager aufgeschlagen ist, wird als Erster verdächtigt, und hier gibt's auch noch ein Motiv.

Da ist er – sitzt scheinbar zu Hause. Aber auch das ist wie eine Polaroidaufnahme. Ein aus der Dunkelheit gerissener Moment. Und im nächsten Moment werden sie ihm die Visage auf den Boden drücken, das Gesicht quetschen, die Arme umdrehen, und dann schleppen sie ihn in den Knast, den Verprügelten. Vorbei ist die Freiheit, noch bevor sie begann. Lausig ist er mit ihr umgegangen.

Er könnte Wodka kaufen und warten, bis sie kommen. Er könnte sich stellen, ehrlich alles zugeben.

Was dann? Bestenfalls fährt er zurück über dieselbe Bahnstrecke. Ohne Wiederkehr. Für Rache an einem Bullen gibt's lebenslänglich. Vorher war das Strafmaß zählbar, da konnte er das Lichtlein in sich halten und draufpusten, damit es weiterglomm. Ist die Strafe ohne Maß, erlischt es schon bald. Im Lager stört das Lichtlein sehr. Man schont es für die Freilassung. Aber wenn die nicht kommt, dann erlischt es besser, solange die Knackis es nicht in Urin ertränkt haben.

Wenn es nicht lebenslang, sondern vielleicht zwanzig Jahre sind … Fünfzehn! Wer kommt dann anstelle von Ilja aus dem Lager? Und wohin?

Von draußen drang Wintergeruch. Wieder hatte nach der Regennacht der Morgenfrost zugepackt. Ilja lehnte sich hinaus, um Sauerstoff zu bekommen. Draußen gab es Veränderungen: Der weiße Himmel war leicht angehoben, die Welt auseinandergeschoben. Nun war zu sehen, dass Lobnja auch obere Etagen hatte, dass hier unten nichts zu Ende war. Die Welt hatte für hundert Jahre im Voraus zu tun.

Sichtbar waren nun die Schienen, das Depot und inmitten des Depots der Wasserturm aus Ziegelstein, von dem er als Vorschulkind geglaubt hatte, er sei der Rest einer Festung. Dahinter tauchten nun – in der Transparenz des Tags – unbekannte Neubauten mit fünfundzwanzig Stockwerken auf. Nein, Lobnja war nicht mehr wie früher, war nicht erstarrt, weil sie Ilja geholt hatten. Es regte sich, wuchs. Die Stadt war fremd – schon jetzt. In zwanzig Jahren wäre sie eine fremde Galaxie.

Man konnte nicht zurück, nirgendwohin.

Und ins Lager zurück wollte er schon gar nicht.

Völlig unerträglich kam es ihm jetzt vor, für immer in diesen ölwandigen vergitterten Ziegelkasten gesperrt zu sein, die Weite, die Luft, die Sicht auf die Hochhäuser zu verlieren, das Recht, im Zug zu fahren, durch Straßen zu gehen, in Gesichter zu schauen, das Recht, junge Frauen zu treffen, das Recht, wieder daheim zu sein, diese häusliche Atmosphäre einzusaugen. Nur pockennarbige Fressen, graue Kittel, stockfinsteres Geschmeiß anstelle von Verstand und Herz, die üblen, hinterhältigen Regeln des Knastlebens, die sich wie eine Angelschnur, wie ein Spinnennetz durch jede Sekunde spannten: Das genau wollen sie, dass du dich verfängst, verhedderst, zappelst, dann können sie dich ausplündern, dir den Mund stopfen mit Schmutzlappen, dich vergewaltigen, besudeln und verspotten, grunzend, faulzahnig. Nur so kann ein Mensch mit der Erniedrigung und Vernichtung seiner selbst fertigwerden: indem er die Erniedrigung weitergibt, andere in den Dreck stößt; sonst lässt ihn das nie los.

Aber für Mord an einem Polypen gibt's ein anderes Lager: lebenslänglich, Sonderhaft. Extra erdacht, um einen Menschen in den Selbstmord zu treiben – in den Zellen rund um die Uhr gleißendes Licht, eine halbe Stunde Luft am Tag, Päckchen von zu Hause einmal im Jahr, ständige Durchsuchungen, und an die anderen in der Zelle kann man sich nicht gewöhnen – die werden ständig getauscht. Kommt man aus der Zelle – Blick nach unten, Hände über den Kopf, immer im Laufschritt –, aber dass man sich selbst tötet, das werden sie verhindern.

Gestern schien die Freiheit ungemütlich.

Heute war allein der Gedanke ans Lager so grauenvoll, als wollte man ihn mit einer Tüte ersticken.

Fliehen. Sofort in einen Zug springen, solange er noch nicht auf den Fahndungslisten steht. Irgendwo aussteigen … Bei Jaroslawl, oder … Dort in einem Dorf verschwinden. In irgendeinem verlassenen Haus. Oder besser mit dem Auto. Aber das wird teurer, niemand nimmt ihn einfach so mit. Er musste … Musste sich anziehen. Noch war es nicht zu spät.

Wieder sah er seine verschmierte Jacke; die ging nicht. Irgendwas anderes, Warmes … Winter. Und Lebensmittel mitnehmen. Einen Rucksack … Hatte Mutter einen Rucksack?

Aber während er noch im Schrank wühlte, verlor er den Mut. Er konnte sich bei niemandem verstecken. Auf dem Dorf war man allen Blicken ausgesetzt, Fremde wurden sofort erkannt. In der Stadt hielt man ohne Geld keine zwei Tage durch. Und sein Geld ging bereits zur Neige.

Wieder schaute er aus dem Fenster: Waren da Polizeiautos? Wieder stürzte er ins Internet: Rotschdelskaja, Trjochgorka, Chasin, Mord. Auch noch das Telefon! Konnten sie ihn nicht über das Telefon orten? Natürlich konnten sie das. Peilten ihn im Handumdrehen an. Sollte er es wegwerfen? Ausschalten, wegwerfen. Idiot, warum hast du nicht gestern dran gedacht?

Gestern war alles egal. Und heute war es das Gefühl: Er sitzt am Steuer einer chinesischen Karre und wird bei Glatteis über die Brüstung der Moskwa geschleudert, ins dunkle Wasser hinein, die Elektrik versagt, die Türen sind verriegelt, aus dem Lüftungsgitter dringen Eiskrümel. Irgendwie ist er noch am Leben, aber eigentlich schon tot, ertrunken im Eiswasser.

Er kam da nicht raus. Konnte nicht weg.

Auf einmal erzitterte das Telefon in seiner Hand. Lautlos; aber das traf Iljas blanke Nerven noch heftiger.

MAMA.

Er starrte aufs Display. Am liebsten hätte er das Telefon in den Mülleimer oder ins Wasser geworfen, damit es ertrank und verstummte. Rangehen? Irgendwas flüstern? Habe Sitzung. Habe ein Meeting. Bin beim Chef. Heute war Samstag, was für ein Meeting?

Fieberhaft versuchte Ilja, sich an Petjas Stimme, an Petjas Aussprache zu erinnern. Hatte es da irgendwas Besonderes gegeben? Sein R war wohl etwas kehlig, die Stimme ziemlich hoch.

»Ma …«, versuchte es Ilja im Leerlauf. »Ich kann jetzt nicht.«

Klang unecht.

Das Telefon vibrierte und vibrierte, mit solch leichtem Zittern war gestern Petja gestorben, als seine Adern ohne Treibstoff erschlafften. Und wie gestern stand Ilja jetzt da und schaute zu, behext und kraftlos.

Es klingelte so oft, wie der Betreiber es erlaubte bis zum Anrufbeantworter – und verstummte.

Ilja wischte sich die Schmiere von der Stirn; sein Puls beruhigte sich. Hätte er abgenommen, hätte sich seine Stimme überschlagen. Das war schrecklich: für einen Toten mit dessen Mutter zu sprechen, sich mit feinem Stimmchen zu gerieren. Da durfte nichts schiefgehen.

Es sirrte einmal – Sie haben eine Sprachnachricht. Ilja gab die angegebene Nummer ein, stellte den Fernseher leiser.

»Petja, schläfst du noch? Ruf bitte an. Ich wollte mit dir sprechen. Über Papas Geburtstag, ja?«

Ihre Stimme ähnelte überhaupt nicht der einer Mutter. Brüchig, irgendwie liebedienerisch; es war unangenehm, sie so zu hören. Der Anrufbeantworter fragte abgehackt, ob Ilja die Nachricht noch einmal hören wolle. Ilja sagte: wiederholen. Und noch einmal. Als sei etwas Riesiges zersplittert und als steckten die Splitter in ihren kurzen Worten. Das *Schwein* hatte zu seiner Mutter ein völlig anderes Verhältnis als Ilja zu seiner.

Ilja ließ endlich ab vom Telefon.

Schluss damit.

Nur, warum sollte er warten, bis sie ihn holten? Ilja streckte sich aus, nahm die Pistole vom Tisch.

Er drehte sie hin und her, fand heraus, wie man das Magazin öffnet. Sie war geladen. Gut so. Eine Saite riss in seinem Kopf, klirrte. Scheiß auf euch alle, tschüss.

Er zog sich aus, ging unter die Dusche. Das Wasser stellte er heiß; gestern hatte er nicht gefroren, heute wurde ihm nicht warm. Irgendwo weiter oben heulten die Wasserrohre auf. Unter der Wanne wachte eine Kakerlake, ihre Barthaare standen ab. Sie wartete, bis Ilja sich das Gehirn wegpustete, um seine Seele in die Hölle zu befördern.

Sorgfältig rieb er sich mit dem Schwamm. Zwei Tage Zug musste er abschrubben, sieben Jahre Lager, und dann noch den ganzen gestrigen Tag. Das Wasser lief schwach, stoßweise, wie aus einer aufgeschnittenen Vene. Denen war's schade ums Wasser für ihn. Die gaben ihm einen Hinweis. Wollten nicht, dass er sauber abtrat.

Wie ging das, mit der »Makarow«? Er hatte sie betrachtet, die Patrone hineingesteckt, die Schutzvorrichtung gelöst – und fertig. Ging der Abzug schwer? Es interessierte ihn mehr abstrakt, als würde es ihn nicht unbedingt betreffen.

Sich zu erschießen ging schneller, als sich zu erhängen oder zu springen. Sich erhängen – bis man da erstickte, hat man sich schon eingemacht, quält sich, überlegt es sich anders, und erzählen kann man davon niemandem. Und springen – aus dem zweiten Stock? Die Bullen würden nur lachen.

Er war mal so weit, im zweiten Jahr, als man ihn in die Enge getrieben hatte. Und es platzte ihm damals gegenüber seiner Mutter am Telefon heraus – also, ich könnt mich umbringen. Sie sagte ihm streng: Wage es bloß nicht. Selbstmörder kommen für immer in die Hölle, wir werden uns nie wiedersehen. Also ertrug er es, wagte keinen Ungehorsam. Aber wir treffen uns trotzdem nicht, Ma, so oder so.

Er rieb sich die Rippen, sein Blick kroch sinnlos über die Linien des Quadratgitters an der Wand. Gleichmut erfasste ihn. Es war beschlossen, er musste es nur noch tun.

Die Fugen zwischen den Kacheln waren mal dunkel vom Schimmel, mal weiß.

Seltsam. Als habe seine Mutter sie geputzt, sei aber nicht fertig geworden und habe davon abgelassen. Vielleicht war es wirklich so?

Vielleicht hatte sie sich hier im Bad überanstrengt? Da hatte sie vor seiner Ankunft geputzt, sich vorbereitet, und.

Iljas Gedanken steckten fest.

Mama.

Und wenn er sich jetzt erschießt, was wird dann mit ihr? Wer holt sie ab? Wer beerdigt sie? Und wo? Was macht man überhaupt mit Toten, die keine lebenden Verwandten haben? Werden die auf irgendeinem kommunalen Friedhof verscharrt? Aus Kostengründen verbrannt? Und was kommt anstelle eines Grabsteins? Ein Schild an einem Holzstock? Nichts?

Er stellte das Wasser noch heißer. Es half nicht.

Nein, das ging nicht. So durfte man nicht mit ihr umgehen.

Er stieg nass heraus – hatte das Handtuch vergessen. Die Kakerlake wich zurück, versteckte sich erst mal. Ilja schlappte ins Zimmer, fand bei seiner Mutter ein sauberes Handtuch, frottierte sich ab. Erst kriegt sie ein anständiges Begräbnis, dann mag kommen, was will.

Im Flur piepste-pulsierte es immer noch unterdrückt. Wahrscheinlich war das bei den Nachbarn, hinter der Wand.

Aber wovon sollte er sie beerdigen, das Geld war fast alle?

Er ging zurück in die Küche. Schloss das Fenster. Räumte die Pistole weg. Machte einen Tee aus drei Beuteln. Setzte sich hin. Du bist ja hier, du *Schwein!* Ich hab dir die Kehle durchlöchert, aber du bist hier, deine Seele sitzt hinter diesem schwarzen Spiegel, du hast dich gebackupt und lachst über mich. Schaust mich an durch das Kameraauge, wartest, bis die aus deinem Schweineamt kommen, mich zu zerquetschen! Hier bist du!

Ilja presste das Telefon in seinen Händen – um es zu erwürgen. Nein. Er durfte es nicht erwürgen und nicht wegschmeißen. Er musste zuerst Petjas Mutter beruhigen. Er musste ihr etwas schreiben … dass sie vorerst nicht anrief. Dass sie ihm Bedenkzeit gab. Aber wie sollte er darum bitten?

Sprich, du *Schwein*! Antworte! Ich kenne jetzt den Code zu deinem Datenspeicher: Eins-zwei-drei. Sieben-acht-neun. Ein infantiler, idiotischer Code. Jetzt sitzt du bei mir im Käfig. Ich gebe dir keine Ruhe, bis du mir das Lügen beigebracht hast. Bis du mir aus der Patsche hilfst, du Aas. Du bist mir was schuldig. Du! Bist! Mir! Was! Schuldig! Dein dünnes Blut zählt da nicht!

Ilja ging in den Chat mit Petjas Mutter.

»Ja. Bin nur betrunken. Morgen telefonieren wir.«

»Schön. Gute Nacht.«

Er scrollte die Konversation nach oben – dorthin, wo nicht Ilja, sondern Petja selbst sprach. Was haben sie da einander geschrieben? Wo konnte er einhaken?

»Kommst Du am Wochenende?«

»Mutter! In meinem Dienst gibt's kein Wochenende! Wie oft soll ich das erklären?«

Gut so, red weiter.

»Du warst doch schon so lange nicht mehr bei uns.«

»Du weißt, bei wem du dich dafür bedanken kannst!«

Er ging noch höher, noch weiter in die Vergangenheit zurück. Petjas Mutter schrieb bemüht, setzte alle Satzzeichen, und oft stellte sie sich Petja von Neuem vor, als verstünde sie nicht, dass ihre Nummer sie kenntlich machte.

»Petja, hier ist Mama. Ist es vorbei? Kann ich Dich anrufen?«

»Mutter! Ich rufe selbst an, wenn es geht! Bis dahin nur Buchstaben!«

»Gut. Schreib wenigstens Nina. Sie findet keine Ruhe.«

»Ich regle das selbst!«

Was war vorbei? Ilja scrollte noch weiter in die Vergangenheit, fand dort aber keine Antworten. Es kam offenbar vor, dass Petja aufhörte, ans Telefon zu gehen und selbst nicht anrufen konnte. Versammlungen? Oder Sondereinsätze? Er war schließlich Fahnder und keine Büroratte, oder? Ilja musste seine Chats mit anderen Bullen finden. Die würden die nötigen Ausdrücke liefern.

Er wechselte in die Kontakte. Nichtssagende, fremde Namen, keine Fotos, keine Dienstränge, hinter den Nummern waren keine Menschen zu erkennen. Er schaute genauer hin. Man müsste die Chefs finden: Die sollten dort mit Vor- und Vatersnamen stehen.

Solche Menschen mit vollem Namen gab es im Telefon des *Schweins* so einige. Aber diese Leute benutzten offenbar lieber ihre Stimme, damit man ihnen aufmerksam zuhörte, und mit dem Abc wollten sie sich nicht belasten. Alexej Alexejewitsch, Robert Aramowitsch, Michail Markowitsch, Anton Konstantinowitsch – sie alle waren offenbar nicht schreibkundig.

Ilja fand nur diesen: »Igor K. Arbeit.«

Arbeit. Und was jetzt? Der eine macht so einen Job, der andere schwenkt Weihrauch. Die Schließer da im Lager machen ja auch ihre Arbeit: erst Frühstück mit der Familie, Stulle einpacken, den Kindern ein Kuss auf den Scheitel, und dann setzen sie sich in ihren »Niwa« und fahren los, um unweit von zu Hause die Blutsauger zu bewachen; und um aus zufällig dort gelandeten Bürgern Blutsauger zu kneten, denn nur die Blutsaugersprache beherrschen sie, und eine andere wollen sie nicht lernen. Verkniffen kommen sie dann nach Hause, kippen Wodka, treiben die Frauen an und prügeln die Kinder: ihre Bestimmung. Auch das *Schwein* hatte sich wahrscheinlich voll und ganz seiner Arbeit gewidmet.

Igor K. schrieb im Telegrafenstil: als würde er einem Funker aus seinem Unterstand diktieren. Aber so diktieren, dass der Feind, falls er es abfängt, nichts versteht: »Chasin Geheimfach ok?«, »Chasin! DS sagt Einsatz in 1 Wo«, »Chasin Leit. ruft«. Petja hatte ihm ebenso einsilbig geantwortet: »Klar«, »Verstanden«.

Ilja rieb sich die Schläfen.

Er musste es versuchen, solange die Mutter keinen Alarm schlug.

Er fing an zu schreiben: »Ma, keine Sorge ...«, dann stockte er. Schaute, welchen Ton das *Schwein* ihr gegenüber anschlug; machte aus »Ma« – »Mutter«. Nochmals studierte er Petjas Geblaffe, versuchte es wie er.

»Mutter! Arbeit. Wurde dringend zur Leitung gerufen. Irgendeine Sache. Kann nicht sprechen!«

Es war ihm unangenehm, die Mutter mit Ausrufezeichen zu belegen, aber Petja machte das so. Es musste genauso sein wie bei ihm, damit sie die Fälschung nicht bemerkte. Er schickte es ab und erstarrte. Schaltete den Ton ein. »Leit« war ja sicher die Leitung? Hatte er bei Igor K. alles richtig verstanden? Oder war da ein Irrtum? Wie viel wusste die Mutter überhaupt über Petjas Arbeit?

Nach einer endlosen Minute sirrte es.

»Du denkst aber doch an Vaters Jubiläum??«

Bingo. Die Stimme hätte sie angezweifelt, den Text konnte sie nicht zuordnen. Dem Text fehlte der Atem.

»Ich vergesse nichts.«

»Dann erwarte ich Deinen Anruf.«

Nachrichten von ihr kamen nicht sofort, als kröchen sie durch einen Kupferdraht aus Amerika. Langsam schrieb sie. Iljas Mutter hatte Nachrichten auch mit Mühe und unsicher geschrieben, halb blind auf die Knöpfe getippt.

Vaters Jubiläum. Warum rief er selbst nicht an? Sollte es eine Überraschung werden? Ilja suchte in den Kontakten »Papa«. Aber es gab dort keinen Papa. Er suchte »Vater«. Auch einen Vater gab es nicht. Wie war das möglich?

War er gestorben? Ging es gar nicht um eine Feier, sondern um einen Jahrestag?

Würde Ilja die Nummer seines Vaters aus den Kontakten löschen, wenn dieser gestorben wäre? Oder würde er sie im Telefonbuch lassen? Sie nicht zu löschen wäre dumm: Die Nummer bekommt schließlich ein anderer, ein Unbekannter, und den würden die Anrufe an einen Toten nerven, und er würde den ehemaligen Besitzer und alle Anrufer verfluchen. Auch Gräber wurden ja nach fünfzig Jahren an frische Leichen vergeben, eine Nummer also erst recht …

Und löschen? Das wäre sicher grausam. Selbst wenn Ilja ein Telefon mit der Nummer seiner Mutter hätte, würde er sie nicht löschen. Aber die Sache mit dem Vater blieb unklar. Iljas Vater konnte nicht sterben, weil er nie gelebt hatte.

So. Jetzt würde Petjas Mutter ein wenig warten, solange das *Schwein* auf der Versammlung hockt. Bei der Leitung. Er hatte eine Stunde, vielleicht zwei. In diesen zwei Stunden musste er sich überlegen, wie er ihr noch wenigstens einen Tag abluchsen konnte.

Das gesamte WhatsApp war bis zum Anschlag voll mit Denunziationen von ertappten und angeleinten Junkies, die, damit sie selbst nicht einfuhren, ihre eigenen Leute um die Wette verpfiffen, dazu noch sich gegenseitig und auch ihre Dealer und Verwandten. Hier konnte man sich verlieren.

Oberhalb der Namensliste war eine Leerzeile mit einer Lupe. Suche. Ilja fing an, die Zeile auszufüllen: »Leit…« – um zu verstehen, wovon hier die Rede sein könnte.

Er kam auf irgendeinen Sinizyn.

Sinizyn schrieb: »Für diese Sache bist du der Leitung noch was schuldig, klar?«

Chasin antwortete: »Belehr den Gelehrten nicht.«

Es gab also irgendeine Sache. Aber mit Ilja hatte das nichts zu tun. Was schrieb Igor sonst noch?

»Einsatz.«

Sofort stieß er auf mehrere Gespräche. Initialien-Menschen schickten Chasin ihre Chiffren. Aber um die kümmerte sich Ilja nicht.

Nina.

»Ich hab's dir doch erklärt, bin im Einsatz, kann nicht.«

Wer war diese Nina? Die Kratzbürste von Trjochgorka?

Er öffnete den Chat: endlos. Hätte das Display diesen Briefwechsel nicht an zwei Enden unterbrochen, hätte man ihn wohl von der Erde bis in den Himmel auswalzen können.

Ein Foto rutschte durch: Eine junge Frau fotografiert sich mit ausgestreckter Hand selbst. Nein, das war nicht die Dicklippe, die Petja mit seiner goldenen Klunkeruhr an sich gezogen hatte. Sie wirkte wie gemeißelt, hatte kastanienbraunes Haar in einem frechen Karreeschnitt, eine runde Brille mit stylischen Gläsern anstatt Linsen, und ihr Mantel war gewollt groß, wie ein Ballon. Schön, jung. Irgendwie unverdorben; was wollte so eine mit Petja Chasin?

Als Zusatz zu den Ausrufezeichen gab es in jeder von Ninas Nachrichten runde Gesichtchen, Bildchen, Männlein. Dadurch wirkten sie kindlich, wie mit Buntstiften gemalt. Wie die Postkarten, die Ilja für seine Mutter im Kindergarten zu allen gesetzlichen Feiertagen gezeichnet hatte.

Chasins Mutter benutzte das Telefon naiv, unsicher. Die Kameraden von der Arbeit bellten buchstabenweise, wie über ein Funkgerät. Aber Nina war hier in ihrem eigenen Element.

»Gefällt dir der Mantel? Nicht zu frühlingshaft?«

»Gut.«

»So gern würde ich den Winter überspringen und schon Frühling haben. Also, ich habe ihn gekauft!«

Petja erlaubte sich mit ihr dasselbe – mal ein gelber Kreis mit einem Lächeln, mal ein dümmliches Piktogramm. Ilja fühlte ein Stechen zwischen den Rippen. Ein seltsames Gefühl: als würde man ein küssendes Paar beobachten.

Warte, Nina. Lenk mich nicht ab.

Da war was über einen Einsatz.

»Das heißt, du tauchst wieder ab? Kannst nicht mal telefonieren?«

»Ich werde schreiben. Ich bin da unter Leuten. Ich hab dir doch erklärt, wie das ist! Die sind die ganze Zeit da. Schreiben kann ich. Vielleicht rufe ich an, wenn's geht.«

Ein Einsatz. Der Fahnder spielt den Dealer, oder er schleicht sich in die Clique ein, macht denen blauen Dunst vor, mimt den Ganoven. Nimmt sie in die Mangel, um alle Fäden des Pilzgeflechts aufzuspüren, damit keins davon zufällig reißt. Ein bekanntes Schema: Das haben diejenigen erzählt, die real wegen Paragraf 228 saßen.

Wann war das gewesen? Vor einem halben Jahr. Die Heimat konnte ihn danach noch mal angefordert haben.

Und was sagten die anderen dazu? Etwas Genaueres hoffentlich, nicht im Weiberdialekt.

Aber den Kerlen wandte sich Ilja nicht sofort zu, auch wenn er es eilig hatte. Er konnte nicht anders. Rollte das Spruchband nach oben: War da was? Da war was. Nina fotografiert einen Spiegel, und im Spiegel ist sie selbst – braun gebrannt, dünn, unter den Rippen den Bauch zu einem A eingezogen, der Bauchnabel wie ein Knopf, eine Hand am Busen, sie deckt ihn ab, aber es fehlt an Handfläche – das Handgelenk ist zu dünn, und da ist Saft, da ist alles überreif, da spannt sich alles, und eine braune Brustwarze schaut neugierig zwischen den Fingern hervor wie durch ein Schlüsselloch: Die Schulterknochen treten vor, und wo sie zusammenlaufen, ist anstelle eines Halsschmucks der quadratische Strichcode eines schwarzen, frischen Tattoos. Sie steht seitlich: sehnig, zart gebaut, aber ohne Kanten; man kann den Blick nicht von ihr wenden, und keine ihrer Linien könnte man besser zeichnen.

Umwerfend, das Aas.

Sie schickte diesem Fiesling Bilder von sich, damit er richtig Sehnsucht bekam.

Ilja wollte mehr von ihr finden, sich sattsehen. Sein Puls raste. Und eine idiotische Eifersucht auf Chasin biss ihn. Solange der nur irgendwelche Bahnhofsschlampen an sich drückte, war es auszuhalten. Aber wie war die hier an ihn geraten?

Gerade noch konnte er sich bremsen. An den Ohren zog er sich weg von diesem Schlüsselloch. Das war natürlich komisch. Der Tote von morgen beneidet den Toten von heute um eine Frau, die jung war und lebendig, frühlingshaft im Winter, die noch lange-lange leben würde, wenn Petja und auch Ilja längst verfault wären.

Verflucht. Nun gut. Keine Zeit.

»Einsatz«, und … Wieder kam er auf Sinizyn.

»Schluss mit Eins. Abbruch!«, schrie der.

»Schicke eine Gruppe«, reagierte Chasin eine Sekunde später.

Dann machten sie erst einige Stunden später weiter – ruhiger, gemäßigter, mit Pausen.

»Ware empfangen, zwanzig, fünf können beiseite«, rapportierte Sinizyn.

»Geh besser auf Signal dafür, Wassja«, unterbrach ihn Chasin.

»Hab ich nicht.«

»Lad es dir runter, Idiot!«

»WhatsApp chiffriert doch.«

»Kein Stück, alle Codes sind längst in der Lubjanka.«

Später ging es nur noch um Treffen: Petja verspätete sich, Sinizyn wurde nervös. Aber von Ware wurde ohne Not nicht mehr gesprochen.

Fünf können beiseite. Zwanzig empfangen. Etwa konfisziert? Was konnten sie noch für Geheimnisse haben?

Signal. Ilja ging ins Menü, durchsuchte die Icons. Petjas Telefon war mit unvorstellbarem Zeug vermüllt, und die Dateien türmten sich übereinander. Als Hintergrundbild ein Geländewagen von »Maserati« an einem Meeresufer. Signal fand er dann mit Mühe in einem Geheimfach, abgelegt zwischen zwei Arcade-Spielchen.

Er ging rein. Hier war es nicht so eng wie in WhatsApp, hierher waren nicht alle eingeladen. Aber Sinizyn trieb sich dort rum. Ilja schaute sich sein Innenleben an.

»Was ist mit deinem Bärtigen? Nimmt der was?«

»Dräng nicht, Wassja! Der ist heikel, verträgt keinen Druck. Ich sag dir, wann.«

»Lange kann ich nicht warten. Und wenn's V-Leute sind?«

»Du Schisser.«

Ilja ließ ab von Sinizyn. Hatte er das mit Petja richtig verstanden? Er vertickerte schwarz das Konfiskat? Richtig. Er schob das Telefon weg. Schluckte seinen überstarken schwarzen Tee. Warf drei Löffel Zucker hinein, rührte um. Der Zucker drehte sich im kalten Tee wie ein Schneesturm am Polarkreis, wollte nicht tauen.

Hier hatte das *Schwein* Ilja nicht enttäuscht.

Damit hatte Ilja ihn auch gelockt, dort, am Trjochgorka. Und ihn erwischt.

Es war nichts Besonderes, dass Bullen den einen die Ware abnehmen und den anderen andrehen. Die mit 228 im Lager haben das auch erzählt. Ilja hat da immer mit einem Ohr zugehört. Die Leute müssen ja irgendwo Kohle ziehen, das Gehalt reicht hinten und vorn nicht. Erst vor Kurzem war die Kontrolle über den Drogenhandel an die Bullen übergegangen. Davor gab es eine eigene Behörde: das FSKN. Und davor, als es noch nicht FSKN war, hieß es

SDK. Staatliche Drogenkontrolle. Aber schon damals wurde gescherzt: Staatliches Drogenkartell. Witzig.

Nicht Ilja hatte über Petja zu urteilen.

Alles egal, seine Angelegenheiten waren vorbei. Und Ilja blieb nicht viel Zeit, um seine eigenen zu beenden. Sie mussten sich gegenseitig loslassen, und ob da noch einer Geheimnisse aus früheren Leben mitschleppte – war das wichtig?

Vielleicht war es das.

Er überlegte, drehte den Zuckerwirbel gegen den Uhrzeiger. Der Chat war noch nicht lange her, ein paar Tage nur. Wohl kaum war schon alles passiert. Die Ware lag also bei diesem Sinizyn irgendwo. Und das Geld beim Bärtigen. Alle warteten auf den Tausch. Aber ohne das *Schwein* würde es nicht gehen. Und der steckte bis über beide Ohren im Abwasser.

Ilja suchte in den Nachrichten noch nach »Ware« und »Fracht«. Irgendwelches altes Zeug tauchte auf, im Archiv fand sich ein »Warentest« und eine »Überfrachtung«, aller möglicher Bodensatz wurde vom Grund des Telefons aufgespült. Der Bärtige, so viel war klar, konnte in den Kontakten nicht genannt werden. Also kämmte Ilja das Alphabet nach moslemischen Namen durch. Da fand sich einiges, aber das in den Messages passte alles nicht.

Er schaute in WhatApp, er schaute in Signal.

Petja war mit Tschetschenen aneinandergeraten, hatte dickbäuchige Aserbaidschaner freigeboxt, die in einem Club mit Schnee verhaftet worden waren. Aber das waren alte Geschichten, aus Versehen nicht gelöscht oder für die Chronik aufbewahrt. Aber was Neues, nachdem die »zwanzig« konfisziert wurden – null.

Probieren?

Eine idiotische, kühne Hoffnung – sie machte sich in Ilja breit, wurde fett und rund. Was hatte er zu verlieren? Nichts. Wer lang zu leben hat, dem scheint jeder Einsatz hoch, aber Ilja konnte nur ein, zwei Tage setzen. Das war alles.

Den Deal mit dem Bärtigen anstelle des *Schweins* durchziehen. Das Geld abschöpfen – so viel man für zwanzig kriegte, was es auch sei. Die Ware soll er von Sinizyn anfordern. Sie miteinander verbinden, die kämen schon irgendwie klar. Oder sie schneiden sich gegenseitig die Kehle durch.

Was sollten die mit dem Geld? Sich irgendeinen »Maserati« kaufen. Es den Schlampen in die Feuerung werfen, damit die Liebe nicht verlosch. Ans blaue Meer fahren. Noch eine Etage aufs Haus setzen. Alles Lappalien. Ilja brauchte es dringender: Er musste seine Mutter unterbringen.

Das könnte er noch schaffen. Eine richtige Grabstelle kaufen, einen anständigen Sarg, was man da so braucht, das würde er Tante Ira fragen, die hatte Erfahrung. Kränze. Für alles um Verzeihung bitten. Einen Kuss. Und verschwinden. Wenn die Kohle floss, könnte er alles schaffen. Die letzte Zauberkraft dieser Welt – lag im Geld.

Die Antriebsfeder war fast abgelaufen, aber der Schlüssel in Iljas Rücken wurde nochmals umgedreht, der Mut zum Weiterlaufen verlängert. Hätte ihm das jemand vor einer Woche gesagt, dass ihn eine solche Lage der Dinge beflügeln würde, dann hätte er denjenigen totgebissen. Aber nun ging er, ein Handtuch um die Hüften, mit großen Schritten durch die kleine Wohnung, rieb sich die Hände, versuchte herauszufinden, wie sich das Mosaik fügen ließe. Er wollte es für seine Mutter.

»Na los, *Schwein*, sprich mit mir! Wem wolltest du deinen Stoff andrehen?«

Der schwieg.

Ilja verrührte den sturen Zucker, goss das ganze Glas in sich hinein, und der Zucker rüttelte seinen verknöcherten Verstand auf. Nun wusste er, wie er Petja zum Sprechen bringen konnte.

»Reingefallen. Das Telefon nimmt alles auf.«

Er schaute die Apps durch: suchte nach dem Voice-Recorder. Wenn Chasin Ilja einfach aus Jux aufgezeichnet hatte – um einen Unbekannten in die Mangel zu nehmen, damit der Freitagabend nicht ganz verdorben war –, dann musste er seine Partner erst recht in seine Sprachmemos eingebunkert haben. Zur Absicherung.

Die letzte Aufnahme war tatsächlich Ilja gewidmet. Er schaltete ein. Wartete.

»Erinnerst du dich an mich?«, fragte Ilja. »Vor sieben Jahren bin ich schon mal so an dich geraten.«

Petja flüsterte etwas zur Antwort, aber es fehlte mal wieder die Zeit, das zu entziffern. Die Aufzeichnung dauerte vier Minuten. Sie endete, als das *Schwein* den PIN-Code eingab und jemanden um Hilfe rufen wollte; aber die Frist war abgelaufen.

Genau: Aufnahmen gab es hier eine ganze Reihe. Er hörte sich eine nach der anderen an.

»Oh, Chasin, mach die Tür zu. Ist es so weit?«

»Ja, Denis Sergejewitsch. Aber wir warten ab. Die spinnen.«

»Nun, wenn es so weit ist, dann mach schnell. Ich habe für dich fast alles klargemacht. Du kannst schon mal den Sekt kalt stellen. Möglichst eine Jumbo-Flasche. Damit es dem Anlass entspricht.«

»Jawoll!«

»Und dann wollen die noch was in Naturalien.«

»Verstanden. Übernehm ich.«

»Nimm's lieber mit. Da kündigt sich ein Grillabend an. Ich sag Bescheid. Meld dich. Und beeil dich, klar?«

»Schönen Tag noch, Denis Sergejewitsch.«

Hier brach es ab. Ilja öffnete die nächste Datei – alle nummeriert, keine mit Titel.

»Weißt du Miststück nicht, was das ist? Sogar ich weiß das! Das ist eine Ausrüstung, Missgeburt! Eine Ausrüstung zum Growing! Oder wolltest du hier holländische Tomaten anbauen? Du hast ja hier ein ganzes Gewächshaus! Meine Güte! Licht … Hej, Kostomarow! Los, hol die Fahnder rein!«

»Genosse Milizionär … Hören Sie … Lassen Sie uns … Ja das … Das ist Minze … für Tee … Wieso denn Fahnder … Lassen Sie uns reden …«

»Ich werde dir mit deiner Minze gleich das Maul stopfen, du Stück Dreck! Kapiert? Willst du mir etwa Schmiergeld zustecken? Bist du völlig verrückt? Dann kriegen wir dich noch wegen Bestechung ran … Kostomarow! Wir verhaften diese Arschlöcher, und alles hier wird versiegelt! Und hol die TV-Leute her, die sollen den Fang filmen!«

Dann folgte noch eine Stunde Gebrabbel, Geschluchze, Gebrüll – aber das musste man sich nicht anhören, das war nicht das Richtige. Schneller, was war hier noch? Weiter, weiter – Verhöre, Gegenüberstellungen, Gespräche bei Tisch. Eine geschlagene Stunde.

»Magomed, du?«

»Salam, Genosse Milizianär.«

»Wann wächst das Moos?«

»He! Schreib auf Telegram. Wer sagt so was am Telefon! Weißt doch selbst, alle mithören. Oder bist du Spitzel?«

»Schon gut, krieg dich ein. Ich schreib dir auf Telegram.«

Noch ein Messenger. Er suchte und suchte. Schließlich fand er bei Telegram den Hausknecht-Magomed:

»Kurz, Jungs sagen, Kohle in einer Woche, den Ort wir verabreden noch, alter nicht mehr geht.«

Eine Nachricht von gestern. Da stand – in einer Woche.

Chasin passte das. Ilja nicht.

Konnte er eine Woche Komödie spielen, das *Schwein* markieren, Petja Chasin?

Ilja stand auf, lief hin und her: zwei Schritte bis zum Flurende, zwei Schritte zurück.

Wieder piepste es. Ins Ohr, tropfenweise. Gefiedel auf gespannten Nerven.

Er nahm vorsichtig das Telefon, schrieb an Petjas Mutter: »Wurde plötzlich rausgeschickt. Einsatz. Die Woche keine Verbindung.« Sie versuchte anzurufen, aber er ging nicht ran. Die Mutter legte zwischen den Klingelzeichen auf – vielleicht fürchtete sie, ihren Sohn vor seinen Vorgesetzten zum Gespräch zu fordern. Dann krakelte sie:

»Kannst Du nicht ablehnen?«

»Nein, Mutter! Kann ich nicht! Das ist Dienst!«, es fiel Ilja nicht leicht.

»Kannst Du wenigstens SMS schreiben?«

Ilja seufzte. Er durfte den Bogen nicht überspannen. Sie begann was zu merken. Ach was, sie hatte längst was gemerkt; sollte sie nur denken, ihre Unruhe käme von dem, was bevorstand, und nicht von dem, was schon passiert war. Vorsichtig, um sie nicht zur verschrecken, tippte er aufs Display: »SMS – ja.«

»Zum Teufel soll dein Dienst!«

Bitte gern.

Zum ersten Mal an diesem Morgen atmete er durch.

Wusch sich kalt. Setzte die Kohlsuppe auf.

5. Kapitel

Bequem war es für Petja mit dem Telefon gewesen.

Ilja hingegen musste alles in seinem Inneren speichern: Vera nackt in einem Sonnenstrahl, Schneeballschlachten nach der Schule, die Erkundungstour mit Serjoga und Sanka ins Depot, das Konzert von »Splin« im »B-2« und Ilja betrunken, das heimliche Beobachten der Mädchen auf der Schultoilette, die letzte Reise mit seiner Mutter zur Oma nach Omsk, Tarzansprünge an den Datschateichen, die Notaufnahme, nachdem er Kartoffeln mit einem Fleischmesser geschält hatte, um seine Mutter am Frauentag zu beeindrucken, der Welpe, den er nicht behalten durfte, Prügeleien hinter den Garagen, die Fanta-Flasche auf dem Fußboden, Veras Geruch, Kiras Geruch – nach Rum und Reue – als sie ihn zu Semesterbeginn nach der Uni bei sich die verpasste Vorlesung hatte abfotografieren lassen, Playstation mit den Jungs an den Feiertagen, immer bis morgens, bis das Hirn platzte, der Weg zum Lebensmittelladen auf dem Schlitten, wie er den Taubenschlag an der Bukinskoje überfiel, die heimlichen Ausreißer zur Diskothek in Simferopol im Urlaub mit seiner Mutter, die Baugrube mit dem Rieselsand, Sonnenaufgang morgens um vier, die weißen Shorts und weißen Zähne der Mädchen im ultravioletten Licht, das sattgrüne Meer, Krimsekt und Krimsonne, Wermut und Zypressen, nächtliches Baden in den Wellen, im Sturm, und noch eine Million anderer Dinge.

Da sagt man: Es steht einem vor Augen. Aber das stimmt natürlich nicht. Es blitzt auf, für einen Moment. Lässt sich nicht festhalten. Lässt sich nicht im Detail betrachten. Kaum weiß man noch, was die Minute davor war und was danach. Körper-Konturen, Flecken auf der Netzhaut, keine Bilder, sondern Empfindungen. Wo sieht man sie wirklich? Wo sind sie überhaupt? Und wohin zerschmelzen sie?

Ilja hatte sein schlaffes Menschenhirn immer trainiert, sich mit dem Gesicht zur Wand gedreht auf seiner Pritsche. Hatte dem Hirn keine Ruhe gelassen, die kleinsten Details aus den Windungen gefischt. Hatte sich selbst aufs Dach geklopft, um alles in Farbe zu sehen und ohne Störgeräusche. Sein Hirn gab sich Mühe: Erst war es wie angetrocknetes Plastilin, aber Ilja hauchte es an, knetete es, und sein Hirn wurde weicher, wärmer. Er hatte immer die Wand vor sich gehabt, gestrichen in grüner Ölfarbe. Ein guter Bildschirm. Aber richtig gut funktionierte dieser Fernseher nur nachts. Das knallte manchmal so rein, dass er danach den ganzen Morgen zu sich kommen musste. Träume zeigen einem die Vergangenheit äußerst genau. Bis einem die Tränen kommen.

Das *Schwein* jedoch hatte alles im Telefon gespeichert; alles in hoher Auflösung, alles maximal ausgeleuchtet. Fotos und Videos. 128 Gigabyte Speicherplatz hatte er. Da passte ein ganzes Leben rein, und es blieb noch Platz für Musik. Da denkst du, du erinnerst dich an deine Vergangenheit, dabei sind es nur Aufnahmen, die im Handy gespeichert sind.

In den sieben Jahren waren die Telefone scharfsichtiger geworden, und auch aufnahmefähiger – um das Sechzehnfache. Jetzt sah ein Telefon Dinge, die ein Mensch nicht bemerkte. Man konnte nun zurückblicken, sich selbst überprüfen. Gut für Petja: Er hatte sich den Kopf nicht mit Müll vollstopfen müssen. Gut auch für Ilja: Er konnte fremde Träume sehen.

Er ging auf Fotos, Nina suchen.

Übersprang einige Aufnahmen von Unfallorten, Stillleben aus Shisha-Bars, Gruppenaufnahmen mit bulligen Kerlen in Zivil, dunkle Selbstporträts mit verschwommenen Tussis, patriotische Meme, blaue Flecken an Verhafteten, Selbstporträts in einem »Maserati«, so aufgenommen, dass man das Autohaus nicht sah.

Es fanden sich auch alberne Fotos – wahrscheinlich von Nina geschickt: Hier bläht sie die Lippen auf, da drückt sie einen Kater an sich, dort ist sie zusammen mit einem Kind, das ihr überhaupt nicht ähnelt. Ilja blieb an ihnen hängen – aber dann wischte er weiter. Suchte etwas anderes. Mehr von ihrem Schlüsselbein, von der winkligen Vertiefung unter dem Rippenbogen, von den Lippen, unwiderstehlich wie ein Strudel, und er hoffte, sie würde ihre Hand heben, ihm das Verborgene offenbaren. Ausgelassenheit suchte er, ihren Übermut und das Erschrecken vorm eigenen Übermut, die Schamlosigkeit des Sich-Anbietens und das schmachtend-schwankende Erwarten einer schamlosen Antwort. Augen und Lippen. Etwas, das man nicht betrachtet, worin man versinken und sich selbst vergessen konnte. Mehr davon.

Es war Fremdes, gehörte nicht Ilja. Dann eben Fremdes. Eigenes gab es nicht und würde es nicht geben.

Blieb also was? Blieb nur das.

Er ging in die Videos. Wischte zurück in die Vergangenheit. Blieb an ihrem Gesicht hängen. Tippte darauf – ein Urlaubsvideo. Vom Meer. Play.

Wellen kommen in Bewegung, Wind rauscht im Lautsprecher, im Wind belebt sich das hohe Riedgras entlang eines breiten, weißen Sandstreifens. Ein Hopser im Sonnenuntergangspanorama. Im Bildausschnitt jetzt – Nina. Das Haar zerzaust, fliegt im Wind, Nina streicht es sich aus dem Gesicht, lacht. Sie sitzen am Strand, auf Handtüchern.

Das Tattoo hat sie noch nicht.

»Gehen wir baden?«, fragt sie der unsichtbare Petja mit seiner hohen Stimme.

»Wenn du gehst, gehe ich auch«, antwortet Nina.

»Und das Telefon lassen wir hier?«

»Ja und? Dann klebst du weniger dran.«

»Da drin ist meine ganze Arbeit.«

»Hier ist deine ganze Arbeit«, Nina zeigt mit dem Finger irgendwohin – auf Petjas Stirn. »Im Kopf. Immer. Aber du bist jetzt im Urlaub. Im Ur-laub.«

Sie springt auf – eine Sandfontäne – und läuft ins aufgewühlte Wasser: ein grellgelber Badeanzug auf der fast sonnenschwarzen Haut. Petja kann sich nicht von ihr losreißen – er filmt, wie sie quietschend-trotzig in die Fluten steigt –, dann fällt das Telefon auf den Rücken, schaut lange, wie gelähmt, in die roten Wolken, nimmt Petjas »Ich komme!« auf und dann – Gelächter. Beide lachen.

Gut, dass Petja hier nicht zu sehen ist.

Dann noch ein abendliches Gespräch – in einem Lokal. Gestreifte, orientalische Kissen, der Rauch einer Wasserpfeife, fade Musik, Cocktailgläser, darin etwas mit Orangen und Schlagsahne. Nina hat Lampions in den Augen, leckt Sahne vom Strohhalm, schaut ins Kameraauge, fragt:

»Und was meinst du, wie wirst du sein in fünf Jahren?«

»Immer deine Fragen«, antwortet Petja für Ilja, »wie schon … Ist da ein Haken, ja?«

»Nein, wieso? Soll ich anfangen? Wenn du so kompliziert bist. Also ich, zum Beispiel, bin dann Pilotin.«

»Was?!« Petja wiehert.

»Ich werde Flugzeuge fliegen.«

»Meinst du, die lassen dich da rein? Bei ›Aeroflot‹ lassen sie Weiber nur in den Service.«

»Wieso ›Aeroflot‹? Ich gehe zu den Privaten. Ich fliege dann in einem ›Gulfstream‹ oder ›Bombardier‹.«

»Wozu?«

»Erstens ist das schön. Und du brauchst gar nicht zu lachen!« Nina verzieht die Brauen und droht mit dem Finger. »Es sind gar nicht so wenig Mädels in diesem Beruf.«

»Sicher. Die nehmen sie doch nur, damit man, wenn man nach Nizza fliegt, sein Häschen schon dabeihat. Diese Fettwänste, denen er schon beim Anblick einer Uniform steht.«

»Schon gut. Jetzt bist du dran. In fünf Jahren.«

»Also ich … ich werde wahrscheinlich … also Oberstleutnant bin ich dann auf jeden Fall. Vielleicht auch Oberst, wenn ich's richtig anstelle.«

»Verstehe. Oberst. Hast du dann eine Frau? Kinder?« Nina zieht die Brauen zusammen.

»Soll das ein Verhör sein? Vor laufender Kamera? Weiß ich nicht. Eine Frau …« Petja ist sauer.

»Dann stehst du also auch nur auf Uniformen?« Nina lacht, aber nicht beleidigend.

»Du Miststück … Komm her, ich zeig's dir …«

»Nein, halt! Komm, wir wetten, dass ich eher Pilotin werde als du Oberstleutnant.«

»Ha! Um was du willst.«

Und wieder stoppte das Video und erstarrte. Ilja schaute nach – ein Jahr war die Aufnahme alt. Und ihre Beziehung war scheinbar schon in vollem Gange.

»Tja …«, sagte er zu Nina, »so ist das.«

Vor einem Jahr hatte er seine Bewährung beantragt. Und in fünf Jahren – wie soll ich das wissen, Nina.

Auf dem Display ging ein Fenster auf: »Batterie fast leer. 20% Batterieladezustand.« Irgendwo musste er schnellstens ein Ladegerät für das neueste iPhone auftreiben, er musste dranbleiben … Petjas Mutter hatte ihm das mit dem Einsatz geglaubt, aber die anderen? Wie viel kostete so ein Ladegerät? Wie viel hatte er noch? Die Woche fing gerade erst an.

Aber dann – statt sich anzuziehen, sein restliches Geld zu befingern, die Treppe hinunterzusausen und einen Handyladen zu suchen, tippte Ilja im Telefon auf Fotos. Er kreiste mit dem Finger über den Icons wie ein Medium über Buchstaben, magisch angezogen von einem.

Ein Hotelzimmer. Geräumig, cremefarben mit Gold, Alkoven mit bestickten Vorhängen, Kandelaber. Nina in weißer Spitze … Sie lacht. Sie lachte immer, wenn er sie filmte.

»Komm! Hier ist auch was für dich.«

Nina winkt ab und hebt ihr mit blutrotem Wein gefülltes Glas: »Ich bin heut nicht auf Weiß, ich trinke Rot.«

»Wie du willst …« Das Telefon dreht sich weg, Petja schnieft, seufzt, verstummt. »Du bist dran.«

»Gut. Wunsch oder Wahrheit?«

»Wunsch.«

»Also. Ich will, dass du … dass du mich hier küsst.«

»Zeig noch mal. Zeig's für die Kamera.« Die Kamera richtet sich auf Nina, auf ihre gebräunte Schulter, auf einen weißen Träger, auf die Stelle, an der sich nach einem Anlauf der Hals erhebt.

»Hier.«

Ilja schaut gebannt hin. Kann sich nicht losreißen. Nina spielt, aber nicht übertrieben. Sie hat nichts Affektiertes, nichts Falsches. Den ganzen gestrigen Tag überstrahlt sie, wenigstens für einige Minuten.

»Jetzt bist du dran. Wahrheit oder Wunsch?«

»Okay.« Nina schaut weg, denkt nach. »Wahrheit. Was willst du wissen?«

»Die Wahrheit ist doch langweilig«, sagt Petja mit fremder Stimme. »Nicht doch lieber Wunsch? Na gut. Hast du mich schon mal betrogen?«

»Idiot! Hab ich mir gleich gedacht«, ereifert sich Nina lachend. »Erstens weißt du das selbst. Und zweitens – wozu? Ich habe meine eigene Theorie zu diesem Thema. Also, in mir ist meine ganze Energie, ja? Und die will ich nur dir geben. Denn du gehörst mir. Und solange ich sie nur dir gebe, ist alles gut bei uns. Wir sind zusammen, und nichts Schlimmes kann dir passieren. Das ist wie ein Schutzschild beim Fantasy. Wie eine unsichtbare Kuppel über uns. Über dir. Aber wenn ich anfange, noch jemand anderem Teile von meiner Energie zu geben, dann wird dieses Feld sofort schwächer. Die Anziehungskraft lässt nach, die schützende Kuppel bekommt Risse, kann uns auf den Kopf stürzen. Dir und mir. Und das will ich nicht. Davor habe ich Angst. Ich liebe dich doch irgendwie.«

»Nee, schon wieder dieses Weibergeschwätz. Na gut. Ich lass es gelten. Dann nehme ich auch Wahrheit.«

»Und? Liebst du mich auch irgendwie?«

»Ich dich? Komm her, dann zeig ich's dir …«

Ende.

Sie ist noch so jung. Wie alt wohl genau? Etwas über zwanzig. Ob sie selbst glaubt, was sie da sagt? Mit ihren etwas über zwanzig kann sie das noch. Solange einen die Menschen nicht gebissen haben, lassen sich der Welt die schönsten Theorien anpassen, und seien sie noch so rührselig. Später glaubt man nur noch das, was man bis dahin erlebt hat. Nina war offenbar noch nicht gebissen worden. Oder hatte sie die Bisswunden mit Tönungscreme überdeckt?

Ilja spielte ein anderes Video ab. Wieder der Dessous wegen.

»Stell doch mal irgendwas Normales an! Ich habe hier James Blake mit RZA. Take a Fall.«

»Gleich, warte … Irgendwo hier … Ah, jetzt.«

Musik spielt: Ein feines Tenörchen stöhnt kultiviert mit hühnerbrustartiger Stimme, dazu rauscht es, und die Stimme eines Schwarzen zerhackt mutig dieses Bächlein mit seinem Rezitativ. Alles zusammen wirkt seltsam schmachtend und pikant.

Mit dem ersten Beat, dem ersten Stöhnen taucht Nina in der Mitte des Zimmers auf, es ist ein anderes, nicht das in jenem Schlosshotel. Ein seidener Morgenrock, ganz kurz, darunter ein wenig Spitze, um das Halbdunkle zu verdecken. Erst die eine Schulter vor, dann die andere, eine Welle durch den Körper hinab, zu den Knien, im Rhythmus des Tenors, und als der Schwarze einsetzt – nickt sie ihm mit wiegenden Hüften schon zu, es ist nur ein leichtes Schaukeln, aber dieses Schaukeln erreicht auch Ilja, Schwindel erfasst ihn, ganz flau wird ihm.

Dann ist der Träger von der Schulter gerutscht, von allein. Er holt das Display näher heran, damit Nina sein gesamtes Gesichtsfeld einnimmt, damit ihn dieses Zimmer nicht erdrückt, sein Kinderzimmer, in das er nicht mehr passt und aus dem er nicht mehr herauswachsen wird.

Nina streift den zweiten Träger und die ganze Seide ab, wie eine unnütze Hülle fällt alles von ihr ab; für eine Sekunde erlaubt sie Ilja, ihren gebräunten Busen zu sehen, scheint kurz zu zögern, dreht sich dann rasch um; nur das Höschen ist übrig – ein schwarzer String, und dann – Gestöhn, Gestöhn, der Dicklippige presst seinen zerrissenen Vers hervor, treibt, peitscht, geißelt ihren Rücken, ihr Gesäß, und unter dieser Rhythmuspeitsche erhitzt sich Nina; selbstvergessen kriechen die Finger unter den String, ziehen ihn auf der einen Seite hinunter, der Stoff will nicht, ziert sich, hängt am Knochen, dehnt sich, erhöht die Spannung – die sich dann entlädt.

»Siehst du … siehst du … und du wolltest nicht … ich hab's dir doch gesagt … davon ist das so … das zündet … das brennt … du stehst in Flammen … merkst du das?«, flicht das *Schwein* mit seiner fremden Stimme ein. »Komm … Komm noch mal, los …«

Sein Hals war trocken. Es zog in den Leisten. Ein Hämmern im Kopf. Atemlos. Ilja fuhr mit seinem Blick über Ninas Rücken, die sich schlängelnden Wirbel hinab. Direkt ins Schlangennest.

Nina hat einen Stuhl herangezogen, will ihn rittlings besteigen, versucht, den hinabgeglittenen String von der Fußspitze zu streifen, schwingt das Bein – verfängt sich und fällt, so gefesselt, zu Boden, greift noch nach dem Stuhl, Gepolter und Geschrei. Petja kichert, sie auch – auf der Seite liegend, lacht sie und weint.

»Take … genau! – take a fall … for me …«

Auch Ilja lachte auf: in den Augen bittere Tränen, in der Hose – eine stählerne Sprungfeder. Er lachte, bis er husten musste. Dann röchelte er noch eine Minute, konnte sich nicht beruhigen.

»Batterie fast leer. 10% Batterieladezustand«, meldete das Telefon.

Er zwang sich aufzustehen. Warf die dünne Jacke über, in der er aus Solikamsk gekommen war. Zählte das Geld: fast dreitausend waren übrig. Das reichte erst mal.

Wir regeln das gleich – sagte er zu Nina.

* * *

Klarer Himmel. Die Sonne brannte. Die Luft war frisch. Der Wind peitschte nicht, war sanft.

Ilja kam aus dem Hauseingang und blinzelte. In dieser Luft konnte man alles Gestrige für ein Hirngespinst halten. Er musste Richtung Bahnhof gehen wahrscheinlich, auf dem Weg dorthin irgendeinen Handyladen finden, aber Ilja wandte sich stattdessen nach rechts – dort begann hinter den Häusern ein Waldstück, eine Art Park.

Er schlurfte an den Nachbarhäusern vorbei: In einem hatte die Gesellschaft der Tschernobyl-Veteranen ihr Quartier, das andere wurde von einem Kosakenverein genutzt: die halbe Häuserwand war mit einem Georgs-Band bemalt, dazu noch eine Zeichnung: ein schwarzer Reiter mit Schirmmütze übergibt einem Jungen das Erbwappen. Kosaken hatte es in Lobnja früher nicht gegeben, die hatten sich hier in den letzten sieben Jahren breitgemacht.

Hinter den Häusern standen einzelne Tannen, zwischen ihnen sah man entfernt ein weißes Silikathaus. Dorthin, zu einer anderen Wohnsiedlung, führte ein Weg, dessen Anfang mit einer Tafel gekennzeichnet war: »Ökologischer Pfad 400 Meter«. Ilja fand diese Aufschneiderei von Lobnja dumm und rührend zugleich. Er betrat diesen ökologischen Pfad – warum nicht die Gelegenheit nutzen?

Im Gehen verglich er Nina mit Vera. Mit wem sonst?

Jahrelang hatte er Vera für sich bewahrt, auch nachdem sie ihn längst verlassen hatte. Wäre Vera damals bei ihm geblieben oder hätte sie wenigstens gesagt, dass sie bleibt, dann wäre sie all die sieben finsteren Jahre für ihn eine Ikone gewesen.

Außer ihr hatte er niemanden anhimmeln können. Höchstens die von anderen abgegriffenen Bildchen in der Kleiderkammer, bei denen an den rosigen Brüsten Druckbuchstaben und Viagrawerbung durchschienen. Zuerst war das widerlich, peinlich und dumm, dann machte es nichts mehr. Anders wären die Dämonen nicht zu vertreiben gewesen. Ohne das übermannten sie selbst einen Heiligen.

Nachdem sie Ilja geholt hatten, war es schwer für ihn ohne Vera. Und völlig unaushaltbar, als sie ihm im zweiten Jahr mitteilte, sie würde ihn verlassen. Plötzlich schien ihm, dass er sie aufrichtig liebte und ohne sie nicht leben könnte.

Die Pole hatten sich durch die Verhaftung umgedreht: Davor wollte Ilja sie verlassen, sich von der Last in Lobnja befreien und leichten Herzens nach Moskau gehen. Das wollte er, hatte aber nicht genug Mut. Veras Haut war so dünn und zart wie bei Kindern die Augenlider, sie war leicht zu verletzen, kaum rieb sie sich wund, kam Blut. Und sie war äußerst argwöhnisch: Als Ilja sich in sein Moskau verliebte, dachte sie sofort, er würde sie verlassen. In allem sah sie Anzeichen und Zeichen. Das ganze letzte Jahr hatte sie Ilja immer wieder gesagt, er müsse sich entscheiden. Entscheiden sollte er sich so, dass Vera nicht leiden musste. Und je öfter sie davon sprach, umso mehr erschien ihm die Einsamkeit als Freiheit.

Auch wenn er sich damals eine Zukunft mit ihr vorstellen konnte, nach Moskau wollte er sie nicht gleich für immer mitnehmen. Für eine Nacht ja, oder mal zum Tanzen.

Er zahlte damit eine Schuld an sie zurück, und Vera meinte wohl, es sei ein Vorschuss.

Als sie an jenem Abend in der Elektritschka gesessen hatten, verbunden durch den Kopfhörer, wusste Ilja bereits, dass diese Strippe sie nicht zusammenhalten könnte. Er ging zärtlich und fürsorglich mit ihr um, wie mit einer geliebten Katze, die man zum Einschläfern bringt. Von Vera flossen über das Kabel Schuldgefühle in sein Ohr, und was Vera in ihrem Teil des Kopfhörers hörte, wusste er nicht. Wahrscheinlich Hoffnung.

Er dachte viel über ihre Gefühle nach. Das wird einem zur Gewohnheit, wenn man allein bei seiner Mutter aufwächst.

Jetzt erst begriff er: Als sie von ihm eine gemeinsame Zukunft erbettelte, wollte sie nur nicht allein in der Gegenwart stecken bleiben.

Dann geriet Ilja in die Vergangenheit, aber Vera drängte es weiter nach vorn. Konnte man sie verstehen? Durchaus. Seine Mutter hatte sie verstanden, als Frau, und auch Ilja um Verständnis gebeten. Es lässt sich alles auf der Welt verstehen.

Ilja ging den kurzen Pfad entlang – über die brüchige Schneedecke, über fremde Spuren, über trockene Tannennadeln, und er entdeckte: Seine Gefängnisliebe zu Vera war der Ausweglosigkeit geschuldet.

Sonst wäre nicht Vera sein Traum gewesen.

Vera war gehemmt gewesen, verkrampft. Immer hatte Ilja sie aufheitern, aufmuntern, wachrütteln müssen. Wie hatte sie sich in der elften Klasse dazu entschließen können, sich ihm hinzugeben? Genau – sie hatte sich dazu entschlossen.

Während der Schulzeit hatte Vera etwas Berauschendes. Jetzt dachte er: Berauscht waren sie von den Hormonen, beide. Es hätte nicht unbedingt Vera sein müssen. Und auch Vera hätte jemand anderen haben können. Eindeutig.

So war es eben: Was man dir an der Ausgabeluke mit der Kelle in die Schüssel klatscht, das musst du auslöffeln. Statt der kalten Brühe hätte er aber auch heiße Liebe fordern können.

Er hätte sich in jemanden wie Nina verlieben sollen.

Immer hatte er so eine gewollt: witzig, lebendig, elektrisiert. Nur eine Berührung – schon sprühen Funken, und die Haare stehen einem zu Berge. In Vera hingegen floss kein Strom.

Ich verzeih dir, Vera. Und verzeih du auch mir. Adieu.

Klare Gedanken konnte er in der frischen Luft fassen – sah alles wie aus der Vogelperspektive. In der Baracke dort hatte er sich nicht emporschwingen können.

Spannend, sich das Leben nicht mit Vera, sondern mit einer wie Nina vorzustellen: Ständiger Drive? Abenteuer? Wie wär das geworden? Er fing an, es sich vorzustellen.

Schade, der Pfad war zu Ende.

* * *

Während er in der Schlange vor dem Verkaufstresen wartete, verging die Zeit. Worauf verwandte er sie? Darauf, sich ein fremdes Weib anschauen zu können. Stattdessen sollte er jetzt besser zu seiner Mutter gehen.

Er musste sie ja besuchen. Sie anschauen. Guten Tag sagen.

Aber Ilja konnte nicht zu ihr. Wenn er nun käme, und die sagten ihm: Nehmen Sie sie mit nach Hause, wir bewahren sie nicht länger kostenlos auf – wohin dann mit ihr? Ins Warme?

Da fiel ihm eine Erklärung ein. Eigentlich wollte er sie nicht tot sehen, er wollte, dass sie noch ein wenig für ihn lebte. Sähe er sie, wäre sie endgültig tot.

Dumm war das. Feige.

Doch überwinden konnte er sich nicht. Er vertrieb sie aus seinen Gedanken. Später würde er anrufen, alles bedenken. Unbedingt.

»Was haben Sie für eins?«, fragte der Verkäufer in Gelb.

»iPhone. Das neue.«

»Wir haben ein chinesisches mit Lizenz für zweitausend. Das ulkige chinesische hier für tausendsiebenhundert kommt immerhin aus einer Fabrik, und das total-chinesische hier kostet tausend.«

»Wie viel?« Ilja konnte es nicht glauben.

»Einen Riesen. Aber die Leute beklagen sich, angeblich verbrennt es den Akku. Originale gibt's nur bei den Apples, die sind aber auch China, von Foxconn. Das aus dem Werk hier, das wird gern genommen.«

»Und wie lange macht es das total-chinesische?«

»Zwei Wochen Umtauschzeit. Aber wir tauschen nur das Ladegerät, das Handy haben Sie dann auf dem Gewissen.«

»Totaler Dreck«, krächzte eine junge Frau mit blauen Haaren, die genau hinter ihm stand.

»Geben Sie mir das. Moment, ich schau erst mal.«

Ilja holte kurz das Telefon aus der Tasche, passte das schlampig gearbeitete, schwarze Kabel an. Die Hälfte seines Geldes musste er hergeben.

»Das passt schon, das passt!«, grunzte der Verkäufer. »Sieh bloß zu, dass es dir nicht die Wohnung abfackelt. Vielleicht noch eine Hülle dazu? Haben grad ganz schicke reinbekommen. Wenn wir bei der Sicherheit sparen, können wir ja in den Stil investieren.«

»Brauch ich nicht.« Ilja steckte das Telefon in die Hosentasche zurück, gab ihm den Tausender. »Werd nicht frech.«

Eine Melodie ertönte: lyrisch, aber rhythmisch, offenbar lateinamerikanisch, mit Kastagnetten und geheimnisvollen, mexikanischen Rasseln. Nach dem Intro betrat ein spanischer Bariton die Bühne, und begleitet von den Saiten der Gitarre begann seine leidenschaftliche Erzählung. Er sang dumpf, gedämpft. Aber unermüdlich.

Der Verkäufer sah Ilja erwartungsvoll an.

»Tanzen wir?«, schlug die Frau mit den blauen Haaren vor.

»Klingelt das nicht bei Ihnen?«, fragte der Verkäufer ihn.

Ilja wühlte in der Hosentasche – das Telefon brüllte noch lauter, so als sei jemand bei einer Verkehrskontrolle in einem fremden Kofferraum aufgewacht und wittere nun seine letzte Chance. Miststück.

Ohne es hervorzuholen, drückte er die seitlichen Tasten, und es verstummte.

Der Verkäufer schnappte sich Iljas vorletztes Geld und kaute noch ein wenig seine Lippen, wobei er Ilja betrachtete und bereits Schlüsse zog, wie der an ein solches Teil gekommen war.

»Viel Freude damit! Mit dem Handy.«

Ilja durchbohrte ihn mit seinem Blick und ging hinaus.

Er entfernte sich auf ein Dutzend Schritte, schaute über die Schulter zurück zur Mobilfunkbude und holte das Telefon hervor. Ein verpasster Anruf von einer neuen Nummer. Hastig gab er den Pin ein – um zu überprüfen, wer es gewesen war, ob es eine Nachricht gab. Doch das Miststück schaltete sich bei der Kälte einfach ab.

Nach Hause eilte er im Laufschritt.

Schloss sich ein.

Das Telefon kam lange nicht zu sich. China-total kontaktete schlecht. Ilja musste mit dem Stecker in der Buchse stochern und wackeln. Schließlich erwachte es, und der Apfel zeigte sich. Ilja hielt noch einige Sekunden aus, dann ging er in die verpassten Anrufe.

Eine Handynummer. Neu. Zuvor hatte das *Schwein* keine Nachrichten von dieser Nummer erhalten – in keinem der Messenger.

Was tun? Zurückrufen?

Ilja schrieb dem Unbekannten »Wer sind Sie?«, schickte es aber nicht ab.

Es konnte ja sein, dass es ein Bekannter war, ein sehr guter Bekannter. Und dass sich Nachrichten von ihm sofort nach dem Lesen löschten. Das konnte durchaus sein.

Oder es hatte sich jemand verwählt. Wer was wollte, rief noch mal an.

Ilja wollte weiter Nina anschauen – und da stieß er auf etwas extrem Privates.

Irgendwie stockte er, genierte sich. Wischte es zu. War es nicht das, was er eigentlich finden wollte? Aber nun war es ihm zu peinlich zu schauen, wie der aufgeschlitzte Petja sie liebkoste. Und peinlich war ihm seine Ausschweifung vor seiner toten Mutter. Wenn sie nun zusah?

Wenn sie nun fragte – wem gehört das Telefon?

Irgendwann als Kind war er mal mit den Jungs auf einer Baustelle rumgeklettert. Sanka hatte gesagt, die Arbeiter hätten in der Baugrube ihre Platzpatronen vergessen und die könne man wie Granaten zünden. Schnick-Schnack-Schnuck – hinunterklettern musste Ilja. Die Baugrube bestand aus rotbraunem Sand, so tief, dass man zwei Etagen dort hätte unterbringen können. Die Wände waren leicht abschüssig, aber morastig und nachgiebig – das begriff Ilja schon beim Abstieg. Die anderen standen oben Schmiere, falls die Bauarbeiter auftauchen sollten. Es war Wochenende, Samstagabend, fast schon Nacht. Der Abstieg war schwierig – zum Ende wurde es rutschig, und Ilja sprang, hätte sich fast den Fuß verstaucht. Patronen waren in der Baugrube selbstverständlich nicht auffindbar. Er musste wieder herausklettern. Aber herauszuklettern erwies sich als unmöglich. Der Sand rutschte ihm entgegen, er trat auf der Stelle, festhalten konnte er sich nirgends: ringsum nur lockerer, feuchter Erdrost. Er rief die Jungs – und die erschraken, meinten, da käme ein Wachmann oder die Miliz, hatten einander schon erzählt, die Bullen würden auf Baustellen-Diebe auch schießen, nun rollte vom Himmel auch noch die Dunkelheit heran. Ilja bekam ebenfalls Angst. Und wenn am Morgen die Arbeiter kämen und zuallererst mit dem Bulldozer die Grube einebneten, nicht einmal nachschauten, ob da jemand war? Damals glaubte man irgendwie an so was. Sanka und Serjoga überzeugten einander, sie müssten weglaufen. Er redete ihnen zu, keinen Schiss zu haben und zu bleiben, ihm beim Aufstieg zu helfen. Immer und immer wieder versuchte er hinaufzuklimmen – und blieb trotzdem auf dem Grund des Trichters.

Sie sagten, sie wollten die Eltern rufen – aber das fürchtete er noch mehr. Wenn seine Mutter erfuhr, in was er hineingeraten war ... Selbst in der Grube verschüttet zu werden kam ihm nicht so schrecklich vor.

Und wie sollte er nun vor seiner Mutter verantworten, dass er einen Menschen getötet hatte? Besser war es, ihr einfach nichts davon zu erzählen.

Er legte das Telefon beiseite – seine Hand brannte. Das Ladegerät war Schund.

Zum Abend hin hatte sich in Ilja eine Art Blase mit Unruhe gefüllt, die drückte auf seine Gedärme, wollte raus. Er schaltete im manischen Fernseher von einem Kanal zum anderen, lief zu seinen Büchern, blätterte in seiner früher so geliebten Science-Fiction, fand darin nur zusammenhangloses Gekrakel.

Er schaltete das Klingeln aus, dann wieder an. Zehnmal noch nahm er das Handy, um zu überprüfen, ob er einen Anruf verpasst hatte. Was er mit einem verpassten Anruf machen wollte, hatte er noch nicht entschieden. Ließ es liegen – kam zurück.

Er schaute nach Nachrichten von der Rotschdelskaja. Nichts. Noch war es Tag, das *Schwein* noch nicht aufgefunden, und die Nacht würde ihn noch besser verbergen.

Seine Hand brannte. Ein fremdes Telefon.

Als hätte er Petja nicht ganz getötet. Aber jetzt würde er nichts mehr mit ihm anstellen können. Jetzt musste er ihn füttern.

* * *

Am Abend nahm er es mit ins Bett. Um gleich reagieren zu können, wenn Nachrichten kämen. Nicht umsonst: Während er sich zwang einzuschlafen, schepperte es. Er schaute nach.

»Petja, schreib doch Nina bitte. Mama.«

»Gut.«

Sollte sie denken, er sei gesund und munter.

Er öffnete den Chat mit Nina. Fügte am Ende hinzu: »Bei mir alles in Ordnung. Und bei dir?«

Nina antwortete nichts. Ihre letzte Nachricht war von Freitagmorgen. Sie war ebenso knapp wie die, welche er ihr gerade geschickt hatte.

»Bei mir ist alles einfach super«, hatte Nina da geschrieben.

»Man sieht sich«, hatte Petja geantwortet.

Und am Abend hatte er sich mit der angemalten Tussi aus dem Restaurant fotografiert und das Foto gepostet. Meinte er, sie sieht das nicht? War er betrunken, vergaß er, es zu löschen?

Gut wäre, wenn sie sich getrennt hätten. Das wäre einfacher.

Er erinnerte sich, wie Nina für ihn getanzt, sich ausgezogen hatte. Deutlich sah er ihren Busen – voll Sommersaft: braun gebrannt, ohne weiße Streifen. Er wälzte sich hin und her, schaute zur Wand; dann suchte er mit einem Auge, mit einem Finger den Weg zum Video.

Er konnte ihr nicht mehr widerstehen.

Eine Wohnung. Die von Petja, wahrscheinlich: ein geräumiges Wohnzimmer, ein riesig breiter Fernseher, hauchdünn, ein Sofa für zwanzig Personen, nackter Pornodreck in schwarzen Rahmen an den Wänden, irgendwelche Milizurkunden, eine Striptease-Stange, eine offene Bar leuchtet mit dem Bernsteingelb der Flaschen.

Nina sitzt neben ihm auf dem Sofa. Im Fernseher flimmert bläulich ein Porno, jemand stöhnt, erdrückt vom flachen Bildschirm. Nina schaut ungeniert ins Blaue, gibt muntere Kommentare. Petjas Kamera schwebt, schwenkt von Nina auf das Körpermassiv. Beide betrunken. Nina hat ein weißes Männershirt über ihre nackten Knie gezogen. Das Halbdunkel flackert: Wenn Licht im Fernseher ist, wird es auch im Zimmer heller.

»Ich glaube, die da ist total frigide. Komm, ich suche selbst was aus, warum stellst du für mich immer Junge-Mädchen-Mädchen an? Lass uns lieber mal Junge-Mädchen-Junge gucken? Come on, ich hab nichts gegen Dreier, aber ich bin für Gerechtigkeit.«

»Dir reicht wohl einer nicht?« Schon wieder schlingert Petjas Zunge wie ein Lappen.

»Na, das hier ist ja nur theoretisch, nicht praktisch, oder?«

»Das hier? Das hier ist theoretisch.«

»Und praktisch?« Nina schaut direkt in die Kamera, direkt zu Ilja, frech.

»Willst du mich anmachen?« Petja lacht, aber heiser.

»Und wieso reden wir nur drüber … Vielleicht willst du einfach zusehen? He? Würdest du es gern sehen? Mich … wie ich …«

»Ich würde es gern filmen. Darf ich es filmen?«

»Nichts dagegen. Darf ich dann auch filmen?«

Nina zieht sich das SpongeBob-Shirt über den Kopf, darunter – nichts. Sie gleitet zu Boden, stellt sich vor ihm auf die Knie. Sie greift nach seinem Gürtel, klimpert mit der Schnalle, nimmt ihm das Geschirr ab. Steckt die Hände hinein. Die Kamera verliert den Fokus: Nina ist zu nah.

»Aah.«

Ilja konnte nicht mehr.

Er musste fühlen, was das *Schwein* gefühlt hatte. Fehlten Ninas zarte Finger – mussten seine eigenen, ungeschickten her. Er riss sich die Hose herunter, die verwaschenen Shorts. Er packte zu – kalt an heiß. Verzog das Gesicht. Öffnete die Augen – Petjas Augen.

»Ja, mach … das ist gut …«

Nina wirft die Haare aus der Stirn – will, dass er sie sieht. Er krümmt sich, verliert die Kontrolle, sie hat die Macht über ihn, diese Macht erhitzt auch ihr Blut.

»Gefällt es dir?«

»Komm … es reicht. Komm zu mir.«

Er zieht ihr den String herunter, springt vom Sofa auf, schaltet den mitheulenden Fernseher aus, das überflüssige Geräusch versiegt, jetzt sind sie zu zweit. An Licht umspielt sie nur noch das bernsteinfarbene aus der Bar.

»Und ich reiche dir wirklich allein?«

»Halt die Klappe, Nina.«

Geraschel-Gerassel von seiner Hose, röchelnder Atem, der Fokus springt, anstelle von klaren Konturen sieht man Umrisse, Lichtreflexe des Glases auf ihrer Haut, kurze Seufzer. Scheinbar hat er Nina mit ihrem Rücken zu sich gestellt, sie vorgebeugt.

»Aaaaa. Warte … warte …«

Er wartet nicht. Streckt seine Hand mit dem Telefon zur Seite aus – um sich mit ihr zu filmen. Er will es festhalten: wie sie sich hingibt, wie sie ihm erlaubt, sie in ihrer Schamlosigkeit aufzuzeichnen, wie dadurch ihre Lust steigt … Der siedende Lebensdampf durchströmt sie in diesem Moment mit einem Druck von zehn Atmosphären, die Rohre stehen unter Druck. Das Leben selbst! Er will es festhalten, ins Telefon pressen, aber es geht kaum. Schon sind sie keine Menschen mehr, die Hände gehorchen nicht recht, anstelle von Wörtern kommt sinnloses Glucksen aus ihren Kehlen. Ihre Körper stecken in gelbem Harz, das sich verdickt, sie verkuppeln sich im zähflüssigen Bernstein, reiben sich besessen, schlagen bös gegeneinander, das Pendel schlägt wild, die Zeit rennt schneller. Dann wirft er das Telefon aufs Sofa, will Nina mit beiden Händen packen, zu sich ziehen, in sie eindringen, fest und grob.

»Die Haare … Pack mich bei den Haaren …«

»Ja … du … du bist ein … ein Aas … ein süßes Aas …«

»Ich? Ich ein Aas? Wessen Aas? Sag schon! Deins! Dein Aas … Deins?«

»Meins. Mein Kleines. Wüstes Aas …«

Dann nur noch Röcheln, nur noch Keuchen.

Ein Schrei.

Es traf Ilja wie ein Blitz. Heißer Draht durchzog ihn vom Bauch durch verklebte Kanälchen: als käme er mit Blut. Sein Inneres kehrte sich nach außen. Geriet in die Brandung, in den nächtlichen Sturm, niedergestreckt von einer Welle, ans Ufer getragen.

Schließlich umschmeichelte ihn das salzige Meer, ließ ihn Atem holen.

Das Telefon hatte ausgespielt.

Er war wieder er selbst.

Er presste und löste die Hand – kein Blut. Klebrig, warm, zu dumm. Der Geruch nach Pelmeni oder Chlor. Warum endet die Liebe immer mit diesem idiotischen Kleister? Er schleppte sich zum Waschen ins Bad – schlaff, klar und leer.

Er schlüpfte unter die Decke. Zitterte lange: alle Hitze weggegeben, konnte sich mit nichts wärmen.

Dann stürzte er ab.

* * *

Als sei er in einer Zelle. Die Luke öffnet sich, der Wärter zeigt sein dickes Gesicht, ruft Ilja heran. Ilja gehorcht. Auf den übrigen Pritschen sitzen sie mit abgezehrten Fressen und zerstochenen Armen, die Augen verätzt, fast weiß nur. Sie lauschen zur Tür, als würde es sie betreffen. Die Zelle ist klein. Ein Gefängnis.

An der Luke wird Ilja mitgeteilt, jetzt sei die ihm jährlich einmal zustehende Besuchszeit. Ilja ist taghell erstaunt, denn er weiß: Es gibt niemanden, der herkommen könnte. Im Traum ist es nicht Solikamsk, sondern eine Siedlung in der Tundra, Ilja hat mal den Namen gehört: Potma. Einmal im Jahr, überlegt er. Also verschärfte Haftbedingungen.

Die andern in der Zelle zischen, kichern. Sie wissen wohl schon, mit wem Ilja sein Stelldichein hat; und weswegen. Ilja läuft aus der Zelle, stellt die Beine weit auseinander, hebt die Hände ganz hoch, als hätte man ihn unterhalb der Decke aufgehängt, stemmt seinen Scheitel gegen die Wand, das Gesicht zeigt zu Boden. Handschellen klirren, er wird über graue Flure mit immergleichen Türen ohne Nummern abgeführt. Wie können die nur wissen, wer hier wo sitzt?

Der Flur schlängelt sich ständig, und Ilja versucht zu erspüren, ob keine Knarre auf seinen Nacken zielt, denn so wird immer hingerichtet – in einem Übergang, auf der Treppe –, erst machen sie einem Hoffnung auf einen Besuch oder stiften Verwirrung durch die Verlegung in eine andere Zelle. Aber er sagt sich, nein, es gibt gar keine Hinrichtungen mehr, und trotzdem kitzelt es im Nacken.

Aber dann ist der Flur zu Ende – eine eiserne Haustür mit codiertem Schloss. Ilja wird von hinten gefragt – kennst du den Code? Er probiert: 123-678. Passt. Das Schloss piepst, sperrt den Kiefer auf. Die Wache bleibt zurück. Die Tür schlägt zu. Er ist allein.

Im Treppenhaus ist Sommer.

So ein Sommer – wenn draußen die Julihitze sengt und es drinnen ein wenig feuchtkühl ist vom Beton, und sogar aus dem Fahrstuhlschacht zieht es angenehm, wie aus Omas Vorratskeller. Von draußen dringen Schreie – fröhliche. Ein Spiel, es sind Kinder.

Ilja geht zu Fuß nach oben, auch wenn der Fahrstuhl bereitsteht, einladend. Aber da drinnen ist alles schwarz, als sei er ausgebrannt. Besser zu Fuß. Er steigt hinauf bis zur Wohnung 53. Veras Wohnung. Er klingelt.

Ihm öffnet – Nina. Sie wirft sich Ilja um den Hals, küsst ihn ab. Sie trägt eine Schürze, als würde sie etwas kochen. Aus der Küche dringt der Duft von süßem Teig, gebackenen Äpfeln. Nina streut weißen Puder auf einen üppigen Apfelkuchen. Die Fenster stehen weit auf, der Sommer bläht die Vorhänge nach innen, der Puder aus dem Zigarettenetui verstreut sich über den Tisch, Nina niest komisch und gedämpft wie eine Katze. Sie steckt Kerzen in den Kuchen, es sind fünfzehn.

Er fragt sie, was sie feiern, was diese Zahl soll. Sie winkt ab: du mit deinen dummen Fragen. Irgendeine Zahl eben, die bedeutet nichts. Eigentlich feiern wir Abschied. Wir reisen doch heute ab. Moment mal, wohin reisen wir denn, das ist doch nur die Besuchszeit, ich hab lebenslänglich. Du Dummer, wieso lebenslänglich, die Koffer sind schon gepackt, schau selbst. Wir fliegen nach Amerika, dort haben wir ein Auto gemietet, einen »Mustang« ohne Dach, wir fahren von Miami nach San Francisco einmal quer durchs Land, sind einen Monat unterwegs, wie wir es immer wollten. Die Visa sind in den Pässen, hier, überzeug dich.

Er sieht nach – tatsächlich: ein Reisepass mit Visum. Im Reisepass ist sein Foto, Iljas, aber gleichzeitig scheint er es nicht zu sein. Die Wangen glatt, ohne Narben, die Haare an den Schläfen ausrasiert, und oben eine Tolle – frisiert, wie mit einem Föhn. Auch die Augen sind fremd. Sie glänzen. Mit dem lassen sie mich nicht durch, Nina, was denkst du denn, ich sehe mir da überhaupt nicht ähnlich. Natürlich lassen sie dich durch, genau so siehst du aus. Er geht ins Badezimmer, wischt den beschlagenen schwarzen Spiegel blank – und darin, stimmt, darin ist er fröhlich, sieht fünf Jahre jünger aus, hat glatte Wangen und ist ordentlich frisiert.

Und die holen mich nicht gleich wieder, fragt er sie vorsichtig, um nicht komplett wie ein Wahnsinniger zu wirken. Höchstens der Taxifahrer, sagt Nina. Mach schon! Der Tee wird kalt, und den Apfelkuchen muss man warm essen, sonst schmeckt er nicht.

Sie trägt ein weißes Hemd, das bis zum dritten Knopf geöffnet ist. Frisch, luftig, sehr echt. Ihr Tattoo – Quadrate in einem Quadrat – ist schon etwas verblasst, nicht mehr tiefschwarz, sondern blau. Was bedeutet es, will er wissen.

Das ist ein QR-Code, erklärt ihm Nina. Anstelle eines Kreuzes. Man scannt es mit dem Telefon und kommt auf die Website von Gott. Da kommt man nicht so einfach rauf, der versteckt sich im Darknet, das geht nur über diesen Code-Link und über ein Tor. Gott ist dort admin, man kann ihm nur in den support schreiben, dafür gibt's auf der Seite ein chatbot, der die Antworten auf alle Fragen kennt.

Ilja nimmt das Telefon, will den Code scannen, wie Nina es erklärt hat, aber er hält sein Gefängnishandy mit Tasten in der Hand, das hat keine Kamera. Er schmeißt es aus dem Fenster. Kinder heben es auf, übernehmen den Staffelstab. Dann eben später, sagt Nina. Ich gehe dir nicht verloren. Und jetzt müssen wir los. Das Taxi wartet. Schnell, zieh dich um – da sind saubere Jeans, ein Shirt und ein Sommerhut – und los geht's!

Sie reibt ihre warme, lebendige Wange an seiner Wange. Riecht nach einem blumigen Parfüm.

* * *

Er wusste ja, es ist ein Traum.

Deswegen trickste er und wand sich, wie er nur konnte, um nicht daraus aufzuwachen. Er stellte sich taub und blind, damit ihn die reale Welt nicht aus diesem Zauber reißen konnte. Und trotzdem: Aus war der Traum.

Selig lag er da, total verliebt, und umarmte das Kopfkissen wie einen Menschen. Nichts in der Wohnung seiner Mutter roch so, wie Nina im Traum geduftet hatte. Aber der Duft war echt gewesen. Wenn er ihm tatsächlich begegnete, würde er ihn sofort erkennen. Auch alles andere war ihm echt erschienen, nur der Pass nicht: Noch nie hatte Ilja einen Reisepass besessen.

Er tastete nach dem Telefon, um zu sehen, ob Nina geantwortet hatte. Es war ein Uhr nachts.

Nein, sie hatte nicht geantwortet.

Auf dem Display war etwas anderes zu sehen: fünf verpasste Anrufe von demjenigen, der es tagsüber schon versucht hatte.

6. Kapitel

Warum war das Klingeln nicht zu hören?

Er geriet ins Schwitzen, drehte das gemeine Telefon in seinen Fingern. Warum machst du das mit mir, Miststück? Der Schieber zum Einschalten des Tons zeigte zu Ilja, die Lautstärke stand auf Maximum … Alles in Ordnung! Warum klingelte es nicht? Dieses Luder verheimlichte Ilja einfach die Anrufe, blieb seinem alten Besitzer treu und versuchte, den neuen zu vernichten.

Er musste sich beruhigen.

Wer konnte ihn in einer Samstagnacht so beharrlich anrufen? Irgendeine versponnene Tussi, der Chasin eine Zirkusnummer versprochen hatte? Oder nervte ihn ein zugedröhnter Freund aus einem lauten Schuppen, wollte Petja dorthin locken? Oder ein Deal? Ein Deal, zu dem er nicht erschienen war?

Die Nummer war unbekannt – und Nachrichten gab es keine. Vielleicht eine Geliebte? Wohl kaum ein Freund, den könnte man mit Namen speichern, müsste nicht die Chats löschen. Ein Deal … Das *Schwein* hatte alle seine Partner hübsch verteilt auf die Ordner wie auf Regalfächer, sogar Hausknecht Magomed hatte seinen Platz.

Der letzte Anruf lag gerade erst fünfzehn Minuten zurück. Wer konnte zu dieser Zeit noch was von ihm wollen? Würde derjenige Alarm schlagen? Zu warten hatte keinen Sinn mehr.

Vielleicht blockierte das *Schwein* mit seinem geparkten Auto einfach nur ein anderes? Hatte unter der Windschutzscheibe seine Telefonnummer hinterlassen, und nun riefen die wütenden Nachbarn an, verzweifelt, dass sie nicht herauskamen?

Besser, er redete. Nachts ist eine Stimme anders. November, die Grippe kursierte. Er ist einfach heiser und fertig. Besser, er rief selbst zurück. Dann sähe man, wie der Hase läuft … Das klärt sich. Wahrscheinlich.

Was sollte er sagen? Was sollte er jedem von ihnen sagen? Er lief durchs Zimmer, dann sperrte er sich in der Toilette ein. Eins, zwei, drei. Er wählte.

Wenn das Auto verriegelt war, was dann? Wie konnte er es jetzt holen?

Der Anruf wurde sofort angenommen: Er wurde erwartet.

»Chasin, wo bist du?«

Eine Männerstimme. Und nicht die Stimme eines Freundes. Kein Vertrauter. Dem da sollte er nichts von einem Einsatz auftischen. Aber was dann?

»Ich … mir ist irgendwie schlecht«, brachte Ilja heiser flüsternd hervor. »Habe geschlafen …«

»Wir warten hier auf dich. Du zwingst mich dazu, dich von meiner Nummer aus anzurufen.«

»Ich weiß …«, er rang nach Luft. »Wie spät ist es?«

»Was heißt das, dir ist schlecht?«

Wenn dieses Treffen vereinbart war, konnte eine Erkältung ihn nicht entschuldigen. Nicht mal ein Beinbruch: Warum hast du nicht angerufen, abgesagt, verschoben?

»Hab was Falsches gegessen …«, langsam ertastete er die richtigen Wörter. »Ich kotze. Hab Fieber.«

»Sicher vom Essen?« Da wurde gezweifelt. »Bist du nicht zugedröhnt?«

»Wieso …«, stöhnte Ilja. »Habe es kaum … zur Kloschüssel geschafft …«

»Wo bist du? Zu Hause? Soll ich jemanden schicken?«

Der fragte nicht, der forderte. Sein Chef? Oder die, mit denen er seine Geschäfte trieb? Wer könnte sonst um ein Uhr nachts warten? Wozu? Wussten die, wo Petja wohnt?

»Nein … ich … bin zu Besuch …«

»Bei ’ner Tussi hängen geblieben? Chasin, zum Teufel! Hast du den Grillabend überhaupt auf dem Schirm? Hier waren Leute, mit denen ich dich bekannt machen wollte! Weißt du noch, was du mir versprochen hast?!«

Ilja biss sich auf den Finger. Wie war das mit dem Grillabend? Was war da mit einem Grillabend? In den Sprachmemos …

»Ja, ich wollte was mitbringen … also … Naturalien … Stoff?«

»Genau, Chasin, Stoff! Das war hier angekündigt! Und wo bist du? Du bringst mich in eine unangenehme Lage. Alle sind schon im Aufbruch.«

»Ich … bin halb tot … das ist wohl diese … diese Darmgrippe …« Er musste noch etwas sagen. Er musste! »Ich … gleich …«

Er warf das Telefon auf den Badteppich, kniete sich vor das Klosettbecken, steckte zwei Finger in den Hals. Es kam. Da lächelte der Teufel, gerührt von Iljas Getue, er half.

Ilja verharrte noch etwas auf Knien, hielt sich am kalten Porzellan fest. Im Hals brannte es, im Mund ein saurer, widerlicher Geschmack. Das Klosettbecken war verdreckt mit einem heruntergeschlungenen, durchgekauten, aber keineswegs verdauten fremden Leben.

»Herrgott, scheinbar ist dir grad wirklich nicht nach Grillfleisch. Chasin … okay, scher dich zum Teufel …«, näselte das Telefon vom Fußboden. »Bist du Montag wenigstens wieder fit?«

»Danke. Ich … bemüh mich …«

»Du sollst dich nicht bemühen, du musst dastehen wie eine Eins! Bäh … na gut, bessere dich.«

Das Telefon verstummte. Ilja spülte, klappte den Deckel herunter. Setzte sich drauf. Ihn fröstelte. Er schwächelte. Eine Vergiftung.

An der Tür hing ein Kalender: Blockhäuschen, hellblauer Schnee, gelbe Fenster, Rauch aus Schornsteinen, Sichelmond, kitschige Troika vor einem Schlitten. 2016.

Bis Montag blieb noch ein Tag, bis Freitag fünf. Weiter ging die Zeit nicht. Mit dem Jahr sechzehn hört alles auf.

* * *

Im Schrank seiner Mutter fand er löslichen Kaffee: ausgetrockneter brauner Staub in Klumpen. Er löste ihn in heißem Wasser auf, setzte sich in die Küche, um ins iPhone zu glotzen. Vom Traum war nichts mehr übrig. Fortgespült hatte das Schmutzwasser im Klosett die »Mustang«-Fahrt mit der sommerlichen Nina quer durchs unendlich ferne Amerika.

Er hatte sich freigeboxt, musste aber nun klären, wem er was vorgelogen hatte.

Der Verstand stand still nach dem Krampf. Ilja mischte sich groben Zucker in den Kaffee.

Wer hatte da angerufen? Was wusste der? Was hatte er begriffen? Warum war seine Nummer nicht in Chasins Kontakten? Was hatte Ilja noch übersehen, außer den Anrufen?

Er holte sich noch mal die Sprachmemos – das Gespräch, das das *Schwein* in irgendeinem Büro abgelauscht hatte. Er öffnete die App, fand die Datei.

»Mach die Tür zu.«, »Ist es so weit?«, »Ja, Denis Sergejewitsch.«, »Ich habe für dich fast alles klargemacht. Du kannst schon mal den Sekt kalt stellen«, »Und dann wollen die noch etwas in Naturalien«, »Da kündigt sich ein Grillabend an«.

Denis Sergejewitsch. Hat für Chasin was klargemacht. Sein Chef? Was hat er klargemacht? Warum war er nicht in den Kontakten?

Er öffnete den einen Messenger, dann den anderen.

WhatsApp zeigte ein unbeantwortetes: »Pedro! Heute treffen? Bin im Duran, wär gern high!«, irgendein Goscha nervte. Das war gerade erst vor einer halben Stunde angekommen; auch das hatte das Schweinetelefon vor Ilja versteckt.

In Signal hing eine ganze Kette – von derselben Nummer, die Ilja im Klo ausgefragt hatte. »Chasin! Denk an heute!«, »Chasin, kommst du bald?«, »Den Leuten hier wurde was versprochen, wo bist du, Hundesohn?«, »Was soll das!«, »Soll ich dich suchen lassen?«.

All das war gleichmäßig zwischen den Anrufen verteilt. Diese Sache hatte Ilja ja schon durch seine Lüge abgewürgt. Aber da war noch was Neues – wieder von diesem Denis Sergejewitsch:

»Grüß deinen Vater.« Die anderen Nachrichten hatte er nur überflogen, hier blieb er hängen.

Grüß deinen Vater.

Hieß das, der Typ kannte Chasins Vater? Dem Vater hatte die Mutter sicher von Petjas erfundenem Einsatz erzählt. Das hieß, wenn sie sich jetzt Sorgen machten, könnte der Vater sich an Denis Sergejewitsch wenden und nachfragen? Dem hatte Ilja anstelle des Einsatzes von einer Vergiftung vorgelogen.

Und am Montag, wenn Chasin nicht zum Dienst erscheint, könnte Denis Sergejewitsch selbst beim Vater anrufen und fragen: Was denn, geht es Ihrem Sohn immer noch nicht besser? Am Samstag ist er fast krepiert, hat die Arbeit geschwänzt!

Wieder in den Schlamm geschlittert, in Tricksereien verstrickt.

Ilja bebte: Man wird ihn entlarven, entdecken! Er schritt durch die Wohnung.

Er schluckte den brühend heißen Kaffee. Ihm musste etwas einfallen, wie er sich herauswinden konnte. Eigentlich müsste er mit der Familie und allen Verwandten sprechen, um zu klären, wer mit wem in welcher Verbindung stand. Er musste nachdenken, ruhig nachdenken! Jetzt war es Nacht, die braven Menschen schliefen, Ilja war im Vorsprung. Er hatte Zeit bis zum Morgen, um Petjas Elektroseele aufzuschlitzen, die richtigen Codewörter sowohl für Denis Sergejewitsch als auch für den Vater zu finden.

Er speicherte Denis Sergejewitschs Telefonnummer, damit er von ihm nicht mehr überrascht werden konnte.

Wieder öffnete er WhatsApp – da war eine neue Nachricht. Und noch eine. Schon wieder.

Goscha: »Bro! Warum hast du mich verlassen?«

Dem müsste er auch für Petja antworten. Womit sollte er den füttern? Mit der Vergiftung oder einem verdeckten Einsatz? Was wusste der vom *Schwein?* Warum brauchte er Chasin auf einmal? Was sollte er ihm antworten – oder nicht antworten?

Wer bist du, Goscha? Wer seid ihr alle?! Was wollt ihr von mir?!

Worüber haben wir früher gesprochen? Wie kann ich dir antworten, dass du nichts merkst? Er nahm sich den Chat mit Goscha vor.

»Pedro! War toll, dich zu treffen. Grad wie in den guten alten.«

»Man sieht sich.«

Der Abschied war trocken. War er sein Bruder oder nicht? Ilja scrollte weiter in die Vergangenheit – um es herauszufinden.

»Hör mal … entschuldige, ich bin durchgedreht. What about a lunch? Geht auf mich. Wie wär's mit UNFERNER OSTEN?«, fragte Goscha kleinlaut.

»Dein OSTEN ist Dreck.«

»Dann schlag was vor …«, Goscha blieb ungerührt; Petja schwieg – und ohne eine Antwort abzuwarten, fügte Goscha eilig hinzu: »Warte, ich ruf dich an.«

Da hatte es wohl Zank gegeben. Goscha versuchte, die Wogen zu glätten. Ilja musste herausfinden, was es gewesen war – wie sonst könnte er den Ton treffen?

»Warum gehst du nicht ran, Bro?« Goscha war nervös oder übte Druck aus.

»Was gibt's zu bereden? Sobald du Kohle hast, melde dich.«

»Hab grad keine. Am 15. kommt was.«

»No money – no honey. Ich bin nicht Mutter Teresa, verflucht, um allen auszuhelfen.«

»Du kannst mich nicht einfach so in den Wind schießen, klar?!!«, flehte Goscha.

»Ich schon. Ich bin dir nichts schuldig«, schrieb Chasin.

»Ich wollt ja niemandem erzählen, von wem ich was kriege, Bro«, presste Goscha nach ein paar langen Minuten hervor.

Ilja las es noch einmal. Eine Drohung?

»Denkst du, ich würde so was machen, wenn ich nicht vernünftig aufgestellt wäre, Kleiner? Verpfeifst du mich, bist du selber dran. Ich hol dich nirgendwo raus. Keiner holt dich dann noch raus. Aber du kannst es gern versuchen«, antwortete Chasin flott.

Hier brach es ab. Und davor? Ilja musste die Vergangenheit etwas länger in den Entwickler tauchen: Es zeichnete sich bereits etwas Ungefähres, Graues ab, aber die Konturen waren noch nicht zu erkennen.

»Pedro! Are we having a party?«, hatte Goscha einige Wochen zuvor angeklopft.

»Hab Familie, weißt du doch«, lächelte ihm Petja zu. »Was für Partys.«

»Von wegen, Familie … wissen wir, kennen wir …« Goscha lachte. »Bei mir ist ein Bonus aufgelaufen, das will ich feiern. Und gleichzeitig nachtanken.«

»Okay, ich komm vorbei. Aber bei dir. Löschst du auch die Messages, Blödmann?«

»Jawoll, Genosse Hauptmann! Wie befohlen!«

»Bin schon Major.«

Und davor stand – einmal, zweimal, dreimal – wie kopiert: »Bist du in der Stadt heute? Treffen?« von Goscha, und Chasin nannte kurz darauf den Ort – da und dann, so wie es für ihn, Chasin, am bequemsten war.

Ilja scrollte weiter, immer weiter zurück. Da könnte ja noch was sein, was er wissen musste, wenn er Goscha antwortete.

»Bro! Kommst du zum Klassentreffen?«, fragte Chasin irgendwann vor langer Zeit.

»Oh, hallo. Wie unerwartet. Nein, wohl kaum. Was hab ich da verloren?«, stammelte Goscha.

»Wieso! Zehn Jahre Schulende! Das muss sein! Komm mit!«

»Meinst du, von denen hat es irgendwer in den zehn Jahren zu was gebracht?«

»Eben! Den Schweinestall müssen wir uns ansehen! Aus uns ist doch was geworden!«, wieherte Chasin lautlos mit Klammerzeichen.

»Du willst doch nur die Simonowa sehen.«

»Sehen nicht, Bro. Was haben wir nicht schon alles gesehen? Das Prinzesschen muss endlich rangenommen werden!«

»Und wozu brauchst du mich? Natka und ich wollen ins Theater.«

»Ich will nicht allein hin. Außer mit dir kann ich da mit niemandem reden. Ich verspreche dir danach eine Club-Tournee und das volle Kulturprogramm. Und überhaupt, wir haben uns ewig nicht gesehen, deswegen.«

»Mist. Na gut, gib mir einen Tag zum Verhandeln«, gab Goscha nach.

»Ich warte, Pantoffelheld!«

Drei gelbe Emojis, die Tränen lachen. Wie endete diese Geschichte? Ilja ging weiter nach unten.

»Na, was ist? Wieder bei Sinnen?«, schrieb Chasin am nächsten Abend.

»Das war was!« Goscha schickte einen Daumen. »Kein Schädel!«

»Weil es Qua-li-tät war. Vertrau den Profis!«

»Und du und die Simonowa? Kapitulation?«

»Bedingungslos. Mit Fahne auf dem Reichstag.«

»Und wie ist sie?«

»Wie ein Frühlingskätzchen«, lächelte Chasin siegesbewusst mit einem Klammerzeichen.

Jetzt schickte Goscha drei Smileys mit Lachtränen, so wie zuvor das *Schwein*. Das war ihr Gespräch.

Schulkameraden also. Ilja übertrug es auf sich. Serjoga war für ihn das, was dieser Goscha für Chasin war. Ein Schulfreund. So eine Schulfreundschaft nahm jedoch bei jedem einen eigenen Weg.

Er trank den Kaffee in einem Zug aus.

Berührte mit dem Finger die leere Zeile, in die er die Antwort für Goscha hämmern musste. Er tippte: »Kein Bock.« Senden.

Er wollte zurück zu Denis Sergejewitsch, unmöglich. Goscha ließ nicht locker. Er schickte ein Foto: Da sitzt er auf dem Sofa neben zwei Schnallen mit umgeschneiderten Gesichtern, die Schnallen machen Schmollmünder zur Kamera. Goscha selbst ist aufgedunsen, hat rote Augen, darunter Ringe. Sein Lächeln gleicht dem eines ausgestopften Wolfs im Museum – breit und angeklebt. Auch die Schnallen wirken ausgestopft.

»Alle hier erwarten dich!«

Auch dort erwarteten sie ihn. Überall wartete man auf Petja Chasin. Überall wurde er gebraucht. Vielleicht, dämmerte es Ilja, musste er gar keine Woche aushalten?

»Für wie viel reicht dein Geld«, fragte er Goscha.

»Bro! Eine echte Freundschaft ist doch keine Geld-Ware-Beziehung! Freundschaft – das ist Naturalwirtschaft!« Wieder ein Smiley. »Du kriegst die Nymphen, wir gute Laune?«

Wahrscheinlich grinste er dabei bis über beide Ohren. Aus voller Kraft. Auch hätte er wohl mit dem Schwanz gewedelt, hätte er nicht draufgesessen.

Ilja klatschte ihm eins mit der Hundeleine: ratsch – auf die Lenden, ratsch – aufs Rückgrat! Wie Petja ihm geheißen hatte. Der sollte winseln.

»Hast du Kohle, schreib wieder. Ende. Du störst.«

Weggepeitscht. Ilja schaute ins Telefon: Würde Goscha wimmern? Ihm die Hand lecken? Oder noch mal nach seinen Fingern schnappen? Er schaute in seine tränenden Augen, hypnotisierte ihn. Finde dich ab. Ruhig. Verzieh dich in die Hütte, aus der du gekrochen bist.

Du hast recht, ich unrecht. Ich habe dich aus der Vergangenheit gezerrt, aus den Schulfotos, ich weiß selbst nicht, warum. Habe dich, einen ohne Rückgrat, angefüttert mit süßem Schnee. Dich geködert, gezähmt. Für irgendwas habe ich dich mal gebraucht, aber jetzt bist du mir über.

Warum mache ich das mit dir? Weshalb?

Die Nachrichten enthielten nicht ihre ganze Geschichte, das war nur das Sediment; die Berechnungsformel ihrer angeknacksten Freundschaft, vielgliedrig und mit allen möglichen Unbekannten, die ergab sich natürlich aus ihren Gesprächen, bei den Treffen. Da kam Ilja nicht ran.

War doch egal. Das änderte nichts mehr. Früher hatte Goscha vielleicht Kredit, aber jetzt nicht mehr. Die Rechnung blieb unausgeglichen: Goscha war im Unrecht und am Leben, Petja war auch im Unrecht, fror aber im Gully. Keinen Neid also, tröste dich.

Aber hör auf, um was zu bitten. Kann jetzt nicht sprechen.

Goscha schien zu gehorchen. War weggekrochen. Verzeih, alter Freund.

Ilja hatte einen widerlichen und übersüßen Geschmack im Mund.

Ein Blick zur Uhr: Es war dieselbe Zeit, zu der er gestern nach Hause gekommen war, sich die Hände gewaschen hatte. Vierundzwanzig Stunden waren um. Ein ganzer Tag, und Petja war immer noch nicht erstarrt.

* * *

Morgen müsste er dem Vater den Gruß ausrichten: von Denis Sergejewitsch. Aber wie sollte das gehen, wenn der Vater nicht in den Kontakten war? Über die Mutter? Nein, da war noch was anderes. Keine Scheidung, keine Vaterlosigkeit. Sie feiern schließlich zusammen Vaters Geburtstag.

Jetzt hatte er's. Er musste einfach mit der Suchfunktion das ganze Telefon nach »Vater« durchkämmen. Der musste ja irgendwo stecken. Er tippte Vater in die Suchzeile ein, fing an zu stöbern. Er fischte Gespräche mit der Mutter heraus, unzählig viele. Nina hatte er vom Vater erzählt. Anderen Leuten. Der aber war abgetaucht. Ilja konnte von anderen etwas über ihn erfahren oder noch etwas ausprobieren.

Wie wäre es mit »Papa«? »Papa«, und nicht »Vater«? Da kam was.

»Papa, verpiss dich, klar?«

Da war er. Chasin, Juri Andrejewitsch hieß er im Telefon. Abgespeichert wie ein Fremder. Papa. Auf einmal hatte Ilja Verlangen nach kaltem Wasser. Er wusch sich die Augen, bevor er die Korrespondenz entsiegelte.

»Ist das klar? Du brauchst nicht mit mir zu sprechen, du kannst mich enterben, du gehst mir am Arsch vorbei! Und sag mir nicht, wie ich leben soll! Du hast dein Leben, ich hab meins! Und tschüss!«

Hier brach es ab. »Tschüss!« war das letzte Wort, das von Petja blieb. Das Gespräch wurde vor drei Monaten beendet.

Was bist du überhaupt für ein Mensch, Chasin?! Wieso sprichst du so mit deinem Vater? Wenn Ilja nur so ein Telefon hätte – aber ein eigenes, und man würde da in die Suchzeile hacken: »Vater«, und es gäbe wirklich einen Vater irgendwo in seinem früheren, vergessenen Leben … man würde den Kontakt finden.

Weswegen, wozu?

»UNDANKBARER MISTKERL! JUDAS!«

Der Vater schrieb alles in Großbuchstaben. Alles, was er Petja schickte – alles bestand ausschließlich aus Großbuchstaben.

»Spiel bloß nicht den Heiligen!«, hatte sein Sohn ihn zuvor angeschrien.

»ICH WILL DICH IN MEINEM HAUSE NICHT MEHR SEHEN!«

Noch höher.

»Du bist daran gewöhnt, dass immer alles läuft, wie du willst, ja?«

»WEIL DU EIN ROTZLÖFFEL BIST! DAS WEISST DU SELBST! WER BIST DU SCHON OHNE MICH? WO WÄRST DU DANN?«

»Du wirst schon sehen, wie gut ich zurechtkomme.«

»SCHAUN WIR MAL, WAS SIE WIRKLICH FÜR DICH TUN! DRECKSPACK!«

Höher.

»Ich kann jetzt nicht. Lass uns hier alles besprechen.«

»WIESO SCHREIBST DU? HAST DU ANGST ZU REDEN? DU SCHISSER, VERSTECK DICH NICHT UNTER MUTTERS ROCK!«

Damit endete es – genauer, damit hatte es angefangen. Ilja las noch einmal in entgegengesetzter Richtung. Nichts war zu verstehen, außer einem: Diesem Mann konnte er keinen Gruß ausrichten.

Was war zwischen ihnen vorgefallen?

Das Telefon lag auf dem Tisch, warm von Iljas Stöbern. Das Telefon war warm, es schien: vom Leben. Aber es war natürlich etwas anderes. Es war wie ein überreifer Fallapfel – der aufplatzte vor Fäulnis. Und davon ging diese flaue Fäulniswärme aus.

Aber er musste das Häutchen durchstoßen und mit einem Löffelchen alles aus ihm herauskratzen. Herauskratzen und schlucken. Anders konnte er sich nicht retten.

* * *

Unter Mutters Rock.

Hilf mir, Mama. Sag mir, was mit Vater war. Ich hab's vergessen. Bloß gut, dass ich wenigstens mit dir nicht im Streit liege.

»Petja, bitte sprich mit Papa! Mir zerreißt es das Herz!«

»Du weißt doch, mit mir kann man aufrichtig sein! Hat Vater dir die Wahrheit gesagt?«

»Verstehst Du etwa nicht, dass das für Papa eine echte Katastrophe ist??«

Chasin schien nicht auf diese Litanei zu hören. Auf keine Replik antwortete er. Wechselte sie das Thema – holte er die Pfropfen aus den Ohren. Ging's um den Vater – schwieg er. Vielleicht empfand er es auch nicht als Katastrophe? Oder sie hatte ihn, im Gegenteil, traumatisiert?

Ilja musste weiter im Speicher kramen, nach Vater suchen.

Fotos? Videos?

Bei Petja war alles vermischt: roter Feuerschein von Konzerten mit Rasereien durchs nächtliche Moskau, Nina ernst mit Nina fröhlich, Video einer Verhaftung mit verqualmten Kurzfilmen über kichernde Kretins mit roten Augen, unter ihnen auch Petja selbst. Ilja musste weiter nach oben, tiefer, bis er es fand – das Überholte, Überalterte.

Ein Festsaal scheinbar.

Gelbe Wände, Stuck an der Decke, verträumte Kellner. Der lange Tisch mit Tischdecke ist vollgestellt mit Salaten, Cognacflaschen. Am Tisch sitzen – Uniformen.

Nur Uniformen, bis es in den Augen flirrt. Stahlfarbener Stoff, weiße Hemden. Sterne wie am Himmel. Grauköpfe, Glatzköpfe. Offiziersgattinnen: Kurzhaarschnitte, Dauerwelle, grelle Farben.

Eine Versammlung.

»Auf unseren verehrten Juri Andrejewitsch Chasin! Zweimal kurz, einmal lang! Hurra! Hurra! Hurraaaaaaa!«

Alle Gesichter sind dem Jubilar zugewandt – Petjas Vater. Zittriger Zoom: ein lang gezogenes Gesicht, die Nase für eine solche Länge seltsam klein, tief liegende, dabei winzige Augen, die Haare noch voll und nicht grau – aber mit einer seltsamen Tönung, braun, nicht Natur. Ein wuchtiges Kinn, darunter die Haut in Falten, als hänge sie. Man könnte meinen, der Mann sei früher füllig gewesen und etwas habe ihn ausgezehrt.

Juri Andrejewitsch Chasin nimmt den Toast stehend entgegen. Auch er trägt eine Uniformjacke – glatt gebügelt, ein wenig weit. In der Hand hält er ein Glas mit blassem Sekt. Ein aufrichtig gedrechseltes Lächeln. Seine eingefallenen Augen leuchten, ohne an Strom zu sparen, ehrlich. Das Fest ist für ihn. Gerührt-heiser beginnt er zu sprechen, dann räuspert er sich und spricht ins Reine:

»Liebe Kollegen! Ach, was sage ich – meine lieben Freunde! Ihr wisst selbst, so ein Tag, das ist für jeden von uns so wichtig. Es ist ja nicht nur ein Zeichen der Anerkennung von, also vom Staat, also von der Heimat. Es ist auch eine Art Meilenstein, wie der Baum seine Jahresringe hat. Das heißt, man wächst. Und auch wenn es Zeit ist, den Weg freizumachen für die Jungen …«

Er stockt. Schaut direkt in die Kamera – Petja-Ilja in die Augen – und zwinkert.

Ilja bekam Gänsehaut. Das Bild wackelt – vielleicht hat das *Schwein* gerade sein Glas erhoben. Hier ist Petja noch der Sohn seines Vaters.

»Aber vorerst wollen wir noch ein wenig weiterleben. Und wir leben, solange wir dienen. Stimmt's?«

»Frage an Radio Jerewan: Gibt es ein Leben auf Rente?«, scherzt ein Grauhaariger am Tisch.

»Das müssen Sie uns sagen, verehrter Alexander Jewgenjewitsch!«, bleckt Chasin senior gutmütig seine gelben Zähne. »Wir wollen so schnell nicht dorthin. Sollen zuerst die Freiwilligen den luftleeren Raum erkunden. Wie die Weltraumhunde Belka und Strelka, wenn man so will. Aber das wollte ich gar nicht sagen. Ich wollte sagen, dass ich heute gezwungen bin, mit unserer schönen Tradition zu brechen ... Ich erinnere mich, wie ich meine Leutnantssterne begossen habe, ich erinnere mich auch an die Hauptmannssterne, an die Majorssterne ... An meine Ernennung zum Oberst erinnert ihr euch natürlich alle ... Aber hol's der Teufel, für diese hier reicht eine Flasche Sekt nicht!«

Der Saal lacht unterstützend. Juri Andrejewitsch lässt sie lachen, dann streicht er über seinen braunen Haarschopf.

»Ihr müsst mir also verzeihen. Außerdem werden mich ja einige der hier Anwesenden verstehen. Denn bei ihnen hat eine Flasche auch nicht gereicht. Stimmt's Boris Palytsch?«

»Genau! Aber bevor wir wenigstens eine Flasche leeren, möchte ich noch etwas hinzufügen zu deinem Toast, Juri.« Es erhebt sich ein gewichtiger Mann mit schwarzem Schnurrbart voller Stahl- und Goldorden. »Nun bist du also Generalmajor. Hut ab, das hast du dir verdient. Alles rechtmäßig. Was könnte man so jemandem noch wünschen? Es gibt etwas. Vor Kurzem wurde ja in deiner Familie noch ein Zuwachs gefeiert, soweit ich weiß. Dein Sohn wurde Major. Stimmt's?«

»Jawoll!«, sagt der verborgene Kameramann mit hoher Stimme.

»Ihr seid jetzt also eine Dynastie. Der Sohn Major und du Generalmajor! Ich wünsche euch beiden, dass es so weitergeht. Und dass dein Sohn eines Tages deinen Rang erreicht. Und das wäre dann die bessere Tradition, dass alle Chasins treu dem Vaterland dienen. Und dass sie das Vaterland schätzt und beizeiten befördert. Denn ihr seid, wie man so sagt, die besten Pferde im Stall.«

Der Saal bricht erneut in Lachen und Schnaufen aus, aber nun konnte Ilja nur rätseln, warum eigentlich. Es war lediglich klar, dass dieser Boris Pawlowitsch an diesem Tisch offenbar viel wichtiger war als derjenige, der hier gefeiert wurde. Der Generalmajor hatte ihm mit Respekt und zarter Schüchternheit zugehört.

»Auf dich und auf deinen Sohn!« Der Dicke wartet auf niemanden und schlürft als Erster von seinem Glas, und er schlürft alles aus.

Es bebte im Telefon, das Bild schloss sich. Was für ein Wespennest hatte er da gesehen!

Ilja saß da, niedergeschlagen, kaute auf seiner Lippe.

Er hatte einen Generalssohn getötet. Den Sohn eines Polizeigenerals plattgemacht. Er öffnete das Fenster. Der festgetrocknete Rahmen gab nicht gleich nach, quietschte.

Mit erzürntem Eifer riss er es weit auf. Stickig war es, furchtbar.

Die Schwermut, die tagsüber gewichen war, machte am Abend den Platz frei für Nina, überrollte ihn, drückte ihn zu Boden. Er musste dringend rauchen.

Jetzt war also nicht mal auf lebenslänglich zu hoffen, Nina. Vielleicht passiert's gleich im Gefängnis, und die Zinker erwürgen mich, noch bevor die Untersuchung richtig begonnen hat. Dann träumt ein anderer von der »Mustang«-Fahrt mit dir durch Amerika.

Worum es im Streit zwischen Juri Andrejewitsch und seinem Sohn auch gegangen war – einem Toten wird alles verziehen, dem Mörder alles in die Schuhe geschoben. Niemand würde Ilja verteidigen. Die Staatsanwaltschaft, die Bullen, die Knackis – alles eine Kaste: die der Halsabschneider. Und er gehörte zu den anderen, den Verdammten. Ihn konnte man aus Langeweile zu Tode prügeln, das Ganze mit dem Telefon filmen, sich danach vor Freunden brüsten.

Er brauchte was zu rauchen! Gab es noch die Nachtkioske?

Er griff sich vom Herd die Streichhölzer, schlüpfte in seine Jacke und rannte hinaus in die Nacht.

Draußen war so, als herrschte die Pest. Die Häuser schienen ausgestorben, waren dunkel. Die Bewohner hatten sich darin versteckt, die Türen verriegelt und verrammelt, die Vorhänge zugezogen, die Köpfe unters Kopfkissen gesteckt. Streunende Hunde lagen zusammengekringelt auf Müllhalden. Von den Laternen brannte jede dritte. Menschen gab es hier sowieso keine, und Dämonen sehen auch im Dunkeln alles.

Er kam zur Kompaniestraße – da hatte es doch immer einen Kellerladen gegeben. Ilja steckte seine Hände in die Taschen, zog den Kopf ein, die Kapuze über den Kopf – und ging weiter. Vor ihm zeigte sich eine kleine, selbst gefrickelte Bude – offenbar ein Laden.

Null Grad.

Wasser wurde zu Eis, Eis zu Wasser.

In der Luft bei null begann die Angst zu tauen, stattdessen sammelte sich tröpfchenweise aufgetauter Zorn. Warum passierte ihm das alles? Warum war sein Leben auf Abwege geraten und würde dort enden? Warum war er so machtlos gegen die Welt? Was war daran gerecht, wenn er der Strafe nicht entkam? Warum ging das – einen Menschen töten, aber ihm zu verzeihen, das ging nicht? Warum lag alles in den Händen dieser Halsabschneider? Warum hatte er keine andere Fluchtmöglichkeit, als Hand an sich zu legen, und warum kommt man für Selbstmord in die Hölle? Bist du nun Gott oder der Herr eines Schlachthofs?!

Aushalten. Den Kopf mit den Händen schützen, die Schultern hochziehen. Wie im Lager – nicht auffallen, nicht streiten, nicht widersprechen. Kriegst du den Besen – dann fege. Kriegst du gesagt, du sollst dich umdrehen – dreh dich um. Mit Gott kannst du nur aushandeln, dass die Einpeitscher dich nicht zum Denunzieren zwingen. Den Knackis aus dem Weg gehn. Den Schließern ausweichen. Niemandem in die Augen schauen.

Auf die Freiheit warten.

Aber wo war sie?

»*Schwein* … Dreck … Arschloch … verfluchtes Arschloch …«

Woher sollte Ilja das passende Wort nehmen?

Die Beine federten, die Wut trieb die Kolben an. Die Hälfte der Straße hatte er wie im Nebel durchlaufen, alle unsichtbaren Dämonen verschreckt. Und dabei trotzdem keinen Tropfen Wut verschüttet.

Er erreichte die Verkaufsbude.

Es war ein Laden für »Weißrussische Lebensmittel«. Auch der war fest verrammelt, die Schaufenster mit Metallrollläden verschlossen, an der Stahltür hing ein fettes Schloss. Niemand drin, und reinkommen – nicht möglich.

»Ich hasse das! Ich hasse das!!!«

Schnell, schneller – er rannte los. Bis zur Bushaltestelle – verglast, leuchtend, feierlich: Reklame mit glücklichen Gesichtern hing dran – er hob vom Boden einen Pflasterstein auf und zzzzack – in den Schaukasten damit!

Das Glas explodierte, zersprang in bonbonrunde, durchsichtige Splitter, verstreute sich auf dem nassen Asphalt. Die Gesichter waren also aus Papier, zerschnitten nun durch den Pflasterstein. Ilja reichte das nicht, er riss das Plakat heraus, zerfetzte es in zwei Hälften, dann noch mal in zwei Hälften – in den Dreck geschmissen und draufgetrampelt! Dann löschte er mit der Faust noch die Glühbirne.

Er riss sich los, kam zu sich, schaute auf.

Ein Stück weiter, in der verpesteten Stille, sah er ein Auto. Das Fernlicht leuchtete. Das Auto schwamm langsam wie ein Kugelblitz. Zu dieser Zeit müssten sie eigentlich vorbeihuschen, aber dieses hier kroch nur. Wie ein Hai. Schnupperte sich heran.

Bullen!

Sofort packte eine kalte Hand seine Eingeweide.

Er drehte sich weg, ging los, flehte sich dabei an, nicht zu rennen, lief immer den Bauzaun entlang, stieß in die Lücken und hoffte, einen schmalen Spalt zu finden. Der Zorn war bei null wieder zur Angst gefroren. Aber zu rennen war praktisch unmöglich.

Der weitreichende Lichtstrahl betastete die zerstörte Haltestelle, wurde nachdenklich. Bis zu Ilja fehlte ihm nur ein kleines Stück. Ilja hätte verschwinden müssen, aber vor ihm wartete als Falle ein Lichtstreifen: Nach mehreren erloschenen Laternen kam schließlich eine funktionierende. Er musste in deren Gesichtsfeld treten. Ein Risiko – ja, aber anders ging's nicht. Vielleicht war die Streife mit dem zerbrochenen Glas abgelenkt, und sie bemerkten den Fußgänger nicht. Bliebe er stehen, holten sie ihn auf jeden Fall ein.

So ruhig wie möglich betrat er den Laternenfleck.

Das matte Licht drückte ihn gegen den Asphalt. Der Rücken kribbelte. Die Beine flehten, loslaufen zu dürfen. Wurde er gesehen? Hatten sie ihn bemerkt? Die Schläfen im Schraubstock. Umdrehen verboten.

Kaum war er wieder im Dunkeln, jaulte es hinter ihm auf. Alles ringsum erstrahlte im blendenden Blau der Blinkleuchten. Ein Motorheulen.

Ohne den Ruf abzuwarten, stürzte Ilja vorwärts. Wie über Glatteis, ins Wagnis …

Schon hatten ihn die Scheinwerfer eingeholt. Das Megafon krächzte:

»Stehen bleiben! Bürger …«

Gerade hier brach der Bauzaun ab – und Ilja tauchte sofort hinter ihm in ein Loch, rannte über den lockeren Schnee zwischen die Bäume, kam dann auf einen Pfad … Der Streifenwagen fing an, zwischen den Häusern zu stochern, sie sprangen heraus, schrien ohne Megafon mit ihren Kehlen, Ilja solle stehen bleiben. Aber er konnte nicht stehen bleiben.

Er rannte in einen Hof von Hochhäusern, rüttelte an den Haustüren – alle verschlossen, aus Furcht vor Fremden, niemand lässt einen rein.

Die Lichtstrahlen kamen hinter der Ecke hervor, befeuerten das wie Spinnweben zarte Gebüsch am Haus, hinter dem Ilja sich verstecken wollte.

Geduckt drückte er sich am Haus unter den Fenstern entlang. Und er sah, wie weiter vorn ein grauer MP-Schütze unter eine Laterne trat. Blieb noch ein Eingang. Er schaffte es gerade so dorthin, rüttelte – auch der verschlossen.

Sie kriegen ihn.

Ende.

Er holte das Telefon hervor und suchte mit blassem Display, um nicht auf sich aufmerksam zu machen, die Tür ab, die zerfetzten Zettelchen am Aushang. Postboten kritzeln immer den Zahlencode in die Nähe der Haustür, um ihn sich nicht merken zu müssen. Das wusste Ilja entweder aus seiner Kindheit oder aus dem Lager. Aus dem Lager, wahrscheinlich.

Im Lichtschimmer tauchte eine »717« auf – mit Filzstift an der Einfassung, in Gürtelhöhe. Er tippte die Ziffern, rutschte ab, drückte »Fehler«, tippte erneut.

Es piepte.

Ilja zog sanft am Griff, als wolle er den Eingang entminen. Wenn das schiefging, wäre alles vorbei. Die Tür gab nach. Er öffnete sie nur einen Spalt, um sich hindurchzuzwängen, und lehnte sie hinter sich vorsichtig an. Lautlos rannte er zum Fahrstuhl, hämmerte auf den Knopf. Es war zu hören, wie die Streife draußen die Hauswand entlangkroch, zu hören waren durch die löchrige Eisentür die blechernen Stimmen in den Funkgeräten.

Der Fahrstuhl stöhnte beim Herunterfahren.

Endlich ging er auf – Ilja sprang hinein, drückte auf den höchsten, den siebzehnten Stock. Das Haus war neu, doch der Fahrstuhl war lahm und jammerte. Auf dem Fußboden alles vollgepinkelt, hier hing ein schwerer, übersüßer Gestank. Die Schaltknöpfe waren mit einem Feuerzeug angekokelt worden, auf jedem war eine Plastikträne geronnen.

Er träumte nur von einem: dass sie ihn nicht gleich hier fingen. Sonst würden sie ihn aufs Revier schleppen, bis zur Untersuchung dort festhalten, die Fotos und Videos auswerten, und da würde sich dann Chasin zeigen.

Zu früh! Zu früh! Er brauchte noch etwas Zeit!

Ilja starrte auf den angesengten siebzehnten Knopf und betete, dass, wenn die Tür sich öffnen würde, nicht jemand in Uniform vor ihm steht. Dass unten keine Stimmen zu hören sind.

Der eine besudelt Fahrstühle, der andere zertrümmert Haltestellen. Es war klar, warum. Nur so kann man dem Staat direkt antworten und sich für sein verpfuschtes Leben rächen.

Endlich kam der Fahrstuhl oben angekrochen.

Ein Quietschen, die Tür sprang auf.

Die Etage war ziemlich schrill. Die Wände waren geschmückt mit Lichterketten, Gagarin-Fotos und beklebt mit Pokémons. Entweder hatte einer der Nachbarn den Verstand verloren oder bereitete sich frühzeitig auf Silvester vor. Der Beton atmete Tabakrauch – als hätten sich seine Poren mit Teer vollgesogen.

Iljas Kiefer krampfte, der Speichel lief.

Er schlich sich ans Fenster, zum Müllschlucker – lugte in den Hof.

Der spielzeuggroße Streifenwagen tastete die Nachbarhäuser ab; im Dunkeln waren keine Menschen zu erkennen. Aber er durfte nicht eher herunterkommen, bis sie abließen von ihm.

Auf dem Fensterbrett stand eine runde Konservendose mit Asche und Kippen: Mit Blick auf Lobnja rauchten hier die Hausbewohner. Ilja rührte mit dem Finger in den Kippen. Offenbar versuchte hier jemand, es sich abzugewöhnen – rauchte nie ganz auf, ließ ein Drittel übrig.

Er fischte sich aus der Asche eine etwas längere Kippe, zirpte mit einem Streichholz, sog an dem unverbrauchten Tabak, schloss die Augen. Die Lichterkette blinkte fröhlich, mit wechselndem Rhythmus.

Er rauchte Zigaretten auf für den einen, lebte das Leben zu Ende für den anderen.

7. Kapitel

Zurück nach Hause kam er gegen Morgen.

Am Sonntagmorgen. Wie es oft in seiner Studentenzeit vorkam.

Auch damals lief er durch den Morgendunst mit den ersten Passanten, für die dieser Tag gerade erst begann: Der eine führte seinen Hund aus, der andere musste zum Dienst. Alle waren bereits im Heute, Ilja beendete noch sein Gestern.

Früher allerdings musste er die Wohnung vorsichtig und sacht aufschließen. Den Schlüssel sanft ins Schlüsselloch stecken, ihn millimeterweise umdrehen, festhalten, damit der Mechanismus sich nicht selbst drehte und zu laut klackte. Und dann die Tür auf besondere Weise öffnen: mit einer Hand von sich stoßen, mit der anderen etwas schwächer zu sich ziehen, damit sie nicht zuknallte. Und sie dabei noch unten an sich drücken, die Türangel in eine unbequeme, nicht quietschende Lage bringen. Seine Mutter hatte einen sehr flachen Schlaf gehabt. Erwachte sie, gab's Ärger:

»Wie oft denn noch! Von mir aus bleib ganz weg!«

Dann kam sie im Nachthemd in die Küche, hielt Ilja die Bratkartoffeln vom Mittagessen unter die Nase. Und Hunger hatte er unbedingt, die Kartoffeln waren göttlich, und mit jeder Gabel musste er ihren Tadel kauen und schlucken: Denn sie saß hier, auf dem Stuhl, schaute finster und verschlafen drein, beschnupperte ihn.

»Na gut … du lebst – Gott sei Dank. Du Stromer.«

Hatte er aufgegessen, schaute sie immer noch streng, räumte das Geschirr weg, wusch es klirrend im Ausguss. Wandte ihm den Rücken zu. Ihren Lehrerbuckel.

»Mama, darf ich Tee?«

»Tee! Du hast schon die Nacht nicht geschlafen! Schluss, es reicht!«

So ging er ohne Tee in die Koje. Wenn er sich schon in die Decke einkuschelte, rief sie ihm noch aus der Küche zu:

»Waren die Mädchen wenigstens hübsch?«

»Mama! Was für Mädchen! Ich bin in festen Händen!«

»Das war ein Scherz, ein Scherz. Schlaf jetzt!«

Jetzt musste er keine Rücksicht nehmen, musste sich nicht in den Flur schleichen, musste den Schlüssel, als sei's ein Dietrich, nicht lautlos ins Schloss stecken. Die Wohnung stand sowieso offen. Trotzdem versuchte Ilja, keinen Lärm zu machen.

Er zog sich an der Tür die Schuhe aus, denn seine Mutter hätte ihn geschimpft wegen der Fußtapper. Es war so still, als ob sie fest schlief. Die Tür zu ihrem Zimmer stand offen. Wie früher immer, wenn er in die Nacht ging – damit sie seine Rückkehr nicht verpasste. Aber manchmal hatte er sich unbemerkt einschleichen können. Dann war er auf Zehenspitzen gegangen, fast geschwebt bis zu ihrem Schlafzimmer – und hatte mit derselben, an der Wohnungstür erprobten Methode ihre Tür angelehnt –, damit sie nicht hörte, wie er sich die Hände wusch, wie der Teekessel kochte.

Auch jetzt ging er zu ihrem Zimmer. Nahm die Klinke, um die Tür zu schließen.

Um so zu tun, als sei seine Mutter dort und schlafe nur.

Da hörte er in der morgendlichen Stille dasselbe Falsett eines Piepsens und Klirrens, das ihn den ganzen Tag belästigt hatte. Es kam aus Mutters Schlafzimmer. Ilja ging hinein, drehte den Kopf, lauschte: Es kam offenbar vom Bett.

Der Festnetzapparat. Das Telefon, das er im Zorn weggeschleudert hatte, war in einer Ritze zwischen den Kissen verschwunden und piepte dort gedämpft. Besetztzeichen.

Ilja seufzte, stellte den Apparat an seinen Platz, legte ordentlich den Hörer auf. Es verstummte. Der fade Hintergrundton war weg. Als habe er seine Mutter beruhigt.

Er verließ das Zimmer, verschloss es.

Schlaf, Mama. Verstell auch du dich für mich.

Er schrubbte mit Seife den Aschegeruch von den Fingern. Trank Tee, es hörte ja sowieso keiner. Zog frische Bettwäsche auf. Legte sich hin. Drehte in seinen Händen das Mobiltelefon: wollte den Wecker stellen.

Bei den übergeordneten Einstellungen fand er folgende: einen Halbmond. Aktiviert. Er las – »Nicht stören: Ein«. Hier lag also das ganze Geheimnis, warum das Telefon die Anrufer nicht zu ihm ließ. Keine Seele dahinter.

Nur Fotos. Nur Text.

* * *

Er schlief wie ein Toter. Selbst wenn es da Träume gab, Ilja verpasste sie alle.

Dann sprang er sofort auf.

Ganz in seiner Nähe rasselte es durchdringend. Hinter der Wand. Hinter der Wand, aber in seiner Wohnung. Die Gegensprechanlage? Die Bullen!

Nackt sprang er in den Flur, bedauerte, dass die Knarre in der Küche versteckt war – doch nein, nicht an der Tür klingelte es. Das war im Zimmer seiner Mutter.

Das Festnetztelefon. Jemand rief seine Mutter zu Hause an.

Er wird jetzt mit niemandem sprechen. Wer war das? Die Schule? Eine Freundin? Er hatte keine Kraft zu erklären, was mit ihr war, was mit ihm war, was weiter werden sollte. Er schloss sich in der Toilette ein, aber das Telefon war auch hier zu hören, es insistierte, klingelte endlos.

Von dort, aus dem Schlafzimmer kam das Summen. Dort war das Problem. Es läutete unablässig, als riefe kein Mensch an, sondern ein Automat, der endlos Zeit hat, weil er nicht sterben muss.

Vielleicht war es wirklich ein Roboter, der eine unbezahlte Stromrechnung anmahnte?

Er gab auf.

Ging ins Zimmer, nahm den Hörer ab.

»Hallo.«

»Ilja Lwowitsch?« Eine weibliche Stimme: nicht mehr jung, tief, sehr lebendig. Die Frage war gestellt, eine Antwort wurde erwartet.

»Wer ist da?«, fragte Ilja heiser.

»Erlauben Sie, dass ich Ihnen mein Beileid zu Ihrem Verlust ausspreche, Ilja Lwowitsch«, sagte die Stimme. »Ich kann mir kaum vorstellen, wie schmerzlich das für Sie sein muss. Die geliebte Mutter in den besten Jahren zu verlieren.«

»Wer … Woher wissen Sie das? Wer sind Sie?«

»Ich heiße Anna Vitaljewna, ich bin vom Bestattungsunternehmen ›MosRitus‹. Verzeihen Sie, dass ich am Sonntag störe. Ich konnte Sie kaum erreichen. Gestern war den ganzen Tag besetzt.«

»Ich brauche nichts.«

»Sie haben sich schon für eine andere Agentur entschieden?«

»Was? Nein …«

»Dann würde ich Ihnen gern sagen, was wir Ihnen anbieten können. Wir können Ihnen die ganze Rennerei abnehmen.«

»Sie brauchen mir nichts anzubieten!« Ilja stieg das Blut in den Kopf.

»Ich verstehe, wie Sie sich fühlen«, sagte die Frau. »Und es tut mir sehr leid, dass ich Sie in einem so schweren Moment Ihres Lebens anrufe. Aber es sind jetzt schon vier Tage vergangen, seit Tamara Pawlowna verstorben ist, und Sie holen sie nicht aus dem Leichenhaus. Das ist doch einfach nicht christlich irgendwie … Die Beerdigung sollte am dritten Tag erfolgen. Es geht doch schließlich um Ihre Mutter.«

Ilja nahm den Hörer vom Ohr und starrte ihn wütend an. Der Hörer redete weiter mit Mückenstimme. Schließlich beruhigte er sich, presste hervor:

»Wie viel … Wie viel wird das kosten?«

»Vielleicht wäre es Ihnen angenehmer, wenn unser Agent zu Ihnen kommt und alles vor Ort bespricht, Ilja Lwowitsch?«

»Nein. Sagen Sie einfach wie viel.«

»Die Basisvariante kostet Sie neunzehntausendfünfhundert Rubel. Darin eingeschlossen sind ein Sarg mit allem Zubehör, ein Kranz mit einem Durchmesser von siebzig Zentimetern, der Transport des Körpers der Verstorbenen zum Ort der Beisetzung, außerdem ein komfortabler spezieller Kleinbus der Marke ›GAZEL‹, der Sie und Ihre Angehörigen aus dem Leichenhaus zum Friedhof bringt. Im Kleinbus gibt es zehn Sitzplätze. Der kleine Sarg ist bescheiden, aber respektabel. Dazu kommt ein Holzkreuz an einem Stab. Mit Ihrer Erlaubnis würde ich Ihnen allerdings die Standardvariante empfehlen. Da ist der Kranz größer und der Sarg mit Seide ausgeschlagen, und die ›Gazelle‹ bringt Sie nach dem Friedhof nach Hause. Vierundzwanzigtausendfünfhundert Rubel, also nicht viel mehr. Übrigens, haben Sie eine Beerdigung oder eine Einäscherung vorgesehen?«

»Keine Einäscherung«, sagte Ilja.

»Und haben Sie sich schon ein Plätzchen auf dem Friedhof ausgesucht? Denn wir können Ihnen helfen, da das Richtige zu finden – in der Nähe des Eingangs, im Schatten der Bäume. Im Moment wird es für Sie schwierig sein, selbst einen zu finden, vor allem in der kurzen Zeit. Alles Gescheite sichern sich die Leute Jahre im Voraus«, teilte ihm die Frau vertrauensvoll mit. »Aber unsere Agentur hat eine eigene Reserve. Wenn Sie wollen, können wir gleich heute hinfahren, und ich zeige Ihnen alles.«

»Nein, geben Sie mir Ihre Nummer. Ich rufe zurück.«

»Selbstverständlich!« Anna Vitaljewna diktierte sie ihm; Ilja tippte die Ziffern in Petjas Telefon. »Und ich möchte Ihnen noch sagen, dass Sie wahrscheinlich auch Anrufe von anderen Agenturen bekommen werden. Sie sollten wissen, dass wir auf dem Markt der führende Trauerdienstleister sind. Wenn Sie sich heute entscheiden, werden Ihnen die Kosten für den Besuch des Agenten …«

Er hängte ein. Dann spannte er mit der Hand die Leitung, fand die Stelle, wo sie in die Wand ging, riss sie heraus.

Er setzte sich aufs Bett.

Unchristlich.

Miststück.

Ilja hatte gedacht – er könne die Tür zu Mutters Zimmer schließen und dort alles einmauern, womit er nicht fertigwurde. Er hatte gedacht, seine Mutter würde es dort drinnen aushalten, bis er eine Lösung wusste. Bis er den Mut zu einem Wiedersehen mit ihr fand. Aber sie wollte nicht still sitzen. Brachte sich in Erinnerung. Forderte Aufmerksamkeit.

Draußen war es grau und trüb: ein gewöhnlicher Wintertag – November oder März. Vom Himmel kamen formlose, nasse Flocken, sie fielen sofort zu Boden und lösten sich auf. Die Wohnung lag an einem solchen Tag im Dämmerlicht.

Ilja schaltete in seinem Zimmer Licht an, auch im Flur und in der Küche. Obendrein goss er sich ein Gläschen Wodka ein. Er fand Makkaroni, setzte Wasser auf: mit Ketchup und Salz wär das einfach famos. Auch allein mit Salz war es gut. Nach dem mauen Gefängnisfraß war alles gut.

Das Wasser wollte nicht kochen. Als sei der Luftdruck zu schwach, wie in großer Höhe, wie im Himalaja. Dabei war hier der zweite Stock.

Wie hatte er davon geträumt, in dieses Haus, in diese Räume zurückzukehren. Er berührte die Möbel. Drehte seine Studentenzeichnung auf dem Tisch mit der Rückseite nach oben. Öffnete den Schrank – dort war seine Sammlung von Spielzeugautos. Er holte sie heraus, drehte sie in den Händen. Maßstab eins zu dreiundvierzig. In seiner Kindheit war er eins zu eins.

Sein Herz wollte nicht anspringen, war abgesoffen. Er stellte die Autos zurück.

Gern hätte er vor Schwermut losgeheult.

Beim Frühstück schaute er die Nachrichten. Chasin kam darin noch nicht vor.

Er musste zum Leichenhaus. Um wenigstens zu sagen: Sie ist nicht herrenlos. Hier bin ich, der Sohn. Ich kann sie erst mal nirgendwohin bringen. Behalten Sie sie noch ein paar Tage. Ich überlege mir unbedingt was. Unbedingt überlege ich mir was.

Sonntag.

* * *

Das Leichenhaus war auf dem gleichen Gelände wie das städtische Krankenhaus – auf der Saretschnaja.

Er musste über die Kompaniestraße zur Bukinskoje-Chaussee, fast bis zu Veras Haus; aber nicht ganz – vorher ging es nach rechts. Vorbei am Taubenschlag, in den er zusammen mit Serjoga eingebrochen war – ringsum: rostrote Garagen, Ziegelbaracken, vollgemalte Betonmauern – das Abseits.

Auf einmal erinnerte er sich daran, wie er mit seiner Mutter in dieses Krankenhaus gegangen war, als er noch ganz klein war. Zur Mandelentfernung. Da waren sie auch so gegangen, genau diesen Weg. Wie zur Erschießung. Jeder Schritt hatte ihn unglaubliche Kraft gekostet. Zuerst hatte sie versucht, ihn mit Eis zu locken – also, danach kannst du dich dran satt essen.

Sie hätte ihm nicht zu sagen brauchen, dass sie zur Operation gingen, sondern lügen, es sei bloß ein Arztbesuch. Aber seine Mutter konnte es nicht leiden, schön zu tun oder zu lügen. Sie nannte die Dinge beim Namen, und in die Zukunft schaute sie immer streng, durch ihre Lehrerbrille. Mach dich aufs Schlimmste gefasst, dann enttäuscht dich das Leben nicht, war ihre Devise. Sie werden dich operieren, tut nicht besonders weh, ein ganz klein wenig nur – das hältst du aus.

Sie hatte ihre Wahrheit, Ilja eine andere: Die OP in Aussicht zu haben war schrecklich, aber seiner Hinrichtung auf eigenen Beinen entgegenzugehen, das war überhaupt furchtbar. Die Aussicht auf Eis half da nichts. Ilja mochte Süßes nicht so sehr, war eher für Salziges.

Daraufhin fing sie an, ihm Puschkins Novelle »Dubrowski« nachzuerzählen. Wahrscheinlich unterrichtete sie zu diesem Zeitpunkt die achten Klassen, und das passte nun. Er verstand nicht alles, aber die Szene mit dem Bären beeindruckte ihn. Eingeprägt hatte sich die kleine Pistole, oder vielleicht Muskete, in Dubrowskis Hand, mit der er dem Bären ins Ohr schoss. Als Ersatz für seine Mandeln erbettelte er sich von seiner Mutter genauso eine, aber aus China und aus Plastik.

Der Weg war ziemlich lang – von zu Hause eine halbe Stunde mit Kinderschritten. Und die halbe Wegstrecke verbrachte Ilja nicht auf der Saretschnaja, sondern mit den Bauern im Wald und in der Grube mit dem Bären. Und schon waren sie am Krankenhaus.

Während der gesamten OP dachte er an die kleine, antike Pistole. Es tat fast nicht weh. Aber Eis musste er dann trotzdem löffeln. Das war, wie sich zeigte, eine Pflicht.

Jetzt erinnerte er sich an den Weg von damals, und wieder hatte er die Saretschnaja verpasst, den Pfad zum Schafott, hatte eine Abkürzung durch die Vergangenheit gewählt.

Das Krankenhaus stand hinter Wohnhäusern, an einem Waldstück. Ein graubraunes Ziegelgebäude, düster, untersetzt und weitverzweigt. Wenn man so etwas sah, verging einem das Kranksein.

»Da müssen Sie in die pathologisch-anatomische«, näselte die Tante am Empfang erkältet. »Gehen Sie von der Straße aus rein.«

Für die Toten war ein Extra-Ausgang eingerichtet worden, damit die Kranken nicht auf sie trafen und verschreckt wurden. Der Eingang war vollgeklebt mit Anzeigen: Särge, Bestattungsservice, Agenten, Beerdigungen. Am Eingang wachten aalglatte Typen, die Trauer mimten, bei Iljas Anblick aber ganz euphorisch wurden.

Er schickte sie sofort zum Teufel. Aasgeier.

»Im November stirbt es sich besonders gut«, hörte er mit halbem Ohr. »Aber zu Neujahr ist es noch besser. Und am besten natürlich im Juli.«

Er zeigte seinen Ausweis, um seine Rechte auf die Mutter geltend zu machen. Anfangs wirkte die Abteilung wie die anderen. Junge Frauen in Kitteln. Ein bebrillter Kerl mit Papirossa – der Leiter.

»Ja, die ist hier. Sie haben sich ja Zeit gelassen. Nehmen Sie sie mit?«

»Nein. Ich bin gerade erst zurück … Ich brauche noch etwas Zeit. Um mich vorzubereiten«, sagte Ilja.

»Nach Gesetz sind sieben Tage kostenlos«, sagte ihm der Leiter. »Dann geht's weiter nach Preisliste.«

»Das schaffe ich wahrscheinlich, in sieben Tagen.«

»Wollen Sie sie sehen?«

Ilja nickte.

»Schuhüberzieher zwanzig Rubel.«

Sie gingen durch den Obduktionssaal – gekachelte Wände, Schüsseln mit Instrumenten, auf einem Tisch ein magerer Asiate, der Schädel geöffnet. Weiter – eine Tür mit Sperrvorrichtung – »Kühlraum«.

Das Schloss krachte, die Tür knarrte, man stand in kaltem Modergeruch.

Das Quecksilberlicht wurde eingeschaltet.

»Na, warum bleiben Sie stehen? Kommen Sie rein.«

Wie damals vor der OP wurde Ilja nörgelig-unruhig: Gleich reißen sie was raus.

»Also, wo haben wir denn die Gorjunowa?«, fragte der Bebrillte eine junge Frau.

Drinnen standen mit Laken bedeckte Bahren, einzeln und zusammengestellt. Darunter warteten ebensolche Unabgeholten. Der Bebrillte schaute, ohne mit dem Rauchen aufzuhören, unter ein Laken, unter ein anderes. Ging zum Ende durch.

Dort an der Wand lagen zwei Körper zusammen, bedeckt mit einem gemeinsamen Laken. Frauenbeine neben behaarten Männerbeinen. Der Arzt hob prüfend das Laken, rief ihn.

»Hier. Gorjunowa, T. Das ist Ihre.«

»Aber wieso?« Das Leichenhaus drehte sich um Ilja im Kreis. »Warum ist sie hier mit noch jemandem … Ist das ein Mann? Warum denn das?!«

»Was meinen Sie? Ah! Nun, die Laken sind in der Wäscherei, da war nur noch eins übrig. Ihr macht es ja nichts mehr aus. Wir können sie ja nicht nackt rumliegen lassen.«

»Nackt?«

»Was denn, sind Sie das erste Mal in einem Leichenhaus?«

Ilja trat einen Schritt näher.

Zusammengestellt ähnelten die Bahren einem Ehebett. Als schliefen Mann und Frau nebeneinander, bedeckt mit einem Laken. Seine Mutter hatte immer allein geschlafen. Ihr Bett war schmal, für eine Person. Und hier …

»Kommen Sie nun, oder was?«

Der Bebrillte warf die Ecke des Lakens weiter zurück, damit Ilja es nicht unnötigerweise in die Länge zog.

Das Wiedersehen.

Ihre Haare – völlig ergraut – waren im Nacken zusammengeknotet, und deswegen war der Kopf ein wenig zur Seite gerollt. Von Ilja weg – dem fremden Mann zugewandt. Die Augen eingefallen, halb geöffnet, ein Glänzen wie weißer Kunststoff. Die Lippen zusammengepresst, faltig. Sie war gealtert. Sehr gealtert.

Von diesem Gedanken – wie seine Mutter gealtert war, und nicht davon, dass sie tot war – kitzelte ihm die Nase, zog es in irgendwelchen unbekannten Drüsen, wurde es in seinem Mund bitter.

Der Mann, mit dem sie da lag, blieb bedeckt. Seine Nase stand unter dem Laken hervor. Sein Glied war zu erkennen.

»Schieben Sie sie auseinander! Hören Sie? Auseinander mit ihnen! Was soll diese Unverschämtheit?«

»Sie sollten hier nicht so rumkrakeelen, bei uns gibt es in dieser Hinsicht keine Auflagen, Bürger. Ist sie heil? Ja. Unversehrt? Ja. Wenn Sie schreien, rufen wir die Polizei«, rügte ihn der Leiter. »Wika, bleib mal hier bei dem stehen.«

»Regen Sie sich nicht auf, wir werden sie trennen«, zwitscherte ihm die junge Frau im Kittel von der Schwelle aus zu. »Das war übrigens ein anständiger Mann, denken Sie nicht, das sei irgendein Obdachloser. Er hatte einen Schlaganfall, kam mit dem Krankenwagen. Und dass ihre Augen offen stehen, das bringen wir gleich in Ordnung. Aber wenn Sie dann kommen, um sie abzuholen, sollten Sie etwas zum Anziehen mitbringen. Wir haben hier Kleidung für gerade Verstorbene, die stellt die Stadt, aber die ist recht erbärmlich. Besser man nimmt was Eigenes.«

»Trennen Sie sie sofort«, sagte Ilja leise-böse-fest. »Sofort.«

»Schon gut, was haben Sie denn …« Die junge Frau mit Namen Wika hockte sich hin, klackte mit den Stoppern an der Bahre seiner Mutter, fuhr sie beiseite.

Ilja hielt das Laken bei seiner Mutter fest, der Mann wurde entblößt. Hohe Stirn, große Nase, graue Haare auf der Brust. Er runzelte die Stirn. Scher dich weg, Alter. Man kann es nicht allen Toten recht machen.

Zwischen den Bahren entstand ein Durchgang, Ilja ging so hinein, dass er seiner Mutter ins Gesicht schauen konnte.

Ist es besser so, Ma?

»Und wenn Sie nicht wissen, wie es überhaupt weitergehen soll, kann ich Ihnen die Telefonnummer von jemandem geben, die übernehmen das alles. Sie werden jetzt noch ziemlich viel Scherereien mit den Papieren haben, das sollte man besser jemandem überlassen. Ja, und wir haben hier auch eine Kirche, direkt auf dem Gelände, wenn Sie zum Beispiel einen Trauergottesdienst anmelden wollen, die Kirche der heiligen Matrona von Moskau. Wenn es christlich sein soll.«

Mama, grüß dich. Hier bin ich. Wie konnten wir uns nur so verfehlen. Die Suppe ist köstlich, mit Liebe gekocht.

»Hier sind übrigens auch ihre persönlichen Sachen, wir haben nichts angerührt. Das Mobiltelefon hat allerdings geklingelt, die schalten wir immer ab, damit sie uns nicht beim Arbeiten stören. Alles da, das können Sie überprüfen. Wir brauchen einen Beleg, Sie unterschreiben später? Da sind mehrere Papiere, einige sofort, die anderen, wenn Sie sie holen.«

Ma, ich kann dich noch nicht beerdigen. Kaum war ich draußen, bin ich wieder in was reingeraten. Du bist doch sicher nicht böse auf mich, dass ich nicht gleich zu dir gekommen bin?

Sie sah nicht aus wie eine Schlafende, auch nicht wie eine Wachspuppe oder sonst etwas, das Ilja kannte. Sie war tot, sie konnte ihm nichts mehr antworten.

Verzeih. Ich habe dir das früher nie gesagt, weil ich es nicht wusste. Weil ich meinte, dass mir was passiert ist, dass ich das Opfer bin. Und nicht du. Verzeih, dass ich mich ein halbes Jahr verspätet habe. Dass es für immer ist.

Ich tu alles, damit du hier raus… Aber nach Hause geht es nicht jetzt gleich, verstehst du?

»Kommen Sie? Dann füllen wir die Formulare aus«, rief ihn die junge Frau.

Und dann ist da diese Situation, Ma. Ich bin am Rudern, aber ob ich rausrudern kann, ist unklar. Nichts Schlimmes, erzähle ich dir irgendwann, mach dir keine Sorgen.

»Die Audienz ist beendet«, sagte der Bebrillte streng. Arschloch. »Wenn Sie sie abholen, können Sie sich sattsehen.«

Er bedeckte ihr Gesicht mit dem Laken. Die Mutter schien das nicht zu berühren.

»Hier die Visitenkarte der Agentur«, händigte ihm die junge Frau am Ausgang ein Stück Pappe aus. »Warten Sie, ich hol ihre Sachen. Sie können im Trauerzimmer warten, das ist gerade leer.«

Ilja gehorchte und saß auf einer Bank im Trauerzimmer, starrte auf den Linoleumfußboden. Schwermut hatte sich angesammelt, unauflösbar, schmerzend. Das abgewandte Gesicht seiner Mutter stand ihm vor Augen.

Das Scharren der Menschen im Flur kratzte in den Ohren, schmirgelte seine Nerven. Eine Hülle, sagte sich Ilja. Es ist einfach nur die Hülle, eine Verpackung. Ein Kopf ist zur Seite gerollt, nicht Mamas. Die liegt dort nicht. Dort ist nur eine leere, zerknüllte Milchtüte im Papierkorb.

Verzeih mir bitte.

Da vibrierte es. In seiner Tasche. Chasins Telefon. Jemand pickte gegen die Eierschale. Er holte es hervor, gab den Pin ein. Eine Nachricht.

»Was ist mit Nina? Mama.«

Ilja blinzelte.

»Sie antwortet nicht.«

»Sie ist im Krankenhaus. Hat sie Dir das nicht gesagt?«

»Nein.«

»Wenigstens sie könntest Du anrufen!«

Ilja rieb sich die Stirn, steckte das Telefon weg. Das könnte er. Im Krankenhaus? Nina?

Später. Nicht jetzt.

Schließlich kam die kleine Wika, brachte ihm Mamas Sachen – ein leeres Portemonnaie, ein ausgeschaltetes Mobiltelefon, das Ilja immer angerufen hatte, eine Halskette mit Kreuz. Der Wohnungsschlüssel war nicht dabei.

»Kommen Sie, die Papiere unterschreiben.«

Er verließ das Leichenhaus – und stieß auf das neu gebaute Holzkirchlein, von dem diese Wika geredet hatte. Er ging hinein, warum auch immer; es war überfüllt. Am Eingang ein Stand mit Kerzen. Brennstoff ohne Ende. Vorm Priester eine Weiberschlange. Wer beim Chefarzt keinen Trost fand, ging zum Popen, als Absicherung.

Das letzte Mal hatte Ilja so viele Kreuze auf der Haut von Menschen gesehen, in blauer Farbe. Und auch Christusgesichter. Und Kuppeln. Aber im Lager bedeutet das alles etwas anderes. Wo nur hatte das für alle dieselbe Bedeutung?

Was sollte er verabreden? Dass seine Mutter da gut untergebracht wurde? Dass man Iljas Affektzustand Rechnung trug?

Er wählte Gott an. Blieb stehen, lauschte in sein Inneres. Lange Klingelzeichen.

Niemand antwortete. Keine Verbindung. Vielleicht war auch bei ihm der Modus »nicht stören« angeschaltet.

Irgendwie hatte er alles richtig gemacht, und trotzdem ging's Richtung Hölle. Auf der Erde ist das Leben so eingerichtet, dass alle Menschen unbedingt in die Hölle kommen. Besonders in Russland.

8. Kapitel

Aber noch auf der Straße, bevor er zu Hause ankam, wurde er wieder Chasin. Las wie alle im Gehen. Las auf dem Fußgängerübergang. Auf der Treppe las er. In der Küche.

Nina im Krankenhaus? Wusste Petja was davon?

Er kehrte zum endlosen Chat zwischen Chasin und Nina zurück. Las nun aufmerksamer, womit er endete. Hatte dabei ein ziehend-zehrendes Gefühl.

»Bei mir ist alles einfach super.« Das Letzte, was sie Petja geschrieben hatte: am Freitagmorgen. Irgendwie wurde er unruhig – ihretwegen, einer Fremden eigentlich. Wahrscheinlich lag es am Sommertraum mit Apfelkuchen. Zu dumm. Da war Ninas Liebe aus dem Traum auf den echten Ilja übergegangen, wie ein Nasstattoo auf die Haut.

Gab es hier was über ein Krankenhaus? Darüber, was ihr zugestoßen sein könnte? Er scrollte ganz nach oben, ins Morgenrot ihrer Beziehung – was davon im Telefon abgespeichert war. Wie ging es bei ihnen los? Wie es bei Leuten in der Stadt immer losgeht. Das war letztes Jahr, 2015. Am 11. Januar, einem Sonntag.

»Hier Pjotr. Haben uns gestern im ›Troika‹ kennengelernt. Bitte kommen.«

»Verstanden. Ja, Petja, ich erinnere mich an Sie. Bin ich gut zu hören?«

Nina hat im Arsenal der Emojis eine Satellitenantenne gefunden und an ihre Nachricht gehängt.

»Ich höre kaum was, bin taub nach gestern. Aber lustig war's.«

»Ziemlich! Also ich bin im Koma. Brauche dringend Detox!«, dazu Bildchen von einer Spritze und einer Wanne.

»Wie wär's mit Borschtsch?«

»Wie? Jetzt gleich?«

»Warum auf morgen verschieben, was man heute erledigen kann? Drei Uhr im ›Mega-Stau‹?«

»Machen wir. Bloß, ich verspäte mich eine Stunde.«

Die Fortsetzung folgt nach einer Woche, nach den Feiertagen. Am 17. Januar schreibt Nina ihm zuerst:

»Pjotr! Ich hoffe, du gehörst nicht zu denen, die schnell kapitulieren. Meine Katze hat wirklich Junge bekommen, die Lage war ausweglos!« Ein verwirrtes Emoji mit geweiteten Augen.

»Russen kapitulieren nie. Grüß die Katze. Wie geht's ihr?«

»Winkt dir mit der Pfote. Sie bittet dich, bei deinen Staatsorganen rauszukriegen, ob sie Anspruch auf Müttergeld hat«, kleine Säcke mit Dollarzeichen.

»Schick mir ein Foto von Katze und Herrin.«

»Die ist gerade nicht gut drauf. Liegt halb nackt im Bett. Die Katze!«

»Dann erst recht.«

»Na gut, warte.«

Es folgt ein Bildchen aus dem Trickfilm »Tom und Jerry«: die Maus liegt mit Schlafmütze neben dem verärgerten Kater im Bett.

Petja antwortet nicht, gibt aber tatsächlich nicht auf. Er wartet noch eine Woche – kühlt herunter – und geht am 23. Januar erneut zum Angriff über.

»Hallo, will dich ins Kino einladen. Hast du Zeit heute?«

»Heute hab ich internationalen Frauentag. Meine Freundin aus Minsk ist da«, darunter ein Bildchen: zwei Mädchen mit Schleifchen und Trikots als Tanzpaar.

»Und was für einen Tag hast du morgen?«

»Samstag. Und du?«

»Dann gehn wir morgen. ›American Heist‹ läuft.«

»Never! Unter uns: ›Birdman‹ wär prima.«

»Na gut … der läuft 19:30 im ›Oktober‹.«

»Lass es uns so machen: Wir gehen um acht ins ›Pionier‹ und schauen ihn auf Englisch, dafür geb ich die Tickets und Popcorn aus.« Popcorn-Emoji.

»Auf Englisch???«

»Ich übersetz dir ins Ohr.«

»Ok. Ich hole dich morgen um sieben ab, wenn sich nichts ändert.«

»Du planst wohl gern, ja?«

Nach dem Kino war es dann passiert, vermutete Ilja. Wie es normalerweise abläuft. Sie waren danach was essen, die Weingläser klirrten, und hinterher: Bar, Club, das volle Programm – die zweite Verabredung, vielleicht auch die dritte … Im mittäglichen Sonntagskater schreibt Pjotr an Nina:

»Danke für den Abend … und die Nacht …«

»Danke schön und bitte sehr, höflich sein ist gar nicht schwer«, spottet Nina.

»Ist ja gut. Ich wollte nur sagen, es war cool.«

»Stimmt! Sorry.« Ein Emoji mit Zähnen und runden Augen – schuldbewusste Grimasse.

»Endlich stimmst du mir mal zu.«

»Jedenfalls bin ich dialogbereit. Überzeuge mich.«

»Für heute schon Pläne?«

»Hatte ich, ehrlich gesagt. Aber ganz ehrlich – sie sind nicht so interessant.«

»Dann reservier ich im ›Schiwago‹.«

»Mieser Verführer! Das ist mein Lieblingsbuch. Ok, ich geh mich mal schminken.«

»Was für ein Buch? … War ein Witz!«

Dann kam dies und das: Verabredungen, Nina schickt Fotos von sich, richtige – weiße Dessous, schwarze Dessous, auch rote.

Sie schreiben, wann wer pünktlich kommt, wann zu spät. Hier, am 3. März, lädt sie ihn ohne Vorrede ein:

»Hallo Houston: Heute übernachtet meine Mitbewohnerin bei ihrem Freund. Das ist ein Wink. Wiederhole, das ist ein Wink.«

»Was soll ich mitbringen?«

»Eine Flasche Roten und gute Laune. Ich sorge für luftigen Couscous und eine verzaubernde Atmosphäre.«

»Dann bring ich noch Pizza mit«, dazu fand Pjotr, angelernt durch Ninas Stil, das Bildsymbol von Pizza-Dreiecken und schickte es ihr.

»Unersättlicher!«

Zum April hin verlief ihre Beziehung schon in geregelten Bahnen. Am neunten bat Pjotr tagsüber, vorausschauend:

»Nina, lad doch mal die neue Serie ›Breaking Bad‹ runter, please!«

»Ach so, und was ist mit WDNCh? Wir wollten Schlittschuh laufen.«

»Du hast mich mit der Geschichte angefixt, jetzt musst du büßen. Ich hab mich gewehrt.«

»Widerstand ist zwecklos! Ich wusste doch, womit ich dich kriege. Zuerst wollte ich dir allerdings ›Miami Vice‹ vorschlagen …« Nina fügte in die Nachricht aus der Sammlung der Telefonmännchen einen gelbgesichtigen Detektiv ein.

»Gibt's da viele Folgen? Du weißt doch, ich muss mein Leben planen.«

»Fünf oder sechs. Macht nichts, jetzt kommt noch ›Narcos‹ raus, das passt auch zu deinem Thema. Bei dem Tempo haben wir bis Jahresende genug.«

»Übrigens, wegen meines Themas. Soll ich dir was besorgen?«

»Mach schon, du Verführer. Dann schauen wir in 5D.«

Das hieß, zum April hin hatte er sie schon betört, verführt, bekehrt. Vielleicht hat sie selbst auch darum gebettelt? Vielleicht war sie gar nicht so unschuldig?

Ende des Monats wird Pjotr einsilbiger, verschweigt ihr etwas.

»Nina, fährst du über die Feiertage nach Minsk heim?«

»Ja klar. Meine Eltern wollen mich sehen. Über die Maifeiertage und das Drumherum. Willst du mitkommen?«

»Ach nein, wahrscheinlich nicht. Meine wollen auch mit mir feiern. Und wie lange bist du weg?«

»Keine Ahnung. Nicht die ganzen Ferien. Drei Tage. Danach wird's langweilig. Wieso?«

»Bloß so.«

Sie war also nicht aus Moskau. Eine Studentin? Wollte sie die Hauptstadt des Imperiums erobern? Allein war sie in der Stadt. Mietete zusammen mit jemandem eine Wohnung. Rechnete sie sich was aus? Hoffte sie auf etwas? Ilja scrollte abwärts, zum 10. Juni.

»Was machst du am Wochenende?«

»Muss bis Montag ein Referat über Filmgeschichte hinkriegen. Und ich habe das Pferd noch nicht mal aufgezäumt«, dazu ein Bild von einem Pferdekopf. Um Verlegenheit durch Albernheit zu überspielen?

»Meine Eltern laden uns beide zum Essen ein.«

»Oha! Was ist passiert?«

»Nichts. Die wollen dich bloß endlich mal kennenlernen. Haben so viel gehört.«

»Das ist wichtiger als Filmgeschichte. Mist. Ich bin aufgeregt!« Dazu ein nervöses Emoji.

»Spinnst du? Das ist bloß ein Essen.«

»Bloß! Ach ja! Jetzt muss ich die ganze Woche StGB und StPO pauken anstatt Neorealismus und Nouvelle Vague. Sonst meinen die noch, ich hätte keine Ahnung.«

»Ach was. Obwohl – in bisschen StGB schadet nie. Kann man immer gebrauchen. Das war ein Witz!«

Am Montag darauf schreibt ihm Nina und übersät die Nachricht mit panischen Visagen: Dutzenden Visagen.

»Das riecht nach einer Katastrophe, Petja ...«

»Was meinst du überhaupt? Das Essen? Alles gut gelaufen. Du gefällst ihnen.«

»Bäää! Deinem Vater ganz sicher nicht. Ich tat deiner Mutter sogar leid.«

»Du redest Unsinn.«

»Ihm stand ins Gesicht geschrieben, dass mir im Gesicht geschrieben steht, dass ich ein ausgehungertes Aschenputtel aus Weißrussland bin, das sein Jüngelchen fressen will.«

»Quatsch.«

»Mit Haut und Haaren.«

»Lass die Komplexe.«

»Dabei würde ich deine Haare gar nicht essen. Die kann ich schlecht verdauen.«

Anfang August fand sich die rettende Botschaft, aus der Ilja gelernt hatte, wie man den Toten ein bisschen Leben abluchst.

»Du wirst mich diese Tage überhaupt nicht anrufen, ja?«, fragt Nina das erste Mal.

»Ich hab's dir doch erklärt, bin im Einsatz, ich kann nicht …«

»Ja, ja, ich weiß. Aber ich muss manchmal unbedingt deine Stimme hören, weißt du?«

»Wir trotzen der Gefahr und sind des Feinds gewahr …«

»Ebendeshalb.«

»So ist das nun mal.«

»Was denn, können die kriminellen Subjekte nicht auch ein besorgtes Frauchen haben, das bangt und ständig anruft? Sind die Worte ›Bei mir alles ok, Süße!‹ das Erkennungszeichen für einen Bullen im Einsatz?«

»Wir haben sogar Weisung, unsere Nummer nicht an Verwandte weiterzugeben.«

»Bin ich so was wie deine Verwandte?«

»Nina, du redest schon wie meine Mutter, verdammt! Klar bist du das.«

Bis Ende des Sommers taucht Petja immer wieder ab, und Nina wartet die ganze Zeit.

Sie fährt zu ihren Eltern nach Minsk, schreibt Berichte vom Landleben, betört ihn mit halb nackten Fotos. Sie kehrt nach Moskau zurück, dort scheint die Zeit stehen geblieben zu sein. Unklar, ob Petja sie sehen will oder nicht.

»Mir fehlt Vitamin P. Ich sieche dahin, verflixt und zugenäht. Und der Sommer ist vorbei.«

»Nina … ich schwöre, wirklich. Das ist das letzte Mal in diesem Jahr. Ich kann da nichts machen, das weißt du. Bin im Dienst. Was kann ich tun?«

»Du kannst nichts tun, und ich kann nichts tun. Keiner hilft uns.«

»Hör mal, ich versprech dir, ich nehm Urlaub. Fliegen wir nach Antalya? Oder nach Kemer? Wir zwei. Du und ich. Na? Alles inklusive. Wie Gott in Frankreich.«

»Und kommen als Clochards zurück.«

»Ich suche gleich mal was raus. Versprochen!«

»Versprochen, mein Herz ist gebrochen.«

»Schau mal. Vom 5. bis 18. Oktober. Belek. Belek ist besser als Kemer.«

»Belek ist besser als die Walachei, das stimmt. Gut, ich schmink mich schon mal.«

»Ich mein es ernst!«

Er macht es tatsächlich; am 10. Oktober sind sie bereits am Meer.

Ilja ließ von der Lektüre fremder Briefe ab, schaute in Petjas Chronik nach: Genau damals wurden auch die Videos am Strand und im Hotelzimmer gedreht.

»Kleine, ich war schon schwimmen und bin beim Frühstück. Soll ich dir was mitbringen?«

»Dich selbst. Aber Vorsicht, verschütte nichts! Und ein Croissant als Nachspeise.«

»Habe alles. Hier gibt's so einen Ausflug, total cool, nach Kappadokien, eine Ballonfahrt, über zwei Tage. Wollen wir? Für morgen sind Plätze frei geworden.«

»Du kennst doch meine Leidenschaft für die Luftfahrt.«

»Aber das dauert sechs Stunden. In eine Richtung.«

»Wir küssen uns, dann wird's nicht langweilig.«

Zwei Wochen reden sie nur davon, wie sie einander Vergnügen bereiten. Im Paradies ist das Nichtstun erdrückend. Tja, auch eine Qual.

Draußen begann der Wind den nassen Schnee aufzuwirbeln. Das Depot versank im Grau. Ilja wartete ein wenig, dann öffnete er die Bilddateien. Über die Datumsangaben gelangte er in Petjas Oktober vom letzten Jahr.

Und da waren sie: die Ballons. Dutzende oder sogar Hunderte bunter, riesiger Ballons, die gleichzeitig in die klaren, orangefarbenen Lüfte aufsteigen. Die aufgehende Sonne – rot, die Wolken – mit zartem Pinselstrich, darunter die gefalteten Berge, eine alte Stadtfestung, aus den Felsen genagt, die hügelige Erde bis zum unvorstellbar weit entfernten Horizont, zerfurcht von fadendünnen Wegen, und die Ballons, überall Ballons – die Hälfte des Himmels hängt voller leuchtender Ballons mit Körben. Da blieb einem die Luft weg. Nichts dergleichen hatte Ilja je gesehen. Unvorstellbar, dass in einer Welt, in der es Solikamsk gab, auch so etwas möglich war; und Petja war einfach aus Übermut und Langeweile dort eingestiegen.

Nina kreischt begeistert auf, winkt der aufgehenden Sonne zu, sagt, es sei der schönste Tag ihres Lebens. Ilja schaute nach: 12. Oktober 2015. Dann ein Foto von beiden: hinter ihnen die Ballons wie Seifenblasen des Glücks über der erstaunlich unendlichen Erde. Ilja schaute Petja in die Augen, berührte sein Gesicht, schob es mit den Fingern auseinander: zoomte ihn heran. Er wollte durch die Pupillen weiter, tiefer eindringen. Aber das Glas ließ ihn nicht durch.

Der schönste Tag.

Er goss sich aus der Flasche nach.

Er durchblätterte weiter Meer, Strände, Badeanzüge – aber heute sah das alles irgendwie anders aus. Heute war es beklemmend. Sein Herz zappelte am Spieß und tropfte.

Schließlich war das Haltbarkeitsdatum des glücklichen Nichtstuns abgelaufen. Nina schreibt am 17. Oktober, einen Tag vor der Abreise:

»Ich denke, in Moskau wird mir das alles schrecklich fehlen. Du, zum Beispiel.«

»So ist Urlaub. Ein Urlaub ist ein kleines Leben.«

»Ich will so eins, aber in groß.«

Das große Leben aber war anders. In Moskau sahen sie sich wieder nur flüchtig, verabredete Treffen platzten: Der Dienst gewann Oberhand, das Studium langweilte. Wenn sie sich trafen – im Off –, konnten sie nicht mehr miteinander verschmelzen wie früher. Etwas zeichnete sich hinter ihnen ab, irgendein Schatten.

Im Dezember schreit Petja sie nach einem Samstag an:

»Was ist passiert? Warum bist du weg? Was sollte das überhaupt?«

»Warum behandelst du deine Freunde wie Dreck?«

»Weil mich sein Gejammer nervt, deshalb. Ein schöner Freund ist das!«

»Er hat doch nichts Besonderes gesagt! Du weißt doch, was mit ihm los ist!«

»Ach ja, jetzt willst du mir auch noch das Hirn ficken! Weil es ja sonst keiner macht?!«

»Das geht jetzt echt zu weit!«

Silvester feiern sie zusammen – mieten mit Freunden ein Haus bei Moskau. Ein Gelage – Ilja überprüfte die Fotos –, aber die Gesichter sind nicht betrunken: verzerrt, verzittert. Der Stoff auf dem Tisch verstreut. Direkt nach den Feiertagen versinkt alles im Dunkeln. Der Rest des Januars ist leer, gelöscht. Aber dort geschieht etwas Ungutes: Die Liebe zerfällt. Petja taucht ab, oder es ist Nina …

In Ordnung kommt das erst am 10. Februar. Er schreibt ihr:

»Kommst du her? Es ist so grausig hier. Ich kriech die Wände hoch. Niiiina!«

»Du weißt doch, dass ich dir nichts mitbringe.«

»Ich brauche auch nichts, ich bin standhaft auf dem Weg der Besserung! Du brauchst nicht mal Apfelsinen oder Blumen mitzubringen. Aber komm!«

»Das ist doch eine Behördenklinik. Die lassen mich nicht zu dir.«

»Ich habe die Schwesterchen schon geschmiert, das organisieren wir. Ich sehne mich nach dir! Wirklich!«

»Das petzt der Arzt dann sicher deinem Vater, dass ich da war.«

»Ach, sollen sie doch beide zum Teufel gehn. Ich bin kein Kind, ich lass mir nichts vorschreiben.«

»Na gut. Wie sind die Besuchszeiten?«

Sie fährt noch einmal zu ihm – ins Krankenhaus – im Februar. Im März wird er entlassen, sie holt ihn ab. Weswegen er in Behandlung war, steht nicht im Chat. Aber Nina pflegt ihn gesund – und sich auch. Bis April ist offenbar alles im Lot. Anfang April dann treibt sie die Strömung wieder auseinander.

»Du kannst mich anbrüllen, wie du willst, Petja.«

»Weil du mir nichts vorzuschreiben hast! Klar? Es ist mein Leben!«

»Deine Arbeit macht dich fertig. Uns hat sie schon den Rest gegeben. Wir sind am Ende, Petja.«

»Unsinn!«

»Du merkst es nicht, aber ich fühle es. Sie zerstört dich.«

»Fang bloß noch an mit deiner Kuppel. Deiner Magnetkuppel.«

»Und tschüss.«

Dienstreisen und Einsätze häufen sich; früher hatte Nina Verständnis dafür, nun ist sie feinfühlig. Am 26. schreibt sie:

»Das heißt, du tauchst wieder ab? Darfst nicht mal telefonieren?«

»Ich werde schreiben. Ich bin da unter Leuten. Ich hab dir doch erklärt, wie das ist. Die sind die ganze Zeit da. Schreiben kann ich. Vielleicht rufe ich auch an, wenn's geht.«

Am 9. Mai 2016, nach einem kurzen Geplänkel, flüstert ihm Nina zu: »Weißt du, was ich denke – vielleicht warst du auch schon immer so? Nur, früher hast du mir was vorgemacht? Solange du mich liebtest?«

»Lass mich in Ruhe!«, brüllt er zur Antwort.

»Vielleicht hast du dich ja wirklich bemüht. Als du noch verliebt warst. Und dann warst du es nicht mehr. Und es ging bergab.«

»Scher dich zum Teufel, klar?«

»Menschen behandelt man nicht wie Dreck, Petja. Menschen sind lebendige Wesen. Hat dir das noch niemand gesagt? Deine Mutter, dein Vater?«

»Verpiss dich!!!«

Dann wird es still – für eine Woche. Nina weicht aus, vielleicht. Bis Chasin, der Verlassene, merkt, dass er ohne sie gar nicht mehr kann.

»Nina, schläfst du? He? Sprich mit mir. Bitte. Ich muss reden.«

»Und ich muss zur Uni.«

»Verzeih mir. Ich weiß nicht, warum ich das alles mache. Ich bin so allein.«

»Dann lass dich trösten. Da gibt's wen. So eine Albina.«

»Du warst in meinem Telefon? Toll!«

»Nicht ich war drin, sondern Albina. Hättest wenigstens den Benachrichtigungston ausschalten können.«

»Nina. Die ist von der Arbeit, Sekretärin vom Chef. Das ist die Wahrheit.«

»Hauptsache, dein Chef hat nichts dagegen. Mir ist es egal. Gute Nacht.«

»Nina!!! Nimm ab!!!«

Wer war diese Albina? Ilja ließ ab von Nina, fügte in der Suchfunktion Albinas Namen ein, dann probierte er »Alja« – und da war sie. Eine Episode, tatsächlich: mit einer dunkelhäutigen Brünetten, blaue Augen. Auch sie schickte Petja Fotos von sich in Spitze, und Kirschlippen lockten, und den vollen Busen bedeckten zwei Finger.

Wo Nina eckig war, war Albina rund; wo bei Nina alles maßvoll war, schlug Albina über die Stränge. In ihrer kornblumenblauen Uniform war sie, die Blauäugige, Braungebrannte – eine Verführung. Die Knöpfe ließen sich nicht schließen, oben mussten sie offen bleiben.

Natürlich war sie anziehend mit ihren weichen Linien, mit ihrem Überfluss, mit ihren Schatten und Kontrasten. Ilja fiel bei ihrem Anblick das Atmen schwer; aber was Albina schrieb, war immer dasselbe, immer schamlos: »Ich will dich mit meinen Lippen liebkosen«, »Ich will dich in mir spüren«, »bin heiß«. Und sie machte Tippfehler. Albina war umwerfend, aber dumm.

Albina beherrschte Petja im Mai, auch schon im April, und gekapert hatte sie ihn, nur ein paar Tage nachdem Petja aus dem Krankenhaus entlassen worden war. Nina hatte ihn gepflegt, Albina weggelockt. Aber sie kam auch früher vor, deckte sich mit Petjas Abwesenheiten, Dienstreisen, Sitzungen; wurde zur Erklärung dafür. Aber auch sie konnte sein Verschwinden nicht restlos erklären: Vielleicht gab es noch jemanden.

Und Nina verdächtigte ihn. Erst jetzt? Oder schon früher, als er mal wieder abgetaucht war? Als sie am Meer über Betrug gesprochen hatte – meinte sie da sich oder ihn?

Ilja schaute sich Nina nicht mehr an, er hörte ihr aufmerksam zu. Sie war nicht mehr zweidimensional, sondern nahm lebendige Formen an, passte nicht mehr ganz ins Telefon.

Er wollte in ihren Streit mit Petja dringen. Warum dieses Miststück Albina? Da hast du das beste Mädchen deines Lebens und fickst anderer Leute Sekretärinnen! Wo juckt es dich, was kann man denn noch wollen?

Petja hatte es offenbar gehört. Zwei Tage rennt er gegen die Scheibe, will zu Nina.

»Bitte! Ich brauche dich, wirklich. Lass uns treffen und reden.«

»Worüber?«

»Ich möchte mit dir leben. Ich möchte, dass du zu mir ziehst.«

»Als hättest du hier was zu entscheiden.«

»Ich entscheide alles! Ich will mit dir zusammen sein!«

»Sehr witzig.«

»Du gehörst mir, du wirst mich nicht los, verstehst du, kleines Aas? Ich überlasse dich niemandem. Wer es auch ist, ich finde deinen nächsten Stecher und ersäufe ihn im Dreck! Klar? Nirgendwohin gehst du! Niemals!«

Dann wieder spuckt er Albina ins Gesicht, brüllt auch sie an, zwischen ihnen sei alles aus.

Und Albina lacht mit weißen Hexenzähnen und antwortet, er würde schon noch zurückgekrochen kommen von seinem Klappergestell.

Nina und er werden durchgeschüttelt: geraten in Turbulenzen. Aus den Nachrichten war nicht zu verstehen, was da außer der Untreue noch an Petja und Nina zerrte. Aber da war etwas – stark, unüberwindlich.

Ilja ging in die Videos – um zu schauen, was von dieser Zeit in Chasins Archiv geblieben war. Und er fand etwas. Wie er mit Nina den farblosen Porno auf dem Sofa guckt. Und sie von Chasin fordert, sie als sein Aas anzukennen. Verzweifelt darum fleht.

Zum 3. Juni hat Petja ihren Widerstand und sich selbst überwunden.

»Ich musste schnell weg, im Kühlschrank ist alles, was man so braucht. Den Schlüssel habe ich mitgenommen, dich eingesperrt, also bitte verzeih – du musst auf mich warten!«

»Gott hat mich mit einem Milizionär verkuppelt …«

»Ja, und im Badschränkchen ist eine neue Zahnbürste. Für dich. Damit du bleiben kannst.«

»Wie lieb! Und wie viel wurde mir aufgebrummt?«

»Lebenslänglich!«

Frieden ist eingekehrt, die alten Zeiten. Wieder schickt sie sich halb bedeckt – aus seiner Zuhälterwohnung mit der Stripteasestange. Sie sind also zusammengezogen.

»Wie findest du das? Agent Provocateur. Thematisch für dich!«, und Emojis, die sie sonst kaum noch benutzt: der Fetzen eines Badeanzugs.

»Schick mir nicht so was, der Geheimdienst schaut mit!«

Es hält einen Monat: Dann geht die Sucht wieder los, wieder taucht er ab, obwohl Nina bei ihm wohnt.

»Petja, du könntest mich wenigstens anrufen. Schreiben, dass alles ok ist bei dir.«

»Bei mir ist alles ok! Die Arbeit!«

»Und wann kommst du? Ungefähr?«

»Heute wohl kaum. Schau dir ein Filmchen an. Oder mach was mit deinen Freundinnen. Sorry!«

Drei Wochen später, am Ende eines modrigen Moskauer Julis, in der Schwüle, wenn man ständig verklebt ist und die Leichen schon am zweiten Tag anfangen zu stinken, schreibt ihm Nina mit Bedacht:

»Weißt du, ich glaube, du verdirbst mich. Du und diese ewige Geschichte. Von dir geht geradezu Verderben aus. Wen du auch anrührst, der fängt an zu faulen. Ich, Goscha, Nikitos. Du benutzt uns alle und schmeißt uns dann weg. Du machst die Menschen um dich herum unglücklich. Hörst du, Petja? Unglücklich.«

»Interessiert mich einen Scheiß«, blaffte Petja zurück. »Du kannst abhauen.«

Ilja wühlte in Petjas Eingeweiden, griff ohne Gummihandschuhe in seine Bauchhöhle, fischte in diesem Zeitraum und in anderen wieder Albina heraus und noch irgendeine Julja, Magda – auch sie nicht sonderlich versteckt, klapperdürre Blondinen mit Kinderärmchen und gläsernen Augen, à la garcon frisierte Brünette mit schwarzen Höhlen unter geschweiften Brauen, alle für einen Tag, alle für den Moment, trügerisch-täuschend, die Leere in schöner Verpackung.

Du kannst abhauen, erlaubte ihr Chasin.

Am nächsten Tag, dem 22. Juli, gehorcht Nina. Sie hält ihn nicht mehr aus. Sie sieht nicht das Karussell der von Chasin kokainisierten Mädels, hört ihre winselnden Stimmen nicht; aber Gamma-Wellen braucht man nicht zu sehen, die spürt man einfach.

»Ich ziehe also zu mir zurück. Der Schnee rieselt schon aus dir. Und das Telefon hat auch die ganze Nacht gesummt. Sag deinen Typen, sie sollen nachts nicht anrufen. Wird doch abgehört. Mach's gut. Meine Sachen hol ich später.«

»Hast du wenigstens die Schachtel geöffnet?«

Was war in der Schachtel? Goldene Fesseln? Nina hat sie nicht aufgemacht, um sie nicht anlegen zu müssen.

»Ohne mich bist du nichts! Verfatz dich in dein Minsk! Mach schon! Leb in deinem beschissenen Plattenbau, fall deinen Eltern zur Last! Sollen dich eure abgewichsten Programmierer rannehmen! Scheiß-Aschenputtel!«

Aber das hält er nur anderthalb Tage durch: Dann hat ihn die Unrast von innen zerfressen und bricht heraus; und dagegen weiß wohl nur Nina ein heilendes Mittel. Am 23. um zwei Uhr nachts hämmert Chasin bereits mit Fäusten gegen ihre Tür.

»Nina, mach auf! Ich weiß, dass du da drin bist und alles hörst! Verzeih mir. Bitte. Ich gebe alles zu, ich werde nicht lügen. Du kannst dir nicht vorstellen, was bei uns jetzt an allen Fronten los ist. Wenn du mich verlässt, mach ich Schluss. Du bist mein einziger Halt. Ich brauche dich. Du bist mein Rettungsring, verstehst du? Mach auf!«

»Hau ab, Petja, geh weg, sonst ruf ich die Bullen.«

»Ich bin der Bulle, klar? Die werden mir nichts tun! Mach auf!!«

Und trotzdem bringt der Sommer sie wieder zusammen – wo ein Magnet nicht hilft, klebt einen der Schweiß der Sommernacht aneinander; sie stießen sich voneinander ab, und trotzdem zog es sie wieder zusammen. Am 15. August bekennt Petja:

»Ich bin dir verfallen!«

»Ist mir schon klar, Petja.«

»Du bist überirdisch!«

»Ich bin wohl eher völlig irdisch, Petja. Und ich will wissen, was wir weiter tun.«

»Wir müssen nichts tun. Es kommt, wie's kommt.«

Dann ist der Sommer vorbei. Sie leben noch zusammen, vom Sommer zusammengepresst; Steg und Keil haben sich verbunden, Petjas Unrast hat sich gelegt.

Ilja scrollte durch die gleichlautenden – »wann kommst du«, »was soll ich kochen«, »wohin gehen wir«. Als habe sie sich mit ihm abgefunden. Bis zum 23. September nichts Merkwürdiges in ihrem Chat.

»Wir müssen reden. Geh bitte ran. Es ist wichtig. Petja, ruf zurück.«

»Bin im Einsatz, rufe an, sobald ich kann.«

Wahrscheinlich hat er sie dann angerufen – und sie haben direkt gesprochen, denn Buchstaben waren nicht übrig von diesem Gespräch. Buchstaben sind zu gleichförmig, das Wichtigste kann man ihnen nicht anvertrauen.

Zwei Wochen weiter fand Ilja jenes Foto mit dem Ballonmantel aus der Ankleidekabine.

»Gefällt dir der Mantel? Nicht zu frühlingshaft?«

»Gut.«

»So gern würde ich den Winter überspringen und schon Frühling haben. Also, ich habe ihn gekauft!«

Sie wirkt besänftigt. Als sei der Strom abgestellt, mit dem man sie mal gezwickt, mal gepeitscht hat. Aber nicht für lange. Dann erhöht sich die Spannung erneut, und zum 21. Oktober – Ilja hat noch einen Monat bis zu seiner Freilassung – schlottern sie beide.

»Wie willst du es ihnen sagen? Und vor allem wann?«

»Nina, mach keinen Druck, du weißt doch, wie schwierig die sind! Gib mir Zeit! Ich muss den richtigen Moment finden! Mit meinem Vater habe ich schon so Megatrouble!«

»Ich würde dir gern mehr Zeit geben, aber du verstehst ja selbst …«

»Kurz! Wenn du Druck machst, hilft das nicht!«

Worüber sprachen sie? Wollten sie heiraten? Willst du dich etwa wirklich an Chasin binden, Nina? Du siehst doch, er ist eine Natter. Wie er sich windet. Wie er zischt. Er ist nichts für dich! Hörst du, Nina? Sie hörte nicht.

»Wie findest du das Kleid? Es ist wohl nicht zu auffällig. Gut, dass der Trend jetzt zu Kitteln geht«, schickte sie ihm eine Woche später ein Foto.

»Kleid ok.«

»Nichts zu sehen?«, und ein Emoji, ein Bildchen mit einem Mädchen; mittlerweile benutzt Nina sie kaum noch, und in ihren Briefen das letzte Mal.

»Hör mal, der Besuch fällt aus. Ich kann mit dem nicht reden«, schreibt ihr Petja zwanzig Minuten später.

»Dann laden wir deine Mutter vielleicht zu uns ein?«

»Nicht diese Woche.«

War mit »dem« der Vater gemeint? Hatte der Chasin-Vater etwas gegen ihre Ehe? Wenn man die Mutter einladen konnte, aber mit dem Vater nicht mal zu reden war? Und was lief da zwischen ihnen? Hier ging es schon dem Ende zu, aber von Ninas Krankheit kein Wort. Warum war Nina in der Klinik? Und in welcher?

Ilja ging wieder nach oben, las noch einmal die Nachrichten, die Petja aus dem Krankenhaus gekliert hatte. »Ich kriech die Wände hoch!«, »Du weißt doch, dass ich dir nichts mitbringe«, hatte Nina geantwortet. Was war »nichts«? Schnee. »Ich brauche auch nichts, ich bin standhaft auf dem Weg der Besserung!«

Wo kam das noch vor? Im klebrigen, schwülen Juli. Als die im Netz verfangene Nina um sich schlug: »Du und diese ewige Geschichte. Von dir geht geradezu Verderben aus.«

Das mit der Behördenklinik war im Januar. Vielleicht hatte man Chasin dort eingewiesen. Um einen Entzug zu machen. Er wurde gezwungen. Vom Vater? Und vielleicht geschah jetzt mit Nina dasselbe?

Er scrollte weiter nach unten.

Dort sah er, wie das Verderben sie beide übermannte. Doch alle Kraft war längst aufgebraucht, nichts mehr übrig für diesen Kampf. Was immer sie zusammengehalten hatte – jetzt bekam es endgültig Risse. Das Pendel, auf dem Chasin ritt, schleuderte ihn nun in die tiefste Finsternis. Und als es zurückschlug – war es leer.

Letzten Freitag, eine Woche vor dem Zusammentreffen mit Ilja, bekommt Chasin von Nina das:

»Eine tolle Nacht, wenn man dein Instagram sieht, Petja. Volle Punktzahl.«

»Hab einen draufgemacht, ja und? Bei mir im Dienst ist die Hölle los. Ok, entschuldige. Wo bist du?«

»Ich kann so nicht mehr. Es ist beschlossen. Verzeih.«

»Mach bloß keinen Fehler!«

»Das geht dich nichts mehr an.«

»Wag es nicht! Geh ans Telefon!«

Womit droht sie ihm? Mit Selbstmord? Ilja drehte den Streifen nach unten. Konnte sie versucht haben, sich umzubringen? Und war nun im Krankenhaus? Was ist mit Nina, Ma? Wie konnte Ilja sie vorsichtig fragen? Wusste die Mutter was? Wer würde ihr die Wahrheit sagen?

Und vor allem – wenn es beim ersten Mal nicht geklappt hatte, würde sie es ein zweites Mal probieren?

Der Chat lief noch, pulsierte. Ilja sprang auf den 16. November. Mittwoch.

»Viel Glück, Petja. Aber pass auf, dass du wenigstens Generalstöchter vögelst, darunter spielt dein Papi nicht mit.«

»Schlampe! Alles nur wegen dir! Das mit ihm war nur wegen dir!«

»Das mit ihm liegt nur bei dir. Tschüss, Petja. Es ist dein Leben. Mach damit, was du willst.«

Hier war sie doch gesund und munter? Chasin fragt weder nach einem Krankenhaus noch, wie es ihr geht. Das hieß, der Dienstag war ohne Vorkommnisse. Und wann war es passiert?

Am 17. November, am Donnerstag, überwindet sich Nina, schreibt als Erste – nach zwei Tagen Schweigen. Gedämpfter Ton, unmutig, unfroh. Und sehr deutlich.

»Weißt du, offenbar kann man sich nur schwer von seiner Vergangenheit verabschieden. Alle diese Tage – die trägt man immer bei sich, die wird man nicht mehr los. Man kann sie nicht so ganz vergessen. Wahrscheinlich liegt es daran. Es tut mir leid um die, die ich war. Es tut mir leid um uns, wie wir waren. Wäre doch noch nicht alles vorbei. Würde es doch noch etwas andauern. Könnte man nur dem anderen vertrauen. Aber auch das geht nicht. Nichts läuft bei mir, wie es sollte.«

Chasin schweigt. Er hatte es vernommen, die Nachricht war zugestellt und gelesen. Kein Widerspruch, kein Mitleid, keine Zustimmung. Er dreht sich einfach weg und lässt zu, dass Nina von Schwermut gefressen wird.

An diesem Tag schreibt sie ihm nicht mehr.

Aber am nächsten. Am letzten Tag im Leben dieses *Schweins* schreibt Nina ihm am Morgen.

An jenem Morgen, als Ilja auf ratternden Eisenbahnrädern der Sackgasse Moskau entgegenrollte, als er am rauchigen Jaroslawler Bahnhof ankam, als er mit der bunten Elektritschka losbrauste, seiner toten Mutter entgegen. An diesem Morgen schreibt Nina an Petja:

»Wann hattest du das letzte Mal Angst? So richtig Angst?«

»Schon ein paar Mal. Alles ok bei dir?«

»Bei mir ist alles einfach super.«

»Man sieht sich«, verabschiedet sich Petja – für immer.

Dann ein Riss. Erst Samstagnacht hatte Ilja versucht, das Abgerissene, Weggeworfene wieder aufzunehmen.

»Bei mir alles in Ordnung. Wie geht's dir?«

Wie schon.

Man sieht sich, hatte Petja gesagt. Und stellte das Foto mit einer anderen ins Netz. Demonstrierte der Kamera, wie herrisch er diese andere betatscht, brüstete sich mit ihrer Vulgarität, prahlte damit, wie billig er sie rumgekriegt hatte. Nein, er hatte nicht vergessen, es zu löschen, er hielt es Nina vor die Nase. Wollte sie rasend machen; oder vielleicht für etwas Rache üben, das nicht in den Chats stand? Möglicherweise quälte er sie auch einfach, weil er zum Quälen geboren war.

Sein letztes Wort in diesem Dialog. Hier! Friss!

Ilja las noch einmal ihre Messages: Warum hatte Nina ihn ertragen? Was hatte sie zusammengehalten, wenn es kein Magnet gewesen war? Was hatte ihn geschützt, wenn nicht Ninas imaginäres Kraftfeld?

Scheinbar war das *Schwein* durch seinen Schießpulverschnee völlig ausgebrannt. In seine leere Hülle waren Dämonen gekrochen, hatten ihn wie eine Fingerpuppe auf ihre Hakenfinger gezogen und gezwungen, in verschiedenen Missgestalten ein Tänzchen aufzuführen.

Wann war er aufrichtig? Wann log er? Wo war er echt – wenn er Nina an den Haaren schleifte oder wenn er ihr auf Knien hinterherkroch?

Verdorben war er, Nina hatte recht. Verfault. Unerklärlich.

Und da kapierte es Ilja endlich. Er kletterte an Ninas Buchstaben hinauf.

»Nichts zu sehen?«, hatte unter dem Kittelkleid gestanden. Als Emoji: ein Mädchen. Beim ersten Mal war Ilja darüber hinweggegangen, hatte es übersehen, vor lauter Eile. Aber jetzt blieb er daran hängen, vergrößerte es. Öffnete den Katalog dieser Emojis, blätterte. Betrachtete es.

Das Zeichenmädchen hielt sich einen runden Bauch.

Ein Mosaik fügte sich aus den wenigen Splittern: »Wie gefällt dir dieses Kleid? Es ist wohl nicht zu auffällig … Wir müssen reden. Geh bitte ran. Es ist wichtig … Ich bin wohl eher völlig irdisch, Petja. Und ich will wissen, was wir weiter tun … Und wie willst du es ihnen sagen? Und vor allem, wann? … Ich würde dir gern mehr Zeit geben, aber du verstehst ja selbst …«

Und ein Ballonmantel, übergroß: »So gern würde ich den Winter überspringen und schon Frühling haben …« Frühling. Was wäre im Frühling?

Dann passt der Mantel. Und dann kommt das Kind.

All das wollte sie jetzt ausradieren, begriff Ilja.

Es war kein Selbstmord. Kein Entzug.

Sie war im Krankenhaus, um unter Narkose ihre und Petjas gemeinsame Zukunft ausschaben zu lassen.

Weil sie völlig das Vertrauen in ihn verloren hatte.

Und er hatte alles gewusst.

»Wann hattest du das letzte Mal Angst? So richtig Angst?«

Sie konnte sich nicht entschließen. Wollte, dass er sie umstimmte. Wartete auf seine Reaktion, auf die richtigen Worte. Und er? Brachte sie nicht über die Lippen.

»Alles ok bei dir?«

»Bei mir ist alles einfach super.«

Das hatte sie Freitag geschrieben. Vielleicht noch den Samstagmorgen abgewartet. Nur hatte Ilja nichts davon gewusst. Am Samstagabend gab es nichts mehr zu schreiben. Und sinnlos war jede Antwort.

Abgehakt.

9. Kapitel

Du bist selbst schuld, sagte Ilja zu Chasin.

Du bist der Unmensch. Du, und nicht ich.

Wenn ich Freitag nicht nach Moskau gekommen wäre, wenn es diesen Magnetsturm nicht gegeben hätte und meine Mutter nicht gestorben wäre: was dann? Hättest du Nina umstimmen können? Hättest du's versucht?

Nein, du hast sie ja dazu getrieben. Hast ihre Nachrichten gelesen und mit Posts im Netz geantwortet. Du wusstest, dass sie in der Klemme steckte, von dir abhängig war, dass sie ständig dein Parallelleben auf all diesen Instagrams überprüfte: nach einer Schuldbefreiung suchte und nur neue Beweise fand. Und mit Beweisen hast du nicht gegeizt. Weil du Widerling zu feige warst, ihr klar zu sagen: Los, mach die Abtreibung, du engst mich ein mit deinem Keimling, ich will wieder frei atmen können. Stimmt das?

Stimmt.

Warum hast du sie dann beruhigt? Warum versprochen, es deinen Eltern zu erzählen? Hast du gelogen, damit sie sich nicht quält? Dich hast du geschont, nicht sie. Hattest du Angst vor ihren Tränen? Ihrem Schweigen? Davor, dass sie dich beim Namen nennt: Mistkerl. Da war es doch einfacher, alles so einzurichten, dass sie selbst draufkommt und allein entscheidet. Damit du dann sagen kannst – warum nur hast du das Kind getötet, Nina? Völlig unnötig! So meinte ich es nicht. Ein Stück Dreck bin ich, ja, ein Wichser, das wusstest du doch vorher. Aber ein Mörder? Nein, das bin ich nicht, ein solches Urteil habe ich nie unterschrieben, ich habe dir sogar gesagt: Wage es nicht! Aber du mit deiner Hysterie hast dir alles Mögliche zurechtgelegt, nun haben wir das Ergebnis, das hast du dir selbst zuzuschreiben.

Hätte ich dir, Chasin, noch etwas Zeit gegeben: Nichts hättest du mit dieser Zeit angefangen!

Ilja drückte seinen Finger auf die leere Zeile am Ende von Petjas und Ninas gemeinsamem Leben. Er wollte ihr etwas Menschliches schreiben, nicht nur »bei mir alles in Ordnung«. Er wollte auf Nina eingehen, ihr etwas anderes mitteilen als das ewige »Chasin über sich selbst«. Der Finger tippte langsam die Buchstaben, aber alle verfehlten den Sinn. Er musste es löschen, wusste nicht, was jetzt richtig sagen.

So ist es besser, Nina. Später wirst du begreifen, dass es so besser für dich ist. Schlimm ist es, von einem Hundsfott geschwängert zu werden, trächtig zu sein von einem Wrack, für immer an ihn gebunden durch das Kind. Ohne ein Kind ist es nur eine unglückliche Liebe, durchlebt und verweht, denk nicht mehr dran. Aber ein Kind schmiedet zusammen. Selbst wenn du von ihm wegläufst – er wird immer da sein, in dem Kind, das du von ihm hast. Im Blut, in den Augen, in den Gewohnheiten. Jeden Tag. Ein zudringlicher Schatten.

Und schwanger zu sein von einem Toten – wie ist das?

Diese Last wiegt hundertmal schwerer. Dann ist es nicht der allmählich verrauchende Zorn auf den Vater, der dir aus dem Kind entgegenschlägt, sondern Schwermut. Schwermut hat ein langes Haltbarkeitsdatum. Immer wirst du daran denken müssen: Und wenn er am Leben wäre? Und wenn das Kind mit seinem Vater groß geworden wäre? Und auch hier wirst du stets erinnert an den längst Begrabenen. Als ob man mit einem Gespenst lebt. Du findest keine Ruhe, er auch nicht.

Besser, dass es so gekommen ist. Dass ich es verpasst habe, dass er es verpasst hat.

Das bedeutet Freiheit, Nina. Sie schmeckt wie Tränenlake. Die muss man sofort heiß austrinken aus einem Dreiliterglas, sie entleert dich, spült, wäscht alles Blut aus dir heraus. Das Blut braust du dir dann neu – frisch, frei von Erinnerungen. Dafür bleibt in deinen Hohlräumen nichts von diesem Menschen. Du kannst sie mit einer anderen Liebe füllen. Der da hat dich sowieso nicht geliebt. Er wollte dieses Kind mit dir nicht.

Das müsste er Nina schreiben.

Er legte das Telefon auf den Tisch.

Das mit dem Kind kannte Ilja zu gut. Wie oft hatte er, wenn seine Mutter ihn anschaute, überlegt: Denkt sie gerade an meinen Vater? Unwichtig, ob es eine Affäre war oder Zufall. Sonst hätte sie den Mann wohl vergessen. Ilja ähnelte ihr nicht besonders, also wohl eher ihm. Womit dieser Vater sie auch gekränkt hatte, wie flüchtig sie zusammen waren, sie konnte ihn ja nicht vergessen, wenn sie jeden Tag mitverfolgte, wie Ilja sich verwandelte, aus einem Winzling – in ihn.

Und? Wäre das gut, Nina?

Für Ilja war das keineswegs gut. Und seine Mutter war einsam gewesen.

Vor den Augen stand ihm auf einmal die Zweierbahre in der Totenkammer. Das Laken über zwei Entschlafenen. Die nackten Füße nebeneinander. Wie Mutter diesem fremden Mann ihr Gesicht zuwandte.

Nie hatte sie über Einsamkeit geklagt. Ilja gegenüber nicht.

Von dem da im Leichenhaus hatte Ilja sie getrennt. Konnte es nicht sehen. Aber er bekam es nicht aus dem Kopf.

Warum hatte sie nie wieder mit jemandem was angefangen? Konnte sie den Vater nicht vergessen? Oder hatte Ilja gestört?

Millionenfach hatte er versucht, sich seinen Vater vorzustellen. Die ersten tausend Mal wollte er dazu Mutters Hilfe, dann ließ er sie in Ruhe.

Ein Kind von einem verschwundenen Vater – das ist wie ein Leben im Rollstuhl, Nina.

Und von einem getöteten ist es wie eine Urne auf dem Küchentisch.

Nie hätte er dich geheiratet. Was denn – sein Vater erlaubte es nicht? Alles Ausreden. Du weißt doch selbst: Für ihn sind die anderen keine Menschen. Meine sieben Jahre, wofür waren die? Als Wettkampf, im Wettstreit. Zack – und weiter geht's. Genauso war's mit dir. Und mit allen anderen.

Komm, wollen wir mal schauen, wie es wirklich war?

Als du gewartet hast, wann er seinen Eltern erzählt, dass du von ihm schwanger bist. Oder worüber wolltet ihr mit ihnen sprechen, über eine Heirat? Sollen wir mal eine Gegenüberstellung mit ihm machen?

Er suchte im Chat mit Petjas Mutter das Oktoberende: als Nina das Kleid anprobierte. Damals schien, das Wichtigste stünde unmittelbar bevor – direkt in jener Woche.

»Mama. Ich will am Wochenende mit Nina bei euch vorbeikommen. Seid ihr da?«

»Grüß Dich! Wir sind da, ja. Warte, ich spreche erst mit Vater.«

Und dann, eine halbe Stunde später:

»Warte, ruf nicht an. Ihm geht es gerade nicht gut. Er fing gleich an zu schreien. Lieber später, wenn ich ihn beruhigt habe.«

»Mach dir keine Mühe.«

Nein. Hier war es zu spät zum Einstieg. Ilja musste tiefer wühlen, höher scrollen. Wann wollte Chasin seine Freundin den Eltern vorstellen? Er überprüfte es: im Juni letzten Jahres, am fünfzehnten. Konnte Petjas Mutter damals schon SMS schreiben?

Ja.

»Ich weiß gar nicht, warum er die ganze Zeit so sauer geguckt hat. Das ist ein Engel, den ich euch da angebracht habe.«

»Petja, Du weißt doch.«

»Hat sie euch etwa nicht gefallen?!«

»Ein nettes Mädchen. Aber das spielt keine Rolle.«

»Was denn dann? Dass ich Boris Pawlowitsch nicht mehr unter die Augen treten darf?«

»Du verstehst doch, dass Du jetzt für ihn ein rotes Tuch bist?«

»Mutter! Ich habe mich verliebt! Ohne fremde Hilfe! Wo ist das Problem?«

»Das Problem ist Xenia, Petja.«

»Ich bin niemandem was schuldig, Mutter. Privatleben ist privat! Sag ihm das genau so!«

Jetzt auch noch eine Xenia. Schwindlig wurde einem auf diesem Karussell. Wie hatte sich Chasin da zurechtgefunden?

Ilja suchte sie im Adressbuch, fand dort einige Xenias. Aber fast alle huschten episodisch vorbei, tauchten einmal nachts auf, waren am Morgen für immer verschwunden. Nur mit einer gab es eine längere Geschichte.

Zwei Jahre – vielleicht hatte es auch früher angefangen, aber die Wurzeln waren durch das neugekaufte iPhone 6 abgeschnitten. In den Fotoalben des Telefons war von Xenia nichts erhalten: wahrscheinlich von Petja geschwärzt. Aber ihre Korrespondenz hatte er nicht entfernt.

Chasin traf sie oft, ging mit ihr aus, versprach alles Mögliche, verführte sie. Und sie schickte ihm ihre Fotos – aus einem weißen Cabrio, von Dachterrassen in den Tropen, aus verspiegelten Boutiquen, vor Palmen und schneeweißen Hochhäusern. Xenia. Was bist du für eine?

Gepflegt war sie, aber keine Schönheit. Dunkelblond, graue Augen. Das Gesicht etwas füllig und schlicht, wenn auch korrigiert offenbar, von Meisterhand, derart feingemeißelt, wie es Diebesbräute und Aschenputtel trotz größter Bemühungen nicht hinkriegen. All diese Dachterrassen und Autos, Inseln und Palmen – Xenia wirkte da nicht wie eine Touristin, sondern wie zu Hause. Hatte eine gewisse Gutsherrenart, offenbar angeboren: beneidet von allen Dummchen, die gern so sein wollen, bei denen aber etwas völlig anderes herauskommt – Unsicherheit, Hysterie, Vulgarität.

Xenia merkte man sofort an – sie musste niemanden verführen, niemanden überreden. Alles, wofür die qua Geburt benachteiligten Schmetterlingsjungen nach Moskau geflattert kamen, alles, woran sie klebten – das hatte sie schon, bevor sie darum bitten konnte. Auch in den Messages, selbst wenn sie mit Chasin zärtlich tat, schimmerte bei jeder kleinen Frage und jeder Antwort wie durch weiße Spitze ihre herrische Anspruchshaltung durch. Schön war sie gewiss nicht, aber das sagte ihr offenbar niemand. Weil sich niemand dazu entschloss? Oder weil die Liebe den Blick vernebelte? Auch Petja hatte sich nicht dazu entschlossen.

Er führte mit ihr einen Bravourritt auf. Was für eine zauberhafte Paar-Partie! Und dennoch – Ilja scrollte in ihrer angestrengten Liebe aus der Zukunft in die Vergangenheit und wieder zurück – es wollte sich nicht fügen.

Chasin reichte nie an sie heran, musste sich auf Zehenspitzen stellen, schaffte es trotzdem nicht. Sie wollte von ihm wahrscheinlich ein Leben, das er selbst nicht führte. Seine Unbedeutendheit ärgerte sie und rührte sie auch. Anfangs war er für sie eine Art Yorkshire, dann fütterte sie ihn an, damit er sich zum Rottweiler auswuchs, aber er wurde nur fett und frech. Daraufhin begann sie ihn zu prügeln.

Chasin versuchte mit ihr zusammenzuleben, wie mit Nina; nur war er es, der zu Xenia zog. Hier, ein Palast. Kein Stuck aus Styropor, sondern aus dem Knochenmehl der Stalin-Zeit. Keine Stripper-Stange, sondern Öl in goldenen Rahmen.

Aber obwohl Petja Generalssohn war, wirkte er hier wie von der Straße aufgelesen. Xenia tadelte ihn für die Krümel auf dem Tisch, für die Flecken im Klosett: Man hatte ihr Ordnung beigebracht. Petja hielt dieses Leben zwei Monate aus, dann schnappte er nach der Hand seiner Herrin und riss aus.

Außerdem war ihr gesamter Pfad mit Schnee überzogen. Xenia dachte, sie würde Chasin anfüttern, dabei köderte er sie. Vor Petja hatte sie es vielleicht ausprobiert, aber er weckte ihre kranke Begeisterung für das Beifutter. Mit Schnee kaufte er sie und kaufte sich von ihr frei. Alles, was ihm fehlte, atmete er als *Wint* ein, blähte sich auf wie ein Igelfisch, um mehr zu scheinen, als er war: damit Xenia nicht dachte, sie könne ihn mit einem Happs verschlingen.

Endgültig verließ er sie dann – Ilja überprüfte die Daten –, als Xenia, zerbrochen, von ihren Eltern zur Therapie in die Alpenauen gebracht wurde, in ein Kokain-Leprosorium. Das war, als Chasin Nina seinen Testballon schickte: »Haben uns gestern im ›Troika‹ kennengelernt ... Lustig war's.«

Aus den Alpen kam das letzte Foto – Xenia avec maman: ein hartes, wettergebräuntes Weib mit kurzem, drahtigem Haar. Ihre farbenfrohen Westklamotten spannten, die Mundwinkel waren nach unten gezogen.

Petja brach mit Xenia mit nur einer gleichgültigen SMS. Zu ihrem Aufschrei sagte er nichts.

Sie trafen sich nicht wieder.

Ilja zählte eins und eins zusammen.

Von gestern hatte er noch Boris Pawlowitsch in Erinnerung, aus dem Gelage anlässlich der Generalssterne – jenen kahl werdenden Dicken mit schwarzem Schnurrbart, der die Chasin-Dynastie gesegnet und über den Jubilar Macht hatte.

Er ging ins Archiv, lauschte auf das Klingen der Gläser. Wartete, bis Boris Pawlowitsch mit seiner Rede an der Reihe war. Und als dieser dem alten Chasin wünschte, das Vaterland möge ihn beizeiten befördern, schaute Ilja auf die Frau daneben – mürbe, rotgesichtig, kurz geschoren, wie eine Schullehrerin. Xenias Mutter. Und Boris Pawlowitsch war also ihr Vater. Da saßen sie fast als Familie. Als Dynastie.

Er hielt in Petjas Notizen fest, wann sie feierten: ein halbes Jahr bevor Chasin Xenia verließ. Er fügte alles zusammen und begriff, warum der frischgebackene Generalmajor vor Boris Pawlowitsch katzbuckelte. Sie hatten sich mit dem Ranghöheren verschwägern wollen. Und um wie viel höher?

Er überlegte, wie er Xenias Vater identifizieren konnte.

In Yandex suchte er: Boris Pawlowitsch, General, Innenministerium – und erwischte gleich mit dem zweiten Link einen B. P. Korschawin, immerhin stellvertretender Minister, ein echter General ohne Vorsilben und Suffixe.

Also warst du mit der Tochter des stellvertretenden Ministers zusammen, Petja, und hast deinem Vater Hoffnungen gemacht; dann hast du sie in die Drogen reingezogen und sitzen gelassen. Wegen einer Zugezogenen, Heimatlosen. Und die hast du deinem Vater zum Kennenlernen angeschleppt: hier, die liebe ich. Und du willst kein Judas sein?

Wo arbeitete dann Juri Andrejewitsch Chasin? Ilja tippte auch ihn in die Suchleiste. Auf der Ministeriumsseite war er nicht auffindbar. Er durchforstete die News und fand ihn, in einer Mitteilung der Miliz von vor einem halben Jahr: Rücktritt auf eigenen Wunsch.

Vom Amt des stellvertretenden Leiters der Kaderabteilung des Innenministeriums – in die Kleingartenanlage. In die Nichtigkeit.

Weshalb ging ein so strebsamer Mann freiwillig in den Ruhestand? Als sie seine Generalssterne feierten, wollte er noch nirgendwohin, hatte andere vorgeschickt ins Weltall. Vielleicht ein gesundheitliches Problem?

Die Augen taten Ilja weh von Chasins Leben.

Er ließ ab vom Handy, entzündete unter dem Topf eine Flamme.

Er legte auf die eine Waagschale Nina, auf die andere Xenia. Und er konnte nachvollziehen, warum man auf die Tochter des stellvertretenden Ministers verzichten konnte, mit allem echten Stuck und dem kürzesten Weg zu den Sternen. Stolz warst du, Chasin.

Draußen war es bereits dunkel, der Tag beendet, bevor er begonnen hatte.

Ilja löffelte die Abendsuppe mit Fernsehbegleitung. Ein solider Typ in einem blauen, teuren Anzug, aber mit Krötenfresse, erklärte, die Ukraine stehe am Rande des Zusammenbruchs, die amerikanischen Sponsoren seien genervt von der Diebesmentalität der dortigen Regierung und wendeten sich gerade von ihr ab. Dann redeten sie davon, dass russische Truppen irgendwelche Terroristen in Syrien bombardiert und an die Zivilbevölkerung frisch gebackenes Brot verteilt hätten. Dann freute sich der Sprecher, dass in Amerika Trump gesiegt habe, beklagte, dass seine Feinde sich nicht mit ihrer Niederlage abfinden könnten, ihn ständig verspotteten, keinen Heller sei ihre Demokratie wert.

Ilja schaute ihn an, diesen schillernden Großkopf, schaute ihm in den Mund, aber die Worte flogen von dessen öligen Lippen wie Seifenblasen und zerplatzten schon, wenn sie den Bildschirm von innen berührten, auch wenn sie auf die blanke Seele des Zuschauers zielten. Iljas Seele war schon belegt: Er durchpflügte damit Chasins Liebesgeschichten.

Dann hörte und sah er den laufenden Fernseher nicht mehr.

Was hatte Petjas Vater über Nina gemeint?

»Sag ihm, ich bin nicht sein Eigentum!« Chasin hatte sich nicht mehr zurückhalten können. »Und auch nicht sein Untergebener. Ich habe eurer Xenia keinen Antrag gemacht. Und was sie sich da in den Kopf gesetzt hat, ist ihre Sache.«

»Petja, Du weißt, ich bin immer auf Deiner Seite. Aber er will davon nichts hören.«

»Was kann er mir schon tun? Mich entlassen?«

»Red keine Dummheiten. Aber er hat gesagt, dass Du dieses Mädchen nicht mehr mitbringen sollst.«

»Hervorragend! Da haben wir's!«

Danach lag der Äther einige Tage brach. Die Mutter stürzte als Erste hervor – fragte, wie es ging; Petja antwortete verspätet, unwillig und flüchtig. Dafür schrieb er eine Woche später von selbst.

»Mutter! Weißt du überhaupt, was er mit mir macht?«

»Was meinst Du? Und wen?«, reagierte seine Mutter sofort.

»Du weißt selbst, wen! Deinen Juri Andrejewitsch! Er lehnt es ab, mir zu helfen! Ich muss hier dringend jemanden kontakten, er sollte mich dem vorstellen, und da schreit er rum und haut voll auf die Kacke!«

»Petja. Wie kannst Du so über ihn reden.«

»Er sabotiert mich! Will mich ärgern! Will er mich jetzt erziehen, oder was? Das ist ihm etwas spät eingefallen!«

»Vielleicht kennt er denjenigen einfach nicht?«

»Der kennt doch alles und jeden! Ohne diesen Kontakt ist bei mir Essig! Er braucht nur anzurufen!«

»Gut, ich rede mit ihm. Wie geht es Dir? Bist Du noch mit Deiner Freundin zusammen?«

»Macht euch keine Hoffnung!«

Während Nina den Rest des Sommers auf der Vorbühne von Petjas Urlaub abwartete, spielte sich hinter den Kulissen ein ganz anderes Spektakel ab.

»Bist Du gestern mit Deiner weißrussischen Freundin hier gewesen? Ich habe sie aus dem Fenster in Deinem Auto gesehen«, fragte seine Mutter interessiert nach.

»Nein, das war ein völlig anderes Mädchen. Und er? Hat er auch durch die Vorhänge gelugt?«

»Wie unsolide Du bist, Petja.«

»Na toll! Jetzt bin ich auch noch unsolide. Ihr könntet euch wenigstens absprechen! Er lag mir doch die ganze Zeit in den Ohren, wie viele tolle Mädels es gibt, und was er für ein Draufgänger war und ich ein Dummkopf, dass ich an einer mittelprächtigen Tusse klebe. Die noch nicht mal von hier ist. Und er sei Moskauer.«

»Also, ein Draufgänger war er nicht, aber in unserem Wohnheim haben ihn alle angehimmelt.«

»Warum muss ich mir das anhören?«

»Du hättest mit ihr hochkommen sollen. Jemanden im Auto zu lassen ist nicht besonders nett.«

»Aha, damit er sie auch noch runterputzt? Nee, vielen Dank!«

Letzten Herbst, als Nina schon ihren Unmut zeigte und Petja ihr Belek versprach, tippte ihm seine Mutter:

»Warum willst Du nicht wenigstens mit ihm darüber sprechen? Du weißt doch, dass unser Verhältnis zu den Korschawins gestört ist. Warum können wir sie nicht einfach zu uns einladen?«

»Macht das! Aber ohne mich!«

»Xenia ist in Moskau. Sie hat nach Dir gefragt.«

»Was für ein Kindergarten! Ihr braucht uns nicht wieder zu verkuppeln!«

»Aber Du musst Dich doch entschuldigen, Petja. Irgendwie menschlich mit ihr umgehen. Das Verhältnis bereinigen.«

»Er will mich als Bauernopfer, wie immer!«

»Du weißt doch, dass Du Dich ihr gegenüber falsch verhalten hast.«

»Mama! Wenn du mit den Korschawins befreundet sein willst, dann schieb ihnen irgendwen anderen unter! Ich fliege mit meiner Freundin in den Urlaub! Ende!«

»Mit welcher?«

»Mit der, die euch so gefällt!«

»Bist Du etwa wieder mit ihr zusammen?«

Aus dem Urlaub schickte Chasin seiner Mutter die Ballon-Fotos aus Kappadokien. Und eins von sich – mit Nina. Das, auf dem sie beide lachen.

Seine Mutter sah die Nachricht, antwortete aber nichts. Daraufhin – eine Stunde später – fügte Petja hinzu:

»Kannst du ihm zeigen. Soll er dran ersticken«, und wieherte Smiley-Tränen.

Nach der Rückkehr aus der Türkei war er wohl bei seinen Eltern – danach teilte ihm die Mutter mit:

»Ich wollte es Dir nicht sagen, während Du hier warst. Du warst irgendwie nervös, als hättest Du Dich gar nicht erholt.«

»Ich habe mich hervorragend erholt! Nervös war ich wegen etwas völlig anderem!«

»Wegen was?«, wunderte sich die Mutter.

»Wegen wem! Wieso rümpft er so die Nase, als sei ich ein Stück Scheiße?«

»Petja!«

Dann wurden die Tage kürzer, es trübte sich, verdickte sich weiter, drückte noch stärker. Etwas Wichtiges blieb für Ilja bei diesen Gesprächen verborgen, was sich nur da aufpicken ließ, wo es einige getrocknete Buchstaben gekrümelt hatte.

»Hört auf zu nerven, klar?!«

»Wir wollen nur, dass es Dir gut geht. Du verstehst alles falsch.«

»Es geht mir ja gut! Beschissen geht es mir nur jedes Mal, wenn ich bei euch war!«

»Ich habe doch gar nichts gesagt, Petja.«

»Dafür hat er alles gesagt! Dass sie in Moskau einen Fuß reinkriegen will, um jeden Preis, dass es ihr egal ist, wen sie heiratet, dass ich ein Idiot bin, mich bloß verknallt habe! Und über ihre Eltern! Ingenieure, ja und? Meinst du, alle wären gern wie ihr?«

»Ich hasse es, wenn Du so fluchst.«

»Und ich hasse es, wenn man versucht, einen Zombie aus mir zu machen!«

»Ich weiß nicht mal, was das heißt.«

»Und wenn er mich fragt, wie ich sicher sein kann, dass sie mich nicht betrügt? Wenn er vorschlägt, er will ihre Telefondaten überprüfen, um das herauszufinden? Was soll das? Meinst du, das könnte ich nicht selbst?«

»Petja, das ist doch nicht meine Schuld.«

»Er wird nichts damit erreichen, klar?«

»Beruhige Dich bitte. Kann ich Dich anrufen?«

»Nein, bin in einer Besprechung.«

Zum Dezember hin, vor dem üblen Neujahrsfest, war vom lichthellen Tag nur noch ein Rest. Es eiterte, schwärte.

»Warum sagst Du gleich Nein? Wir können Dich anonym unterbringen, Papa kennt Spezialisten. Du könntest ins Ipatow oder in eine Privatklinik.«

»Nein heißt Nein! Bei mir ist alles bestens!«

»Übt sie diesen Einfluss auf Dich aus, Petja? Sag die Wahrheit, ist sie das?«

»Ihr seid das, mit eurem Einfluss!«

Das war vor fast einem Jahr. Weiter oben, in der Gegenwart, wurde es dunkler. Die Neujahrsfeiertage rückten näher, und die endeten für Petja mit dem Krankenhaus.

»Du kommst doch zu Silvester bei uns vorbei? Wenigstens kurz? Mama.«

»Ja. Was soll ich mitbringen?«

Und in der Silvesternacht – um zwei Uhr – platzte die Eiterbeule.

»Was war das? Was war das vorhin für eine Ansage? Sollte das eine Neujahrsansprache sein, verflucht?!«

»Verzeih ihm. Er war angetrunken, das hast Du doch gesehen.«

»Angetrunken! Erzählt mir zum Fest, dass ich unbedingt verhüten soll, die Kondome nur selbst kaufen, denn solche wie Nina könnten heimlich Löcher reinmachen. Dass sie sich nur von mir schwängern lassen will, um euch dann vor vollendete Tatsachen zu stellen. Und das zum Fest! Bei Tisch! Beim Sekt! Ist das normal?«

»Das ist natürlich nicht normal. Sollen wir reden?«

»Wollt ihr mich auch noch zum orthodoxen Weihnachtsfest einladen? Weil noch nicht alles gesagt ist?«

Später – als zu den Feiertagen in Petjas Telefon die verzerrten Visagen auftauchen – versuchte seine Mutter ihn zu erreichen, fragte, warum er nicht antworte, und er schlug sich mit kurzen Kinnhaken frei.

Ilja hatte undeutlich das lang gezogene Gesicht des Vaters vor Augen, seine schlaffen, zitternden Wangen. Die Dynastie. Das also war der Schatten hinter Petja. Sie tröpfelten ihm Arsen ins Ohr, bei jedem Familienessen. Schweine-Sohn und Schweine-Papa.

Hinter der zweiten Schicht von Petjas großer Liebe kam eine dritte, jede aus einem anderen Teig, dazwischen verschiedene Cremeschichten. Die erste roch nach frischem Mädchenschweiß, die zweite nach Alkoholfahne, die dritte muffig: Vaters greisenhafter Atem. Und von ganz unten drang Rostgeruch von Blut, aber dahin musste man erst noch mit einem Messer vordringen.

Im Herbst gestand ihm Nina, dass sie schwanger ist, merkte Ilja für sich an. Da staunte Chasin nicht mal, war ja längst drauf vorbereitet: von seinem Vater. Glaub es oder nicht, aber Vaters Worte sind ausgesprochen, mehrfach, sitzen wie eine Harpune in den Hirnwindungen – und damit bist du harpuniert. Stell dir mal vor, deine Mutter hätte so was gesagt – über deine Freundin. Ilja stellte es sich vor. Seltsamerweise mit Nina.

Da konnte man nur losbrüllen.

Wie soll man sich ehrlich auf ein solches Kind freuen? Wie aufhören, Nina zu verdächtigen? Ob sie schuld war oder nicht, das Arsen ist schon überall – im Blut, im Sperma, in den Haaren. Vergiftet. Alles vergiftet.

Am Ende der Neujahrsferien fand Ilja etwas Seltsames: »Kan Vatter nich ereichen wude wurd schlimmm erwischt ruf snell an.« Nächtlich, alarmierend, verwirrt.

Danach war über eine Woche alles taub. Als sie ihn schon ins Krankenhaus eingewiesen hatten, kehrte alles in die gewohnten Bahnen zurück.

»Ihr könnt mich nicht hier festhalten, klar? Also …«

Das Telefon erzitterte in Iljas Händen. Davon erzitterte auch Ilja: Er hatte schon vergessen, dass dieses Ding nicht nur aus Petjas Vergangenheit anrufen konnte, sondern auch aus seiner eigenen, nahen Zukunft.

Eine Nachricht – in Signal. Von »Igor K. Arbeit« – ein Chiffrogramm.

»Chasin hab heut geholt so viel wie nötig morg Übergabe mögl wie immer«. Ilja las es einmal, noch mal. Erinnerte sich daran, dass dieser Igor ein Drogen-Kollege war.

Wie immer? Was nahm er? Wo war die Übergabe? Auf Arbeit? War das überhaupt eilig?!

Ilja steckte im Strudel, mit den Füßen festgehakt an Petjas Wurzeln, konnte nicht auftauchen, um Luft zu holen. Gleich. Er musste dem Lebenden da etwas antworten: Chasin konnte warten.

Was sagen?

Wer gefesselt ist, sollte immer dasselbe lügen, so viel stand fest. Dieser Igor hatte ihm doch was von einem DS erzählt; war das Denis Sergejewitsch? Auch von der Arbeit. Also nichts von einem Einsatz sagen. Ilja überlegte, schrieb vorsichtig:

»Morgen geht nicht, hab ’ne Lebensmittelvergiftung, liege zu Hause.«

Zur Antwort rasselte ein böses:

»Mach was du willst mir schnurz werde nicht damit rumlaufen.«

Ilja konnte nicht antworten, schon belebte sich das Telefon: Ein Fenster »Igor K. Arbeit« überspannte das gesamte Display – dazu Getrommel, Kastagnetten, in betont entspanntem lateinamerikanischem Rhythmus, das Vorspiel – und die schmachtende Baritonstimme auf Spanisch. Ein Anruf.

Er nahm sich zusammen, drückte ihn weg. Rechtfertigte sich sofort:

»Bin hier nicht allein.«

Hier – wo sollte das sein? Bei der Freundin? Bei den Eltern? Igor wusste doch, wessen Sohn Chasin ist?

Er wartete ab. Zog mit den Zähnen das Häutchen von der Unterlippe. Das war was Ernstes. Sich vor Igor zu verstecken ging nicht: Er spürte, welche Angst er hatte, wie angespannt er vibrierte, sich hineinlas, nach einer Falle suchte, Chasins Stimme hören wollte, um den Verräter anhand von Halbtönen zu überführen. Oder den Feigling.

»Kann wen schicken zum Abholen«, fasste sich Ilja endlich ein Herz.

»Was ist das für einer?«, reagierte Igor K. sofort nervös. Hielt wohl sein Telefon in der Hand, geöffnet im Chat, sah zu, wie Ilja seine Buchstaben malte.

»Kurier. Schuldet mir was«, erklärte Ilja hastig.

»Mit Kurier treffe ich mich nicht. Kutusowski 35, 5. Aufgang Müllplatz, um 12, Billa-Tüte hinter Tonnen. Lösche.«

»Verstanden«, rapportierte Ilja, wie Chasin es bei Igor stets getan hatte.

Und Igor verschwand dorthin, von wo er gekrochen kam.

Ilja saß noch da, spürte seinen Puls, hörte das Trommelecho, las die telegrafischen Fetzen dessen, was Igor an Chasin davor gesandt hatte, pappte sich daraus einen Sinn. Morgen musste er also hin – die Ware holen.

Würden sie ihn beobachten? Vielleicht war es eine Falle? Warum war Igor so aufgebracht? In welchem dienstlichen Verhältnis stand er überhaupt zu Chasin? Aus den Nachrichten war nichts zu erkennen.

Aber um 12 Uhr musste er am Kutusowski-Prospekt sein. Es reichte schon, dass Petja seine Stimme verloren hatte, um Igor nervös zu machen. Noch ein Störfall – und er könnte Alarm schlagen. Eine heikle Sache.

Kein Problem. Wenn Chasin um 12 Uhr dort sein musste, würde Ilja das übernehmen. Fünfter Aufgang. Der Müllplatz. Dort würde er dann schon sehen.

* * *

Er kochte sich Tee: drei Beutel für eine Tasse und drei Löffel Zucker. Er lief in seinem Käfig hin und her, atmete am Fenster die Kälte. Überprüfte, wie es auf der Rotschdelskaja aussah. Petja rührte sich nicht.

In seinem Kopf spielte noch die Melodie vom Anruf. Was war das, was für eine Musik? Ta-ta-ta-tata-ta-ta, ta-ta … so schmachtend. Er ging in die Einstellungen, tippte auf »Töne«, dann auf »Anrufe«. Ringtones. Eingestellt war der oberste mit dem Titel »Narcos Soundtrack«. War das aus dem Film? Wohl die Serie, die Chasin mit Nina geschaut hatte, erinnerte er sich.

Er wollte es beim Tee ganz hören, und nicht nur das Telefonfragment. Fand es auf YouTube. Zuoberst stand »Rodrigo Amarante – Tuyo (Narcos Theme Song) [Lyrics video]«.

Play: Kastagnetten, Rasseln, eine Gitarre. Eine tropische Stadt: grüne Hügel, grünblauer Ozean, weißer Himmel, weiße Hochhäuser, Sichelstrände. Der Bariton. Unten in der Stadt ein schwarzes Band, auf dem Band die Buchstaben: »Soy el fuego que arde tu piel« und noch etwas. Der Text des Liedes.

Er nahm einen Stift. Schrieb ihn auf. Wovon singt Petjas Telefon? Er bat die Suchmaschine, es zu übersetzen. Und auf des Hechtes Geheiß erhielt er: »Ich bin das Feuer, das deine Haut verbrennt«. Und er gab den vollständigen Text des Liedes ein.

Soy el fuego que arde tu piel
Soy el agua que mata tu sed

El castillo, la torre yo soy
La espada que guarda el caudal
Tú el aire que respiro yo
Y la luz de la luna en el mar
La garganta que ansío mojar
Que temo ahogar de amor
¿Y cuáles deseos me vas a dar?
Dices tu «Mi tesoro basta con mirarlo
Tuyo será, y tuyo será.»

Die amateurhafte Übersetzung erschien weiter unten. Er las:

Ich bin das Feuer, das deine Haut verbrennt
Ich bin das Wasser, das deinen Durst löscht
Bin die Festung, bin dein Turm
Bin das Schwert, das deinen Schatz hütet
Du bist die Luft, die ich atme
Und auf dem Meer die Spur des Monds
Der Schluck, den ich trinken will
Dass ich fürchte, in Liebe zu ertrinken
Und was willst du, dass ich wünsche?
Du sagst: »Schau nur, das alles habe ich
Und es wird deins, alles wird deins.«

Petja.

Hast du gewusst, was dein Telefon singt? Hat Nina dir diese Melodie als Klingelton eingestellt oder du selbst?

Narcos, verflixt …

* * *

Warte mal, wir waren noch nicht fertig.

Ilja kehrte dorthin zurück, wo Igor ihn herausgerissen hatte.

Was ist dir da passiert, letzten Januar? Woraufhin du zu deinem Vater angekrochen kamst, winselnd. Woraufhin sie dich ins Krankenhaus gesperrt haben?

»Das dürft ihr nicht!«, schlug Chasin in der Zwangsjacke um sich. »Sag ihm das, er soll mich anrufen! Was zum Teufel geht hier vor!«

»Petja, er hat mir verboten, mit Dir zu telefonieren. Ich habe Dir einen Brief geschrieben, per E-Mail. Lies ihn bitte. In Ruhe.«

E-Mails. In die Mailbox hatte Ilja noch gar nicht geschaut – eine Mitteilung über eingegangene Mails war bisher nicht gekommen, und ihm selbst war es nicht eingefallen.

Die standardmäßige Mailbox – ein kleiner weißer Umschlag auf blauem Quadrat – war mit Quittungen vollgestopft: für Musik, für Spiele. Ilja suchte in den Icons: Vielleicht gab es noch mehr? Er fand Gmail, die Google-Post.

Da war ein Haufen von allem Möglichen, was er noch nicht gesehen hatte. Eine weitere Archivabteilung von Petjas Leben. Mails von Unbekannten, von Frauen, von Institutionen, zerknüllter Müll, Zeitungsabos. Und geöffnete Briefumschläge – von der Mutter: swetlana.chasina1960@mail.ru.

Es fanden sich ganz neue, und auch sehr alte.

Ilja suchte anhand des Datums den Brief von Petjas Mutter ins Krankenhaus. Er hatte ihn nicht gelöscht.

»Lieber Petja, ich habe beschlossen, Dir einen Brief zu schreiben, weil man mit den kurzen SMS nichts richtig sagen kann, und in Deinem Krankenzimmer kannst Du vor den anderen wahrscheinlich nicht gut telefonieren.

Ich verstehe, dass Du es gerade schwer hast. Du bist böse auf Vater, dass er Dich wie einen kleinen Jungen in dieses Krankenhaus gesperrt hat. Aber nach allem, was passiert ist, kann man ihn verstehen. Was da mit Dir geschehen ist, sagt er, ist gar nicht gut für ihn. Diejenigen, die Dich in diesem Zustand aufgegriffen haben, sind nicht aus Papas Behörde, was Dir jetzt sicher klar ist. Die kommen von wo ganz anders, Du weißt schon, wer. Und dass Du bei der Verhaftung versucht hast, Dich hinter seinem Namen zu verstecken, kann ihm sehr schaden. Und Dir hat es umso mehr geschadet. Ich verstehe, dass Du nicht ganz bei Dir warst. Wir haben Deine Nachrichten nicht gleich gesehen – es war ja tiefe Nacht. Denk nicht, dass Vater meint, Du hättest das verdient. Er macht sich große Vorwürfe, dass er Dir nicht rechtzeitig helfen konnte. Natürlich sagt er mir das nicht, aber ich sehe und fühle es.

Ich hoffe sehr, dass die Therapie Dir hilft und dass Du von diesem Gift loskommst. Ich werde Vater bitten, dass er eine andere Stelle für Dich findet. Er hat ja viele Bekannte. Ohnehin wirst Du nach diesem Vorfall kaum dorthin zurückkönnen.

Du weißt, dass ich von Anfang an dagegen war, dass Du diesen Dienst antrittst. Ich weiß noch sehr gut, wie Du nach der Akademie zur Anwaltschaft wolltest. Dein Vater und ich haben damals viel gestritten, Du weißt ja, wie das mit ihm ist. Ich dachte damals, aus Dir könnte ein hervorragender Anwalt werden. Da muss man schließlich nicht nur andere verteidigen, sondern auch mit allen einen Konsens und Kompromisse finden, und auch Schlupflöcher. Man muss überzeugend sein, ein bisschen schlau, muss Verbindungen knüpfen. Das sind Deine Stärken. Du hättest sie für das Wohl von anderen einsetzen können. Und dort wird auch anständig gezahlt.

Aber er hat sich diesen Dienst in den Kopf gesetzt. Ich habe ihn gebeten, dass es wenigstens nichts mit Drogen ist. Da hatte ihn Onkel Pascha drauf gebracht, der Kolzow. Der sagte, überlass uns Deinen Jungen, ich regle alles. Aber dann hat er sich ja nach Petersburg versetzen lassen.

Petja!

Du denkst sicher, das sind meine mütterlichen Schrullen oder, wie Du so gern sagst, das ist Blödsinn, aber ich bin überzeugt, dass jeder Mensch in diesem Leben eine Bestimmung hat. Diese Arbeit ist nicht das Richtige für Dich. Ich weiß ja noch, wie du sie anfangs verabscheut hast. Die Disziplin gefiel Dir nicht, die Zustände, die Engstirnigkeit, die Bürokratie. Dein Vater wollte immer, dass Du so wirst wie er, aber Du bist ja ein völlig anderer Mensch.

Irgendwie habe ich den Moment verpasst, als Du anfingst, Vergnügen an Deinem Dienst zu finden. Ich mache mir deswegen große Vorwürfe. Denn jetzt weiß ich, Du mochtest ihn dann für Dinge, die Dich sehr verändert haben. Trotzdem denke ich, dass es nicht zu spät ist, alles rückgängig zu machen. Dieser Vorfall, dieser Skandal, ist ein guter Anlass, es zu tun.

Du hast Dich immer bei mir über Vater beschwert. Aber was kann ich machen? Auch ich könnte mich über ihn beklagen. Immer weiß er, wie man alles richtig macht. Er trifft für alle die Entscheidungen. Kennt sich am besten mit Menschen aus. Er ist daran gewöhnt, alle zu beurteilen. Kennt den Wert von jedem Einzelnen. Und er gesteht niemals einen Fehler ein. Er ist nun mal so. Ich kenne ihn schon mein Leben lang.

Er hat wirklich ziemlich oft recht, Petja. Auch wenn es schwerfällt, auf ihn zu hören, weil er selbst nie auf jemanden hört. Und vor allem ist er daran gewöhnt, immer das letzte Wort zu haben. Du kennst seinen Spruch: ›Steter Tropfen höhlt den Stein.‹ Wenn man lange genug beharrlich bleibt, geben die anderen auf. Später sehen sie dann selbst, dass er von Anfang an recht hatte, und bedanken sich noch bei ihm.

Auch Du bist so zu diesem Dienst gekommen.

Ich werde alles tun, damit er einsieht, dass das nicht das Richtige für Dich ist, Petja. Und Du musst mir da bitte helfen. Stell Dich nicht stur, gib ihm in anderen Dingen recht. Und erwarte keine Entschuldigung von ihm – Du weißt doch, dass er sich nicht entschuldigen kann. Darin seid Ihr Euch sehr ähnlich.

Ich liebe Dich sehr und will Dir unbedingt helfen.

Deine Mama«

Petja antwortete sofort auf diesen Brief:

»Mutter, ich werde diese Arbeit auf keinen Fall aufgeben, und du brauchst ihn um nichts zu bitten. Ich passe da sehr gut rein, das war ein einmaliger Vorfall, eine wirklich idiotische Situation, aber das bringe ich selbst in Ordnung. Was ich da wollte oder nicht wollte, als ich an der Akademie studiert habe, darüber ist längst Gras gewachsen. Ich bin erwachsen, also lass mich selbst entscheiden, was ich tue. Und der Tropfen möge irgendeinen anderen Stein höhlen, das kannst du ihm so ausrichten. Wenn ihr wieder damit anfangt, ich soll vor diesem Korschawin knicksen und Buße tun – dann schönen Dank, das ist nicht nötig. Ihr solltet euch langsam mal beruhigen und die Wahl eures Sohns respektieren. Und hört auf, mich hier festzuhalten, meint ihr, ich kann nicht abhauen, wenn's mir einfällt? Mach's gut!«

Es zeichnete sich noch deutlicher und finsterer ab, was Petja widerfahren war. Noch konnte Ilja ihn nicht verurteilen, erst wollte er noch wissen, was danach geschah. Er stöberte weiter in den fremden Briefen – sie waren reicher an Inhalt und Bekenntnissen.

Bei den Nachrichten lag die Vergangenheit weiter oben. Bei den Mails war sie, im Gegenteil, weiter unten. Ilja hangelte sich an ihnen hinauf, näher ans Heute. Dort, im Krankenhaus, fand er noch eine E-Mail, scheinbar abgeschickt von der Mutter, geschrieben jedoch von jemand anderem.

»Pjotr,
du gehst nicht ans Telefon, hast also Schiss. Du gehst nicht ran, weil du weißt, wie übel du mir mitgespielt hast. Nun gut, ich muss dir also von der Adresse deiner Mutter schreiben, vielleicht liest du es dann wenigstens. Statt um Verzeihung zu bitten, den Schwanz einzuziehen und zu tun, was ich dir sage, damit wir nicht endgültig im Dreck versinken, bist du auch noch bockig! Die Situation ist allerdings so, dass du auf niemanden hoffen kannst außer auf mich, mein Sohn. Wie immer! Solltest du versuchen, den Erwachsenen und Coolen zu spielen, wird es nur schlimmer. Kaum denke ich, du wärst endlich groß und vernünftig, beweist du mir schon das Gegenteil. Und wie! Im Grunde bist du immer noch der ewige Rotzlöffel und das Muttersöhnchen, musst an die Hand genommen und die Karriereleiter hinaufgeschoben werden. Sieh der Wahrheit ins Gesicht – ohne mich hättest du nichts erreicht. Hast immer eine große Klappe, und kaum passiert

was – gleich versteckst du dich hinter Papis Rücken. Dabei fällt dir im Traum nicht ein, dass das für mich noch gefährlicher sein kann als für dich. Du benimmst dich wie ein Schwächling. Warum eigentlich ›wie‹? Du bist einer. Du und deine ewigen Drogen, du hast dich ja gar nicht im Griff. Obendrein bist du noch ein Pantoffelheld – deine Zugereiste braucht nur zu pfeifen, schon kommst du angehoppelt. Sicher ist sie es, die dich da reingezogen hat. Außerdem bist du nicht nur ein Schwächling, sondern auch ein Idiot. So dumm reinzufallen, wie du reingefallen bist, auch wenn du zugedröhnt warst – das muss man erst mal schaffen. Bist du nun ein Profi oder nicht? Du weißt doch, dass Papi nicht immer in der Nähe ist, um dir aus der Patsche zu helfen. Vielleicht hat deine Mutter auch recht, dass du nicht für diese Arbeit geeignet bist? Kurz, jetzt graben sie mir das Wasser ab und drohen, dir den Prozess zu machen, fordern meinen Rücktritt. Irgendein Bandit ist scharf auf mein Amt. Hier gibt's nur einen Ausweg, da brauchst du gar nicht zu bocken. Außer Boris Pawlowitsch kann dir niemand helfen. Er hat die Verbindungen, um dich rauszuhauen. Aber du weißt ja, was er von uns hält nach deinem rüdenhaften Getue und vor allem, nachdem du Xenia mit reingezogen und dann auch noch verlassen hast. Wenn ich jetzt zu ihm gehe deinetwegen, wird er mich noch auf der Schwelle zum Teufel schicken, und recht hat er. Mach, was du willst, aber die Beziehung zu Xenia muss wieder aufgenommen werden. Und lass mich mit deiner Minsker Prostituierten in Ruh, wenn du nicht willst, dass sie gänzlich ausgewiesen wird. Vorerst verhalte dich still, da im Krankenhaus, bis sich alles eingerenkt hat. Es sei denn, du willst geradewegs nach Lefortowo ins Gefängnis. Ist das klar?«

Chasin erwiderte nichts auf die Giftspritze seines Vaters, und es war nicht zu erkennen, ob er in die Weichteile oder bis ins Mark getroffen wurde.

Dafür schrieb er kurz danach an die Adresse ninanu.lev@gmail.com einen Brief, offenbar abgeguckt von seiner Mutter:

»Hallo Nina!

Ich habe beschlossen, dir einen richtigen Brief zu schreiben, denn nur mit den SMS kann man nichts richtig erklären. Ich habe hier alle Zeit der Welt, kann also in Ruhe über alles nachdenken. Du hast recht, was mein Zubrot betrifft, auch was den Stoff betrifft. Mit dem Verstand begreife ich, dass der Stoff was Übles ist, aber es ist sehr schwer, sofort vom Zug abzuspringen. Ich bin sogar froh, dass alles so gekommen ist, denn wer weiß, wohin das noch geführt hätte. Ich gebe dir recht, dass ich in letzter Zeit anders war, auch wenn ich das abstreiten wollte, aber ich habe es selbst gemerkt. Manchmal will ich was nicht sagen, aber dann platzt es aus mir heraus, und ich kann mich nicht beherrschen. Die Geduld reicht nicht, um die Dummheit auszuhalten, und außerdem hast du recht – ich will nicht hören, wenn andere mir widersprechen, da fehlt mir die Kraft. Wahrscheinlich liegt das alles am Stoff, ja, denn hier bin ich jetzt viel ausgeglichener. Die ersten zwei Wochen waren schwer, aber dann haben sie mir das Blut gereinigt, da wurde ich ruhiger. Ich bin natürlich hierher geraten wegen der Geschichte mit der Aufsichtsbehörde, mein Vater hat mich weggesperrt. Und jetzt möchte ich mich extra dafür entschuldigen, dass ich dich an diesem Abend zum Teufel gejagt habe, als du mich aufhalten wolltest. Aber wer konnte schon wissen, dass es eine Falle ist? Also, ich bin hier gelandet, weil ich bescheuert bin. Andererseits denke ich, dass ich mit dieser ganzen krummen Geschichte aufhören muss. Du sollst nur wissen, dass ich da nicht so schnell rauskomme, ich brauche Zeit, muss alle Verpflichtungen erfüllen und langsam von allem loskommen. Aber die Entscheidung ist getroffen, und das ist nicht meinem Vater zu verdanken, sondern dir. Du bist mein Talisman. Auch wenn ich dich manchmal anbrülle, weiß ich doch, dass du recht hast und nicht ich, deswegen bin ich auch so böse. Kurz, ich habe mich wie ein Idiot benommen und möchte mich dafür entschuldigen. Ich denke die ganze Zeit hier an dich, Nina. Du holst mich da raus, wer weiß, was mir ohne dich sonst noch passiert wäre. Ich habe neulich alles Mögliche zusammengequatscht, und es ist wahrscheinlich richtig, dass du nicht mit mir sprechen willst. Aber wenn ich das alles in Ordnung bringen will, dann nur dir zuliebe, damit ich zu dir zurückkann, wenn die mich hier rauslassen. Wenn du mich nicht mehr willst, dann habe ich keinen Grund, das alles aufzugeben. Und dann soll es mich meinetwegen dorthin führen, wo es mich hinführt. Geh ans Telefon, ich bitte dich, oder antworte wenigstens auf WhatsApp, ich sehe doch, wann du online bist, und ich weiß, dass du liest, was ich schreibe. Bitte, Nina!«

Abgeschickt wurde das – Ilja prüfte es – noch vor den Nachrichten, in denen Petja Nina anflehte, ihn sofort zu besuchen, auch ohne Apfelsinen. Nach diesem Brief zweifelte Nina noch einige Tage, aber dann hatte Chasin sie mit seinem Flehen über WhatsApp weichgeklopft, und sie, die Angeflehte, gab nach.

Den Rest seiner Krankenhaushaft bekam Petja keine besonderen Nachrichten – wahrscheinlich besprachen sie alles Wichtige mit menschlicher Stimme, um durch Buchstaben nicht verfolgbar zu sein.

Der nächste wichtige Brief kam von der Mutter bereits Mitte April, nach seiner Entlassung, als es niemandem gelang, Petjas Leben umzukrempeln, weder der Mutter noch Nina.

Wie er seinen Posten zurückbekam, blieb ein Rätsel: Ilja wusste, dass er sich mit den Korschawins nicht verbandelt hatte, seinem Vater nicht nachgab, auch seiner Mutter nicht. Dennoch sah sie ihm das natürlich nach, und zu Ostern war sie schon bereit, alles Vergangene zu verzeihen.

»Petja, heute ist Ostern, für alle Orthodoxen der größte Feiertag. Christus ist auferstanden! Am Morgen war ich in der Kirche, habe Kerzen angezündet, für die Gesundheit von uns allen gebetet. Auch für Dich habe ich extra gebetet, dass es Dir gut gehen möge.

Ostern ist der Tag der Wiederauferstehung. Ich verstehe das so: Selbst wenn der Körper völlig zerstört ist, kann ein starker Geist ihm aufhelfen. Der Körper ist etwas Irdisches, nur Biologie und

Chemie, der Mensch aber ist sehr viel mehr. Wenn der Geist krank ist, dann fault auch der Körper. Und wenn der Mensch seinen Geist reinigt, dann kann auch der Körper auferstehen. Es ist die Feier des größten Wunders im Evangelium, die Rückkehr von Jesus zur Erde in einem menschlichen Körper, nachdem er zu Unrecht von den Römern hingerichtet wurde. Ich habe dafür gebetet, dass Du stark genug bist, um durchzuhalten, dass Du Deinen Geist reinhältst und nicht den Versuchungen nachgibst. Jeder Mensch, selbst der geringste, unterliegt Versuchungen. Und Du hast nun einmal so einen Beruf, wo sie auf Schritt und Tritt lauern. Ich wollte nicht, dass Du diesen Dienst machst, das weißt Du. Aber das ist jetzt nicht mehr zu ändern, ich kann Dich und Vater nicht überstimmen, das konnte ich noch nie.

Du denkst, ich schwebe in den Wolken, das hast Du mir schon einmal gesagt. Dass ich Deinen Vater idealisiere und nicht sehe, dass er mitnichten ein Heiliger ist. Ich erinnere mich, wie Du gesagt hast, ein Heiliger könne es bei der Miliz nicht weiter als bis zum Leutnant bringen. Petja, das alles weiß ich natürlich sehr gut. Aber wenn Du mal eigene Kinder hast, wirst Du verstehen, dass man ihnen nicht sofort die ganze Wahrheit darüber sagen darf, wie die Welt eingerichtet ist. Wenn man ihnen das gleich sagt, dass alle stehlen, alle habgierig sind, alle Ehebruch begehen, dann denken sie, das ist normal. Dann fühlen sie sich nicht einmal schuldig, wenn sie sündigen, und dann sündigen sie noch dreister und gewissenloser. Um sie zu behüten, muss man für sie die Welt beschönigen und ausschmücken, solange sie klein sind. Die eigenen Kinder bleiben immer klein, selbst wenn sie fünfundzwanzig oder dreißig sind. Das wirst Du eines Tages verstehen – wenn Du Deine eigenen aufziehst.

Dein Vater sieht in Dir einen kleinen Bengel, besonders wenn Du Dich so verantwortungslos verhältst. Er denkt, er kann Dich durch Bestrafung zur Besserung zwingen. Wenn Du wüsstest, wie viele Male ich ihn abgehalten habe, Dich in der Schulzeit mit dem Gürtel zu verprügeln, wenn Du die Lehrer beschimpft hast und vom Unterricht weggelaufen bist! Und auch jetzt sagt er: Du hast mich nicht gelassen, aber ich hätte ihn jedes Mal verprügeln müssen, dann wäre er jetzt ein anderer Mensch.

Aber ich glaube nicht, dass Strafen allein etwas ändern. Strafen verhärten einen Menschen bloß, er gesteht seine Schuld nicht ein und meint weiterhin, im Recht zu sein, und er lernt daraus nur zu heucheln und seinen Zorn auf den zu verbergen, der ihn bestraft hat, selbst wenn die Strafe gerecht war. Damit ein Mensch tatsächlich bereut, muss er genau dasselbe fühlen wie derjenige, dem er geschadet hat. Aber das ist schwierig und langwierig, das nennt man Erziehung. Jemandem den Hintern zu versohlen oder ihn anzubrüllen – das geht schnell und verschafft demjenigen Erleichterung, der gekränkt wurde.

Ich weiß gar nicht, warum ich Dir das alles schreibe.

Ich hoffe einfach, dass Du kein Kind mehr bist, sondern ein erwachsener Mann. Und selbst wenn es langweilig für Dich ist, einen so langen Brief zu lesen, hoffe ich, dass Du ihn bis hierhin gelesen hast. Du wirst weiter erwachsen werden, und Dein Vater und ich – wir werden wieder zu Kindern. Es wird an Dir sein, Dich an all das zu erinnern. Wir haben Dich nicht bestraft, bestraf Du uns auch nicht.

Heute ist schönes Wetter in der Stadt, nach dem Festgottesdienst ist mir leicht ums Herz, und das wollte ich Dir schreiben. Schade, dass ich Dir sonst nicht helfen kann. Ich kann nur Kerzen anzünden und hoffen, dass das irgendwie funktioniert. Du bist schließlich getauft, im Angesicht Gottes, auch Du kannst heute in die Kirche gehen, eine Kerze anzünden und in Gedanken darum bitten, dass Deine Prüfungen nicht zu schwer sein mögen. Ich liebe Dich,

Deine Mama.«

Dann war da noch alles Mögliche andere – Ilja blätterte es rasch durch, weil ihm für alle Details aus Petjas Leben die Zeit fehlte.

Aber es war völlig klar, dass zum stickigen Juli hin nicht nur die Verbindung zwischen Petja und Nina in der Sommerhitze zerfiel, sondern auch die Beziehung zu seinem Vater faulte.

Zwischen April und September war zwischen ihnen offenbar etwas äußerst Grausames vorgefallen, was Ilja bisher nur ahnen konnte. Chasin konnte mit seinem Vater nicht mehr reden, und nicht einmal seine Mutter traute sich, offen zwischen ihnen zu vermitteln.

Ende September, kurz nach Ninas Bekenntnis, schrieb die Mutter äußerst vorsichtig und sorgfältig formuliert an Petja.

»Petja, um Dich anzurufen habe ich extra das Haus verlassen, als wäre ich einkaufen, kann Dich aber nicht erreichen. Wahrscheinlich hast Du auf der Arbeit Großalarm, aber wir müssen unbedingt sprechen. Das, was Du mir über Nina und Dich erzählt hast, in welchen Umständen sie ist, lässt mir keine Ruhe. Ich weiß, dass Vater und ich Dir früher abgeraten haben, Dich mit ihr zu treffen, aber dass Du dieses Mädchen nun auch noch heiraten willst, davon will Dein Vater erst recht nichts hören. Ich weiß nicht, warum er sie nicht mag – wir haben sie ja nur ein-, zweimal gesehen, aber Du weißt, wie stur er ist. Ich hatte auch meine Zweifel, das gebe ich zu – nicht, weil sie mir nicht gefallen hat, sondern weil ich mir sehr gut vorstellen kann, was im Kopf von einem jungen Mädchen vor sich geht, das aus einer fremden Stadt kommt, nirgendwo richtig arbeitet und an einer Fakultät künftiger Ehefrauen studiert. Sie setzen alles auf eine Karte, da darf nichts schiefgehen, und so, wie Du Deine Karriere planst, planen sie ihr Privatleben. Ich sage ja nicht, dass Deine Nina unbedingt auch so eine ist, es gibt Ausnahmen.

Natürlich haben Dein Vater und ich genau das befürchtet, dass sie schwanger wird und Dir keine Wahl mehr bleibt. Ein Kind ist eine starke Waffe, wenn eine Frau mit einem zweifelnden Mann kämpft. Ein Kind ändert alles in einer Beziehung und im Leben, das musst Du wissen.

Ich habe keine Ahnung, wie ich das Deinem Vater erzählen soll, denn es ist für ihn der endgültige Beweis, dass er recht hatte mit Deiner Freundin. Seinen Segen für Eure Ehe werdet Ihr von ihm nicht bekommen, da bin ich sicher. Das ist für ihn unmöglich, nach allem, was mit den Korschawins war und wie die Geschichte für Dich und Deinen Vater ausgegangen ist.

Aber das heißt natürlich nicht, dass Du auf ihn hören musst. Mach, was Du für richtig hältst. Das ist eine viel zu ernste Angelegenheit, um auf fremde Ratschläge zu hören. Aber vor allem vergiss nicht, dass ein Kind schon im Mutterleib ein lebendiger Mensch ist, mit einer Seele, Dein künftiger Sohn oder Deine künftige Tochter. Es ist auch Dein Kind, nicht nur ihres. Und außerdem: Vor Gottes Augen ist eine Abtreibung Mord.

Lösch bitte diesen Brief nicht.

Mama«

Weitere Briefe von der Mutter konnte Ilja nicht finden.

Nach kurzem Nachdenken beschloss er, nach der Adresse nina-nu.lev@gmail.com zu suchen – und fand noch einen Brief, den zweiten und letzten, geschrieben am letzten Novemberdonnerstag, einen Tag bevor Petja und Ilja aufeinandertrafen. Ein Erguss von Chasin, den er nicht abgeschickt hatte:

»Nina, ich weiß nicht, wie ich dir das direkt sagen kann, du weinst so viel in letzter Zeit, bei jeder Kleinigkeit, deine Tränen machen mich panisch und wütend, dann vergesse ich, was ich sagen wollte. Ich habe beschlossen, dir noch einen Brief zu schreiben, beim letzten Mal hat das ja irgendwie geholfen. Ja, es stimmt, ich mach keine Luftsprünge vor Freude, wenn du mit mir über das Kind sprechen willst, denn ich habe Angst, daran zu denken, wie sich mein und dein Leben verändern wird, dass es vorbei ist mit meiner Freiheit, dass du dich wahrscheinlich völlig verändern wirst, weil du dich jetzt schon verändert hast, und dass ich dann auch nicht sein kann wie früher, leben kann wie früher. Das ist so schrecklich, als bekäme man keine Luft, genau so. Als sei alles für mich beschlossen, nicht mal von dir, sondern von irgendwem, und ich komme aus dieser Geschichte nicht mehr raus. Als wäre meine ganze Zukunft im Voraus entschieden, bis ins Detail. Außerdem bin ich als Vater sicher der totale Reinfall, noch schlimmer als mein eigener, der hat sich ja wenigstens gekümmert, aber ich denke nur an mich selbst, was soll ich da mit Kindern? Wie soll ich dir das alles direkt sagen? Das geht gar nicht. Ich habe alles auf WhatsApp gelesen, was du mir schickst. Dass du Angst hast, einen Fehler zu machen, dass man das nicht rückgängig machen kann. Ich verstehe, wie extrem das für dich ist.

Ich habe mich benommen wie ein Stück Dreck. Aber nicht, weil ich dich nicht liebe. Ich liebe dich so sehr, so stark, wie ich es überhaupt nur kann. Ich habe nur wahnsinnige Angst, Nina. Du etwa nicht?

Aber eigentlich habe ich diesen Brief begonnen, um dich von dem abzuhalten, was du tun willst. Denn ich habe mir überlegt: Alle Leute, die zum ersten Mal ein Kind bekommen, haben sicher Angst davor. Das ist nur gespielt, diese ganze Vorfreude, keiner hat überhaupt eine Ahnung, wie das gehen soll.

Aber dann kommen sie ja alle irgendwie klar. Laufen glücklich rum mit ihren Kindern, lächeln sie an, lu-la-lu. Das heißt, sie verändern sich, werden aber auch glücklicher. Das ist ein völliges Durcheinander, was ich dir hier schreibe, aber wichtig ist nur das: Sollen sie uns doch verändern, die Kinder, und zwar zum Besseren, denn im Moment bin ich wirklich eine Niete.

Ich habe alles Mögliche angerichtet, du hast mich ausgehalten, was könnte ich noch anstellen, was es nicht schon gegeben hätte. Meine Eltern sind dagegen, das weißt du ja, aber ich scheiß auf sie, vom allerhöchsten Glockenturm, ihr Geld brauche ich nicht, und alles Übrige regeln wir selbst.

Also, Nina«

Hier brach es ab. Chasin hatte am Donnerstag angefangen zu schreiben, am Freitag wollte er vielleicht alles noch zu Ende denken und abschicken. Aber das hatte Ilja am Freitag verhindert – und eigentlich war die Zeit sowieso schon um.

Er legte das Telefon weg.

Sein Schädel brummte. Draußen war es finster, der Tee hatte keinen Geschmack.

Zu seiner Verteidigung fing er an, sich die Freitagnacht an der Trjochgorka vorzustellen, die Bilder von der auf Kämpferart gekrallten Schnalle in einem teuren Restaurant am hell beleuchteten Ufer, wie sie zum »Hooligan« kamen, sie auf hohen Absätzen balancierend und winselnd, sie wolle keine Nebenrolle – und Chasin matt versprechend, sie bekäme die Hauptrolle. Der Gerechtigkeit halber rief er sich auch in Erinnerung, dass Petja sie gehen ließ, weder anflehte noch aufhielt.

Er legte es wie Pauspapier auf den Brief von Donnerstag.

In seinem Schädel brabbelte der Staatsanwalt in blauer Uniform unverständliches Zeug, Ilja hörte ihn nur mit einem Ohr, aber ihm zuzuhören war auch nicht nötig, war ja auch so alles klar. Chasins verbittertes Besäufnis, seine üblen, zur Schau gestellten Aufnahmen mit Billigweibern, seine Angst, am Freitag nur einen Moment allein zu sein, und seine Bereitschaft, diese unwichtige Frau ziehen zu lassen, sein feiges Schweigen gegenüber Nina und sein Bekenntnis, das er fast vollständig aufgesetzt, aber nicht abgeschickt hatte … Es war eine Anklageschrift.

Also hatte Ilja nicht nur ein Leben auf dem Gewissen, sondern zwei. Zwei Seelen. Eine schuldig, die andere unbeteiligt, also unschuldig.

10. Kapitel

Die Kraft fehlte, weiter bei Chasin zu lesen, sie reichte für gar nichts mehr. Er trank den lauwarmen Wodka aus, stellte den Fernseher lauter und schlief auf dem Stuhl ein. Im Traum führte ihn die Mutter – sie sah so aus wie Petjas, war aber Iljas – durchs Leichenhaus. Sie wollte ihm etwas zeigen, aber dann wechselten sie wie selbstverständlich die Rollen, und nun wollte Ilja für sie einen Toten ausfindig machen unter den Tausenden paariger Laken, wo eng beieinander glückliche Eheleute schlummerten. Er suchte und hatte wahrscheinlich Angst davor, auf Petja zu stoßen, aber warum sollte seine Mutter Petja fürchten?

Es endete damit, dass sie unter einem der Laken Ilja selbst mit zusammengekniffenen Augen entdeckten, und da musste sich der Leichenhausführer Ilja schweißgebadet aus dem Schlaf reißen, voller Angst, er könne in einen Abgrund fallen.

Im Fernsehen wurde selbstgefällig über das Training der Russischen Nationalgarde palavert, wie gut sie ausgerüstet sei, wie gekonnt sie den Terrorismus bekämpfe: Gesichtslose Männer kollerten über einen Übungsplatz.

Blind tappte er in sein Zimmer, stellte den Wecker auf sieben, fiel in tiefschwarzen Schlaf.

* * *

Die Augen öffnete er von allein fünf Minuten vor dem Klingeln. Er erinnerte sich, dass irgendwer ihn vorfristig aus dem Schlaf entlassen hatte, damit er wichtige Dinge erledigte, aber welche es waren, wusste er nicht mehr.

Er schaute aufs Telefon – eine Nachricht von der Mutter.

»Nina liegt im 81. Krankenhaus. Am Telefon erfährt man nichts. Nur persönlich.«

Er stellte sich unter die Dusche. Wann hatte sich die Mutter mit Nina ausgesöhnt? Noch im September hatte sie sie gerade so akzeptiert, mit zusammengebissenen Zähnen. Und nun kannte sie schon ihre Telefonnummer? Sie sprachen miteinander? Also hatte Ilja etwas noch nicht zu Ende gelesen. Unermüdlich durchforstete er Chasins Handy, aber es war kein Ende abzusehen.

Was willst du wissen, Ma?, fragte Ilja sie. Welchen Verdacht hegst du? Befürchtest du, dir eine Sünde aufzuladen? Du hast Angst, es ist bereits geschehen. Deine Sünde, Mama.

Deine und Vaters.

Er musste ja immer recht haben. In jedem Streit das letzte Wort behalten, war es nicht so? Wollte seinen Sohn bezwingen, ihn verbiegen und dazu bringen, Nina zu verlassen. Befürchtete, sie könne schwanger werden, euch damit zum Einlenken zwingen.

Na bitte, nun hat er gewonnen. Sag ihm alles und gratuliere.

Kein Frieden möglich. Was stimmt denn jetzt wieder nicht?

Ilja wollte nicht aus dem heißen Wasser, wollte nicht für Chasin wiedergeboren werden.

Er musste auch noch ein wenig für sich leben: Heute lief die Frist ab, innerhalb derer er sich bei der örtlichen Polizeidienststelle melden musste. Laut Gesetz waren es drei Arbeitstage nach der Freilassung. Rechnete man die Fahrt aus Solikamsk ab, war heute der dritte Tag.

Da schreckte er auf: Zum Kutusowski musste er ja auch noch! Dort würde Igor etwas hinterlegen! Das musste er holen. Um zwölf, am Müllplatz, fünfter Aufgang.

Nein, er durfte hier nicht in der Embryostellung verharren.

Draußen ging der Montag los. Chasin musste zum Dienst. Sicher war er auch immer um sieben aufgestanden, um gegen neun Uhr da zu sein. Wo wohnte er? Musste er weit fahren? Und wohin? Wem musste er auf dem Weg zu seinem Zimmer auf den Fluren begegnen? Wer saß noch in seinem Zimmer?

Jeder, auf den er heute treffen sollte, konnte anrufen und fragen: Wo bist du denn?

Wo ich bin? An der Trjochgorka.

Ilja drehte die Dusche ab, rubbelte die Haut mit dem Handtuch, machte Tschifir aus seinem Schwarztee, frühstückte Zucker. Und da: das Telefon. Kastagnetten, Gitarren, auf Spanisch: Soy el fuego que arde tu piel. Soy el agua que mata tu sed …

Er schaute: MAMA.

Es ist halb acht, Mutter! Was fällt dir ein? Halb acht, ich schlafe.

Er drückte sie nicht weg, ließ es ausklingeln, dachte – sie gibt nach. Aber gleich nach dem ersten Anruf folgte der zweite. Er hörte den zweiten zu Ende – dann begann der dritte.

Erst da schrieb er ihr: »Ich schlafe.«

»Kannst Du nicht mit mir sprechen?«, war die Antwort. »Ich mache mir Sorgen!«

»Weswegen?«, fragte Ilja sie vorsichtig.

»Wegen Dir und wegen Nina. Was ist mit ihr? Geh ans Telefon!«

»Mutter, ich kann jetzt nicht. Ich kläre das. Reg dich ab.« Dann stockte er, korrigierte in: »Keine Panik«.

»Fahr zu ihr, bitte, finde heraus, was passiert ist. Das kann Dir doch nicht egal sein?«

»Ich fahr ja!«, gab Ilja sich geschlagen.

»Schieb es nicht auf! Und bitte ruf mich heute irgendwie mal an.«

»Gut!«, versprach er ihr, warum auch immer, suchte aber schon im Internet die Telefonnummer vom 81. Krankenhaus. Fand es: Moskau, Bezirk Altufjewo, Lobnja-Straße. Er las noch einmal den Straßennamen – kaum zu glauben, dieser Zufall. Und wenn es kein Zufall war, was dann?

Völlig in Gedanken wählte er die Nummer dieses Krankenhauses, wie sie auf Yandex angezeigt war. Dann stockte er: Nach wem sollte er fragen? Liegt meine Nina bei Ihnen? Und der Nachname?

Ihre Briefe waren nicht mit Nachnamen unterschrieben, ihre Adresse gab nichts her: ninanu, nicht mehr.

Er zerbrach sich den Kopf, bis ihm einfiel, wie er sie finden konnte. Wenn sie zusammen in die Türkei geflogen waren, hieß das, Petja hatte die Tickets gebucht. Er ging in die Mails, dort siebte er nach den Worten: Türkei, Belek, Flug. Er fand zwei Flüge aus dem Herbst in den Sommer, aus dem trüben Moskauer Oktober in die türkische, warme Zeitlosigkeit. Chasin, Pjotr und Lewkowskaja, Nina. Lewkowskaja. Hallo.

»Krankenhaus, hier die Auskunft.«

»Guten Morgen. Ich wollte mich nach Nina Lewkowskaja erkundigen, die ist seit Donnerstag bei Ihnen.«

»Welche Abteilung?«

»Nun … vielleicht die Gynäkologie. Wahrscheinlich.«

»Die ist hier. Kommen Sie her, in der Abteilung erfahren Sie alles. Den Ausweis mitbringen.«

»Und am Telefon geht es nicht?« Tuten.

Die Stimme: heiser, von vornherein grob. Warum? Die bekommen doch sicher Anrufe von besorgten Menschen und tun so, als ob die Auskunft des Krankenhauses über das Schicksal von Menschen entscheidet. Nein, die hatten nicht mal das Recht, das Urteil auszusprechen. Warum dann dieser Ton? Vielleicht waren sie davon müde, dass von der anderen Seite des Drahts nur Besorgnis drang. Acht Uhr, und schon müde. Noch von gestern und sowieso immer. Ein amtlicher Ton, um eine Ansteckung mit dem Leid der Anrufer zu vermeiden. Eine Mundschutzmaske.

Mit der Gynäkologie hatte er richtiggelegen. Also auch mit allem anderen. Aber warum war sie noch dort? Wie viele Tage bleibt man nach einer Abtreibung? Vielleicht war da was schiefgegangen? Ilja stand auf, ging durch die Wohnung.

Also? Fahren?

Chasins Mutter war aufgebracht. Ilja fühlte das: Wenn er sie weiter nur abbügelte, verwirrte, abservierte – könnte sie ihre Unruhe nicht länger verjagen. Sie brauchte Hilfe, eine Stütze, um Ilja glauben zu können.

Er musste herausfinden, was mit Nina war.

Er schaute, wie er fahren musste. Die Suchmaschine erstellte eine Route, einen ungefähren Zeitplan – eine Stunde von zu Hause bis zum Krankenhaus. Ein nützliches Ding. Auch sein Leben könnte man so durchplanen: bei Punkt A den aktuellen Standort eingeben, bei Punkt B – wo man ankommen möchte. Und Yandex erzählt einem dann – zuerst tausend Kilometer zu Fuß, dann drei Jahre Zugfahrten, dann zwei Ehen, drei Kinder, Arbeit erst hier und dann da, von dann bis dann. Dauer der Reise – fünfundvierzig Jahre, aber es gibt eine alternative Route.

Ilja würde so was retten. Und Petja auch.

Alles war zu schaffen. Bis zum Krankenhaus eine Stunde, bis zum Kutusowski-Prospekt von dort auch weniger als eine Stunde. Die Mutter war zu besänftigen, Igor einzulullen. Begrenzt. Aber unbegrenzt war es auch nicht nötig.

* * *

Halb neun war es noch dunkel. Verschlafene Menschen warteten an modernen Haltestellen auf schmutzige Busse. Vom Himmel schneite oder nieselte es. Keine Sonne, kein Mond zu sehen.

Er ging zu Fuß bis zum Depot – von dort war ihm die Elektritschka bis Lianosowo empfohlen worden.

Er setzte seine Beine in Bewegung, jagte Hitze durch seine Adern, stellte sein Gesicht dem feuchten Wind entgegen – und wurde wach. Es war schön zu Hause, angenehm, aber es war auch eine Gruft. Hier draußen, im Freien, kam der Glaube ans Leben irgendwie zurück. Er konnte nur diejenigen beneiden, die noch unermesslich viel davon vor sich hatten.

Er ging zum Bahnsteig hinauf. Stellte sich neben die anderen, schaute sie an.

Da kamen sie aus irgendwelchen Wohnungen, hatten jemandem einen Abschiedskuss verpasst und gesagt, wir sehen uns abends. Die Wohnungen waren genormt, vier oder sieben Typen gab es im ganzen Land. Sicher waren auch die Küsse genormt. Wie kam es also, dass trotzdem jeder sein eigenes Leben hatte?

In der Elektritschka schauten alle in ihre Telefone. Hatten verlernt, mit sich allein zu sein, das war ihnen zu öde. Einfach nur über die Schienen von Lobnja nach Moskau zu rattern – eine Qual. Solange der Körper bewegt wird, muss man den Kopf mit irgendwas vollstopfen.

Ilja brauchte das nicht.

Er rief sich einfach ins Gedächtnis, wohin er fuhr und weswegen. Dabei hatte er es schon so gut wie vergessen! Als würde er einfach wie alle zur Arbeit fahren. Oder zur Uni.

Auf einmal wurde ihm bewusst, dass er sich gleich auf ein paar Hundert Meter Nina nähern würde. Und zwar nicht der elektronisch leuchtenden Nina im Telefon, sondern einer ausgebrannten, realen Frau. Einer Frau, in die er sich aus der Ferne verliebt und über die er ein unbegründetes Verdikt verhängt hatte. Verzeih mir, Nina. Ich wollte nicht dich treffen, auch nicht dein Kind. Ihr hättet euch nur früher von diesem *Schwein* lösen sollen, dann wäre er allein zugrunde gegangen.

Und du, Petja, was hättest du anders machen sollen?

Ilja griff in die Tasche, umfasste das kalte Telefon mit seinen Fingern. Wie sehr deine Mutter dir auch helfen, dich rausbeißen wollte, alles umsonst. Hätte Ilja das *Schwein* getötet, wenn er statt Bulle Anwalt geworden wäre? Ja, er hätte es getan. Vielleicht aber auch nicht. Für uns, Chasin, gibt es keine einfachen Antworten.

Und wenn wir uns bei der Trjochgorka einfach verfehlt hätten? Wenn du wenigstens nicht das Foto hochgeladen und mir den Hinweis gegeben hättest? Wenn du mir erlaubt hättest, in Ruhe wieder nüchtern zu werden, nicht in meiner Wunde gewühlt hättest? Wenn du Mitleid gehabt hättest mit mir, mit Nina?

Dann vielleicht nicht. Vielleicht aber doch.

Im Lager habe ich mir oft vorgestellt, dass wir uns eines Tages treffen. Und manches Mal habe ich dich dabei getötet, ja. Und andere Male habe ich dich nur zum Wimmern gebracht. Aber das sind Gefängnisfantasien, Gerechtigkeitsgewichse. Ilja lächelte schief. Zur Freilassung wurde ich ja klarer im Kopf. Schade, dann kam die Verdunklung.

Wenn meine Mutter nicht gestorben wäre, dann würdest auch du noch leben, Petja. Und auch Satan schliefe jetzt ruhig in der Innentasche.

Wenn der Magnetsturm nicht gewesen wäre.

Wenn Ninas Magnetfeld sich nicht entladen hätte, wärst du von ihm geschützt worden. Hätte es geholfen?

Gut wäre es gewesen, wenn du mir nichts von meinem Leben weggenommen hättest. Dann hätte ich dir auch deins gelassen. Und du mir meins?

Gut wäre es gewesen, wir hätten uns nie getroffen, parallel zueinander existiert. Aber es kam zu dieser Verbindung, und jetzt sind unsere Leben und die unserer Nächsten verwoben. Hätten wir uns nicht getroffen, wäre meine Mutter am Leben. Und du würdest dich auf dein Kind freuen. Du hättest deine Angst überwunden und würdest dich freuen. Allen ginge es besser.

Nein. Ein sinnloses Gespräch.

Zu viele Abzweige gab es auf diesem Weg, und ständig bogen wir falsch ab. Und nun haben uns diese Schienen dorthin gebracht, wo wir sind. Ins Depot: Anfang und Ende.

Station Lianosowo. Er stieg aus, schaute im Telefon nach, fand die Bushaltestelle. Nun musste er warten. Vom Warten fröstelte ihn. Wozu fuhr er in dieses Krankenhaus? Aus demselben Grund, aus dem er auch gestern ins Krankenhaus gefahren war, zu seiner Mutter: um sich die Unwiderruflichkeit attestieren zu lassen. Es war gar kein Frost, er aber war durchgefroren. Der Bus öffnete seine Türen ins Warme, ließ ihn ein. Der Fahrer nahm Ilja Geld ab. Alle machten das. Wenn es nur bis zum Ende reichte. Die Türen schlugen zu, und das Haus auf Rädern fuhr los – durch Schnee, im Gegenwind.

Das Krankenhaus bestand aus schäbigen Gebäuden, sie waren verstreut über ein verschneites, eingezäuntes Gelände. Der Wachschutz schlief, der Schlagbaum stand offen. Ilja musste ihn wecken, sich erkundigen, in welchem Gebäude die Gynäkologie war.

Vorbei fuhr ein rostzerfressener, weiß-roter Transporter. Fröhliche Menschen saßen darin. Der Wachmann deutete ihm, er solle hinterherlaufen. Ilja ließ von ihm ab.

Der Krankenwagen steckte am Eingang wie ein Welpe an einer Zitze, die Sanitäter luden einen schwarzen Sack aus.

Dann erreichte er das Gebäude.

Ein rotbrauner Kerl ohne Mütze malte mit dem Fuß Buchstaben in den Schnee, schaute hoch, zu den Fenstern der Entbindungsstation. Die Buchstaben waren so groß, als habe der junge Mann Schiffbruch erlitten und wolle von Flugzeugen gerettet werden. Ilja hier unten konnte nichts verstehen. Sah nur ein D und ein A. Danke?

Wie durch Spiegel schauten blasse Wöchnerinnen durch beschichtete Scheiben in die Welt hinaus. Über diese Spiegelung zogen Wolken hinweg. Die Gesichter wie Masken: einige gerührt, andere neidvoll.

Der junge Mann war angetrunken und in bester Laune. Gern hätte ihm Ilja eine reingehauen für seine Fröhlichkeit.

»Nina Lewkowskaja«, sagte er bei der Anmeldung.

»Heute war noch nichts, erst nach zwölf«, betrübte ihn ein Tantchen mit fettigem, ausgebleichtem Pferdeschwanz, aber sogleich tat es ihr leid. »Wenn Sie wollen, gehen Sie auf die Station und fragen Sie den Arzt, heute ist Besuchszeit in der ersten Tageshälfte. Schuhüberzieher zwanzig Rubel.«

Irgendwie fing sein Herz an zu klopfen. Unnötig: Niemand kannte ihn hier, niemand würde ihn also erkennen. Selbst wenn er im Flur direkt auf Nina stieße, was sollte schon sein? Nichts. Ein Niemand war er für sie.

»Gut.«

Der Fahrstuhl war riesig, für Bettentransporte. Innen aus Metall. Er kroch schwer und angestrengt hinauf. Ilja redete ihm gut zu, er möge noch langsamer fahren, aber da war er schon angekommen.

Die Gynäkologie war frisch gestrichen, ähnelte keineswegs einer Folterkammer. Aber direkt am Fahrstuhl rauchten Frauen mit grauen Gesichtern. Niemand entschloss sich, es ihnen zu verbieten. Sie sahen ihn finster an. Er fragte sie erst gar nichts.

Er betrat einen beigen Flur. Die Schuhüberzieher waren schon durchgescheuert, gaben den Straßensaft an den sterilen Fußboden ab. Irgendwo brummte ein Fernseher. Hinter einer verschlossenen Tür wurde geweint. Im Schwesternzimmer rauschte ein Teekessel. Alles gedämpft: als ob sich das Leben hier geniere.

Er klopfte am halb geöffneten Zimmer des Stationsarztes. Dann las er das Schild an der Tür: »Arzt auf Rundgang«.

Er verbarg sich am Ende des Flurs, neben einem Kübel mit fleischigen Hechtflossen. Wartete eine Ewigkeit. Beobachtete aus seinem Hinterhalt, wie die Gebieterin über das Arztzimmer zurückkehrte. Eine asiatische Frau mit gedehntem Akzent und rollendem R. Ihre Brillengläser waren dick, verkleinerten ihre Augen stark.

»Ich komme wegen Lewkowskaja.«

»Und wer sind Sie?«, wollte sie mit Blick über den Brillenrand wissen.

»Ich … bin ihr Freund.«

»Ihr Fr-r-eund. Umentschieden?«

»Was?«

»Am Freitag sollte der Fötus entfernt werden, aber der Chir-r-rurg brauchte länger bei einer Geburt, Zwillinge mit Nabelschnur um den Hals. Also haben wir's nicht geschafft. An Wochenenden machen wir keine planmäßigen Oper-r-rationen, also haben wir sie zur Beobachtung dabehalten und für Untersuchungen. Wir machen's heute.«

»Was?«

»Soll ich es Ihnen noch mal erklären?«

»Was sagen Sie da? Es wurde noch nichts gemacht?« Seine Kehle war trocken.

»Wussten Sie das etwa nicht? Toller Fr-r-reund.«

»Wir haben gestritten.«

»Das müssen Sie unter sich klären. Die OP ist in zwei Stunden. Sie können noch r-rein zu ihr.«

»Ich weiß nicht. Vielleicht. Sagen Sie ihr erst mal nichts, ja?«

»Das sollten Sie aber wissen. Sie ist in der elften Woche, die zwölfte hat schon angefangen. Nächste Woche wird keiner in diesem Land mehr eine Abtreibung bei ihr vornehmen. Sie spr-r-ringen hier buchstäblich auf den letzten Waggon auf.«

Sie wandte sich scheinbar wieder ihren Berichten zu, als sei es ihr völlig egal, was weiter mit Nina geschah. Vielleicht war es ihr wirklich egal an diesem Fließband.

Ilja ging auf Gummibeinen in den Flur hinaus.

Er verkroch sich in der Sackgasse, setzte sich neben die Hechtflossen.

Er strich über die Blätter, musste sich an irgendwas festhalten.

Nina hatte es noch nicht geschafft. Das, weswegen Ilja sich schon anklagte, war noch nicht geschehen. Es würde jetzt passieren, in zwei Stunden, war aber noch nicht passiert. Es sollte am Freitag sein, es sollte am Samstag sein, es sollte sein, als Ilja noch nichts davon wusste, als er irgendwie schon eine Verantwortung trug, und irgendwie doch nicht. Ein operettenhafter Zufall. Die Mutter hatte ihn dazu gezwungen, hierherzukommen. Unsinn. Mystik. Noch war nichts entschieden. Geht dich nichts an. Was soll sie mit einem Kind von einem Toten. Was der Mutter sagen. Man darf sich nicht in ein fremdes Leben einmischen. Das hast du aber. Du hast ihn getötet, als er alles ändern wollte. Er hat es nicht geschafft. Er hatte es gar nicht vor. Er hatte sie schon so gequält, dass es schlimmer nicht ging. Geh jetzt. Keine Zeit zu bleiben. Geht dich nichts an. Wenigstens etwas war noch zu ändern. Sie will diese Abtreibung gar nicht. Die letzte Woche. Mitte August, die elfte Woche. Schrecklich. Könnte man ihn nur zurückholen. Aber das kannst du nicht. Du hast ihn ihr weggenommen, für immer. Tot ist er. Aber das Kind. Welches Recht hast du, dich einzumischen. Es gelingt dir sowieso nicht. Sie hat es beschlossen. Sie zweifelt. Sie hat hier das ganze Wochenende ausgeharrt. Sie ist entschlossen. Du hast den Vater des Kindes ermordet. Er war selbst ein Mörder. Was soll sie mit einem Kind ohne Vater. Du kannst ihr diese Sünde abnehmen. Es gibt keine Sünden, das ist eine Erfindung der Menschen. Sie freute sich darauf. Sie hatte Angst. Sie wollte das Kind. Sie wollte es loswerden. Sie musste sich nur auf ihn stützen können. Sie wird sich auf niemanden stützen können. Sie wird alleinerziehende Mutter sein, immer. Sie bringt ihr Kind nicht um. Sein Kind. Ich bin ihm das schuldig. Ich bin ihm nichts schuldig. Er war mir was schuldig und hat bekommen, was er verdient. Was für ein Zufall. Es gibt kein Schicksal. Es gibt keinen Gott. Es gibt das Wort, Gott gibt es nicht. Es gibt etwas, das du noch in Ordnung bringen kannst. Du hast doch bedauert, nichts mehr tun zu können. Und nun? Du änderst nichts damit. Für dich schon, aber sie ist verloren. Woher weißt du, was sie will. Sie liebte ihn. Von ihm gab's nur Hiebe. Auch er liebte sie. Er war ein Mistkerl. Sie hat ihn geliebt, wie er war. Ist immer zurückgekommen. Sie konnte ihn nicht lieben. Du hast ihr alles genommen. Er hat mir auch alles genommen. Soll deswegen etwa sein Kind dran glauben? Ihn selbst hast du ja schon getötet. Du kannst damit nichts wiedergutmachen. Ich habe nicht vor, damit etwas wiedergutzumachen. Sie wird unglücklich sein. Sie war vorher schon unglücklich. Sie hat etwas Besseres verdient. Du kannst ihr nur etwas vorlügen. Nichts gibst du ihr. Nichts kannst du ihr geben. Es gibt keinen Rückwärtsgang. Doch. Etwas kann man rückgängig machen, kann man dem Tod entreißen. Das ist Zufall. Eine Fügung. Das ist kein Zufall. Es steht eins zu eine Million. Das darf man nicht verpassen. Das verzeihst du dir nie. Du konntest, aber hast nicht. Hier gibt es keine richtige Antwort. Es ist schon so viel geschehen, besser, du gehst einfach. Du musst gehen. Du musst dorthin, zum Müllplatz am Kutusowski. Wenn du dort nicht erscheinst, kommt alles raus. Was soll schon mit ihr sein. Sie gehört nicht zu dir, sie war seine Freundin, nie wird sie zu dir gehören. Du darfst sie nicht abhalten. Sie erkennt die Lüge, schlägt Alarm. Das macht es nur schlimmer für sie. Was sagst du seiner Mutter, wenn sie dich nach Nina fragt. Wie geht es Nina. Wie. Du kommst schon zu spät. Du musst gehen. Schluss. Geh.

Er entschloss sich: wegzulaufen.

Holte das Telefon hervor.

Öffnete die Mailbox. Petjas unfertiger Brief lag ganz oben. Er öffnete ihn. Kroch stolpernd die Zeilen entlang.

»Nina, ich weiß nicht, wie ich dir das direkt sagen kann ... denn ich habe Angst, daran zu denken, wie sich mein und dein Leben verändern wird ... als wäre meine ganze Zukunft im Voraus entschieden, bis ins Detail ... dass du Angst hast, einen Fehler zu machen, dass man das nicht rückgängig machen kann ... du etwa nicht? ... eigentlich habe ich diesen Brief begonnen, um dich von dem abzuhalten, was du tun willst ... aber dann kommen sie ja alle irgendwie klar. Das heißt, sie verändern sich, werden aber auch glücklicher ... sollen sie uns doch verändern, die Kinder ...

Also, Nina«

Er las noch einmal alles durch, hypnotisiert.

Wie hypnotisiert legte er den Daumen auf die Leerstelle hinter Ninas Namen. Er überlegte: Genauso hatte Chasin seinen Finger auf diese Leerstelle gelegt, nach dem nächsten Wort gesucht, es nicht gefunden, die Sache aufgeschoben.

Auf dem Display blinkte ein dünner, blauer Unterstrich: aus ihm erwuchsen Buchstaben. Als ob er dieses Wunder zum ersten Mal sah, rutschte Ilja mit der Fingerkuppe an den unteren Rand des Displays, wo das Alphabet lag. Er berührte den Buchstaben D – und schon erstand dieser aus dem blauen Strich, der sich dann ein Stück voranbewegte, Ilja hinter sich herrief – weiter, vorwärts.

Vorsichtig berührte er den Buchstaben U.

Dann die Leertaste.

»Du bist umwerfend.«

Punkt.

»Und ich liebe dich.« Punkt.

Er schaute auf diese seltsamen, fremden Worte. Löschte sie.

Schrieb neu.

Im Flur war es still. Dann ertönte ein: »Bring der Lewkowskaja ein Ber-r-ruhigungsmittel vor der OP, ich geh inzwischen rüber zum Chefarzt.« Der Fahrstuhl schmatzte mit seinem Eisen.

Und Ilja drückte den blauen Pfeil in der oberen Ecke des Displays: senden.

Ende – es war weggeflogen.

Heiß wurde ihm. Er sprang auf, um zu verschwinden, aber im Telefon klimperte es. Man packte Ilja an den Fädchen, an denen sein Herz hing, und zog sie hinab. Er schaute aufs Display: eine Nachricht.

Auf Telegram. Von Hausknecht-Magomed.

Ohne etwas zu verstehen, klickte er und kam in den Messenger. Dort stand.

»Hej Genosse Milizianär! Bist Donnerstag bereit?« Ilja schüttelte den Spuk ab. Er tippte: »Bin bereit. Wo und wann?«

Magomed ließ sich Zeit mit der Antwort, Ilja drängte ihn nicht, fürchtete, ihn zu verschrecken. Jemand schlurfte mit Schlappen über den Krankenhausflur. Endlich erhielt er ein belustigtes: »Hej, mein Freund! Woher ich weiß? Später wir sagen.«

Ist gut, Magomed. Später, aber nicht später als Donnerstag: »Ok«.

So, fertig, zugemacht. Er steckte das Handy in die Tasche. Atmete aus. Ging zum Fahrstuhl.

Da fing es in seiner Tasche an zu spielen: etwas Bekanntes. Kastagnetten, Trommeln, Gitarre. Der deprimierte Spanier setzte ein:

»Soy el fuego que arde tu piel …« Ilja ließ ihn frei, und er sang mit voller Stimme:

Soy el agua que mata tu sed
El castillo, la torre yo soy
La espada que guarda el caudal …

Nina rief an.

Direkt am Ausgang der Station, Ilja war wie gelähmt; am Fahrstuhl stand niemand, nur träger Rauch hing da noch von den ergrauten Frauen; der Flur war vorher vollgebauscht gewesen mit Stille – und jetzt wurde dieser Wattebausch von den spanischen Worten und Gitarrenriffs durchweicht, als habe man ihn an eine tiefe Wunde gelegt, von der er nicht alles aufnehmen konnte.

Tú, el aire que respiro yo
Y la luz de la luna en el mar
La garganta que ansío mojar
Que temo ahogar de amor

Er starrte aufs Display wie ein Idiot, das Telefon zitterte im Takt seines müden, ertrinkenden Herzens, der Spanier gurrte:

¿Y cuáles deseos me vas a dar?
Dices tu «Mi tesoro basta con mirarlo
Tuyo será, y tuyo será.»

Ganz in der Nähe klackte etwas. Und eine Mädchenstimme rief.

»Petja! Bist du hier? Wo bist du?«

Nina?! Sie hatte den Klingelton gehört!

Ilja überlief es heiß, er raste zu den Fahrstühlen, zur Treppe, riss an der Klinke, sprang über drei Stufen, dann noch mal über drei, und weiter, hinunter, hinunter, hinunter, so schnell er konnte, brachte im Lauf das Telefon zum Schweigen, brennend-durchbrennend, versuchte sich fieberhaft zu erinnern, an welcher Seite die Fenster lagen, wohin er aus dem Eingang rennen musste, damit Nina ihn, den Fremden, den Mörder, nicht sah.

Er begriff noch: Er musste vom Eingang direkt zur Stirnseite, in der Sackgasse mit den Hechtflossen gab es keine Fenster. Und dort an der Stirnseite musste er dem Gebäude den Rücken zuwenden, zur Einzäunung eilen, zum Tor. Man wusste ja nicht, wer sonst hier noch rumlief. Riefe man ihn, würde er sich umdrehen: Einen Pjotr Chasin habe ich nicht gesehen, kenn ich nicht.

Er ging langsam, aber seine Pumpe klopfte dermaßen, als sei er aus dem Stand einen Kilometer gerannt. Das Telefon in seiner Jacke hatte zu Ende gesummt, fing von vorne an.

Verzeih, Nina, ich hab zu tun. Ich kann jetzt nicht sprechen. Ich habe nur seinen Willen erfüllt. Weiter musst du selbst. Weiter allein.

Er machte sich unsichtbar vor dem Wachmann am Ausgang, dann hielt er es nicht mehr aus, rannte los zu einer entfernten Haltestelle: Es kam ein neuer, blauer Bus mit Fenstern, die für Russland ein bisschen zu groß waren. Ilja erreichte ihn vor der Abfahrt, sprang hinein. Drei Haltestellen lang versuchte er zu verschnaufen, sich zu besinnen. Erst dann wollte er wissen, wohin er fuhr.

Erst dann holte er das Handy hervor.

Sechs verpasste Anrufe von Nina. Und Nachrichten auf WhatsApp – ein riesiger Haufen. Er öffnete sie niedergeschlagen. »Warst du das?!«, »Warum bist du weggelaufen?!«, »Sprich mit mir!«, »Bitte!«, »Habe deinen Brief gelesen«, »Hattest du Angst reinzukommen?«, »Warum warst du hier?«, »Wohin bist du?«

Vor seinen Augen zerfloss Tinte im Wasser, befleckte die Welt: Warum hast du das getan, Mistkerl, du mieses Stück, Dreckskerl, warum hast du das mit ihr gemacht, du hast nur an dich gedacht, wolltest dich reinwaschen, seinen Willen erfüllen, von wegen! Du wirst sie nicht hindern, du drehst das Messer in ihrem Rücken um, sie wird nur noch mehr leiden, sie setzt sich trotzdem auf diesen Stuhl, und das Kind kommt auf den Müll.

Er fuhr im blauen Aquarium in die falsche Richtung, vertieft ins Telefon, wie alle. Die Hände verkrampft, die Finger zitternd, erwartete und befürchtete er neue Nachrichten von Nina. Wollte das Telefon weit wegstecken. Und sagte sich dann: Nein.

Er tippte eine SMS: »Wurde dringend gerufen.« Wartete. Sagte dann die Wahrheit.

»Konnte dir nicht in die Augen sehen.«

Nina verstummte.

Auch Ilja war verstummt.

* * *

Hinter den schmutzigen Scheiben schwebten die riesigen Rohre der Fernheizungszentrale vorbei – graue Kegel-Kessel aus Beton mit einem Fundament, so gewaltig wie ein Stadion, die Krater im Würfelmuster bemalt; über ihnen erhoben sich wabernde, menschengemachte Wolken, sie stemmten sich gegen die Himmelsdecke, kein Wind konnte sie zerreißen. Offenbar wurde in Moskau die Wärme aus Gas gemacht. Aber Ilja kam es so vor, als würde Fleisch in diese Kessel geworfen, denn von durchsichtigem, körperlosem Gas konnte kein so fetter Qualm aufsteigen.

Er fuhr bis zu einer Vorortmetrostation, stieg um.

Die Uhr zeigte Viertel vor elf. Er konnte es noch schaffen, immer noch schaffen zum Kutusowski-Prospekt, beruhigte ihn das Telefon. Bis zur Ringlinie fahren, dort umsteigen, über den Ring bis zur blauen Linie und mit ihr bis zur Station »Kutusowskaja« – von dort zu Fuß. Zehn Minuten vor der Zeit wäre er da: So rechnete die Suchmaschine.

Nach der dritten Station kam wieder Leben in seine Hosentasche.

Die Nummer wurde erkannt: Anton Konstantinowitsch Beljajew. Offenbar einer von denen, die Chasin nie schrieben. Von dem konnte man sich nicht mit Buchstaben freischießen. Ilja dachte ein paar Sekunden nach, entschloss sich zum Risiko. Der Zug fuhr gerade von einer Station los, der Waggon knatterte durchs Dunkel. Im Gepolter des Tunnels ist eine Stimme gesichtslos. Lieber gleich heucheln, als es auf später verschieben: Antworten müsste er sowieso. Er drückte den Knopf. Versuchte, Petja zu sein.

»Ja, Anton Konstantinowitsch.«

»Chasin, wo treibst du dich rum?«

»Ich bin in der Metro.«

»Das höre ich! Warum bist du nicht auf der Arbeit?«

Ilja reihte seine alten Antworten nebeneinander, suchte nach einer passenden. Das mit der Vergiftung war dumm, zumal in der Metro. Ein Einsatz ging auch nicht.

»Was?«

»Warum bist du nicht bei der Arbeit, es ist elf!«

»Meine Freundin wurde ins Krankenhaus eingeliefert, Anton Konstantinowitsch. Ich fahre dorthin.«

»Deine Freundin? Warum hast du nichts gesagt? Warum mit der Metro?«

»Hab's grad erst erfahren. Sie ist im einundachtzigsten städtischen. Überall Stau.«

»Was ist mit ihr?«

»Ich komme da telefonisch nicht durch, ich weiß es nicht.«

»Herrgott, Chasin! Was bist du nur für ein Mensch?! Ständig ist was mit dir, mal die Pest, dann die Cholera! Na gut, kümmre dich heute um deine Freundin. Aber das wird dir vom Urlaub abgezogen!«

»Jawohl.«

Der Zug heulte auf, verlangsamte sich, und zehn Sekunden später rollte er in die Umarmung der Stille. Ilja rieb sich den Schweiß von der Stirn, von den Schläfen. Wie viele Chefs hatte dieser Chasin eigentlich? Früher gab's nur Denis Sergejewitsch, jetzt forderte der hier auch noch Rechenschaft. Wer stand über wem? Wer wusste was? Musste er für Denis Sergejewitsch anstatt der Vergiftung jetzt ebenfalls seine Freundin ins Krankenhaus stecken?

Hatte dieser Anton Ilja geglaubt? Sah so aus. Hatte er in ihm Chasin erkannt? Anscheinend. Schade, dass er sich nicht häuslich einrichten konnte in diesem Waggon. Er atmete tief durch.

Verzeih, Nina, dass ich dich vorschiebe.

Noch hörte er den Nachklang ihres Rufens im wattenen Flur: »Petja! Bist du hier?« Sein Herz stockte.

An der nächsten Station gab's für eine Sekunde Internet, Ilja suchte in den Nachrichten die Manufaktur Trjochgorka und eine Leiche. Immerhin war es Montag: Die Arbeiter kommen wieder in den Hauseingang, zur Hinrichtungsstätte. Beginnen, dem Haus das Innere auszukratzen, schalten Lampen ein, scharren mit Stiefeln auf dem Gullydeckel über Petja Chasins Kopf.

Vielleicht hatten sie ihn schon gefunden?

Im Tunnel gähnte das Orakel, aber an der nächsten Station kam Beruhigung für Ilja: Mach dir nicht in die Hosen, Sträfling, dein Toter rührt sich nicht mehr. Der Gott aller Häftlinge gibt dir aus Langeweile noch ein wenig Freiheit.

Was sollte er der Mutter sagen? Vielleicht sollte er sie gleich jetzt, aus dem Zug, anrufen, aus Eisengeratter und Tunnelgeheul?

Also, ich war schnell im Krankenhaus, Mutter. Mit ihr ist nichts weiter.

Um neun hat man ihm gesagt, die OP sei in zwei Stunden. Das heißt, sie machten es gerade jetzt? Deswegen schrieb Nina nichts mehr? Oder war sie vom Beruhigungsmittel zu matt?

Jetzt war es Zeit, sich mit allen zusammen aus der Waggontube drücken zu lassen, zäh mit der ganzen Menschenpaste herauszuflutschen in den Übergang zur Ringlinie.

Er konnte nicht mehr anrufen. Auch auf der Ringlinie nicht. Er zögerte damit, wusste aber: Dort, auf der anderen Seite der Ätherwellen, braute sich Besorgnis zusammen. Petjas Mutter war beunruhigt, nahm immer wieder das Telefon, legte es weg.

Dann dachte er: Und wenn seine eigene Mutter ihn aus der Metro anrufen würde – würde er dann ihre Stimme durch Getöse und Geknatter erkennen? Selbstverständlich. Auch eine fremde Stimme würde er erkennen.

Also durfte er sie nicht anrufen.

Er öffnete WhatsApp, um zu schreiben. Aber was?

Die Wahrheit ging nicht – eine solche Wahrheit ließ sich ohne Stimme nicht aussprechen. Aber auch die Mutter brauchte ein Beruhigungsmittel. Frauen brauchen eigentlich immer ein kleines Beruhigungsmittel.

Er musste zur Station »Kutusowskaja«. Ging zur radialen Linie, ohne sich vom Telefon loszureißen, las Petjas Chat mit seiner Mutter. Im Waggon tippte er ihr ordentlich: »War im Krankenhaus. Mach dir keine Sorgen, Mutter. Alles ok mit Nina.«

Dann dachte er beim Geratter: Nina wird die leitende Ärztin ja unbedingt fragen – war mein Freund da? Die Ärztin wird ihr natürlich antworten – der war hier, hat nachgefragt. So ein gebeugter, dünner, blasser. Was, kein Lockenkopf, braun gebrannt, gepflegt? Von wegen gepflegt! Wie ein Tuberkulosekranker sah der aus, oder wie ein Straftäter.

Und das war's dann.

Du idiotisches Arschloch, sagte Ilja laut zu sich. Was funkst du da rein! Wozu? Fremde Angelegenheiten. Damit richtest du dich zugrunde. Du hast nicht mal das Recht dazu! Welches Recht hast du, dich da einzumischen?

Die Mutter antwortete nach einigen Minuten: »Ist es das, was ich denke?«

Einmal, vor gefühlten hundert Jahren, hatte der kleine Ilja mit seiner Mama auf der WDNCh einen Rummel besucht. Neben allem anderen gab es etwas völlig Erstaunliches: ein riesiges leeres Glas – an die zehn Meter Durchmesser –, über dessen vertikale Wände ein echter Motorradfahrer jagte. Er nahm am Boden des Glases Geschwindigkeit auf, dann klebte er sich wie von Zauberhand an die Wand, beschleunigte weiter und raste schließlich schwerelos im Kreis, wobei er sich unglaublich und ungerührt die Wände hoch- und runterbewegte: als sei es rechts und links. Ilja war damals erschüttert. Und nun machte er offenbar dasselbe.

Er durfte nicht anhalten.

Er wartete ein wenig und schrieb: »Erzähl ich später. Ist nichts fürs Telefon.«

Er konnte seinen Blick nicht vom Telefon lassen: ein Simultanspiel, bei dem man sich nie irren oder verspäten durfte.

»Station Park Pobedy«, verkündete die Ansage. »Nächste Station: Slawjanski bulwar.«

Da kam er zu sich. Und wo blieb die »Kutusowskaja«? Das war ja gar nicht die richtige Linie, jetzt gab es schon drei Stationen

»Kiewskaja«, die auf dem Metroplan in einer Traube hingen, er hatte die blaue mit der hellblauen Linie verwechselt.

Er sprang aus der Metro: sieben vor zwölf! Er schaute nach – bis zu dem Haus waren es zwanzig Minuten zu laufen, nicht weniger. Er pfiff auf die zusätzliche Ausgabe von fünfzig Rubel und kroch in den an der Haltestelle stehenden O-Bus in seine Richtung. Während Iljas Haft hatte man den O-Bussen eine eigene Spur abgeteilt. Verdammt zivilisiert!

Der O-Bus klapperte verkrampft mit seiner Gangschaltung, machte sich auf den Weg, rollte lautlos.

Kaum hatte Ilja bezahlt, sich hingesetzt, durchgeatmet und war ins Telefon eingetaucht, da stieß der O-Bus auf einmal ins Leere. Er dachte, es sei eine Ampel, schaute anfangs nicht hoch; dann riss er sich vom Telefon los.

Alles ringsum war erstarrt. Als sei die Zeit stehen geblieben. Kein Auto kam von der Stelle, weder vor ihnen noch neben ihnen. Der Kutusowski-Prospekt, eine Verkehrsader, so breit wie ein sibirischer Fluss, stand still. Die steinernen zehnstöckigen Stalinbauten dräuten an den Straßenrändern wie an einer Schlucht. Der Triumphbogen, den sie gerade hinter sich gelassen hatten, schnitt den Strom entzwei wie eine Flussinsel.

Ilja schaute auf die Telefonuhr: In zwei Minuten musste er dort sein, auf dem Hof von Hausnummer 35!

»Warum stehen wir?« Er hatte sich den Griffstangen entlang dem Fahrer genähert.

»Absperrung«, sagte dieser kraft- und teilnahmslos, als ginge es um einen Regenguss.

»Was ist das? Wer hat das abgesperrt?«

»Gleich kommt er«, wurde ihm erklärt.

»Wer kommt? Wohin?« Ilja wurde nervös.

»Wer schon? Das ist doch der Kutusowski-Prospekt. Der Zar, wer sonst, verfluchte Scheiße«, sagte ein grauhaariger Alter von intelligentem Aussehen mit einem dünnen Brillengestell.

»Machen Sie die Tür auf, ich steige hier aus«, bat Ilja.

»Das würde ich lieber lassen«, warnte ihn der Alte. »Hier sind überall KGB-Leute, die warten da nur drauf.«

»Ich mache sowieso nicht auf«, sagte der Fahrer. »Sonst kriegen die mich auch noch ran.«

»Ich komme zu spät!«

»Höhere Gewalt«, wandte der Fahrer ein. »Das versteht jeder.«

»In Belgien fährt der Premier mit dem Fahrrad zur Arbeit«, teilte eine Frau von hinten mit.

»Dafür ist er schwul«, schaltete sich ein bärtiger Mann mit rotbraunem, leicht ergrautem Haar ein.

»Die haben Schwule in der Regierung und wir Arschficker«, sagte der Alte mit dem Brillchen gewichtig. »Was ist besser?«

»Und in Schweden lernen die Kinder in den Schulen homosexuelles Zeug, direkt aus Büchern«, gab der Bärtige nicht auf. »Ist das normal? Von wegen Toleranz!«

Es wurde zwölf, es wurde später. Macht nichts, macht nichts, macht nichts. Dann kommt er ein wenig später, konnte ja alles Mögliche sein. Vielleicht stand Igor mit seinem Päckchen ebenfalls im Stau. Zumindest ließ er nichts von sich hören.

Ilja ging bis zum Ende des Busses durch: um durch die Heckscheibe zu schauen, ob die Wagenkolonne sich näherte. Hinter dem O-Bus steckte ein Krankenwagen fest: Stumm drehten sich die glotzenden Blinkleuchten. Der Fahrer rauchte mit geschlossenen Augen. Der Arzt las im Telefon.

Auch in allen anderen Autos hingen die Menschen an ihren Telefonen. Alle hatten unendlich viel Zeit, ihnen kam diese halbe Stunde ihres Lebens vor wie eine zu Recht erhobene Abgabe.

Er kehrte zurück an die Spitze, zum Fahrer.

»Noch lange?«

»Glaube nicht«, erwiderte dieser. »Noch zehn, fünfzehn Minuten.«

»Machen Sie auf«, forderte Ilja.

»Da, schau«, der Alte zeigte auf einen Mann in einer schwarzen Jacke, mit Wollmütze, der auf dem Bürgersteig an der Fahrbahn stand und mit aufmerksamem und angespanntem Gesicht schaute. »Da gewinnst du fünfzehn Minuten und hast danach dein ganzes Leben verpasst. Da gibt's doch das Lied aus dem Dschungelbuch-Film – ›Probier's mal mit Gemütlichkeit‹, nicht gesehen?«

»Ich habe ihn gesehen«, sagte der bärtige Mann. »Aber die Jugend kennt das alles nicht mehr, immer nur Internet.«

Ilja ließ sich auf einem Sitz nieder.

Er prüfte, ob Nina geschrieben, auf ihn gehört hatte. Nein: Stille. Und Petjas Mutter wartete still aufs Nimmerwiedersehen. Wenn sie wüssten, wer ihnen anstelle Petjas antwortete, dachte er zum ersten Mal.

Wenn sie das nur wüssten.

Die Menschen ringsum verfielen in einen Dämmerzustand, als würde während des Staus Schlafgas versprüht werden. Sogar der bebrillte Alte war nun zu müde zum Streiten.

Im Telefon vertickte-verfloss lautlos eine weitere pixelige Minute, dann noch eine. Seltsam, dass das Handy noch die Zeit zählte: War sie nicht schon völlig geronnen?

»Die könnten doch mit dem Hubschrauber fliegen«, murmelte der Alte. »Aber mit dem Hubschrauber ist es wohl zu langweilig. Vom Hubschrauber aus sieht man die Knechte nicht.«

Dann schaltete er sich ab, seine Antriebsfeder war abgelaufen.

Und erst jetzt huschte in diesem gefrorenen Fluss etwas vorbei: ein blauer Blitz. Das erste Auto, ein Mercedes der Straßenpolizei.

Ilja stand auf, presste seine Stirn gegen die Scheibe.

Über die Autodächer hinweg war die bereinigte, völlig leere Gegenfahrbahn zu erkennen – und über die kamen sie jetzt angebraust. In der Ferne zeigte sich eine blaue Lichterkette, ein Sternbild. Sekundenschnell wuchsen sich die Punkte am Horizont zu schweren, schwarzen Geschützen aus, abgeschossen aus einer dicken Bertha. Drei eckig geschnittene deutsche Geländewagen mit Blaulicht umringten eine deutsche, lang gestreckte Limousine. Dazu kam, davor und dahinter, das weiß-hellblaue Gefolge, alle blinkten, schnatterten, heulten. Sie flogen in einer so unglaublichen

Geschwindigkeit vorbei, dass sie nach den Gesetzen der Physik eigentlich von der Erde hätten abheben und auffliegen müssen. Wie eine Geschützsalve.

Die Autos auf der Straße erzitterten von diesem Luftgerinnsel wie von einer Explosionswelle, auch der Triumphbogen schien zu schwanken; einer von den Nicht-Schlafenden hupte zaghaft, fand aber keine Unterstützung. Alle saßen friedlich in ihrer stecken gebliebenen Sekunde und bemerkten nicht einmal, wie die physikalischen Gesetze ausgehebelt wurden.

Dem da gefiel es wohl, die Zeit einfach stauen zu können wie einen Bach. Genau dafür machte er diesen Dienst.

»Schönes Geschwader!«, lobte der Bärtige.

»Haben Schiss vorm Volk!«, äußerte der Alte. Sie waren durchgeflackert – und hatten sich im Nebel aufgelöst.

Aber weiterfahren ließ man sie erst einige Minuten später, bis nicht der geringste Schein oder Schimmer übrig war. Erst dann wurden die Uhren aus dem Arrest entlassen.

* * *

In den Hof des Hauses stürzte Ilja dreiundzwanzig Minuten später als verabredet. Die Nummer 35 war wie eine mittelalterliche Festung: ein ringförmiges Hochhaus der Stalinzeit, ganz aus gelben Ziegeln, an den Ecken Türmchen, für die Einfahrt ein Torbogen, drei Stockwerke hoch, die Tore aus schmiedeeisernen Gittern. Der Kutusowski-Prospekt wurde nicht fürs einfache Volk erbaut. Das einfache Volk schlüpft auch in einen Chruschtschow-Plattenbau, da bleibt kein Schatten am Türrahmen hängen. Der Hof stand voller schwarzer, nackter Bäume, war zugeparkt mit teuren Autos. Was für ein seltsamer Ort für eine Verabredung.

Er lief herum, fand den fünften Aufgang – und vor allem: den Müllplatz. Er schaute sich um: keine Falle?

Über die Eingänge waren Kameras gepfropft, wie ausgerissene Augen. Alte Frauen auf kalten Bänken sprachen über den nahenden Tod. Die Herren der alten Welt waren verreckt, und ihre Witwen zogen es nach Kräften in die Länge. Sie beäugten Ilja, neigten ihre eingemummten Köpfe so, dass sie durch ein kleines Loch im Katarakt etwas erkannten.

Auch aus den Fenstern oben konnte man alles sehen, überwachen und belauern.

Der im Hof eingeschlossene Wind fegte im Kreis. Vom Himmel fielen dem Herrgott Schuppen aus dem Haar.

Vielleicht eine Falle. Vielleicht ein Test. Hier ließ sich alles gut beobachten. Und nun?

Ilja drückte aufs Gas, die Zentrifugalkraft presste ihn an die Steilwand. Über die Glaswände rasen, solange der Treibstoff reicht. Nicht anhalten.

Er schob die Mülltonnen auseinander, quetschte sich dazwischen. Hinter den Mülltonnen war ein ganzer Haufen von Tüten. Darunter eine Billa-Tüte. Er fischte sie heraus, schaute hinein: Kartoffelschalen, eine Milchtüte – leer, ein angeschimmelter Brotkanten. Er riss die Tüte auseinander, schüttete die Gedärme auf den Asphalt, begann darin zu wühlen. Da war nichts, was dem chasinschen Konfiskat ähnelte. Kein Schnee, kein Gras, keine Drops, kein schwarzes Zellophan. Einfach nur verdorbene Essensreste.

Vielleicht eine andere Tüte? Vielleicht hatten sie die Billigläden verwechselt?

Er wühlte weiter – Billa-Tüten waren keine mehr da. Er riss eine Tüte mit anderer Aufschrift auf, holte ein paar Nummern der Zeitschrift »Afischa« heraus, ein einsames, zusammengeknotetes Präservativ und eine leere Rumflasche. Auch nichts! Weiter!

Ein zerlöchertes T-Shirt, eine blutige, durchsichtige Verpackung von Rinderleber, stinkende kalte Asche. Eine vertrocknete Blume, zerrissene Fotos eines sich küssenden Paars, verdorbenes Hühnerfleisch. Abgeschnittene Haare, eine Zelluloidpuppe ohne Kopf, Stapel mit bekrakeltem Papier. Tampons, eine iPhone-Schachtel, Haferflockenkrümel.

Ein Scherz? Ein Test!

Gehetzt schaute er sich um. Eine junge Frau ging vorbei, wohl Studentin, rümpfte die Nase, schaute weg. Ilja auch nur anzuschauen schien ihr unanständig. Ein asiatisch aussehender Hausmeister in Orange kam heran, stemmte die Hände in die Seiten, räusperte sich in Iljas Richtung.

Ilja griff mit klebrigen Händen nach dem Telefon: Wo bist du, Igor? Wo ist meine Ware?

Aber da drin waren nur: von einer chirurgischen Zange abgerissene Händchen und Füßchen, ein mit einem Wurstmesser durchlöcherter Hals, die Unruhe der Mutter. Igor K. schwieg.

Ach, geh doch zum Teufel! Lass mich in Ruh mit deinen Spielchen! Der Müllplatz! Kutusowski-Prospekt!

Observiert ihr mich? Nur zu!

Ilja schnappte sich die letzte unbeschädigte Tüte und nahm sie mit. Weg vom Prospekt, von der Regierungsstraße, von den äugendbehänden Menschen in Strickmützen.

Der Hausmeister sah ihm emotionslos nach. Die alten Frauen auf den Bänken reckten die Hälse. Die Fenster glotzten mit trüben Augenlinsen.

Durch Höfe und wieder Höfe, Durchgänge, Gassen. Auf dem Weg schüttete er die Tüte aus, kickte ihr Innenleben über die geleckte Straße. Müll, Fäulnis, Elend.

Er kam bis zur Metro; Schluss jetzt, weg hier. Er musste zurück in seine Höhle. Vielleicht war ihm jemand zuvorgekommen. Irgendein Obdachloser. Der Hausmeister. Vielleicht hatte Igor K. auch selbst im Hinterhalt gewartet und gewartet, die Nerverei nicht ertragen und war davongelaufen mit seinem Müllschatz. Wäre er pünktlich gewesen – hätte alles geklappt.

Wäre der Zar nicht gekommen. Hätte Ilja die Metrolinien nicht verwechselt.

Nein. Das war's nicht. Er hätte nicht zu Nina zuckeln sollen, Kretin. Hätte sie nicht überreden sollen. Den Lauf der Welt kann nicht jeder anhalten, verstanden, du Idiot? Und die Richtung ändert erst recht keiner! Verstehst du das nicht?!

Das würde er nicht durchhalten bis Donnerstag. Allein am heutigen Tag hatte er so viel angerichtet, dass Petjas Bullenfreunde ihn zum Abend übers Telefon orten werden, und heute Nacht ist er fällig. Alle diese Buchstaben, Zeilen, Kilometer von Nachrichten, E-Mails – die sind nur scheinbar klar und verständlich. Das ist Spinnseide, und alle Fäden sind mit unsichtbarem Leim verschmiert. Berührt man sie – bleibt man kleben, verstrickt sich. Zappelt man – weckt man ihn auf, den in der Mitte des Spinnennetzes hockenden, vieläugigen Tod.

* * *

Als die Station »Arbatskaja« angesagt wurde, bekam das Telefon Netz und klirrte. Eine Nachricht. Widerwillig holte Ilja es aus der Tasche, öffnete sie.

Nina.

»Kurz, ich bin von dort weg. Ich werde das nicht machen. Das weiß ich jetzt genau. Ich kann das nicht, nein! Sobald es geht, ruf an.«

Ilja las es noch mal. Und noch mal.

Heiß überlief es ihn im Nacken. Seine Nase zog sich zu.

Und in seiner Brust wurde es weit; als habe er Wodka getrunken. Er lachte heiser.

Ohne nachzudenken, schrieb er ihr: »Na Gott sei Dank!«

11. Kapitel

Zur Antwort bekam er Smileys: glückliche. Solche hatte Petja schon einige Monate nicht mehr bekommen.

Er wollte nach oben, raus aus dem unterirdischen Gedränge – an die Luft. Er sprang vom Sitz auf und hüpfte aus dem Wagen auf den Bahnsteig. Jemand merkte genauso wie Ilja auf einmal, dass er aussteigen musste, schaffte es aber nicht – und der Zug zog ihn fort zur Station »Alexandrowski Sad«. Ilja jedoch wurde von warmer Luft die Stufen hinaufgetragen, auf die Straße.

* * *

Wie sollte er mit Igor sprechen?

Er beschloss zu schweigen, das erste Wort von ihm abzuwarten. Es dauerte nicht lange. Noch bevor er aus der Metro kam, rief Igor an. Ilja nahm nicht ab, schickte lieber Petjas Buchstaben.

»Geht grad nicht, schreib.«

»Und?«, reagierte Igor sofort. Ilja wartete ab.

Sollte er zugeben, dass er nichts gefunden hatte? War da überhaupt was gewesen? Vielleicht schon, aber ein anderer Müllgräber hatte vor Ilja alles entdeckt. Oder fühlte er ihm auf den Zahn?

»War das ein Test?«, tippte Ilja ihm unfreundlich.

»Wer ist der Typ? Sieht schräg aus«, versetzte ihm Igor einen Schlag in die Magengrube.

Also hatte Igor ihn gesehen.

Hatte ihn gesehen und konnte ihn wiedererkennen. War er gefilmt worden? Möglich. Konnte er in den Datenbanken gefunden werden? Er hatte die Mütze aufgehabt, die Kapuze hochgezogen – dort, am Müllplatz. Aber wenn ihm jemand bis zur Metro gefolgt war … sofort schaltete sein Gedächtnis auf den Mann um, der hinter den Zugscheiben gefangen blieb, Ilja nicht mehr hinterherspringen konnte.

»Ehemaliger Kunde«, blaffte Ilja. »Was kümmert's dich?«

»Willst du's haben – komm selbst«, biss Igor zurück, hatte Angst.

Hatte vor irgendwas Angst. Vor Petja? Warum? Er musste zurückballern: auf Chasins Art den Schlag umleiten. Igor K. hörte genau hin, wartete darauf, dass Ilja den Ton nicht traf. Es war gar nichts hinterlegt worden, begriff Ilja. Es war eine Beschau gewesen.

»Wieso hast du Schiss?«, fragte er direkt.

»Sind das die Spielchen von DS und dir?«

DS, Ilja grübelte. Denis Sergejewitsch? Dieser persönliche Vorgesetzte von Petja. Der zum Grillen eingeladen hatte und ihn mit den richtigen Leuten bekannt machen wollte. Und der heute … irgendwo auf Chasin wartete.

»Was für Spielchen?«

»Damit ich bei der Sache den Arsch hinhalte?«

»Schisshase.«

Er hatte gedacht, Igor sei der Jäger hier, dabei fühlte der sich als Wild.

»Wessen Kleinbus war das im Hof?«, zuckte Igor K. nervös.

»Ich war nicht da. Die Adresse kam von dir«, Ilja wurde sicherer, »meinst du, ich will dich in die Pfanne hauen?«

»Würde mich nicht wundern, Chasin.«

»Blödsinn«, rotzte Ilja mit Petjas Lieblingswort zurück.

»Ich mach die ganze Arbeit für dich und DS, und dann schnappen mich seine Leute dabei. Ist das der Plan?«

Ilja bremste: Hier wurde es prekär.

Welche Leute konnten Igor schnappen?

Wen konnte er – angenommen, er ist Fahnder in der Abteilung Drogenkontrolle – überhaupt fürchten? Die Polizeikontrollbehörde.

»Da war gar nichts hinterlegt, oder?«, fragte Ilja. »Beim Müll?«

»Eine halbe Stunde zu spät, Chasin. Ich war pünktlich. Er nicht.«

»Psycho.« Ilja wurde entschlossener.

»Ach ja. Und Sinizyn? Bestell Denis einen Gruß«, zierte sich Igor. »Kommt es zusammen holen.«

»Ich hab's ja nicht eilig.«

Es war sogar besser, sich jetzt mit Igor zu zerstreiten: Je länger er ihn nicht sehen müsste, umso sicherer. Igor hatte es begriffen und war still.

Ilja wartete und wartete, überlegte: Hatte er sich gerade zufällig verraten?

Anhand der Splitter und Scherben, zusammengesammelt aus den Messengern bei Petja und seinen Kameraden, konnte er erahnen, was bei denen abging, jedenfalls im Groben; aber der Teufel steckte im Detail.

Es war klar, dass Igor Chasin nicht vertraute und Verrat fürchtete. Offenbar hatte er allen Grund dazu. Ach, zum Teufel mit ihnen allen: Ilja hatte nicht das geringste Interesse an ihren Drecksspielchen. Er musste sie nur kennen wie die Karte eines Minenfelds, um das Glänzen der Stolperfäden zu bemerken, wenn sie sich plötzlich spannten.

Ohne noch etwas von Igor abzuwarten, ging er nach oben.

* * *

Das Wetter hatte sich geändert: durch die schneefreien Stellen in der Wolkendecke schimmerte die Sonne, im Himmelsgestein zeigten sich goldene Adern. Lichtreflexe fielen zu Boden, und das von grauem Stein niedergedrückte Moskau kam in Bewegung. Die Menschen lächelten in der Sonne, der Wind wurde sanfter, der Schnee taute an.

Igor und seine Intrigen waren ihm nun egal, der Wirrwarr um den Müllplatz, die verpatzte Übergabe. Bis Donnerstag fällt ihm schon noch ein, was er lügen könnte. Wird sich irgendwie rauswinden. Das alles waren Kleinigkeiten im Vergleich dazu, dass Nina es sich anders überlegt hatte.

Er drehte den Kopf hin und her: wohin jetzt? Er ging die Boulevards entlang. Einfach spazieren. Bis wieder irgendwer im Telefon Petja aus dem Jenseits zerrte. Am Gogol-Denkmal blieb er stehen, dachte nach. Dort trieben sich wetterharte Alkis herum, eine Mischung aus Rockern und Pennern. Einer in Lederjacke, mit grauem Pferdeschwanz trat seitlich an ihn heran, wollte Geld für Bier. Ilja war zu gut gelaunt, um ihn abzuweisen. Er klimperte ihm Kopeken in die Hand. Der Schlucker lächelte, räsonierte weltmännisch:

»Hat sich aufgeklart!«

»Alles in Butter«, scherzte Ilja.

Sie lachten.

Die Boulevards wurden gerade für die Feiertage geschmückt: blaue Lichterketten aufgehängt und probehalber angeschaltet, mannshohe Schneeflocken aufgestellt, Holzbuden zusammengezimmert – für den Verkauf von Süßkram. Ilja ging vorbei an geschäftigen Arbeitern, dünnbeinig daherstaksenden Studenten und Studentinnen in schicken Brillen und absurden Mützen, an feierlich gestimmten Alten, die wie er Luft schnappen wollten, und er lächelte. Moskau war trotz allem herrlich, wenn auch ein wenig verkatert und verquollen. Sobald man über der Stadt die Marmorkuppel wegschob und das Himmelslicht einließ, wurde sie menschlich.

Er hätte damals die Philologie schmeißen und zur Stroganowka-Kunstschule wechseln sollen, wo er eigentlich hinwollte, wohin ihn aber seine Mutter nicht ließ: Angeblich seien alle Künstler Säufer und Versager. Er hätte Malerei und Bildhauerei gewählt. Hätte Moskau von den Dächern aus gemalt, das alte Moskau gegenüber dem neuen Moskau: ohne alle Affigkeit, ohne Performances, ohne Kunstaktionen. Er hätte die Straßen in Öl verwandelt, die Menschen festgehalten – wer machte jetzt noch solche einfachen Sachen? Er hätte abends irgendwo gejobbt, als Verkäufer oder Barkeeper, hätte ein winziges Studio auf dem Dachboden in einem der Häuser am -

Boulevard gemietet, dorthin neue Freunde eingeladen, richtige, fröhliche – um zu trinken, Wein wahrscheinlich, um die ganze Nacht zu reden, mit solchen wie hier – hager, eng anliegende Jeans, Haartolle. Er hätte eine Freundin gehabt – drahtig, Karree-Haarschnitt, sonnengebräunt, und wo andere ein Kreuzchen tragen, hätte sie ein Tattoo, einen QR-Code. Unter dem Dach hätten sie zusammengewohnt: Sofa, TV, Playstation, Bildbände der angesagtesten Künstler aus dem Westen, eine Bar mit allen möglichen Tequila-Marken.

Er wollte rauchen.

Seit den Stummeln vom Samstag hatte Ilja keinen Rauch mehr inhaliert, das fehlte ihm. An einer Bank vor ihm alberten modisch angezogene Schulschwänzer, nippten an heißem Rotwein aus einer bereits geöffneten Bude.

Er änderte die Richtung, um bei ihnen zu schnorren, geriet dann in Zweifel. Aber er entschloss sich doch.

»Leute … habt ihr mal ’n Zug?«, fragte er, sorgsam die Worte wählend.

»Wir ham nur Wein«, sagte ein rotbraunes Mädchen mit Rucksack, »Totalausfall.«

Ilja lächelte; verstand das Wort nicht, fragte aber nicht nach; begriff, das war ein Nein. »Nun gut, danke.«

»Warte … ich hab was. Sind aber für Damen«, sagte ein pummeliger Typ mit Synthetikmütze in entschuldigendem Ton.

»Macht nichts.« Ilja zuckte mit den Schultern. »Hab ich kein Problem mit.«

Das Feuerzeug zirpte, er sog den Teer aus der dünnen Zigarette, zog die Stirn in Falten: Gut war das! Und es entspannte total – schob den Schraubstock auseinander, in dem er seit dem Triumphbogen steckte.

»Also, ich habe nur die erste und die letzte Seite im Referat verändert, denn googeln wird sie nicht weiter, kein Bock«, setzte ein kahl geschorener Junge in einer gelben Alaska-Jacke fort.

»Ganz schön risky, Mann!«, sagte die Rotbraune, während sie Apfeldampf aus einem grellen Becher einsog.

Ilja hatte erst überlegt: Was konnte er zu ihnen sagen, damit sie ihn nicht gleich als Fremden erkannten? Aber sie hatten es ihm leicht gemacht, keine Schweigemauer errichtet, sondern ihr Gespräch weitergeführt, als würde Ilja sie nicht reizen mit seiner gebeugten, gehetzten, erdigen Erscheinung. Er tat noch einen Zug, dankte und ging weiter. Und hinter ihm wurde nicht losgetuschelt, als wäre er für sie ein normaler Mensch.

Schön rauchte es sich. Und leicht träumte es sich von einer Vergangenheit, die nicht stattgefunden hatte.

Aber er wollte auch noch von der Gegenwart träumen.

Er musste Nina noch etwas schreiben, diese Leichtigkeit mit ihr teilen, diese Frühlingsstunde im November. Er holte das Telefon hervor, steckte es wieder weg – ihm fiel nichts ein.

Er passierte die mit Lichterketten umwundenen Bäume, wollte sie nachts anschauen, wenn sie brannten. Oder noch besser im Sommer, wenn die Bäume wieder wie Bäume aussahen. Jetzt schienen sie nach unten, in die Erde gewachsen zu sein und dort, in dieser umgestülpten Welt zu grünen – und hier, entlang der Boulevards, standen ihre nackten Wurzeln, um sich an der Luft festzuhalten.

Im Sommer zurückkehren.

Er dachte an Ninas Frühlingsmantel, gekauft mit Blick auf März, April. Macht nichts, sie wächst noch rein.

Die Sonne knallte durch die Risse, man konnte die Mütze abnehmen. Er ging zur Kropotkin-Straße, von der man sämtliche Kioske entfernt hatte: hinter den Dächern zeigten sich die Goldkugeln der Christus-Erlöser-Kathedrale, wollten nach oben aufsteigen. Die Häuser traten auseinander, hinter ihnen tat sich ein weiter Raum auf, in viele Richtungen gleichzeitig: allein nach rechts verliefen zwei Straßen, und noch eine führte nach unten, zum Fluss, eine weitere nach links zum Museum – eine breite Schneise.

Moskau war ein Gemisch aus allem: aus unvereinbaren Gebäuden, aus nicht zueinanderpassenden Menschen, aus entgegengesetzten Zeiten – mal hatte man an die Seele und an Kathedralen geglaubt, mal an den Körper und an Schwimmbäder; und alles hatte sich in Moskau eingerichtet, nichts wurde je vollständig überwunden oder für immer vernichtet. Als existiere das alles in verschiedenen Schichten, auf verschiedenen Ebenen – und dennoch gleichzeitig. Eine erstaunliche Stadt war dieses Moskau. Zusammengeklaubt, geflickt aus geraubten Fetzen, bunt und deswegen echt.

Recht hatte der zwanzigjährige Ilja gehabt: Hier hätte sich ein Platz für ihn gefunden. Der fand sich hier für alle, also auch für ihn.

An der Kathedrale standen Bänke. Ilja setzte sich – blinzelte in die Sonne, wärmte sich auf. Ein guter Tag, um das Leben zu wählen. Nina ging vielleicht auch gerade spazieren und sang vor sich hin. Vielleicht die ersten spanischen Zeilen.

Es war richtig, ihr den Brief zu schicken. Petja wäre zufrieden.

Es drängte ihn, das zu sagen. Er nahm das Telefon, drehte es in den Händen. Schrieb der Mutter:

»Also, mit Nina ist alles in Ordnung. Sie hat nichts gemacht. Ich habe mit ihr gesprochen. Gut, dass ich deinen Brief nicht gelöscht habe, den, den ich nicht löschen sollte.«

Er zögerte kurz, schickte es ab; die Sonne brannte. Einige Minuten später meldete sich die Mutter.

»Petja, was für eine Erleichterung! Ich überlege die ganze Zeit, wie und wann ich es Vater am besten sage. Sicher zu seinem Jubiläum. Du kommst doch?«

Ilja fasste sich, setzte sich gerade hin. Würde Petja zum Fest seines Vaters gehen? Würde Ilja zu einem solchen Vater gehen?

»Wie stellst du dir das vor?«

»Petja, das ist doch immerhin ein runder Geburtstag. Sechzig Jahre, was für eine Zahl. Für ihn ist das sehr wichtig, Du verstehst schon. Nicht nur, weil es eine runde Zahl ist. Auch wegen der Rente.«

Mit sechzig wäre er ehrenvoll in den Ruhestand gegangen, wenn er auch eigentlich gehofft hatte, etwas länger im Dienst zu bleiben, vorm Ende noch ein paar Erfolge einzuheimsen. Aber er war vorzeitig zurückgetreten. Hing das mit Petjas Neujahrseskapaden zusammen? Immerhin hatte der Vater von Petja gefordert, er solle sich der Tochter des stellvertretenden Ministers überlassen, um seine eigene Haut zu retten. Und was hatte Petja getan? War bei Nina geblieben. Wie lief das damals alles?

»Ich verstehe.«

»Ich habe große Sorge, dass Ihr Euch nie versöhnt, wenn Ihr Euch jetzt nicht versöhnt. Mein Herz blutet, wenn ich daran denke, was aus unserer Familie geworden ist.«

Petja würde jetzt kurz brüllen: »Mutter!« Das wusste Ilja, sagte aber auf seine Weise:

»Ich wollte das nicht, Mama.«

»Petja, Du musst Dich bei ihm entschuldigen. Entschuldige Dich einfach, alles Weitere übernehme ich. Er wartet darauf, das weiß ich. Diese Situation belastet ihn auch. Aber Du musst den ersten Schritt machen. Wenn Du Reue zeigst, wird er Dir verzeihen.«

Allein von dem Wort »Reue« würde sich Petja jetzt natürlich krümmen. Aber Ilja konnte mit der Mutter nicht streiten.

»Meinst du?«

»Er wäre ein bisschen böse, aber würde Dir verzeihen. Du bist doch sein einziger Sohn. Aber sprich jetzt mit ihm, noch vorher. Kannst Du denn gar nicht telefonieren?«

Ilja riss sich zusammen.

»Mutter, das sind alles total verquere Leute hier. Ich habe mich im Klo eingeschlossen, damit sie meine SMS nicht lesen, und du willst, dass ich mit Vater alles kläre!«

»Wann hört das endlich auf?« Ilja konnte geradezu sehen, wie sich die Stirn in Falten zog, so hatte das auch seine Mutter gemacht.

»Ich denke, Donnerstag oder Freitag. Bald, Mama. Bald ist es vorbei.«

Das schrieb er und erstarrte.

Ihn fröstelte; er stand auf, wollte weitergehen.

»Sprichst Du mit Vater?«, ließ sie nicht locker.

»Ich schreibe ihm!«, versprach ihr Ilja.

Das würde er tun. Warum auch nicht? Warum den Rest von guter Laune nicht auf eine Versöhnung mit diesem Vater verwenden, um die Mutter zu besänftigen?

Petja war stur gewesen, Petja hätte nicht um Verzeihung gebeten. Petja hatte immer einen Vater gehabt, nie war der ihm als Wunder vorgekommen, nie wäre ihm eingefallen, seinen Vater könne es nicht geben. Für Ilja war die Erde nie ganz rund gewesen, hatte nur aus einer Hälfte bestanden: Man geht bis zur Mitte, und da klafft die dunkle Seite, wie beim Mond. Nichts zu sehen, man kann nicht hin; was da kam, konnte man nur raten. Und ein Leben lang rätselt man, wie es wohl ist – mit einem Vater. Was er aus einem gemacht hätte, hätte es ihn gegeben.

Petja war sein Vater zu viel gewesen. Er war verwöhnt von der Rundheit der Erde. Petja würde sich nicht entschuldigen. Ilja jedoch hatte kein Recht, an seiner statt weiterzukämpfen. Und keine Lust.

Er stellte sich an den Zaun des Puschkin-Museums, suchte Juri Andrejewitsch Chasin, seinen letzten Zuruf, und schrieb Buchstabe für Buchstabe: »Ich möchte mich bei dir entschuldigen, für alles.«

Für alles.

Dass ich nicht gehorcht habe, dass ich grob war, fluchte, dass ich auf mein Spatzenhirn gehört habe, dass ich deine Weisheit für Wichserei hielt, mich nicht gebeugt habe, sondern zerbrochen bin.

Dass ich eurem einzigen Sohn die Kehle durchlöchert habe, dass ich ihn, noch lebend, in den Schacht geworfen und, als er noch alles hören konnte, den Eisendeckel darübergeschoben habe.

Der Vater schwieg, die Stirn gerunzelt. Oder er hatte das Telefon nicht bemerkt – schaute Fußball, oder was man so macht als Rentner. Sah eine Talkshow über die Ukraine, über die Rothschilds oder über diese Russische Garde. Hatte verpasst, dass sich sein Sohn aus dem Nirgendwo vor ihm verneigte.

Nun, Mama, ich hab getan, was ich konnte. Worum du gebeten hast.

* * *

Er kam ans Ende, da war der Borowitzkaja Platz, darauf ein steinerner Gast mit einem Kreuz in der Hand, sieben Etagen bis zur Mütze.

Unten stand: Fürst Wladimir.

Historisierende Neuerrichtung.

Das Kreuz war gewaltig, mühelos hätte man gewöhnliche Menschen aus Fleisch und Blut daran kreuzigen können. Wladimir schaute mit seinen gedrechselten Pupillen geradewegs zu Ilja. Aber sein Blick war nicht missbilligend, nicht fragend: Die Augen standen still, man wollte sie mit der Hand schließen. Sein Gesicht war schön, aber gleichgültig wie eine Totenmaske. Die rote Kremlmauer schlängelte sich hinter ihm. Aber der Fürst hatte nicht vor, sie vor irgendwem zu verteidigen. Er stand verloren da, mit Wattebeinen, stützte sich auf das Kreuz wie auf eine Krücke. Zu fern waren ihm die Lebenden, er wollte zurück in seine Gruft.

Sicher hätte er nichts dagegen gehabt, mit Ilja zu tauschen.

Von Wladimir konnte man direkt zum Manegeplatz gehen, aber Ilja bog nach rechts ab und ging über die Steinerne Brücke zum »Roten Oktober«. Er wusste, warum.

Rechter Hand erhob sich die Christus-Erlöser-Kathedrale nicht zum Himmel – sie war zu irdisch, ihre goldenen Kugeln verhinderten das Aufsteigen. Sie steckte am Flussufer fest, vertäut am ewigen Anlegepfahl.

Linker Hand erstreckte sich der Kreml mit seinen Spähtürmen und seiner gezahnten Mauer.

Vorweg schwamm die Insel des »Roten Oktober«. Das »Estraden-Theater«, grau und rechteckig, das düstere »Haus an der Uferstraße«, Dreschmaschine von Menschenleben. Cafés und Bars: Schwalbennester am Asphaltfelsen. Rote Fabrikziegel. Bunte ameisenhafte Spaziergänger. Das Kino »Udarnik«, an dem er beim letzten Mal eingebogen war – mit Vera. Und jetzt allein.

Es trieb ihn hierher.

Es trieb ihn, seiner Spur von vor sieben Jahren zu folgen: zu vergleichen und sich zu erinnern. Damals war es Nacht, jetzt Tag. Bei Sonnenlicht war natürlich zu erkennen, dass die Verlockungen schlecht verputzt waren, dass die Farbe darauf bereits Risse hatte. Das Lager hatte Iljas Augenlinsen geschliffen: Alle Defekte sah er nun klarer, die Risse, den Schimmel. Jetzt aber holte er seine früheren Augen hervor und betrachtete den »Oktober« als den von damals, den ursprünglichen.

Er bog an der Stelle ein, wo er mit Vera eingebogen war.

Das »Paradies« war natürlich längst geschlossen worden. Es gab an der Stelle einen anderen Club, für die Zwanzigjährigen von heute, nicht mehr die von damals. Er nannte sich »Icon«. Hatte also auch was mit Gott zu tun. Ilja grinste: Ihm fielen die tätowierten Ikonen der Knackis ein.

Was sagt uns Gott, fragte er sich. Warum kam er bevorzugt dort vor, wo die Hölle war? Gott sagt uns, was wir tun sollen, antwortete er sich selbst. Wie sie es einem als Kind beibringen. Das klappt bei niemandem. Deswegen lachen sie dann über Gott, sagen: Weißt du noch, wie naiv und dümmlich du uns von deiner Welt erzählt hast?

Dann begriff er, dass es nicht seine Gedanken waren, sondern die der Mutter. Von Petjas Mutter. Aus dem Osterbrief. Und er führte seine eigenen Gedanken weiter.

Hinter Gott rennen nur die Sünder her, plagen, bedrängen ihn mit ihrem Kram. Für die Gerechten ist Gott eher wie ein Busfahrer – da gibt's nichts zu besprechen. Die Route ist klar: Irgendwann kommt man an und steigt aus.

Er umrundete die »Ikone«: alles verrammelt, Montag. Drinnen wurde sicher geputzt, von Fußböden und Sofas alles entfernt, was Menschen so ausschütten. Eine Ikone. Man könnte sich vor ihr auch bekreuzigen. Schade, von der gab es nichts zu erbitten.

Er ging die paar Schritte bis zum Fluss, lehnte sich über die Brüstung.

Da ist er: der Ausgangspunkt. Was willst du hier? Dir selbst, dem Zwanzigjährigen, etwas zurufen? Damit er innehält, sich in der Schlange nicht erniedrigen lässt? Damit er Vera nicht zu retten versucht, der Idiot? Damit er nach Hause fährt oder einfach in einen anderen Club geht, wo das *Schwein* zwei Stunden später nicht auftauchen wird?

Nein: Nein.

Dort hätte die Musik zu laut gespielt, und die trübsinnige Vera hätte mit Iljas Geschwätz aufgeheitert werden müssen, dort wäre die Zukunft nicht zu hören, sein Schreien käme nicht durch.

Ein Depot.

Zu dumm, dass er leben wollte.

Er spuckte ins Wasser.

* * *

Er bog in eine Gasse und blieb dort hängen.

Dort war das Schaufenster eines Reisebüros. Bali, Thailand, Sri Lanka: grelle Zettelchen, an die Scheibe geheftet. Darauf Palmen, weiße Hotels, ein Meer wie mit blauem Filzstift gemalt. Die Preise hoch: ein Urlaub in Thailand kostete so viel wie eine Beerdigung für zwei in der »Standardvariante«.

Aber er wollte sich aufwärmen. Und ging hinein.

Das Zimmer war klein, an der Wand hing ein Plasmabildschirm mit Brandung, das Fenster zu den Tropen. Unterm Fenster stand ein Bürotisch, darauf ein Laptop mit Apfel, hinter dem Computer verbarg sich wie hinter einer Brüstung eine junge Frau, nicht sonderlich hübsch, jüdisches Gesicht, sorgfältig frisiert.

»Aufwärmen?«, fragte sie.

»Träumen«, antwortete Ilja.

»Träume werden wahr«, machte ihm die Unschöne Hoffnung. »An welche Himmelsrichtung denken Sie?«

»Was gibt's denn so?«

»Bei uns geht's in alle Richtungen. Schließlich heißen wir ›Wind-Rose‹.«

»Und Ihr Name ist dann wohl Rosa?«, scherzte Ilja.

»Genau. Kommt man gleich drauf, ja?«

»Kein Problem. Ich merke so was gleich. Also, keine Ahnung, wo ich hinwill.«

»Haben Sie ein Schengen-Visum?«

»Ein europäisches Visum? Nein. Ich habe gar keins.«

»Na gut. Dann lassen Sie uns die Varianten ohne Visum durchgehen«, Rosa war kein bisschen verlegen. »Bei Schengens ist es jetzt sowieso kalt …«

»Und Schwule gibt's da«, meinte Ilja. »Das hat mir einer im O-Bus gesagt.«

»Was? Na gut. Also, es gibt mit ganz vielen Ländern Vereinbarungen über eine visafreie Einreise. Thailand, Indonesien – also Bali, die Malediven, die Seychellen, Israel. Dort ist es jetzt überall herrlich.«

»Bestimmt.«

»Wenn Sie etwas Exotischeres wollen, können wir über die Neue Welt reden. Ich meine nicht die Staaten, sondern Lateinamerika. Möchten Sie einen Kaffee?«

»Darüber sollten wir reden«, stimmte Ilja zu.

In der Wärme entspannte er sich; knöpfte den Kragen auf, nahm dankbar den Kaffee an, tat drei Löffel Zucker hinein.

»Sie können nach Argentinien, nach Brasilien, auch für Venezuela braucht man im Prinzip kein Visum, aber das ist so gruselig dort, die sollten besser Visa einführen. Brot ist rationiert, jeden Moment kann's zur Revolution kommen.«

»Aha.«

»Was noch … Nicaragua, Guatemala, Peru«, zählte sie auf und schielte dabei auf ihren Spickzettel. »In Peru ist Machu Picchu, außerdem Kolumbien.«

»Genau«, sagte Ilja unerwartet für sich selbst. »Nach Kolumbien.«

Ich bin das Feuer, das deine Haut verbrennt
Ich bin das Wasser, das deinen Durst löscht

Der grüne Ozean. Der weiße Himmel. Die Schule des kolumbianischen Lebens. Würde Chasin dorthin wollen? Ilja wollte.

»Nun, was lässt sich über Kolumbien sagen? Ein sehr schönes Land, nicht ganz ungefährlich natürlich, aber nicht so schlimm wie früher. Dschungel, Abenteuer, Coca, FARC, sehr schöne Mädchen. Wir haben einen Privattrip für einen Kunden nach Medellín organisiert, die Heimat von Pablo Escobar. Da läuft jetzt diese Serie …«

»Ich weiß«, sagte Ilja.

»Der wollte zu den ruhmreichen Stätten des Kampfes, sozusagen. Aber das ist natürlich nicht ganz billig. Mit Jeep durch den Dschungel, die Clubs aus den Filmen und ein romantisches Finale: Sonnenuntergang am Grab von Don Pablo, wo es zum guten Ton gehört, direkt vom Grabstein zum Andenken an den Patron von Medellín …«

»Ich hab keinen Reisepass«, sagte Ilja. Er hatte sich ein paar Märchen angehört – nun reichte es. Sollte diese Tour durch Kolumbien jemand anderer antreten. Nicht Petja Chasin und nicht Ilja Gorjunow. Jemand, der das Leben vor sich hatte.

»Na, das ist doch kein Beinbruch«, Rosa hörte nicht hin. »Das lässt sich regeln. Wir arbeiten mit einer Agentur, die macht genau das. Das kostet natürlich, aber dafür geht es innerhalb einer Woche. Ein vorläufiger sogar in drei Tagen.«

»Die lassen mich nicht raus.«

»Milizionär?«, fragte sie mitfühlend.

»Im Gegenteil. Vorbestraft.«

Der gezuckerte Kaffee hatte alle Vorsicht weggespült. Ausgeplaudert, schon bedauert. Jetzt würde sie ihren Computer zuklappen und sagen, sie schließt zur Mittagspause.

»Wenn Sie wollen, kann ich da anrufen, dann fragen wir gleich. Ich glaube, da gibt's nichts dergleichen.«

»Ich … darf wirklich nicht.«

Aber sie scrollte sich bereits durch ihre Kontakte im Telefon.

»Ich geh dann mal.«

»Natalja Georgijewna? Hier ist Nonna, von der ›Wind-Rose‹. Ja. Eine Frage. Hier ist jemand mit Vorstrafe. Ja. Machen Sie? Welches Gesetz?«, sie schrieb Ziffern auf ein Blatt Papier. »Haben Sie die Strafe vollständig verbüßt oder Bewährung gekriegt?«

»Vollständig«, sagte Ilja, während er sich zuknöpfte.

»Alles klar. Danke! Also ich schicke ihn dann zu Ihnen, falls nötig, ja? Über die Tarife informiere ich ihn. Danke noch mal!«

Ilja schaute sie dumm an.

»Sie sagt, wenn die Strafe vollständig verbüßt wurde, dann darf man reisen. Hundertvierzehntes Föderationsgesetz, Paragraf 15. Wenn keine Reisebeschränkungen von der Aufsicht über Haftentlassene vorliegen«, las sie ab. »Ein Visum in ein anständiges Land kriegen Sie mit Ihrer Vorstrafe wohl kaum, aber wir wollen ja in ein unanständiges, oder?«

»Ich darf also das Land verlassen?«, fragte Ilja.

»Sie dürfen nach Kolumbien düsen, so würde ich es formulieren. Der Pass, als Express, kostet fünfzigtausend Rubel. Das braucht zwei Tage. Oder für zehntausend innerhalb von zwei Wochen.«

»Sie heißen Nonna?«, wollte Ilja wissen. »Nicht Rosa?«

»Hier, meine Visitenkarte. Ich konnte den Laden ja nicht ›Wind-Nonna‹ nennen.«

»Ich krieg da einen Reisepass? Ich kann nach Kolumbien?«

»Das Recht haben Sie. Meint Natalja Georgijewna. Bleibt Ihnen dann noch was für Kolumbien?«

Ilja zuckte mit den Schultern. Ihm war heiß, der Kopf dröhnte.

»Da bleibt was.«

»Dann schreibe ich Ihnen die Adresse direkt auf die Karte. Die sitzen am Smolenka. Das ist wirklich eine gute Firma. Die haben im Passamt ihr goldenes Fischlein. Aber sagen Sie, dass Sie von uns kommen, ja? Vergessen Sie das nicht.«

»Vielen Dank«, sagte Ilja. »Ich denk drüber nach.« Die Brandung war abgeebbt, der Bildschirm wurde blau.

Er stürzte hinaus, blieb mit unbedecktem Kopf stehen.

Das Recht haben Sie, meint Natalja Georgijewna. Sie hatte das so leichthin gesagt, als sei Gondwana gerade wieder zusammengewachsen und Ilja könne jetzt über den Landweg die Rückseite der Erde erreichen.

Habe ich das Recht?, fragte er sich. Warum eigentlich nicht? Hatte er denn das Recht – das mit mir zu machen? Welches?!

Die drei letzten Tage hatte sich Ilja auf den Schlussvorhang vorbereitet. Alle seine Ambitionen waren darauf gerichtet, aufzuräumen und seine Mutter unterzubringen.

Und nun das.

Das war ein zu wunderliches Wunder, um es einfach so zu glauben. Aber um es nicht zu glauben – ebenfalls.

Nach Kolumbien fliehen, dort untertauchen. Das Geld von den Bärtigen kassieren, Mutter beerdigen – und abhauen. Dort ein anderer werden. Spanisch lernen. Nicht Petjas Woche zu Ende leben, sondern sein endloses Leben. Bei denen herrscht doch so ein Chaos, dort findet ihn nie jemand.

Er brauchte nur das Geld für diesen Express-Pass, musste alles vorbereiten – und Donnerstag, Freitag, nach dem Deal, könnte er verschwinden.

Wie viel Geld? Hunderttausend? Zweihundert? Wenn er es schaffte, Petjas Deal mit den Bärtigen abzufangen, würde es für alles reichen.

Aber erst mal brauchte er was für den Pass. Geld für den Pass auftreiben, was riskieren.

Und – weiterleben?

Die Zukunft breitete sich vor ihm aus, der eiserne Gullydeckel über dem Kopf schob sich weg, legte das Weltall frei.

Die Sonne wärmte. Das Telefon störte nicht.

»Wahnsinn!«, flüsterte er zaghaft. Ging und sang.

Du bist die Luft, die ich atme
Und auf dem Meer die Spur des Monds
Der Schluck, den ich trinken will.

* * *

Erst, als er an der Metrostation »Poljanka« war, fing es wieder an zu surren. Leise, aber es überlagerte das Lied.

Er schaute aufs Telefon – Petjas Vater antwortete endlich auf seine Entschuldigung.

»MACH DIR KEINE HOFFNUNG WILL NICHTS VON DIR HÖREN UND WAGE DICH NICHT IN MEIN HAUS«.

So also. Das saß.

Es trübte sich sogar ein, als habe jemand die Sonne runtergedreht. Konnte ihm etwa ein fremder Vater die Freude an der Flucht nehmen? Das hatte er schon.

Warum willst du ihm nicht verzeihen, Papa? Warum mir nicht. Was habe ich dir getan? Ist es wegen Korschawins Tochter? Weil ich dich damals zum Teufel geschickt habe? Oder weswegen?

Es brannte. Die Mutter wollte die abgetrennte Hand wieder annähen, aber dort eiterten bereits die Ränder, zu spät. Näh sie an oder nicht, sie verdorrt, das Blut ist schon schwarz.

Wie sollen wir uns versöhnen? Und wozu noch.

»Es tut mir leid, dass alles so gekommen ist!«, schrieb er ihm trotzdem. Das war er der Mutter wohl schuldig. Hatte es versprochen.

»DAS KANNST DU DEINEM DENIS ERZÄHLEN DU FSB-NUTTE«, brüllte der Vater. »JUDAS.«

Ilja ließ von ihm ab. Offenbar war Petjas Weigerung, zur Tochter des stellvertretenden Ministers zurückzukehren, nicht alles gewesen. Chasin hatte seinem Vater noch etwas anderes angetan, schlimmer und böser. Ilja müsste noch tiefer ins Telefon eintauchen, um das herauszufinden.

Hatte Ilja das nötig? Und da war noch das mit der FSB-Nutte.

Ein weiteres Fädchen, an dem man ziehen konnte – um das Garn zu entwirren.

Denis – das war Denis Sergejewitsch. Der dem Vater einen Gruß ausrichten ließ. Bloß gut wohl, dass Ilja diesen Gruß nicht zugestellt hatte. Denn der Vater schien Denis Sergejewitsch zu hassen.

Es war nicht die Polizeikontrollbehörde, zog Ilja den Schluss. Wie hatte ihm die Mutter damals ins Krankenhaus geschrieben? Er rief den Brief auf, las ihn noch einmal: »Diejenigen, die Dich in diesem Zustand aufgegriffen haben, sind nicht aus Papas Behörde, was Dir jetzt sicher klar ist. Die kommen von wo ganz anders.« Und hier sprang er, solange die Spur noch heiß war, in einen anderen Brief, vom Vater, abgeschickt von Mutters Adresse: »Kurz, jetzt graben sie mir das Wasser ab und drohen, dir den Prozess zu machen, fordern meinen Rücktritt.« Du weißt schon, wer.

Er trat zurück – Petja jedoch blieb; und wuchs weiter. Jetzt fügte es sich, etwas zeichnete sich ab.

Petja war an den Feiertagen nicht von den eigenen Leuten aufgegriffen worden, sondern von anderen. Du weißt schon, wer: FSB? Die Föderale Sicherheit, ehemals KGB, genau. Petja hatte sich hinter seinem Vater verstecken wollen, und das passte denen gut ins Blatt. Sie eröffneten ein Verfahren, zwangen den Vater zum Rücktritt, nahmen den Sohn unter ihre Fittiche. Wer schuldig ist, der kuscht. Darauf fußt das Lager, der ganze russische Staat und überhaupt der Erdball.

Die Föderalen sind der Bullerei einverleibt, wie ein Rinderbandwurm der Karausche. Das ist angenehm: Man wird genährt und kommt rum. Wenn man im Lager zuhört, bekommt man einiges mit über diese Nahrungskette, in der man selbst das Plankton ist.

War es so?

Deswegen hatte Igor auch Angst vor Petja. Nicht vor Petja, dem Rotzlöffel, sondern vor denen, die hinter ihm standen, die Strippen zogen und sagten, wohin die Reise geht. Er hatte Angst, dass er ihr ganzes verrohtes Spiel nicht durchschaute und sich deswegen verzocken konnte.

Danke, Vater. Du hast es mir erklärt.

Aber wieso Judas?

* * *

Jetzt musste er zurück, nach Lobnja. Musste sich freiwillig bei der Polizeidienststelle melden, sich registrieren lassen. So war die Regel: Sonst suchen sie einen.

Vom Sawjolowski-Bahnhof aus schrieb er Igor.

»Na gut. Am Kutusowski war jemand von DS, grab nicht weiter.«

Die Frechheit kam aus heiterem Himmel. Jetzt gab es etwas, wofür sich das Risiko lohnte.

»Der Kleinbus kam von ihm? Beschattung?«, fragte Igor K.

»Da war kein Bus! Wieso?«, sagte Ilja ehrlich.

»Und wieso wurde Sinizyn festgenommen?«

Offenbar zerriss es ihn innerlich, da er jede Vorsicht vergaß, dachte Ilja. Er schrieb über alles ganz offen, hatte keine Angst, andere könnten es lesen.

Später, als Ilja schon in der Elektritschka saß, dachte er: Igor war es, der Chasin zur Offenheit trieb. Um sich abzusichern. Vielleicht war da gerade eine Razzia im Gange, und zwar mithilfe von Petja – der steckte ja schon im Dreck.

Was sollte er Igor unterjubeln?

Verschiedenes ging ihm durch den Kopf. Zuerst tippte er: »Ist doch Sinizyn!«, aber er besann sich. Wie wichtig war dieser Sinizyn für sie dort? Sinizyn war es, der Petja vorgeschlagen hatte, das Konfiskat schwarz abzusetzen.

Sinizyn sollte zu den Bärtigen gehen. Zu jenem Magomed, am verabredeten Donnerstag. Aber Sinizyn war festgenommen worden, wenn Igor die Wahrheit sagte.

Hatte Chasin überhaupt gewusst, dass Sinizyn eingelocht wurde? Wann war das alles so schnell passiert? Mit dem liefen die Gespräche doch über Signal. Also suchte Ilja dort Sinizyn, brachte sich das Gespräch in Erinnerung.

»Dräng nicht, Wassja! Der ist heikel, verträgt keinen Druck. Ich sag dir, wann.«

»Lange kann ich nicht warten. Und wenn's V-Leute sind?«, zappelte Sinizyn.

»Du Schisser.«

Hier. Er hatte Angst vor den Föderalen – nicht umsonst. Die hatten ihn eingelocht – und zwar vor Kurzem. Vielleicht mit Petjas Hilfe und Beteiligung. Das dachte zumindest Igor. Du Schisser, Sinizyn.

Wo war jetzt das, was für die Bärtigen bestimmt war? Weggekommen? Zusammen mit Sinizyn? Sinizyn war sofort aus den Messengern verschwunden, als habe man ihm im Schlaf einen Sack über den Kopf gezogen und ihn fortgeschleppt. Er konnte sich nicht mehr bei Chasin beklagen, ihn nicht beschuldigen: Da war ein Mensch, und schon ist er weg. Hinterlässt nicht mal Ringe im Wasser.

Wen konnte er fragen? Wohl nur Igor?

Bei Denis Sergejewitsch wollte Ilja jetzt ganz sicher nicht als Petja erscheinen. Wenn Denis Sergejewitsch Petjas Kontaktmann beim FSB war, dann war es besser, sich so lange wie möglich vor ihm zu verstecken.

Wieso hatten sie Sinizyn eingelocht?

Er telegrafierte Igor: »Bin nicht auf dem Laufenden.« Vielleicht irrst du dich, Igor, und ich weiß nichts von der Verhaftung. Vielleicht weiß ich es auch, aber kokettiere mit dir. Oder ich kokettiere nicht mal, sondern schneide dir das Wort ab: Du ahnst doch, dass der Hocker unter dir wackelt. Bleib ruhig stehen, zapple nicht, sonst schreiben die später – es war Selbstmord. So nennt man das gewöhnlich.

Igor hielt das jedoch nicht aus.

»Und das mit deinem Vater weißt du wohl auch nicht mehr, Chasin?«

»Werd nicht frech«, schnappte Ilja zurück.

Er musste das so sagen: in Petjas Stil. Auch wenn er anders wollte – weiß von nichts, klär mich auf.

Aber Igor hatte wohl nicht vor, ihm weitere Lehren zu erteilen. Stattdessen stach er ein letztes Mal zu, nachdem er bis Lobnja geschwiegen hatte:

»Kurz, die Ware bekommst nur du in die Hand. Andernfalls kannst du deinen Bärtigen Waschpulver unterjubeln. Ariel plus, verflucht.«

* * *

Direkt vor der Tür zur Meldestelle bremste Ilja ab: Das Telefon fiepte. Er hob die Sperre auf, schaute nach.

Eine Nachricht von Nina.

»Na dann sieh zu und pass ab jetzt auf dich auf!«

12. Kapitel

Auf die Vortreppe war zum Rauchen ein MP-Schütze in taubengrauer Uniform herausgetreten. Er zirpte mit dem Feuerstein, vor Langeweile schaute er zu Ilja. Und Ilja spürte es im Nacken, sein Seitenblick hatte sich schon wund gerieben an ihm, aber er konnte nicht vom Display lassen.

Während der Fahrt hierher hatte er keine Zweifel daran gehabt, sich anzumelden. Aber jetzt, im Visier des grauen Bullen, wurde er nachdenklich. Er ging in die Suchmaschine, tippte: »Paragraf 228.1 Freilassung Registrierung Frist.« Drehte das Telefon weg vom Schützen, drückte »suchen«.

Sofort zeigte sich: »Schweres Verbrechen«, »Tilgungsfrist 8 Jahre«, »Kann eine Aufsicht über den Haftentlassenen veranlassen«, »Reise-Beschränkungen bei Aufsicht über den Haftentlassenen«, »nach Dafürhalten der zuständigen Behörden«.

Der Bulle kniff die Augen zusammen.

Gleich würde Ilja dort hineingehen – und alles Mögliche konnte geschehen. Gerät er an einen gleichgültigen Beamten – dann werden seine Daten aufgenommen, und er bekommt eine Bescheinigung ausgestellt. Gerät er an einen Pedanten – dann wird er ausgefragt, wie er sich so zu bessern gedenkt. Gerät er an einen Wutbolzen – dann bekommt er diese bescheuerte Aufsicht angehängt, und, so sagt das Orakel, er darf das Land nicht verlassen.

Heute war der letzte Tag, um sich freiwillig zu stellen. Aber solange er sich nicht stellte – sahen sie ihn nicht. Sie würden ihn sehen, wenn die Strafvollzugsbehörde ihnen meldet, dass sie einen Sträfling entlassen hat. Wann? Heute? Morgen? Übermorgen? Die Strafvollzugsbehörde war langsam, existierte schon viele Jahrhunderte, wurde gerade umbenannt. Und Ilja war eine Eintagsfliege, seine Zeit lief im Schnelldurchlauf. Vielleicht konnte er diesen bemoosten Krebsscheren entkommen. Die konnten ihn aber auch in der Mitte durchbeißen, mitsamt Rückgrat und Gedärmen. Er holte aus der Tasche einen blanken Fünfer, um ihn zu werfen: Wäre der Adler oben, wollte er kapitulieren. Bei Zahl würde er sich umdrehen und gehen. Er warf die Münze hoch, fing sie, bedeckte mit der rechten Hand den linken Handrücken. Adler.

»Kann ich helfen?«, fragte der Schütze am Ende seiner Zigarette.

»Hab meinen Ausweis verloren«, sagte Ilja.

»Und was war das mit der Münze?«, wollte der Bulle wissen. »Was gibt's zu entscheiden?«

Ilja schwieg, spulte mögliche Antworten durch. Der Posten rückte seine Maschinenpistole zurecht.

»Das ist ein anderes Thema. Ich überlege, ob ich meiner Freundin einen Antrag machen soll oder nicht«, murmelte Ilja.

»Na, dann ist das ja vielleicht ganz gut, das mit dem Ausweis«, grinste der Bulle. »So gibt das Schicksal Zeichen, nicht mit Kopf oder Zahl.«

Ilja lächelte erleichtert.

»Aber wenn's um eine Verlustbescheinigung geht, die gibt's hier nicht, das macht der Revierpolizist«, der Schütze spuckte den Stummel aus und klappte die Tür zu.

Ilja drehte sich um und verließ betont langsam, um nicht loszurennen, den Hof zur Straße, und auf der Straße dann lief er schneller und schneller.

Die Würfel waren gefallen.

* * *

Hungrig und durchgefroren stürzte er in die Wohnung. Zuerst schaute er nach der Knarre: am Platz. Er stellte die Kohlsuppe aufs Feuer. Drehte Nonnas Visitenkarte in den Händen, las die Adresse der Firma, die seine Passfrage regeln konnte. Fünfzigtausend Rubel und zwei Tage.

Wo sollte er die heute hernehmen?

Er ging ins Treppenhaus, klingelte bei Tante Ira. Sie öffnete: Jeans, im Ausschnitt des T-Shirts ein faltiger Hals, eine dünne Zigarette zwischen den gelben Zähnen.

»Wie geht's, Iljuscha?«

»Tante Ira, kann ich mir bis Freitag was pumpen?«

»Um Mutter zu holen?«

»Noch nicht. Ich war dort … hab sie gesehen.«

»Wann willst du sie beerdigen?«

»Ich … weiß ich nicht. Am Wochenende wahrscheinlich. Ich brauche fünfzigtausend.«

»Ach du liebes bisschen. Wo soll ich die hernehmen? Ich arbeite doch halbtags! Ich sag ja, diese Beerdigungen sind die reinste Abzocke.«

»Und wie viel ginge?«

»Warte mal … hier … fünfhundert habe ich. Hier: tausend. Riecht das nach Suppe bei dir? Kochst du selbst?«

»Die läuft über! Danke!«

Er nahm den Tausender. Irgendwie würde er ihn zurückgeben. Jetzt fehlten noch neunundvierzigtausend.

Die Kohlsuppe kochte tatsächlich, verdampfte Richtung Decke. Ilja tat es sehr leid darum, er riss den Topf vom Feuer, verbrannte sich die Hände. Ihm schien, seine Mutter sei böse auf ihn, dass er die Nachbarin angelogen hatte, er brauche Geld für ihre Beerdigung.

Das habe ich nicht zu ihr gesagt, Ma! Das hat sie selbst gedacht.

Zur Strafe hatte sie Ilja ein bisschen weniger von sich übrig gelassen. Nun musste er warten, bis sie abgekühlt war. Währenddessen kam er auf die Idee, Serjoga anzurufen – fast hätte er ihn von

Petja aus angewählt, das fiel ihm gerade noch ein. Er konnte ja nach Kolumbien abhauen, aber alle Anrufe von Petja würden von den Fahndern exhumiert werden. Und Serjoga sollte er da nicht reinziehen.

Er klopfte bei seiner Mutter an, steckte ihr Telefonkabel in die Wand, es tutete, er wählte Serjogas Nummer. Der ging nicht gleich ran, Ilja meinte schon, er würde überhaupt nicht abheben.

»Ja, Tamara Pawlowna?«

»Hallo, Serjoga. Wann bist du zu Hause? Ist nichts fürs Telefon.«

Eine Bitte kann man am Telefon leichter abschlagen.

Diesmal sollte Ilja bei ihm vorbeikommen. Serjoga schlug das vor. Dazu war er nicht verpflichtet, tat es aber. Vielleicht erinnerte er sich daran, wie sie geraucht hatten am Kompaniedenkmal. Oder an die Baugrube. Bis heute Abend.

In Mutters Zimmer war die Luft irgendwie stickig, drückender als in der übrigen Wohnung. Vielleicht kam das vom Bett, vielleicht von der Kommode. Ilja suchte nicht erst, öffnete einfach das Oberfenster.

Er ging in die Küche, vertiefte sich ins Telefon: suchte, ob man trotz Vorstrafe wirklich reisen durfte. Rechtsanwälte erzählten auf verschiedenen Seiten Verschiedenes, kamen aber in einem überein – gab es keine Aufsichtsverfügung, war es nicht verboten.

Wäre er auf Bewährung – dann hieße das: finito.

Aber Bewährung hatte man ihm ja nicht gegeben. Als sie fast schon durch war, da drehte er doch noch durch, kam aus der Innentasche gekrochen.

Er aß einen Löffel Heißes. Seine Mutter wollte nicht abkühlen. Er verbrühte sich an der Erinnerung.

Man soll nicht lügen, hast du immer gesagt, weißt du noch?

Ich sollte es nicht dulden, wenn man mich schlug, sollte zurückschlagen, selbst wenn die Prügel noch schlimmer wurden danach.

Ich sollte mich nicht vor den Halbstarken ducken, die mir in der vierten Klasse in den Toiletten auflauerten, mich hinter der Schule treffen wollten.

Du hast mir gesagt, man braucht von anderen keine Gerechtigkeit zu erwarten, die muss man selbst einfordern.

Und dass Lügen erniedrigend sind.

Andere zu verpfeifen ist eine Schande, hast du gesagt und hast mich vor der Schulleiterin, diesem Miststück, in Schutz genommen, als ich nicht verraten wollte, wer in der Turnhalle die Fenster eingeschlagen hatte.

Du hast mich bei diesem idiotischen Karate angemeldet, dabei wollte ich das gar nicht. Es nutzte nichts, half nichts. Mawashi-Geri, mehr ist nicht geblieben.

Und als mich Oleg aus der Hausnummer eins anstiftete, einem streunenden Kater Kölnischwasser zu spritzen, und der Kater, der mir die Hände blutig gekratzt hatte, dann leidvoll krepierte und über den ganzen Hof schrie – da hast du mir zuerst die Kratzer verbunden und dann, als du die Wahrheit erfuhrst, hast du mich mit dem Gürtel verdroschen, mit verzogenem Gesicht. Ich hab mich rausgewunden und gesehen, wie du das Gesicht verzogst, weil du es selbst schrecklich fandst. Aber ein paarmal hast du getroffen – und das tat richtig weh. Damals. Du hast mir gesagt, es gäbe für alles Vergeltung, man braucht nicht zu glauben, dass man ihr entkommt. Die Lektion sitzt, merkst du's? Nur weil du Lehrerin warst, oder vielleicht wolltest du auch der Vater für mich sein? Und für ihn das tun und das geben, was er mir nicht gab und nicht für mich tat? Du wolltest, dass ich ein normaler Kerl werde.

Was wusste ich vom Leben? Ich meinte, das müsse so sein. Ich glaubte dir. Solange ein Mensch klein ist, ist er aus Knetmasse, man kann aus ihm formen, was einem in den Sinn kommt.

Und was wolltest du von mir, als sie mich holten? Als die Richterin sagte, sieben Jahre? Woher kam das in deinen Telefonanrufen: »Versuch dort bloß nicht, den Helden zu spielen, um Gottes willen«? Woher kam das: »Die machen dich kaputt«? Oder »bringen dich um«? »Man kann sich unsichtbar machen, und dann vergisst dich das System … Abwarten … aushalten … du hast eine Schutzschicht.«

Was für eine Schutzschicht habe ich schon? Nichts dergleichen habe ich.

All diese Regeln, die du mir beigebracht hast, die waren wohl nur für die Kindheit gut? Warum sollte ich sie im Gefängnis auf einmal alle vergessen? Das Erwachsenenleben ist tiefgründiger, ja, aber das Gefängnis ist wirklich der tiefste Grund. Auch da, im Gefängnis, läuft alles nach Regeln – sinnlosen, sadistischen, aber es sind ebenfalls Regeln. Setzt man sich mit einem Entehrten an einen Tisch, gibt man ihm die Hand, nimmt man was von ihm – wird man selbst entehrt. Was ist das für eine Regel? Und niemand schreitet ein, niemand wagt es. Man darf vom Fußboden nichts aufheben. Seinen Becher nicht auf den Boden stellen. Wenn dir im Streit rausrutscht, du bringst wen um – musst du es tun, denn man steht zu seinem Wort. Im Lager darf man nicht sagen »das war zufällig«, »keine Absicht«. Das soll eine Regel sein?

Glaubst du, kindische Regeln sind nur für Kinder?

Du hattest einfach nur Angst um mich, das war alles. Du hattest Angst, mir das Falsche beigebracht zu haben, dass deine Erziehung mich im Lager tötet. Du hattest Mitleid mit mir, dachtest, ich könne dort ohne Stützrippen leichter überleben. Ein Egel kriecht überall raus, aber eine Schnecke wird ihren Panzer nicht los.

Dabei war ich schon ausgehärtet, Ma, niemand konnte mich noch umkneten.

Von dem, was du mir in der Kindheit beigebracht hast, funktioniert hinter Gittern auch einiges. Verpfeifen darf man niemanden. Würgen sie dich – halt es aus, aber es den Schließern zu petzen, ist das Letzte.

Wie geht das? Dass man Gerechtigkeit einfordern muss, weil sie von den anderen nicht zu erwarten ist. Dass auf Lüge Vergeltung folgt, wie auf alles andere auch. Du wolltest das vielleicht nicht, aber du hast mich aufs Gefängnis vorbereitet, solange ich klein war. Und als sie mich holten, hast du auf einmal was anderes erzählt – ich solle ein Sauhund werden, aber überleben. Das sagtest du aus Angst um mich.

Es gibt Situationen, Ma, da kann man nicht mehr in der Innentasche hocken …

Das Telefon klingelte.

Auf diesen Anruf hatte Ilja gewartet. Denis Sergejewitsch. Der ihm gesagt hatte, er müsse heute wie eine Eins stehen. Jetzt rief er ihn.

Ilja wartete ein wenig, aber ihm fiel nicht ein, was er tun sollte. Hätte ihn der Anruf in der Metro erreicht, hätte er denselben Trick versuchen können wie mit Petjas Chefs. Aber er konnte ja nicht den ganzen Tag auf der Ringlinie fahren und auf einen Anruf warten.

Er nahm einfach nicht ab.

Denis Sergejewitsch rief sofort erneut an. Und noch mal. Den wurde man nicht los, er schien alles durch die Kamera zu sehen, wenn auch getrübt: Da klingelt es, eine Hand streckt sich zum Telefon aus, drückt den Anrufer weg. Er merkte, dass Ilja bewusst nicht abnahm. Und forderte, er solle es unverzüglich tun.

Beim zehnten Mal wurde Ilja nervös, schickte ihm eine vorgefertigte SMS: »Kann nicht sprechen, rufe später zurück.«

Sofort kam ein: »Chasin! Warum bist du nicht da?«

Was sollte er sagen? Was war gemeint mit – da?

»Sind das die Spielchen von DS und dir?«, hatte ihm Igor heute geschrieben, »damit ich bei der Sache den Arsch hinhalte?« Denis Sergejewitsch intrigierte gegen Igor. Wenn Igor Angst hatte, etwas am Müllplatz zu hinterlassen, wenn es dabei um die Ware für die Bärtigen ging, wenn es die war, die Sinizyn beim Einsatz beschlagnahmt hatte, die registriert worden war und wegen der man Sinizyn später eingelocht hatte … Was dann?

Was konnte er von Petja wollen?

Dass Petja ihm übergab, was er am Müllplatz gefunden hatte? Oder sollte es Petja an Hausknecht-Magomed weiterleiten, wie von Ilja geplant? Was machte DS dann in diesem Spiel? Wollte er Igor bei der Unterschlagung der Ware erwischen, beim Handel mit dem Stoff? Vielleicht sollte Chasin nach Absprache mit Denis Sergejewitsch diesen Igor in eine Wolfsgrube locken und einlochen? Und

Ilja hatte das nicht gewusst und Igor aufgefordert, einen Übergabeort vorzuschlagen, der diesem sicher schien?

Den Dummen konnte er nicht länger spielen. Er musste auf Risiko gehen.

Den Schwarzen Peter weiterschieben.

»Übergabe wegen Igor K. geplatzt, Denis Sergejewitsch«, petzte Ilja. »Habe nichts.«

Sollten die das erst mal unter sich regeln, ihm ein bisschen Zeit geben, bis er durchblickte. Bis zum Abend, bis zum Treffen mit Serjoga, bis zum Geld. Vielleicht sollte er noch mal anrufen, bitten, dass seine Frau Kohle lockermachte? Dann könnte er schon heute das Geld für den Pass abdrücken.

Aber was kam dann? Dann müsste er bis Donnerstag noch drei weitere Tage flunkern, sich mit unverfänglichen Phrasen herauswinden, damit das Befremden nicht zum Zweifel, der Argwohn nicht zum Verdacht wurde, das Gutartige sich nicht zum Bösartigen auswuchs.

»Ja und?«, fragte DS genervt.

Später ist später, beschloss Ilja. Entweder da kommt noch was oder nicht.

»Er sagt, er fürchtet eine Provokation. Verdächtigt Sie.«

Verzeih, Igorlein. Wo gehobelt wird, fallen Späne.

Es gibt nur den einen Moment zwischen Vergangenheit und Zukunft. Daran halt dich fest. Er ist es, der …

»Was erzählst du mir da?«, schickte ihm Denis Sergejewitsch eine SMS. Er schrieb gewöhnliche Kurzmitteilungen: musste sich vor niemandem verstecken, war wohl gerade im Dienst. »Was hat dein Igor überhaupt damit zu tun? Mich interessiert dein Geplänkel mit ihm nicht, Chasin!«

Was interessierte ihn dann? Was?!

Ilja wischte sich zu den Sprachmemos: Vielleicht war alles, was Denis Sergejewitsch Petja gesagt hatte, besonders gekennzeichnet? Wie konnte er den digitalen Denis Sergejewitsch um Rat fragen, welche Lüge jetzt am besten passte?

Nein. Alle Dateien waren mechanisch betitelt, zum Teufel: »Neue Aufnahme 78«, »Neue Aufnahme 79«. Hier verweigerte Chasin Ilja seine Mithilfe.

»Warum zum Teufel gehst du nicht ran?!«, machte DS Druck.

Ilja schwieg, wühlte in fremden, durch den Telefonlautsprecher gequetscht klingenden Stimmen.

»Willst du kneifen?« DS ließ nicht locker. »Du bist übergeschnappt, Chasin! Hier stehen die Leute bereit, warten nur auf dich! Der Kunde wird unruhig!«

Nein. Nein-nein-nein.

»Das geht heute bei mir nicht …«

»Heute nicht, und wann dann? Wir haben ihn so lange angefüttert! Er nimmt nur was von dir, sonst von niemandem! Komm her, aber flott!«

Da war noch etwas anderes, Ilja wurde schweißkalt. Da war noch etwas völlig anderes, wovon er nichts wusste, was ihm Chasin, das *Schwein*, nicht erzählt hatte. Und das war viel wichtiger als Igors Tüte, als Petjas winziger Zuverdienst, als seine Deals mit irgendwelchen bärtigen Kaukasiern. Das war ein Riesenspiel, zu groß für Chasins Telefon, und vielleicht war es auch überhaupt kein Spiel.

Sein Hirn krampfte. Was sollte er jetzt sagen? Sollte sich Denis Sergejewitsch doch selbst eine Erklärung ausdenken, so war es einfacher. Schweigen musste er, zustimmend nicken, durfte den Mund nicht aufsperren. Jedes falsche Wort konnte DS das Wichtigste, das Schrecklichste offenbaren: dass Chasin nicht Chasin war.

»Du meinst, du kannst dir das erlauben, ja? Nein, was man anfängt, führt man zu Ende!«, klebte DS eine Nachricht an die andere. »Wovor hast du Angst? Hast du dich da bei dir verquatscht? Meinst du, dein Beljajew deckt dich? Oder wer? Korschawin? Kapierst du überhaupt, dass die im Vergleich mit uns Dünnschiss sind, Chasin? Und du ein Spuckfleck? Wir haben dich am Haken, schon vergessen? Mach nur so weiter, lass meine Veranstaltung platzen, dann holen wir uns deinen Papi. Die Papis dieser Welt entkommen uns nicht!«

Eile war geboten.

Schnell was ausdenken, sich verteidigen. Aber wie ein Hammer den Nagel trafen die SMS von Denis Sergejewitsch Iljas Kopf, Schlag auf Schlag, gaben ihm keine Möglichkeit zu überlegen, sich eine Legende auszudenken.

»Meinst du, du kannst dich mit Arbeit rausreden? Nein, Kleiner, so wird das nichts. Los, komm ins WhatsApp, ich schick dir was zu hören!«

Ilja gehorchte, öffnete WhatsApp. Eine Minute später war sie da: eine Audiodatei.

* * *

»Da ist er. Da, aus dem Auto gestiegen.«

»Das seh ich. Alles läuft. Ist das Gerät im Teller angeschaltet?«

Es klirrt silbrig-metallisch auf Porzellan.

»Die sagen, alles wird aufgezeichnet. Wir sichern hier ebenfalls. Ende. Los, Max, rück beiseite. Ich habe mit ihm ein Tête-à-Tête.«

Eine Tür schlägt zu, gespielt-gutgelaunt miaut eine Empfangsdame etwas, Fußsohlen scharren. Ringsum Gemurmel, ganz nah, aber auch in der Ferne, ihre unnötigen Worte stören die für die Aufzeichnung nötigen Worte nicht.

»Oh, Pjotr, das ist toll! Wie eine Schweizer Uhr!«

»Guten Tag, Denis Sergejewitsch.«

»Hunger? Ich habe mir allen möglichen Aufschnitt bestellt, Aufschnittchen. Mit dem Hauptgang habe ich auf dich gewartet.«

»Ich würde nur ein Wasser nehmen, wenn möglich. Hab schon gegessen.«

»Wie du meinst. Ich ess was. Tanjuscha! Für ihn Wasser, für mich Wässerchen. Sie haben sehr schöne Strümpfe.«

Eine kichernde Kellnerin nimmt die reichhaltige Bestellung entgegen: Ziemlich ausgehungert ist dieser Denis Sergejewitsch. Dann lachen sie noch ein wenig über Nichtigkeiten: Denis rollend, mit Übergängen ins Gebell, Petja vorsichtig, stotternd. Aber Ilja spulte nicht vor. Im Lachen liegt mehr Wahrheit als in Worten.

»Was ist nun, Pjotr? Was hast du dabei? Welche Gastgeschenke bringst du?«

»Den Kopf meines Vaters.«

Chasin lacht kehlig und nervös.

»Wie erwartet. Her damit, gerade ist eine Schüssel frei!«

Erneut der Klang von Silber auf Porzellan.

»Ich meine das übertragen.« Wieder kichert Petja.

»Na, ich doch auch«, Denis Sergejewitsch lacht laut. »Schon gut, zieh's nicht in die Länge.«

»Also, es gibt da so eine Adresse.« Papierrascheln. »Hier, schreiben Sie das ab. Das ist eine Sauna. Gehört einem Studienfreund meines Vaters. Die kommen da alle zwei Wochen zusammen. Mit Nutten. Mein Vater fährt auch hin. Regelmäßig. Mit anderen Leuten von oben.«

»Naumenko?« Denis Sergejewitsch fragt stark interessiert.

»Manchmal.«

»Nun, Pjotr ... Und woher weißt du das alles? Hast du durchs Schlüsselloch geguckt?«

»Ist das wichtig?« Chasin wirkt zerknirscht.

»Alles ist wichtig. Pinselstriche eines Porträts.«

»Er hat mich ein paarmal mitgenommen«, murmelt Petja.

»Das nenn ich Erziehung! Bravo! Hat dein Vater seine Erfahrung also an die heranwachsende Generation weitergegeben?« Denis Sergejewitsch grunzt gutmütig.

»So was in der Art. Wir hatten ein Gespräch ... Wegen der Heirat. Da wollte er mir zeigen, dass eine Ehe nicht das Ende der Welt ist. Nun und ... mir zeigen, dass wir also unter einer Decke stecken. Nehme ich an. Weiß der Teufel.«

»Das ist eine bekannte Methode, Vertrauen zu gewinnen«, stimmt Denis Sergejewitsch zu. »So werden hierzulande alle wichtigen Geschäfte bekräftigt. Die jungen Leute ekelt das natürlich, aber die sind schluffig, vertrauen nur Unterschriften, und lebendige Weiber gebrauchen sie sicher auch nicht mehr, immer nur Porno. Dein Vater jedoch ist von der alten Garde, der weiß Bescheid. Nichts verbindet so sehr wie ein gemeinsamer Sündenfall. Sauna mit Nutten ist das beste Teambuilding!« Wieder bricht er in Gelächter aus.

»Nun ja, Sie können dort alles mit Überwachung ausstatten und so.«

»Danke für den Tipp, Pjotr. Aber!« Denis Sergejewitsch schnalzt. »Du bist doch schon ein alter Hase. Gehst du mit deinen Leuten etwa nicht ins Dampfbad? Dieses Filmchen wird da oben wohl kaum jemanden beeindrucken. Entweder sendet man das irgendwie auf ›Life‹, oder … Eigentlich gibt es nur einen Menschen auf der Welt, den eine solche Wochenschau verblüfft. Deine Mutter. Meinst du, sie weiß was von diesen Partys?«

»Ganz sicher nicht. Das würde sie ihm nicht verzeihen.«

»Wenn sie weiß, dass er weiß, was sie weiß, dann verzeiht sie ihm das nicht. Aber wenn er nicht weiß, dass sie es weiß, dann gibt es nichts zu verzeihen. In diesem Alter ist es für eine Frau schwierig, noch mal von vorne anzufangen. Aber gut. Gut, Pjotr. Wir versuchen es. Das ist nicht schlecht. Besser als gar nichts jedenfalls. Das ist ein winziger, kleiner Haken, mit dem wir Juri Andrejewitsch an die Angel kriegen. Und mit etwas Glück schnappen wir auch die anderen gestrauchelten Herren.«

Nach kurzem Schweigen murmelt Chasin: »Und meine Akte wird geschlossen?«

»Die klappen wir vorerst zu, Pjotr. Und wenn das mit deinem Vater funktioniert, wie es soll, dann kommt sie ins Archiv. Wenn er sich in diesem Film sieht und meint, dass er nicht familientauglich ist, dann ja. Es hängt alles davon ab, wie fest und unerschütterlich eure Familie ist.«

»Der alte Esel. Mir will er Moral predigen, und selbst planscht dieser Nacktarsch mit ukrainischen Nutten im Pool.«

»Ein pikantes Detail«, merkt Denis Sergejewitsch an. »Ich hoffe, es sind Flüchtlinge aus dem Donbass, denen er da Almosen gibt. Das war ein Witz. Nun gut, Pjotr. Ehrlich gesagt, hatte ich mehr erhofft, angesichts der Schwere deines Falls. Aber wenn dein Vater keine Zicken macht und uns sein Amt überlässt, dann wird dir das als erster Erkundungsvorstoß angerechnet. Aber sag mal, er wird doch sicher traurig sein, wenn er seine Arbeit verliert. Was blüht dir dann?«

»Was schon. Er muss sowieso in den Ruhestand, in kaum einem Jahr. Aber er würde mich sofort ausschalten, wenn er dadurch etwas länger seinen Stuhl wärmen könnte. Wie kann er bloß? Ich habe doch noch alles vor mir.«

»Das stimmt, Pjotr. Du hast alles noch vor dir. Ah, ich habe hier übrigens noch was für dich, zum Andenken.«

»Was ist das?«, fragt Pjotr vorsichtig.

»Mach auf, mach auf, keine Angst.«

»Was ist das, ein Angelgerät?«

»Das sind Haken, Chasin. Eine Sammlung. Kleine Haken. Falls du dir nichts aus Angeln machst, kannst du sie einfach ins Regal stellen und dich dran freuen. Ich bin nicht befugt, dir unsere Schulterklappen auszugeben, aber das hier – bitte schön. So Gott will, werden wir weiter zusammenarbeiten. Mach, was du willst, ich trinke jetzt einen. Und du?«

»Muss noch fahren, Denis Sergejewitsch.«

Es gluckert.

»Zum Wohlsein.«

* * *

Ausgespielt.

Ilja seufzte.

Jetzt war wohl alles klar. Auch das mit Judas und warum Petja seinen Posten behielt, der Vater seinen aber verlor. Hier war niemand zu bedauern, niemandes Seite einzunehmen. Alles gleich, aber gleichzeitig … irgendwie unlösbar. Was für ein »Jubiläum« noch, Ma. Niemals.

»Das haben wir deinem Papi zugespielt, aber wir können es auch deiner Mutter zu hören geben.« Die Nachricht kam von Denis Sergejewitsch. »Aber das ist nur eine Lappalie, eine Zugabe zu allem anderen.«

»Bitte nicht«, bat Petja.

»Dann raus aus der Ecke und schnurstracks hierher!«, kommandierte ihn Denis Sergejewitsch.

»Ich kann jetzt nicht. Ich werde alles machen. Ich habe hier einen Notfall. Ein privates Problem, nicht geschäftlich. Bis Ende der Woche kann ich nicht! Dann ja!«

»Bist du überhaupt in Moskau?«, begriff DS endlich.

»Nein. Das ist ja das Problem.«

»Chasin, verflucht! Was habe ich dir gesagt wegen der Jumbo-Flasche Sekt? Vergiss das alles!«, und er verschwand, und Ilja, der Gejagte, brach zusammen.

Hatte der Dresseur etwa von diesem dummen Chasin abgelassen? Ilja tigerte durch seine Käfig-Wohnung.

Meinst du wirklich, er lässt dir Freiheit bis Ende der Woche, wie du gebeten hast? Du siehst doch, was für ein Mensch das ist. Von ihm hast du doch gelernt, wie man intime Gespräche aufzeichnet. Nein, der lässt dich nicht in Ruhe. Du bist da reingeschlittert, hast einen Fehler gemacht und was falsch verstanden. Das war ein Versehen, ja, aber hier ist es wie im Lager, hier wird ein Versehen nicht entschuldigt, für alles muss man gradestehen. Du sagst, du bist nicht in Moskau. Das hat er selbst gefragt, so war er leichter abzuhängen. Konntest du nicht einen Schritt weiterdenken? Jetzt startet der doch eine Anfrage – nicht in Moskau, wo dann? Das meldet ihm der Mobilfunkanbieter. Der Tag ist noch nicht um. Unklar war, wie viel Zeit er brauchte, um alle deine Bewegungen der letzten Tage herauszufinden. Vor allem durfte er nicht wissen, wo Chasin jetzt war.

Er schaltete das Telefon ab. Einfach aus. Zu Hause durfte er es nicht mehr benutzen. Nur unterwegs. In der Metro. Im Taxi. Im Laufen.

Oder war das zu früh?

Vielleicht hat Chasin so was auch gebracht – mit seinen Partys, Besäufnissen, mit seinem Kokain. Als Sie ihn zu sich holten, Denis Sergejewitsch, da wussten Sie doch, was für ein Würmchen er ist. Wahrscheinlich haben Sie schon erwartet, dass er so ein Ding abzieht. Hätte Petja Chasin keine verwundbaren Stellen – wo hätten Sie Ihren Haken hineingetrieben? Aber vielleicht suchte er noch nicht nach ihm?

Zu Hause wollte Ilja das Telefon trotzdem nicht mehr einschalten.

Bis es Abend wurde, trank er Tee mit Zucker, Tee mit viel, viel Zucker.

Dachte nach mit Petja.

Wie er dir auch zugesetzt hat, Chasin, dein unzüchtiger alter Herr, aber so mit ihm umzugehen? Mit ihm, deinem Vater! Hast du ihn vorsorglich auch in der Sauna aufgenommen? Das hast du doch? Gern hätte er das Telefon eingeschaltet und es überprüft, das ganze Archiv durchgehört. Was von dir hast du mir außerdem nicht erzählt?

Wie soll ich mich jetzt verhalten? Natürlich will der nicht deine beschissenen Entschuldigungen, mein leeres Gequatsche, hier geht's schließlich nicht um irgendeine Tochter, nicht um irgendeinen Stoff, es geht darum, dass er dir Einblick gegeben hat in sein verfaultes Inneres, damit du dich neben ihm nicht wie ein Stück Dreck fühlst, damit du verstehst, dass ihr aus demselben Holz geschnitzt seid, da ist er dir entgegengekommen, auf Augenhöhe, und du packst ihn am Ohr und zerrst ihn nackt-zitternd unter die Verhörlampe.

Du wolltest ihm nicht verpflichtet sein? Dem fetten Korschawin keinen Dank schulden?

Da hast du es: Mit diesem Petrijünger hier kommst du ganz sicher nicht klar. Bei dem hängst du ein Leben lang am Haken und zahlst Prozente.

Idiot. Das ist unauflösbar.

Wie soll ich das entwirren, Petja Chasin, was du verwirrt hast?

Was mach ich mit deiner Mutter? Was mit Nina?

Gern hätte er das Telefon wieder eingeschaltet und geschaut, ob sie ihm geschrieben hatte. Das war ja gerade erst am Morgen – der Krankenhausflur, das spanische Lied als Echo in den Krankenzimmern, Ninas Rufen. Nina-Ninotschka durfte er nicht so lang allein lassen, auf sie musste er achtgeben: Sicher hatte sie richtig entschieden, aber wie sollte man das genau wissen. Ja, und er wollte sie auch einfach sehen, ihre Fotos noch mal durchklicken, jetzt, wo er eine freie Minute hatte.

In der leeren Wohnung klang jeder Laut nach. Überall brannte Licht, Ilja hatte es eingeschaltet. Er wollte das Telefon wieder anmachen.

Denn das war jetzt sein Leben.

* * *

Er verließ das Haus, schaute sich um, war völlig aufgewühlt. Im kargen Licht der Laternen drückten sich dunkle Menschen herum, die eigentlich hätten zu Hause sein müssen, im Warmen. Wieder waren Wolken über Lobnja aufgezogen, damit die Anwohner nicht zu lange in die Sterne guckten.

Serjoga war mit seiner Frau in einen Neubau auf der Kompaniestraße gezogen – zehn Minuten entfernt. Die gesamten zehn Minuten dachte Ilja im Gehen: Jetzt kann ich es doch wohl einschalten? Wahrscheinlich waren sie schon beunruhigt. Nina, die Mutter.

Auf der Hälfte des Wegs blieb er stehen, drückte den Knopf. Die Teufelsmaschine sprang an.

Sie schwieg, dann machte es pling – na bitte! Jemand suchte ihn. Er ratschte über das Display – Puls! –, aber den hier brauchte er jetzt gar nicht: Freund Goscha.

»Pedro! Wie ist die Stimmung? Bin hier …« Ilja machte WhatsApp nicht mal auf, um es ganz zu lesen. Was für ein unermüdlicher Clown du bist, Goscha. Geh zum Teufel, ich werde dir nicht antworten, das hältst du schon aus; wurdest ja noch nie verwöhnt.

Mehr war nicht, von niemandem.

Er schaltete es wieder ab, um die Sicherheitsleute nicht auf Serjogas Hütte zu bringen. Er wusste wieder, wohin er ging und weshalb.

Nervös war er dann, als er an der Türsprechanlage klingelte, und von dort drang es ebenso nervös: »Hallo! Komm rein!«

Im Treppenhaus standen Blumentöpfe, Plakate gratulierten zum Tag der Nationalen Einheit. Alles hier war so vorzeige-vorbildmäßig, wie im Lager vor der Ankunft einer Moskauer Kommission. Sogar der Fahrstuhl war noch nicht vollgepinkelt, die Knöpfe alle mit einer Panzerung beschlagen – gegen solche wie Ilja.

Die Wohnungen auf der Etage bildeten geradezu ein Labyrinth, die glücklichen jungen Familien waren hier eng zusammengepfercht. Serjoga holte ihn vom Fahrstuhl ab, hielt das Lächeln wie eine Hose ohne Gürtel – pass auf, sonst rutscht sie runter, und da ist der blanke Arsch.

»Störe ich, dann sag es …«, bat Ilja.

»Red keinen Quatsch! Alles prima. Du bist mein Freund. Punkt.«

»Wir können hier reden, muss ja nicht, falls da, also …«

»Hör auf! Stassja hat schon Tee gemacht, Pu-Erh, wie in den besten Häusern von Shanghai. Komm. Bloß, zieh im Flur die Schuhe aus, please, bei uns wohnt ein Staubsaugermann, alles vom Boden landet im Mund. Heute ist er den zweiten Tag ohne Fieber, toi-toi-toi, noch mal brauchen wir den Take nicht. Hast du auch keinen Husten?«

»Nicht dass ich wüsste.«

»Hallo! Tjoma, das ist Ilja, Ilja das ist Tjoma. Und das ist Stassja.«

Stassja war frisch frisiert, bemüht stylisch gekleidet, sah Ilja aufmerksam an, hielt ihre Wange nicht hin. Sie nahm den ernsten, pausbäckigen Jungen auf den Arm, nickte, trug ihn ins Kinderzimmer. Ein Kinder- und ein Erwachsenenzimmer: Zwei hatten sie.

In der kleinen Küche dampfte der Pu-Erh wie brennender Asphaltteer. Ilja fühlte sich wie Freund Goscha: von vornherein lästig. Sein schlechtes Vorgefühl wuchs. Stassja goss den Asphaltteer ein, sagte, sie wolle die alten Freunde nicht stören, verschwand im Kinderzimmer; von dort drang das Fiepen von Trickfilmen, nicht ihre Stimme. Also hörte sie zu.

Ilja machte ihr keine Vorwürfe: Sie war nicht gemein, beschützte nur ihr Haus.

»Und wie geht's?«, fragte Serjoga. »Wie waren die ersten Tage in der Freiheit?«

»Angefüllt«, sagte Ilja. »Wechselhaft. Hör mal … Weswegen ich hier bin. Ich wollte mir was borgen. Entschuldige, dass ich gleich damit herausplatze. Es ist eilig.«

»So, so.« Serjoga blinzelte. »Wie viel?«

»Fünfzig, wenn du hast. Fünfzigtausend.«

»Ich … Oha. Gleich, warte mal, ich werde mal … Stassja fragen.«

»Ich brauch's bis Freitag.«

Eine winzige Wohnung.

»Aha, bis Freitag!«, antwortete Stassja durch die Wand, bevor Serjoga noch aus der Küche gegangen war. »Und wovon will er es Freitag zurückzahlen?«

»Da kommt was, wird überwiesen«, sprach Ilja sie direkt an. »Ich brauch's dringend.«

»Wir kommen nur grade aus Lanka …«, zerrieb sich Serjoga zwischen ihnen. »Verausgabt sozusagen, alles so was.«

»Die Hypothek!«, erinnerte ihn Stassja.

»Ist doch nur bis Freitag!«, beharrte Ilja.

Er wusste schon, man würde ihn gleich abservieren, Geld bekäme er keins, es war schon eine Erniedrigung und kein freundschaftliches Gespräch mehr, aber Kolumbien lockte, wollte sich nicht zum Trugbild verflüchtigen, forderte, dass Ilja darum kämpfte.

»Und Tamara Pawlowna?«, warf Serjoga vorsichtig ein. »Kann die nicht …«

»Kann sie nicht.«

Und außerdem wollte er ihm nicht sagen, dass diese fünfzigtausend seine Rettung wären. Wie konnte er von Serjoga etwas erbetteln, und sei es sein Leben? Es war schon unangenehm genug vor Serjoga. Als er wegmusste, waren sie gleich gewesen, aber jetzt … Kein Freund, ein Kumpel bloß. Und nun ist dieser Kumpel aus dem Lager zurück, zerknitterte Fresse, wie ein alter Hundenapf, stinkt nach Alkohol, die Augen eingefallen, bittet um ein ganzes Monatsgehalt, schwört, es zurückzugeben. Was ist aus dir geworden, Ilja.

»Ich hab hier …«, Serjoga griff ins Portemonnaie.

»Nichts!«, sagte Stassja eisern. »Am Freitag ist Kreditzahlung. Wer wollte denn ein Auto leasen? Ich? Tjoma?«

»Bitte nicht vor allen, Stassja. Das ist ein langes Lied, wer hier …«

Doch eine Wachhündin.

»Schon gut, das … Ich bin deswegen hier … Also gehe ich jetzt.«

»Aber nicht doch, bleib sitzen.« Stassja drängte sich in die Küche. »Immerhin bist du sein Freund. Gerade entlassen. Habt euch hundert Jahre nicht gesehen.«

Furchtlose Hündin.

»Mach's gut, Serjoga«, sagte Ilja. »Nichts für ungut.«

* * *

Worauf hatte er gehofft? Auf die alte Freundschaft? Die Erinnerungen? Eine Schuld wegen der Baugrube?

Er stand im Hof, sein Kopf dröhnte wie eine Glocke. Kolumbien schmolz auf den Gefrierpunkt von Lobnja, Gondwana geriet aus den Fugen, den Himmel schoben erneut Quarz und Granit zu, von dort bis zur Erde waren es nicht mehr als sechzehn Etagen und das Weltall eine unbewiesene Idee.

Er konnte nicht entwischen, sich nicht herauswinden. Sie finden ihn, pulen ihn heraus, zerren ihn hervor. Er entging der Vergeltung nicht. Sie kommt, unbedingt.

Und was ist mit meinen sieben Jahren, rief er ihr zu: Wofür war das die Vergeltung? Alles Unsinn, niemand zahlt für irgendwas, und es gibt auch keine Belohnung. Gottes Waage ist gezinkt, und Gerechtigkeit ist eine Erfindung der Menschen, damit sie sich nicht völlig zerfleischen.

Er schaltete das Telefon ein, um sich zu beruhigen. Was hatte er jetzt noch zu verlieren?

Wieder blinkte Goscha: »Pedro! Wie ist die Stimmung? Bin hier …« Ilja fuhr mit dem Finger darüber, streichelte ihn – na gut, sag schon, was hast du, armer Teufel.

»Hab einen Bonus bekommen, für meine Verdienste fürs Vaterland, den will ich für eine gute Sache einsetzen. Treffen?«

Erst wollte ihn Ilja zurückstoßen ins WhatsApp, vergraben im Haufen des Unbeantworteten. Dann hielt er inne. Die Nacht deckte Moskau zu – sie wäre ebenso trüb wie die des Freitags, nur leer und dünn. Bei Trjochgorka war es jetzt sicher menschenleer.

Petja hatte doch Ware dabeigehabt – für sich und die Mädels sicher, vielleicht auch mehr. Ein Gramm zweihundert Dollar. Vier Gramm – der Pass.

Er musste nur dorthin zurück, zur Trjochgorka, auf die Hinterhöfe, zum ausgeweideten Treppenhaus. Er musste nur den Gullydeckel zurückschieben, einfach nur zu Petja unter die Erde hinabsteigen, einfach nur aus seiner Tasche das Briefchen mit dem Schnee holen. Und ihn dann seinem Freund Goscha verkaufen, den Petja zum Junkie, Clown und Jammerlappen gemacht hatte.

Alles ganz einfach also.

Er musste einfach noch mal mit ihm zusammentreffen.

Ilja kratzte etwas grauen Schnee von den Autos, rieb sich Stirn und Augen ab.

Dann teilte er Goscha mit:

»Vielleicht. Schreibe später. Schlaf nicht, Bro!«

13. Kapitel

Die Temperatur fing an zu fallen.

Die Wärme entwich aus Lobnja, durch ein Leck oder schlecht verschmierte Ritzen – in die Erde, zur anderen Seite des Globus, nach Kolumbien wohl. Warum war es so kalt? Im iPhone gab es eine App, um das Wetter zu erfahren. Irgendwie hatten die Amerikaner ausgekundschaftet, dass es in Lobnja jetzt minus acht Grad waren. Offenbar beunruhigte sie das. Vielleicht bereiteten sie sich auf eine Invasion vor und wollten nicht vom Frost überrascht werden.

Ilja fror.

Er fror, als er zum Bahnhof ging, das wievielte Mal schon, er achtete nicht mehr auf die Häuser oder auf die Menschen aus diesen Häusern. Beim Warten auf dem Bahnsteig fror er. Mit der Kälte war alles irgendwie transparenter geworden, der Nebel war ausgetrocknet, die Dunkelheit gewann an Tiefe. Aber Ilja bewegte sich nicht durch Lobnja, sondern durch sich selbst. Wollte weiter an komische Dinge denken, fror aber.

Was denn, wäre es etwa besser, mit der »Makarow« im Park Leute auszurauben? Einen Geldabholer zu überfallen? Verkaufsbuden zu stürmen? Was er mit Petja getan hatte, war getan. Petja lag dort leblos, er war nicht mehr er selbst: Nur noch ein Brikett gefrorenen Fleisches mit Knochen, er fühlte keinen Schmerz, keine Beleidigung, wenn Ilja ihm die Taschen durchwühlte. Er würde ihn nicht verfluchen und sich nicht rächen. Tote sind tot.

Die kann man schädigen, dafür geschieht einem nichts.

Was machte es Petja schon aus – sein Schnee war so oder so zum Verkauf bestimmt gewesen. Für ihn kein Verlust – für Ilja die Rettung. Was sollte er tun, wenn ihm von den Lebenden keiner helfen wollte? Blieb nur das.

Wenn er jetzt an der Trjochgorka alles schnell erledigte, könnte er sich nachts mit Goscha treffen. Und am Morgen das Geld für den Pass abgeben. Vielleicht schafften die es sogar zu Donnerstag. Die Tickets dann Freitag. Das war es, worüber er nachdenken musste.

Während er in der Kälte stand, schwieg das Telefon. Kaum hatte er sich in den Zug gesetzt, taute es auf. Erzitterte, fing an zu singen: »Ich bin das Feuer, das deine Haut verbrennt …«

Anruf: Juri Andrejewitsch Chasin.

Ilja hätte es fast fallen lassen.

Er drückte ihn weg. Und eine halbe Minute später kam eine Nachricht vom Vater: »WARUM IST DEIN TELEFON ABGESCHALTET?«

Er schrieb selbst, als Erster. Warum? Er hatte Petja doch schon verdammt, fortgeschleudert.

Wollte er seinen Fluch noch zu Ende sprechen, hatte er tagsüber was vergessen? Oder zwang ihn die Mutter zu diesem Anruf? Um des Familienfriedens willen? Er würde die Zähne zusammenbeißen und sagen: Ich verzeihe dir. Aber es wäre gespielt. Oder hatte er sich im Laufe des Tages tatsächlich abgekühlt und beschlossen, seinen Sohn wieder anzunehmen?

Ilja schrieb ihm: »Bin beim Einsatz, kann nicht sprechen.«

»ABER SCHREIBEN KANNST DU? LÜGENBOLD!«, überschüttete ihn der Vater wieder mit Großbuchstaben. »Das mit dem Einsatz kannst du deiner Mutter erzählen! Du drückst dich nur vor einem Gespräch, wie immer!«

Von den vielen Großbuchstaben und Ausrufezeichen wurde Ilja auf beiden Augen taub. Nein, sein Vater wollte sich nicht mit ihm versöhnen. Er wollte Petja auspeitschen – endlich so auspeitschen, wie es ihn in dessen Kindheit immer gedrängt hatte.

»Hat sie dich angestiftet, mir zu schreiben, ja? Gott sei Dank weiß sie nicht, worum es geht!«, peitschte er weiter, ohne Iljas Antwort abzuwarten. »Aber du hättest es ihr ja auch erzählt, nur um mich fertigzumachen!«

»Stimmt nicht«, widersprach Ilja.

Die Antwort ließ auf sich warten: Der Vater ertastete die Buchstaben langsam. Konnte wohl mit seinen verhärteten Fingern die kleinen Knöpfe nicht treffen – oder er wägte seine Worte ab.

»Und wie das stimmt! Wir sind dir doch eigentlich völlig egal! Die Familie ist dir egal! Dich interessieren nur deine Drogen! Hast du mich deswegen verraten oder für Schulterklappen?«

»Ich habe mich doch entschuldigt. Wenn du willst, entschuldige ich mich noch mal.«

Er hatte den Kopf seines Vaters angebracht, erinnerte sich Ilja. Hier ist eine Schüssel, leg ihn rein. Wie entschuldigte man sich für so etwas? Er hatte gekichert.

Aber es war eher das Lachen eines Tollwütigen, dem der Schaum aus dem Mund lief. Krankhaft, nicht fröhlich.

»Ich brauche deine widerlichen Entschuldigungen nicht! Gibt es für dich eigentlich überhaupt irgendwas Heiliges?«

Auf einmal war Ilja verärgert.

»Und du selbst bist wohl kein Lügenbold?«, schickte er ihm, bevor er es sich noch anders überlegte.

»Wie kannst du es wagen! Undankbarer Wicht!«

Es ist nicht dein Vater, und er schreibt nicht dir, sagte Ilja laut flüsternd. Du solltest ihn um Verzeihung bitten, das hast du getan – für Chasin. Jetzt tauch ab, lass ihn. Es sind nur Buchstaben auf einem Display, lass dich nicht von ihm irritieren, entlarven.

»WAS SCHWEIGST DU?«

Ilja rief sich das Gesicht von Petjas Vater in Erinnerung: ungesund, gallegelb, schlaffe Haut, eingefallene Augen. Er erinnerte sich an seine braunen Haare, die gefärbt waren. Stellte sich vor, wie dieses Gesicht jetzt verzerrt war. Er bohrte und bohrte, erlaubte Petja nicht, sich auszuschweigen. Wollte ihn bis aufs Blut reizen.

Etwas Heiliges … Heiliges. Was für ein Lump.

»Was willst du überhaupt? War ich es etwa, der sie betrogen hat?«

»Und du hast deine wohl nicht betrogen? Wie hieß sie noch, dein Liebchen? Nina?«

Er hatte so schnell geantwortet, dass Ilja fühlte – dieser Zug war längst vorbereitet, geplant. Deswegen schrieb der Vater jetzt eigentlich. Darum ging es: um seinen Betrug. Das war zwischen ihnen offenbar unausgesprochen geblieben. Der Vater hatte vor Denis Sergejewitsch kapituliert, ihm seine Stelle überlassen, sich mit dem Alter abgefunden, den Verrat geschluckt, unzerkaut. Für all das wurde Petja schon verprügelt, verflucht, aus dem Haus gejagt. Aber in Juri Andrejewitsch schwärte und eiterte immer noch etwas. Irgendwas, ein Splitter.

Fürchtete er etwa seinen Sohn?

Fürchtete er, der könne ihn eines Tages an die Mutter verraten? Er wollte Petja diesen Trumpf aus der Hand nehmen. Übte mit seinen Beschwörungen, Schreien, Schmerzgriffen Druck aus auf Petja. Wollte herausfinden, ob er noch ein Gewissen hatte, um geschickt hineinpiken zu können.

Du mit deinem Greisenfettbauch hast ihn doch in die Sauna geschleppt, damit er zusammen mit dir rumhurt, und das willst du ihm jetzt vorwerfen?

»Geht dich nichts an!«, biss Ilja zurück. »Als ob dich das kratzen würde! Deswegen hast du mich doch nicht dorthin geschleppt?«

»Niemand hat dir da die Hosen runtergerissen!«

»Dir auch nicht!«

»Ich sage nicht, dass es richtig war! Aber als du dort warst, hat es dir gefallen!«

»Und was willst du damit beweisen? Dass ich so bin wie du?« Das konnte Ilja nicht für sich behalten, musste es ihm sagen, und tat es.

»ICH DACHTE, ICH KANN DIR VERTRAUEN.«

Das ganze Gespräch hatte nur einen Zweck: einen Haken in sein Fleisch zu treiben. Ein Kaderleiter, verflucht, Ingenieur menschlicher Seelen. Könntest du nicht wenigstens deinen Sohn damit verschonen?

»Mutter habe ich nichts gesagt! Werde ich auch nicht! Das willst du doch wissen?« Ilja war außer sich. »Es reicht, tschüss!«

Er verstummte.

Ilja rutschte unruhig auf seinem Sitz, fluchte leise, rieb mit dem Finger über das Schwitzwasser am Fenster. Gegenüber saß eine Omi, schaute ihn an wie einen Delirierenden.

»DU BIST SO WIE ICH? DANN VERSTEHE ICH NICHT, WARUM ICH SO EINEN SOHN HABE!«, tröpfelte es nach einer Minute heiß nach. »DEN EIGENEN VATER AN DIE FIRMA AUSZULIEFERN!«

Was wollte der eigentlich?

»Was für einen Sohn hättest du denn gern?«

»DU ERHEBST DEINE HAND GEGEN DEINEN VATER! GEGEN DIE FAMILIE! ES GIBT DIE FAMILIE UND ES GIBT FREMDE! FÜR DICH MACHT DAS KEINEN UNTERSCHIED!«

»Dann darf man sich mit Fremden also alles erlauben?« fragte Ilja böse, von sich aus.

»Das sind Ausflüchte! Was hat das damit zu tun!«, schrie der Vater.

»Meinst du, ich bin von selbst zum Drecksstück geworden?«

»So habe ich dich nicht erzogen!«, sagte der sich los. »Als Vater hast du ja jetzt diesen Denis! Den kannst du fragen! Die lesen gern solchen Abfall wie dich auf! Wie haben sie dich denn rangekriegt? Wegen Drogen und deiner Blödheit! Erst hinter Papi verstecken! Dann Papi ausliefern!«

»Oder vor Xenia zu Kreuze kriechen, damit man mir verzeiht, ja?«

»Ein tolles Weib!«

Ihm fiel ein, wie angeekelt dieses Biest Petja mit der Schnauze auf alle seine Fehler gestoßen hatte. Dafür müsste man ihr richtig eine reinwürgen, aber Petja hatte sich das nicht erlaubt und alles ertragen, bis er endlich floh. Vorher wollte er das Verhältnis zu seinem Vater nicht zerstören.

»Ich bin ein Mann! Ich will ihr zu nichts verpflichtet sein! Und toll ist die kein Stück. Eine verwöhnte Kuh!«

Auch das hatte sein Vater von ihm erwartet:

»Ich habe mich erst im Alter zum General hochgedient! Du hättest mit Korschawin zehnmal schneller Karriere gemacht! Mit vierzig General! Alles hat er für dich getan! Alles geregelt! Auf einem Tellerchen angerichtet! Du musstest nur zugreifen!«

Die SMS klirrten eine nach der anderen.

Dann versuchte er noch mal anzurufen, aber Ilja drückte ihn wieder weg.

»SCHLAPPSCHWANZ«

»Kann es sein, dass ich das nicht will? Dass ich eigene Schulterklappen will und nicht ihre?«

»Wo sollen die schon herkommen? Sind deine etwa sauber? Jetzt wirst du auf meine Kosten Oberstleutnant! Hör mir auf! Auch die sind nicht deine, sondern von der Firma!«

Ilja schwieg, hasste ihn im Stillen. Aber der Vater ließ ihn nicht in Ruhe.

»Wärst du ein Saubermann, wärst du beim Roten Kreuz! Aber du willst dienen, das gefällt dir! Verrätst deinen Vater, nur damit man dich weiter dienen lässt! Anwalt wäre ja zu wenig, oder? Die Kohle kofferweise zu den Richtern schleppen und rumlabern! Das willst du nicht? Das willst du nicht! Weil du weißt, wie toll das ist, wenn die Leute einen achten! Auch wenn ich selbst nicht General war, in meinem Vorzimmer drängelten sich die Generäle! Deine Leute vom KGB kamen angekrochen, nur damit ich ihren Kandidaten durchwinke! Meinst du, die hätten mir keine Kohle angeboten? Und ob! Sollen sie gehorchen wie kleine Hündchen! Sollen sie betteln! So sieht das aus! Ihr Diebesvolk sollte ich decken, dasDuckspack! Die lieben den Dreck! Wozu also Anwalt!«

Bahnhof Sawjolowski. Endstation.

Diesmal war ihm das Geld zu schade für ein Taxi, er nahm die Metro. Der Vater bedrängte ihn sogar unter der Erde.

»ALS DREIKÄSEHOCH BIST DU MIT MEINER SCHIRMMÜTZE RUMGERANNT, OHNE UNTERHOSEN! UND SIE SAH DICH SCHON ALS ANWALT!«

»Vielleicht wollte sie die Hand über mich halten«, schrieb ihm Ilja.

»Bei einer Tochter hätte sie das machen können! Aber ich habe einen Sohn! Das ist nichts für Schwächlinge! Da heißt es: Wer frisst wen!«

Er kratzte das Glas noch etwas; kratzte noch etwas hervor aus der Leere.

»Hast du nie daran gedacht, dass man eines Tages auch dich fressen könnte?«, fragte Ilja vorsichtig. »Oder mich?«

»EIN SCHEISSDRECK WÄR ICH GEFRESSEN WORDEN, HÄTTEST DU MICH NICHT AUSGELIEFERT.«

Kommen und Gehen: ein ganzer Zug voll Menschen in ihren Telefonen. Für alle war das interessanter, als fremden Menschen in den Nacken zu starren. Der Zug fuhr seelenlose Körper im Kreis. Wunder der Technik.

»DU FRISST DOCH SELBST, WEN DU WILLST!«

Ja.

Aber nein.

»Weißt du, einmal hab ich einen Typen einfach so für sieben Jahre eingeknastet. Hab ihm Briefchen zugesteckt«, schrieb Ilja langsam, nachdenklich. »Was sagst du darauf?«

»Deswegen wurdest du doch Oberleutnant! Alte Kamellen!«

Ilja fuhr Achterbahn, in Kreisen, noch tiefer als die Ringlinie. Schwarz war es in seinem Inneren, es brannte.

»Und der Junge ist nicht zu bedauern?«

»BIST DU BETRUNKEN ODER WAS? DAUERND BEDAUERN!«

Im Waggon waren viel zu viele Leute bei viel zu wenig Luft. Ilja geriet ins Schwitzen, schubste einen Dunkelhäutigen von sich, der fletschte die Zähne.

»Hej, mach mich nich wild, sonst mach ich Messer«, zischte ihm Ilja in seinem jähen Hass stimmlos zu. Der zuckte zurück, verschwand in der Menge. Ilja atmete durch. Rief sich die menschliche Ausdrucksweise ins Gedächtnis.

»Meinst du nicht, man muss irgendwann für so was zahlen?«, schrieb er dem Vater.

Der Zug ratterte in den Tunnel, die Verbindung war weg.

Vorüber huschten die geschweißten Rippen, die Luft stöhnte, sie schaukelten wie Betrunkene. Auch Ilja schaukelte – in einer Blase: Als würde er stinken, verzogen sich die Leute in die Ecken. Er hing am Festhaltegriff und verfluchte sich für das, was er geschrieben hatte. Verfluchte sich und wartete auf Antwort von Petjas Vater – gierig und mit böser Vorfreude.

An der nächsten Station wurde die Antwort ausgeliefert.

»WIE OFT DENN NOCH! ICH DACHTE, DU HAST IHN ENDLICH VERGESSEN!«

Ilja knöpfte die Jacke auf. Dann zog er sie ganz aus. Biss sich auf die Lippe.

»Wen – ihn?«

»Diesen Studenten. Petja! Wie lang ist das her! Der ist doch sicher schon raus!«

Es schaukelte, und Ilja flog auf die Sitzenden. Sie zischten unzufrieden, rückten auseinander, aber er hörte nichts, sah nichts.

Petja! Ist das wahr? Du konntest mich nicht vergessen?

»WENN DU NICHT FRESSEN WILLST, WIRST DU GEFRESSEN! SO IST DAS LEBEN, VERFLUCHT! BEI UNS IN DER MILITÄRSCHULE VON USSURIJSK HÄTTE MAN DICH RASCH ZUR VERNUNFT GEBRACHT. ABER NICHT EURE AKADEMIE.«

So war das also.

»Schon gut«, zuckte Ilja mit den Schultern. »Vielleicht hast du recht. Mach's gut, der Akku ist leer.«

* * *

Er stand da und schaute von Weitem zum Gullydeckel. Vorbei gingen die letzten Menschen, dem Ende des Tages entgegen, verteilten sich auf schöne Autos, das Telefon zwischen Ohr und Schulter geklemmt, verabredeten sie sich zum Rendezvous am Abend. Die Fenster erloschen eins nach dem anderen, der Parkplatz leerte sich. Aber in der Nähe hatte noch ein kleines Restaurant geöffnet, in den Schaufenstern waren satte Bürger ausgestellt, die träge im Essen auf den Tellern stocherten und unhörbar mit dunklem Wein anstießen.

Er war zu früh gekommen, konnte aber nirgendwohin. Ging man ins Restaurant, war man gleich an die fünfhundert Rubel los, nur um Wasser zu trinken. Das war eine Taxifahrt, und mit dem Schnupfschnee fuhr er wohl besser Taxi. Typisch Moskau: Geld statt Luft.

Drei Tage waren vergangen. Eine ganze Ewigkeit. War das wirklich geschehen in der Freitagnacht oder nicht? Drei Tage später schien alles wie ein Traum. Stundenlang konnte Ilja nicht an die Tat denken. Könnte er, gäbe es nicht das Telefon.

Aber das Telefon war da: also auch alles andere.

Der Deckel lag da unverrückbar wie eine Grabplatte.

Daneben parkte ein Geländewagen, fast stand er mit dem Hinterrad darauf. Ilja musste warten, bis der Besitzer herauskam und wegfuhr. Er klapperte mit den Zähnen.

Aus den Restaurantschaufenstern verschwanden immer mehr Menschen, Autos waren kaum noch übrig; die tadschikischen Arbeiter in ihren dünnen Jäckchen setzten sich in einen zerbeulten Transporter und fuhren los, um mit hundert anderen in einer Dreiraumwohnung zu pennen.

Ilja war fast starr gefroren.

Seine Beine trugen ihn von selbst zu dem Treppenhaus, wo er Chasin aufgeschlitzt hatte. Sein Herz hüpfte, obwohl er es schon fast herunterkühlen konnte. Dunkel war es; Ilja schaltete die Telefontaschenlampe an, suchte den Boden ab: Gab es Spuren?

Alles war voller Kalkstreifen – sie hatten wohl zerschlagenen Putz in Säcken weggeschleppt. Wie mit Puder schienen die Blutstellen überschminkt. Irgendwo entdeckte Ilja eine dunkelrote Schleifspur: Kriminalisten würden sie schnell erkennen, doch die Tadschiken hatten anderes zu tun.

Aber es gab diese Schleifspur. Also war es wirklich geschehen.

In allen Winkeln blitzten Bilder vom Freitag auf: Hier hatte Chasin ihm seine Pappe vors Gesicht gehalten, hier war er in die Knie gegangen, hatte sich das Loch zugehalten, hier hatte er das Telefon hervorgeholt, um jemanden anzurufen.

Übelkeit schnürte Ilja die Kehle zu. Alles war geschehen, alles. Warum war er wieder hier? Aber ein Zurück gab es jetzt nicht.

Der Geländewagen stand verwaist da, wie verlassen. Ringsum war alles menschenleer. Ilja ging noch ein wenig umher, dann hockte er sich an den Gullydeckel: Wie sollte er ihn aufkriegen? In der Mitte war ein kleines Loch, nur daran konnte man einhaken. Eisig brannte das Gusseisen, wog tonnenschwer, mit bloßen Fingern war er nicht wegzuschieben. Ilja verschwand wieder im Treppenhaus, begann dort zu suchen: nach Werkzeug. Er fand ein Brecheisen von den Bauarbeitern, nahm es als Hebel, konnte den Deckel gerade so hochheben, zerrte ihn zur Seite.

Klammerstufen führten in die Tiefe des Schachts. Kein Grund war zu sehen.

Ilja sah sich um: keine Menschenseele. Länger konnte er nicht warten, das Herz klopfte schon verzweifelt. Er musste es einfach schnell hinter sich bringen: runter-rauf, wieder zusperren und Goscha anrufen.

Er fasste mit nackten Händen nach den eisigen Klammern, schlüpfte durchs Loch.

Die Klammern waren mit einer Eiskruste überzogen, seine Finger rutschten, die Füße glitten ab. Die Leere da unten verringerte sich nicht. Tief war es. Ilja wollte zuerst das Telefon zwischen die Zähne stecken und damit leuchten, aber er fürchtete, es fallen zu lassen und zu zerschlagen. Das Straßenlicht reichte nur für die Oberfläche; weiter folgte Finsternis.

Und wenn er nun nicht hier war, im Schacht?

Dass sie ihn über so viele Tage nicht gefunden hatten, obwohl gleich nebenan gearbeitet wurde – war das nicht seltsam? Inmitten eines modernen Büroviertels.

Wenn er nun gar nicht ganz gestorben war, Hilfe rufen konnte, wenn man ihn geholt hatte? Und dann konnte er vielleicht keinen Kontakt aufnehmen mit den Eltern oder mit Nina, weil er bewusstlos war, viel Blut verloren hatte? Wenn Ilja nun gar niemanden getötet hatte?

Einmal rutschte er fast aus, konnte gerade so die Klammer darunter fassen, blieb hängen – und hier kam das Ende. Der Fuß stieß in etwas hinein. In Petja.

Hier war er. Hart, gefroren. Vormals ein lebendiger Mensch.

Ilja stellte sich vorsichtig daneben – irgendwie dazwischen, irgendwie seitlich, um ihm nicht aus Versehen ins Gesicht zu treten. Er holte das Telefon hervor, wärmte die Hände mit seinem Atem, schaltete die Taschenlampe an.

Er lag in einer Pose, als hätte er einen Purzelbaum schlagen wollen: den Kopf nach unten, den Körper darüber gehäuft. Als habe er nicht gesehen, dass er nirgendwohin purzeln konnte – rechts und links waren Rohre, aber die Rohre trennten Gitter ab, und an den Gittern hingen Schlösser. Eine unbequeme Haltung. Petja musste bequemer hingelegt, gedreht werden, damit Ilja ihn absuchen konnte. Aber so zusammengerollt war er steif gefroren. Der Schacht war wohl außer Betrieb – hier herrschte derselbe Frost wie oben.

Ilja schob ihn zunächst weiter weg, drehte ihn auf die Seite. Chasin war ungehorsam und schrecklich schwer; in seinem wilden Überschlag hatte er eine Art letztes Gleichgewicht gefunden und wollte nicht, dass man ihn aus diesem Gleichgewicht holte.

Er leuchtete ihm ins Gesicht: Das Gesicht war zertrümmert, das Augenweiß aufgerissen in rotbrauner Kruste, die Locken verwirrt, im Grind verbacken. Hier lag auch das Messer.

Ihm wurde übel, aber er hielt es zurück.

Grüß dich, Petja.

Da oben, da spiele ich dich, und ich weiß gar nicht mehr, wo du aufhörst und wo ich anfange. Mir kommt es schon so vor, als seist du nicht echt. Aber du bist echt – und hier. Und wer ist das dann dort oben?

Na gut, verzeih, ich muss deine Taschen ausräumen.

Er griff in die rechte Jackentasche, die oben war – nichts; steckte ihm die Hand unter seine zentnerschwere Seite – in die linke Tasche.

Da hörte er oben auf einmal Stimmen.

Immer näher. Lauter.

»Na klar, du willst weitermachen! Heute ist übrigens Montag!«, antwortete ein Mädchen scherzend.

»Das ist alles relativ«, redete ein Mann ihr zu. »Komm, wir fahren zu mir, ich lass den Wagen stehen, dann kann ich wenigstens auch ein Glas nehmen.«

»Du willst wohl aufholen? Ich führe zwei zu null«, lachte sie.

Mit jedem Wort kamen sie näher. Sie gingen auf diesen verflixten Geländewagen zu. Ilja löschte rasch das Telefon, drehte sein Gesicht nach unten. Er musste sich an Petja schmiegen.

»Ich bin auf Sieg eingestellt«, sagte der Mann.

»Nein, wirklich. Es ist doch Montag! Können wir das Rückspiel auf Freitag legen?«

»Natürlich können wir das. Wir können alles. Also fahr ich dich wenigstens? Oder willst du dir bei dem Frost ein Taxi suchen?«

»Dann werde ich wenigstens ein bisschen nüchtern«, lachte sie ausgiebig.

»Komm, wir wärmen uns etwas im Auto auf, bis es hier ist?«

»Bloß nicht überhitzen, Wadik.«

»Ich behalte einen kühlen Kopf.«

Petja war nicht verdorben, er roch nach Schnee, zerbröseltem Beton und Rost: Sein Geruch hatte nichts von totem Fleisch. Kalt waren die Tage und frostig die Nächte, hatten ihn schonend konserviert.

Herrgott, Petja.

Bist du das? Der, dessen Angelegenheiten ich regele? Der mich damals auf der Tanzfläche vernichten wollte? Den ich mausetot gemacht habe?

Neugierig schaute Chasin mit festem Blick auf die nahe Wand.

»Oh, Wadik, schau mal, der Gully ist offen! Vorsicht, wenn du rausfährst!«

»Das haben die verfluchten Gastarbeiter so gelassen … müssen wir wohl zumachen? Sonst fällt noch jemand rein.«

»Und da unten ist niemand?«

»Hallo!«, hallte es im Schacht. »Ist da jemand?«

Er hörte auf zu atmen, versteckte seine weißen Hände unter sich. Wenn dieser Kerl da oben eine richtige Taschenlampe im Auto hatte, war es aus mit Ilja.

»Niemand dort. Komm, wir sollten den wirklich zuschieben.«

Würde Ilja ihn später von innen öffnen können? Wie?

Sollte er ihnen zurufen, hochklettern? Und wenn sie auf einmal anfangen zu leuchten, zu fragen, zu sehen … Nein. Er blieb also mit dem Gesicht nach unten liegen, still, als sei er getötet und nach unten geworfen worden.

Der Kerl fing an zu keuchen, Eisen knirschte, stöhnte auf, krachte, kam an seinen Platz; und anstatt der viskosen Dunkelheit, die Ilja jetzt auch ohne Taschenlampe durchschaute, ergoss sich nun Teer von oben nach unten in den Schacht. Von Herzen Dank, verfluchter Gutmensch.

Die beiden hatten ihn unten eingesperrt und schienen als Wache geblieben: Durch den Deckel drangen Fetzen von Überredungsversuchen und Lachen, er konnte nicht hinaus. Ilja entzündete vorsichtig das Telefon, rührte sich.

Und wenn wir nun zu zweit hierbleiben, Petja Chasin?

Das hätte ich ja wohl verdient?

Komm, erheb dich mal ein bisschen, was hast du da in der linken Tasche? Nichts, hundert Rubel. Er durchsuchte die Hose: die Gesäßtaschen, die vorderen. Kein Portemonnaie. Autoschlüssel, Wohnungsschlüssel.

Peinlich ist das irgendwie, Petja. Peinlich, dich aufzustören, peinlich, dich auszunehmen. Und dumm, dass es mir peinlich ist. Mir hat dein Vater heute was gesagt. Also dir hat er es gesagt. Wie lange willst du noch die Geschichte mit dem Studenten durchkauen, etwas in der Art.

War es dir etwa nicht egal, dass du mich plattgemacht hast? Du hast das mit deinen Eltern besprochen, wurdest nach der Sache Oberleutnant – hattest du Zweifel? Was hat dich damals geritten? He? Mach irgendeine Andeutung, wenn du nicht reden kannst.

Oben quatschten sie immer noch, traten auf der Stelle.

Er musste an seine Brusttasche, aber Petja hatte die Arme seltsam angewinkelt, das hinderte Ilja. In Chasins verkrampften, erfrorenen Muskeln saß eine übermenschliche Kraft, sie zu überwinden und die Arme wegzuschieben wollte Ilja nicht gelingen.

Hast du es etwa bedauert, dass du mir meine Jugend gestrichen hast? Ich war ja für dich ein Unbekannter. Ein Dorn im Auge, Schmutz auf dem Stiefel.

Die Stimmen da draußen waren verschwunden, offenbar klappten die Türen des Geländewagens, der Motor wurde angelassen – aber er lief dann weder lauter noch leiser, blieb im Leerlauf. Küssten sie sich jetzt im Auto?

Wie lange musste er hier noch sitzen?

Er erinnerte sich an Petja in dessen letzter Nacht. An die Minuten, bevor er ihn zu sich rief. Mit der störrischen Schlampe, mit dem Telefon in der Hand. Betrunken, zugedröhnt. Verwirrt. Viergeteilt von der Familie. Sich betäubend mit Sprit und Schnee. Nicht begnadigt und ohne die Absicht, irgendwen andern um Gnade zu bitten.

Zur Unzeit habe ich dich geholt, Petja.

Zur Unzeit habe ich dich da rausgerissen. Alle diese Fäden, die von hundert Leuten zu dir zusammenliefen, sie glühen vor Spannung. So viel hattest du noch zu regeln. So viel zu sagen.

Nun, ich wusste es nicht. Das war keine Absicht.

Weißt du, Kumpel, ich versteh dich. Was hattest du schon für Chancen, ein normaler Mensch zu werden mit so einem Alten?

Der meint, alle fressen sich immer nur gegenseitig, keiner bekommt eine Quittung für Gutes oder Böses, sondern nur für Schwäche und Missgeschick, und wichtig ist nur, dass alle vor ihm kriechen, weiß der Teufel, warum das so ist, vielleicht, weil er selbst früher in der Kaserne von Ussurijsk vor den alten Knackern auf seinen Hinterbeinen tanzen musste, und nun siehst du, wie bei ihm die Feder gespannt ist, fürs ganze Leben, aber das ist es nicht, weiß der Teufel, woran es liegt, dass man, solange man jemanden nicht verbogen hat, keine Ruhe gibt, und deswegen hat er an dir gezogen und gezerrt, damit es nach ihm läuft: Bullerei, Rangabzeichen, Generalstochter, das war das bessere Leben, das er für dich wollte, und er dachte, du bist ein kleiner Soldat, gedreht aus Kupferdraht, solche hat er im Dienst zurechtgebogen, aber überraschenderweise warst du aus Stahl, trotz dieses Vaters, und er konnte dich nicht verbiegen, nur durchbrechen in der Mitte, und als er dich formen und durchkneten wollte, bist du – ratsch – entzwei, und ihm blieben nur die Bruchstücke mit heißen Enden, aber das weiß er noch nicht, noch versteht er nichts, und er will trotzdem den Sieg, will das letzte Wort, und dass du für deinen ganzen Blödsinn Reue zeigst und so weiterlebst, wie er es dir vorschreibt, wobei er nicht weiß, dass er keine Macht mehr über dich hat, und wenn er es wüsste, na, welche Chancen hättest du, das ist die Frage, mit einem solchen Papi – null.

Petja schwieg. Lag zusammengerollt da, ein zerbrochener Embryo, das Gesicht mit rotbrauner Maske, steif gefroren, blinzelte nicht im grellen Licht der Taschenlampe.

Ilja umarmte ihn, steckte ihm seine Finger unter die Achseln, in die Tasche über dem Herzen, aus der Petja seine Pappe gezogen hatte, um sie Ilja unter die Nase zu halten. Dort ertastete er etwas Kleines, Bröseliges in Folie, er hatte das Ersehnte gefunden. Zog es hervor: derselbe schwarze Kunststoff wie jener, den ihm Chasin im »Paradies« in die Tasche gesteckt hatte. Genau dasselbe. Nur waren da nicht sechs Briefchen, sondern drei – jedes zu zwei Gramm, Petjas geliebte Abfüllung, Ilja erkannte sie mit einem Blick.

Während er ihn noch umarmte, ihm seine Wärme abgab, wurde ihm unerträglich kalt. Und Petja wärmte sich kein bisschen auf. Oben wurde geschwiegen, sie saßen im geheizten Auto, lachten oder küssten sich, hatten es nicht eilig, aber Ilja, in Umarmung mit dem Toten, fror langsam steif.

Null Chance. Ich will nicht sagen, dass du unschuldig bist – du hast ja einiges angerichtet, und ich ja auch, ich verstehe dich, Kumpel, aber du musst mich auch verstehen, ich war die Tage in der Kirche, nichts los da, aber wir haben unsre Sünden auf dem Buckel, was meinst du, ich bin ein Sünder, du aber auch, und wer vergibt uns dann, wenn in der Kirche alle ihre Geschäfte machen, und die Gerechten im Kosmos abhängen, nicht kapieren, was hier so los ist auf der Erde, was können die uns vergeben, verflucht, tote Hose, von denen kommt keine Erleichterung, alles Geschwätz, wir können uns nur gegenseitig helfen, du mir, ich dir, ich versteh dich ja, und du könntest mich auch verstehen.

Dem war egal, was Ilja daherredete.

Seine Zehen hatten schon aufgehört zu zwicken, waren taub, er wurde schläfrig, und um nicht einzuschlafen, knetete Ilja Petjas Tütchen, lauschte mit den Fingern, wie dort feinste Körnchen knisterten und knirschten.

Plötzlich sieht er, wie Petjas Wohnungsschlüssel zum Schloss am Gitter passt, und er rührt eine Weile im Schlüsselloch und öffnet, schiebt das verrostete Gatter zurück, kriecht auf allen vieren in die Röhre, über den zugefrorenen, unterirdischen Bach, auf der Suche nach Wärme, nur um warm zu werden, und er sieht einen Abzweig, der nach Hause führt, nach Lobnja – genau, ab hier kennt sich Ilja hundertprozentig aus, und er biegt dort ein, schaut zurück – und da kriecht ihm jemand nach, lärmend und ungeschickt. Er leuchtet mit der Taschenlampe – es ist Petja, auch auf allen vieren, aber er kriecht schwerfällig, weil der Kopf zur Seite gedreht ist und nach unten, sich zur Brust neigt, weil die Augen nichts sehen. Mit den Augen sieht er nichts, folgt Ilja aber unfehlbar, nimmt an allen Kurven die richtige Seite, wohl dem Geruch nach, und Ilja merkt, dass er ihn nicht mehr abhängen kann, dass Chasin, vielleicht nicht gleich, aber früher oder später, über die warme Spur den Weg zu Iljas Haus findet und zu Besuch kommt.

Oben heulte das Auto auf, Ilja kam zu sich.

Eine Sekunde später war der Motor in der Ferne verstummt. Vorbei, sie waren weg. Freiheit.

Seine Finger ließen sich kaum noch biegen, er musste sie antauen, unter die Achseln stecken. Er hockte sich hin, versuchte, nicht auf Petja zu stürzen. Seine Beine schmerzten, die Muskeln wurden schon steif. Irgendwie erweckte er sie zum Leben, steckte die Trophäe weg, kroch mit Mühe über die brennenden, rutschigen Klammern nach oben; aber dieser Weg war nur nach unten gedacht, für Ilja keine Rückkehr vorgesehen. Ihm fiel Goscha ein, den er jetzt anrufen könnte, der Pass, für den er sich morgen früh als Erstes auf den Weg macht, Kolumbien, wohin er es schaffen konnte und musste, das Flugzeug, mit dem er fliegen würde. Und vom Flugzeug kam er auf Nina, die unbedingt Pilotin werden wollte.

Er stieß mit dem Scheitel an das Eisen, fast hätte er die Finger gelöst.

Nein, er würde nicht zurück auf den Toten fallen. Er will leben, wird leben.

Ihnen zum Trotz, zum Schaden.

Er machte noch einen halben Schritt nach oben, zog den Kopf ein, so wie der von Petja eingezogen war, stemmte sich mit dem Rückgrat gegen den Deckel – brüllte auf – und hob ihn hoch; er rollte aufs Eis, schob den Deckel zurück und lief sofort schwankend, ohne sich umzuschauen, auf halb gekrümmten Beinen zum Ausgang aus dem Ziegelsteinlabyrinth.

Erst auf der Straße schrieb er Goscha, als er wusste, dass ihn niemand beim Schacht erwischen würde.

»Bro, gute Neuigkeiten. Banderole aus Kolumbien.«

»Würde was nehmen«, meldete sich Goscha.

»Hab sechs, nimm Vorrat, gebe Rabatt«, tippte Ilja mit zitternden Händen nach mehreren Versuchen. »Halber Riese für alles.«

Goscha verstummte, offenbar rechnete er. Der Deal war günstig, das wusste Ilja. Ein Nachlass von fast 30 Prozent.

»Krieg ich erst morgen zusammen.« Goscha war endlich entschlossen.

»Dann die Ware auch morgen. Früh«, stellte Ilja die Bedingung.

»Lass uns im Kofemania auf der Sadowo-Kudrinskaja frühstücken? Um zehn?«

»Super.«

Und noch eine kam. Von Nina.

»Gehe jetzt schlafen. Wollte dir nur schreiben, dass ich den ganzen Tag an dich denke. Das ist kein Geschmus! Wirklich. Zur Frage aus deinem Brief: Ja, ich habe auch schreckliche Angst. Aber wir schaffen irgendwie den Durchbruch!«

Wie nur, Nina?

* * *

In die Wohnung stürzte er nach Mitternacht, die Nase verstopft, die Kehle vom Husten zerrissen, mit tränenden Augen – hätte ihn ein Unbekannter gesehen, hätte er gedacht, Ilja weint.

Er vergaß sogar die Streichhölzer zu überprüfen, die er in die Eingangstür gesteckt hatte, um herauszukriegen, ob Fremde die Wohnung öffneten.

Er hatte für nichts mehr Kraft.

In der Wohnung war es kalt: Beim Weggehen hatte er das Oberfenster offen gelassen.

Gleich im Flur warf er alle Kleidung ab, auch die Unterwäsche, lief nackt, zitternd ins Badezimmer – drehte die Hähne auf fast kochend – und ab unter die Dusche, ganz schnell, um das Fleisch aufzutauen.

Er stand mit dem Gesicht zur Wand, schaute auf die Kachelquadrate, zitterte, das heiße Wasser reichte ihm nicht. Während das Wasser durch die laue Luft floss, verlor es an Bosheit und brannte nicht, sondern wärmte nur.

Er aber wollte sich verbrühen.

Er starrte auf die Kacheln, unverwandt – und auf einmal bemerkte er im Augenwinkel etwas: nicht hinter sich und nicht seitlich, direkt an der Grenze des Sichtbaren.

Als sei da ein durchsichtiger Schatten, oder doch kein Schatten, als würde lautloses Zellophan in Menschengröße aufgewickelt werden. Wie etwas Unkörperliches, das sich aber bewegte, lebte.

Das bist du, der sich da an mich rangehängt hat, hinter mir herschleicht, und ich habe dir den Weg zu meinem Haus gezeigt?

Sein Herz stockte, Ilja drehte sich jäh um: mit dem Gesicht – zu dem da. Es stand nur Dampf da in Schwaden.

Dampf stieg aus der verkratzten Wanne vom heißen Wasser auf und verwob sich zu Silhouetten.

Dampf.

14. Kapitel

Der Dienstag zeigte sich im Plus und wolkenlos.

Schon in der Nacht waren die Wolken auseinandergejagt worden, als finde eine Probe für irgendeinen Staatsfeiertag statt. Wieder war es wärmer, in der Luft lag sogar ein ziemlich frühlingshafter Geruch. Die Menschen blinzelten in der grellen Import-Sonne und versuchten zu lächeln. Die Strahlen drangen durch Waggonfenster, machten Spuren von Wischlappen und Kohlenstaub sichtbar.

Und außerdem kam von Nina ein fröhliches:

»Guten Morgen! Das Wetter ist umwerfend. Will mit dir spazieren.«

»Grüß dich«, gab er zurück. »Muss arbeiten.«

Die Briefchen hatte Ilja in die Schuhe gesteckt. Auf Bullen, die überall als Damm die Menschenströme stauten, ging er entschlossen zu: Schaute ins Telefon, das machte ihn für sie irgendwie unsichtbar. Als könne jemand mit einem neuen iPhone kein Mörder und Drogendealer sein. Nur ihren Hunden waren Telefonmarken egal, deswegen hatte er den Schnee in den Sohlen versteckt, um den Geruch zu überdecken, und nun wölbte der sich dort in Hügeln, rieb die Fußsohlen, rief sich in Erinnerung.

Goscha wollte er im letzten Moment sagen, dass er selbst anstelle von Chasin käme – der sollte schon mit dem Geld vor Ort sein, seiner Dosis gewiss, und die Vorfreude sollte sein Misstrauen überlagern. Zuerst bekam er von ihm eine Mitteilung auf WhatsApp, dass er sich verspäte, dann, dass er da sei. Und erst jetzt schrieb Ilja:

»Wurde dringend gerufen, habe jemanden geschickt.« Ob das Goscha recht sei, fragte er gar nicht erst, und Goscha erwiderte nichts. Ilja war ihm egal, denn der Stoff lockte mit seinen zärtlichen Wellen, vereiste ihm den Verstand.

Das Café war kein Café, sondern ein Restaurant; Ilja betrat es wie ein zufälliger Gast. Ringsum saßen solide arabische Männer in Anzügen, überirdische junge Frauen, an einem Tisch erzählte ein irgendwie bekannter Schauspieler gestenreich von einem seiner Filme. Es duftete nach frischem Brot, am Eingang stand eine Vitrine mit ziselierten Törtchen. Der Wachschutz fragte Ilja, ob ihn jemand erwarte; Ilja wurde erwartet.

Goscha rutschte auf einem kleinen Sofa hin und her, das Gesicht auf den Eingang gerichtet. Ilja erkannte er sofort. Ihre Blicke trafen sich – Kontakt hergestellt. Goscha fuhr sich durchs Haar – blond, zerzaust – und Ilja lächelte.

»Kommst du von Petja?«, fragte er für alle Fälle, hatte schon die Hand ausgestreckt. »Hat er zu tun?«

»Ist beschäftigt. Ist das Geld da?«

»Alles da«, bestätigte Goscha. »Hast du es eilig? Frühstückst du mit mir? Ich hatte das schon eingeplant, und Pedro hat mich sitzen lassen. Hier gibt es ein hervorragendes Porridge, die Quarkküchlein sind einfach spitze und – my favourite – das Lachssandwich. Gut gegen Kater. Ich lade dich gern ein. A friend of my friend is my friend. Wie heißt du übrigens?«

»Petja. Auch Petja.«

Goscha war in der Realität nicht so abstoßend wie auf jenem Foto aus dem Club, über das Ilja am Samstag Bekanntschaft mit ihm gemacht hatte. Ein gewöhnlicher Typ, etwas älter als Ilja, lediglich ein wenig ausgezehrt vom Nachtleben. Vor Ilja scharwenzelte er nicht, tat aber auch nicht überlegen, redete mit ihm wie mit seinesgleichen. Wollte einfach nur am Morgen mit jemandem plaudern.

Und auch Ilja wollte mit einem lebenden Menschen reden. Ihre Interessen trafen sich.

»Lachssandwich«, sagte er zu Goscha. »Ich habe allerdings nicht allzu viel Zeit.«

Er setzte sich auf einen gebogenen Holzstuhl, der war gebeizt – solche hatte es im Haus seines Großvaters auf dem Land gegeben. Die Kellner kreisten geschult durch den Raum – sie alle hatten kluge, lachlustige Gesichter, als seien sie Absolventen der Moskauer Uni. Durch die Schaufenster waren die Hochhäuser der Krasnaja Presnja gegenüber zu sehen. Alles andere war in Hellblau getaucht.

»It's okay, das ist Moskau«, nickte Goscha. »Hier haben alle davon zu wenig. Was machst du so?«

»Das hier«, Ilja zog die Nase hoch. »Und selbst?«

»Heißt ihr da alle Petja? Oder ist das Konspiration?«

»Willst du mich ausbaldowern?«, zwinkerte ihm Ilja zu, griff seinen Ton auf.

»Ich bin ja selbst total konspirativ! Völlig paranoid, da hat mich Petja Nummer eins drauf gebracht, keine krummen Wörter in den Messages, ständig fasse ich ans Telefon – wird es auch nicht warm, wenn es unbenutzt ist? Nicht, dass mir da heimlich irgendein Programm raufgeladen wurde und mich ausspioniert! Eure Leute können das doch? Oder ›Hej, no panic it's Titanic‹?«

»Unsere Leute können alles«, sagte Ilja fest. »Also, was machst du so?«

»Ach, alles Mögliche! Du weißt ja, das ist hier so ein Wonderland, kaum zieht man was auf, gleich wird's verboten oder weggenommen. Aber okay, ist eben Safari! Deshalb wollen die Leute ja nach Afrika und so, um sich den Adrenalinkick zu holen. Gehst du in Amerika Elefanten jagen – nimmt dich Greenpeace ran! Aber in Afrika – bitte schön, dafür kannst du aber auch selbst gejagt werden – irgendwelche Kindersoldaten mit Kalaschnikows und Macheten. Und hier? Als ob Cousteau mit den Haien schwimmt, so ein Leben. Hallo, wir nehmen das Lachssandwich und noch mal das Lachssandwich! Und für mich Kaffee mit Halwa, haben Sie, ja? Du auch? Megalecker! Kennst du Pedro schon lange? Den originalen?«

»An die sieben Jahre«, sagte Ilja. »Über die Arbeit.«

»Das dachte ich mir schon. Also, ich hatte da so eine Baufirma, Leute mit Schulterklappen kamen reinspaziert, da musste ich mich verdrücken, dann hab ich mit Aktien gehandelt, bevor hier alles den Bach runterging, konnte gerade noch meine Kopeken retten, dann habe ich mit meinen Jungs ein Start-up aufgemacht, dann eine Shisha-Bar – das wurde verboten, von wegen, Essen geht nicht mit Tabak zusammen, da waren wir am Arsch, jetzt ackere ich für Festgeld, als Entwicklungsdirektor. Ist nur schwer, morgens immer rechtzeitig zur Arbeit zu kommen, wie auch jetzt, weiß Gott. Und das Gehalt ist sowieso nichts für einen eingefleischten russischen Abenteurer, ein Gehalt ist unter der Würde.«

»Das stimmt«, schloss sich Ilja an, weil Goscha mit seinen Augen an ihm Halt suchte.

»Ich bin Spieler, weißt du, aber die Casinos wurden ja auch verboten. Das ist eigentlich toll, dass sie alles verbieten, ich meine, wenn was verboten ist, will man es umso mehr. In der UdSSR, da war Sex doch verboten – und alle waren so geil, immer wollte man, hat mir mein Opa erzählt. Und jetzt darf man, wie man will, Tinder gibt's und so, alles kein Problem, und schon lässt man nach. Ich geh da von mir aus, natürlich, vielleicht ist auch einfach mein Testosteron im Keller, Tschubais trifft keine Schuld. Wie schmeckt das Sandwich?«

»Wahnsinn«, bekannte Ilja. »So eins habe ich wahrscheinlich noch nie gegessen. Der Lachs ist der Hammer. Schmilzt auf der Zunge.«

»Sag ich doch, simply amazing! Obwohl«, Goscha blinzelte in die Sonne, »wenn wir schon vom Testosteron reden, da drüben sitzen zwei wunderschöne Fräuleins, wie aus einem Turgenjew-Roman, sieht so aus, als würden die gern über die Zukunft des Vaterlands plaudern, aber sie haben niemanden. Nur uns beiden ist das Vaterland nicht egal. Vielleicht bieten wir ihnen ein kleines

Kulturprogramm für heute an, na? Zur Arbeit will ich echt nicht, bei so einem Wetter. Also wirklich, ich bin doch Direktor, verflixt, oder nicht? Und die da sind offenbar auch Direktricen, wenn sie, statt zu arbeiten, hier abhängen. Wir gehören also zur gleichen sozialen Schicht, und, wenn ich ihre Lippen so sehe, könnten wir auch gemeinsame Interessen haben. Da, da, sie lächelt, siehst du? Zu uns, übrigens.« Er hob seine kugelförmige Kaffeetasse wie ein Weinglas und salutierte den Frauen.

Ilja drehte sich um: Die jungen Frauen, durchaus hübsch, kicherten tatsächlich.

»Fantastisch, die gehören uns. Übrigens, hier in der ›Garage‹ gibt es eine total tolle Ausstellung, von so 'nem Katalanen, der macht was mit neuer Op-Art, allerdings in 3D. Nicht gesehen? Jordi heißt der oder so, im ›Village‹ war eine Besprechung, total wow! Oder wir können in den Skulpturenpark bei dem Wetter und dort den Fluss entlangspazieren, eine Art Health Promotion, da liegen wir im Trend. Und dann ab in die Tretjakowka, ich meine die Filiale, das ist ja da gleich nebenan. Voll die Kulturpackung, Turgenjew fänd's cool. Und dann wärmen wir uns im Kino auf, an der Krasnaja Presnja laufen jede Menge Filme von jungen Westlern. Oder, im Gegenteil, in die Eishalle, da werden sie immer warm, und abends können wir speisen, und dann Karaoke oder so, im ›Ukraina‹ gibt's ein paar, die sind premium, die mag Petja-Eins, nun, und nach einem solchen Tag voller Emotionen würde nur eine tiefgefrorene Schneekönigin uns etwas abschlagen. Und dann machen wir mit denen richtiges …«

»Sandwich«, sagte Ilja mit ernstem Gesicht.

»Genau!«, lachte Goscha. »Das wird ganz fein, wir haben den Tag damit begonnen und beenden ihn damit. Ringstruktur, so sieht's aus. Ok? Bist du mit dem Auto?«

»Mit dem Taxi.«

»Oh, warte, setzt sich da noch eine Dritte dazu? Schlecht für uns, sauer-alkalisches Missverhältnis. Ah! Und was ist, wenn wir Pedro herrufen, vielleicht wurde er nicht für den ganzen Tag engagiert …«

Goscha nahm sein Telefon vom Tisch, fuhr mit dem Finger über den Bildschirm.

»Er will nicht angerufen werden, irgendeine Sitzung«, unterbrach ihn Ilja.

»Na, dann schreiben wir ihm eben, wenn ja, dann ja, wenn nein, dann nicht.« Mit unglaublicher Geschwindigkeit tippte er seine Nachricht – schneller, als Ilja in seiner Tasche den Ton abstellen konnte. Es klimperte.

»Du hast da eine Message«, meinte Goscha. »Feel free. Mir ist diese Etikette klassenfremd, dass man bei Tisch Freunden nicht per SMS antworten darf.«

»Später. Hör mal, ich hätte nichts gegen deinen Plan«, wandte Ilja ein, um ihn abzulenken. »Aber ich habe mich gerade von meiner Freundin getrennt, die Wunde ist noch nicht vernarbt.«

»Oh, I feel pain. Das kenne ich von früher, aber Pedro hat mir ein anderes Leben gezeigt, und das hat meiner Squaw nicht gefallen. Jetzt bin ich frei wie der Frühlingswind. Ehrlich, ich bin ihm so dankbar. Das ist sogar besser, weißt du, für mich persönlich. Ich habe die Hochzeit geschoben und geschoben, und dann wusste ich einfach, dass ich sie nicht liebe. Als wir schon auseinander waren, habe ich es begriffen. Für sie war es besser, sie hat dann gleich einen anderen geheiratet, und für mich auch. Mir ist überhaupt ein Stein vom Herzen gefallen. Das ganze Zeug, weißt du, mit Familie, Haus, Kindern – das ist nichts für mich. Ich lebe im Jetzt. Gibt's was zu essen – hervorragend, wenn nicht – nuckeln wir am Daumen. Ist Geld da – kriegen alle Damen Champagner, wenn nicht – leben wir auf Kredit. Den Frauen gefällt das bei den ersten drei Rendezvous, aber dann dreht sich was bei ihnen. Vielleicht bin ich einfach noch nicht reif für die große Liebe. Also muss ich sie mir aus vielen kleinen zusammensetzen.«

»Hör mal, Goscha«, sagte Ilja. »Eigentlich habe ich noch einiges zu tun. Noch bin ich nicht Direktor.«

»Alles klar. Dann setze ich mich jetzt zu den Mädels. Wenn Pedro und du schon solche Verräter seid, muss ich die drei allein mit meiner Brust decken ... Oder umgekehrt ... Das Sandwich geht auf mich!« Goscha winkte den Turgenjew-Fräuleins mit seiner Papierserviette zu, als würde er aus einem Zugfenster beim Verlassen von Baden-Baden mit seinem Schnupftuch wedeln.

»Und unsere Sache?«, erinnerte ihn Ilja.

»Ach, verflixt! Stell dir vor, ich war völlig abgelenkt«, lachte er. »Wie machen wir's? Hier geht es irgendwie nicht.«

»Wo ist die Toilette? Komm in einer Minute nach.«

In der Toilette holte er die Briefchen aus den Schuhen, drückte sie, besprühte sie sogar mit Deo. Wusch sich die Hände. Schaute sich im Spiegel an und ertappte sich dabei, dass er ein Lächeln nicht unterdrücken konnte.

»Ein Traumtänzer, was?«, grunzte er sich zu.

Dieser Goscha war das genaue Gegenteil von ihm. So einen bräuchte er jetzt eigentlich nach dem Lager, um auch die Seele aufzutauen.

Er bedauerte sogar, dass er nicht alles stehen und liegen lassen und den Tag mit ihm feiern konnte bis in die Nacht; ihn hatte dieser dämliche Übermut von Goscha angesteckt.

Es wurde geklopft. Ilja öffnete – Goscha kroch hinein, schaute sich gestenreich um wie in einem Paranoia-Krimi.

»Wirklich sechs Gramm?«, fragte er. »Lass mal sehen.«

»Pionierehrenwort«, sagte Ilja. »Schau.«

»Bei mir ist auch alles ehrlich!« Goscha holte sein Portemonnaie hervor, zählte zehn Fünftausender ab. »Und wieso der Rabatt, weißt du das? Ist das normaler Stoff?« Er öffnete eines der Briefchen, beleckte ein Körnchen.

»Ausverkauf«, sagte Ilja, »Saisonschluss.«

»Klasse. Ich würde natürlich nicht en gros kaufen, aber bei den Preisen ... Hör mal, willst du meine Nummer aufschreiben?«, schlug ihm Goscha vor. »Falls noch mal Ausverkauf ist. Oder wir machen einfach einen drauf. Lecken deine Wunde. Yes?«

»Yes«, sagte Ilja und berührte sein Telefon in der Tasche. »Ach, ich hab doch deine Nummer, hat mir Petja gegeben.«

»Na dann mach's gut. Appreciate your business«, Goscha drückte ihm die Hand. »Gruß an Pedro.«

Sie öffneten die Tür, gingen hinaus. In der Schlange davor stand eines der drei Turgenjew-Fräuleins.

»Es ist nicht so, wie Sie denken«, sagte Goscha. Natürlich.

* * *

Draußen zählte er noch mal nach.

Hob einen Schein gegen die grelle Sonne. Dadurch blendete sie nicht. Echte Fünftausender, genau zehn. Neu, knisternd, Geruch nach frischer Geldfarbe – ähnlich dem von Seifenblasen. Normaler Typ, dieser Goscha.

Jetzt konnte er mit Riesenschritten von hier zur Passfirma eilen, alles war zu Fuß erreichbar, das hatte er vorher geprüft. Er hätte auch rennen können – so viel Munterkeit war in diesen zehn Scheinchen. Als hätte Goscha ihm was vertickt und nicht umgekehrt.

Es klimperte in der Tasche: von Goscha – an Petja.

»Sache erledigt. Danke für den schönen Rabatt. Toller Typ, dein Mann, warum hast du mir den nicht früher gezeigt?«

Auch hinter seinem Rücken lächelte Goscha ihm zu; Ilja wurde noch wärmer.

Blinzelnd schaute er auf Moskau und dachte: Die Stadt bestand nur scheinbar aus Häusern und Straßen. Es lag natürlich an den Menschen. Welche Stadt man vorfand, hing davon ab, mit wem man sie anschaute. Jenes Stück Moskau, das er durch die Fenster von Zügen, Bussen und sogar Taxis gesehen hatte, diese fünf Straßen, durch die er gelaufen war – das war nur ein Fitzelchen, ein Bleistiftkratzer auf der Karte, und dabei war diese Karte nicht nur flach, sie hatte auch Höhen und Vertiefungen.

Ausstellungen wurden in einer Garage gezeigt, die Tretjakowka hatte eine neue Filiale, die Uferstraße war umgebaut worden, Tausende Filme gab es zu sehen, Restaurants überall, und ein Sandwich in einem Café schmeckte so gut, dass man fast seine Zunge mitverschluckte und für den Kaffee mit Halwa – seine Seele verkaufte.

Lobnja war weder Anfang noch Ende, noch die ganze Welt, seine Fantastereien über das Künstlerleben unterm Dach waren naiv, wie aus einem Film, das wahre Leben hingegen viel skurriler, aber auch prächtiger.

Moskau war sich eigentlich treu geblieben – über den Gartenring fuhren in zehn Spuren teure Angeber-Autos westlicher Marken, und auch die Läden mit Zukunftssortiment waren noch da, nur ihre Aushängeschilder wirkten bescheidener; aber das war eine Art Bescheidenheit, wie sie Nutten beim Kirchgang zur Schau stellen. Alles war vorhanden, man brauchte nur den richtigen Guide. Aber das war nichts mehr für Ilja; Ilja musste sich wohl schon bald von Moskau verabschieden und brauchte einen Guide durch den kolumbianischen Dschungel.

Nochmals knisterte er mit den Scheinen. Und blieb stehen.

Fünfzigtausend.

Eine Beerdigung in der Standardvariante kostete nur vierundzwanzigtausendfünfhundert, daran erinnerte er sich genau. Dazu kam was für die Grabstelle. Das hieß, er könnte sich gleich jetzt in ein Taxi setzen und nach Hause fahren, seine Mutter aus dem Leichenhaus holen und sie heute, na ja, morgen beerdigen.

Er musste nicht bis Donnerstag warten, auf einen Deal, der sich dann ergibt oder nicht, wer weiß. Er konnte sicher dafür zahlen, dass man sie wusch, schön anzog, er konnte Tante Ira einladen. Sie würden zu zweit Abschied nehmen. Alles war dafür vorhanden – schon jetzt.

Worauf warten?

Die Telefonnummer des Bestattungsbüros hatte Ilja gespeichert, er könnte diese Tante dort jetzt anrufen, damit sie sich kümmerten – allein würde er mit all den Scherereien sowieso nicht fertigwerden.

Petjas Geld würde für etwas Notwendiges, Richtiges ausgegeben werden. Und nicht für seine Flucht.

Nur dafür hatte er doch Petjas Mobiltelefon behalten, oder etwa nicht?

Also los: Er konnte vorzeitig das ausführen, was er damals erdacht hatte. Er brauchte nichts zu riskieren, brauchte nicht die Beerdigung seiner Mutter aufs Spiel zu setzen. Das durfte er auch nicht.

Und was kam dann?, fragte er den Asphalt.

War dann Schluss?

Ursprünglich gab's ja keine Reisepläne. Da ging's nur um ein Stück Erde: für Mama was Ordentliches, für ihn – wie's kam. Aber dann passierte das mit dem neuen »Roten Oktober«, mit Rosa-Nonna und Kolumbien.

Das muss ich jetzt wohl vergessen?, fragte er die Luft.

Nicht unbedingt.

Die Dinge mussten nur in der richtigen Reihenfolge geregelt werden, das war alles. Zuerst alles mit den Toten klären, dann mit den Lebenden. Mutter heute beerdigen, dann sich bis Donnerstag durchboxen, am Donnerstag mit dem Geld der Bärtigen den Pass in Auftrag geben. Sich irgendwo zu verstecken, das war mit Geld kein Problem. Auf den Pass warten und abhauen. Es könnte klappen.

Aber wenn der Deal platzt?, fragte er sich. Schließlich brauche ich die Ware von Igor – und Igor will sie niemandem geben außer Petja. Also würden die nicht zahlen, und ich kann mir keinen Pass mehr backen lassen. Dann bleibt nur, den Abzug der »Makarow« zu prüfen, um das Leiden zu verkürzen, bevor sie mich holen. Wer kann mir das verbieten?

Aber wenn ich für den Pass heute zahle, gleich jetzt, in der Hoffnung auf Donnerstag, und der Deal platzt dann doch? Wenn Igor die Herausgabe verweigert, kann ich diesem Magomed nichts übergeben, und Mutter hätte umsonst gewartet, dass ich sie hole. Ich bekomme den Pass: vorausgesetzt, das geht wirklich – und was soll ich dann mit dem Recht, vor ihr zu fliehen, was nutzt mir das dumme rote Ding ohne einen Weg in die Freiheit?

Menschen umringten Ilja, ein paar Dutzend Schritte weiter war ein Bulle stehen geblieben, interessierte sich für ihn. Ilja konnte schon das Haus sehen, in dem sich die Passfirma befand. Sogar aus dieser Entfernung konnte er die Hausnummer mit seinen hundertprozentigen Augen erkennen. Dort bot man ihm für fünfzigtausend Rubel eine Chance. Vielleicht die letzte, die ihm blieb.

Er tat einen Schritt zurück.

Noch einen Schritt. Noch einen.

Er musste richtig vorgehen.

Mach dir keine Sorgen, Mama, ich mache alles richtig. Wie du es gewollt hättest.

Er sah sie unter dem Laken mit dem unbekannten, behaarten Mann liegen. Sie hatte sich von Ilja abgewandt, schaute nicht zu ihrem Sohn.

Er kehrte dem Haus den Rücken zu, ging weg.

Wie du willst. Wie es sein muss.

Ich fahre von hier zurück in unser Lobnja, rufe diese vorgeblich mitfühlende, grässliche Person an, sie wird alles bestens organisieren, du wirst gewaschen und gekämmt, du wirst aussehen, als seist du nur müde und eingeschlafen. Ich gebe fast alles aus, was mir bleibt, um dir ein Stück Erde zu kaufen, und dort wächst vielleicht eine immergrüne Tanne oder Kiefer, und es wird der Bärenwinkel des Friedhofs sein – ich kann dich sowieso nicht besuchen kommen, und je weiter es vom Eingang entfernt liegt, umso ruhiger hast du es, denn sonst, so erzählt man sich, werden sogar die Toten nach zehn Jahren enger gelegt, wenn da niemand ist, den man anzapfen kann. Das Geld reicht zwar nicht für einen Grabstein mit Gravur, aber irgendein schöner Findling wird da liegen, das kratze ich für dich zusammen. Du wirst zufrieden sein.

Wirst du zufrieden sein?

Ich weiß nicht, was danach mit mir wird, wie lange ich noch auf der Erde herumstreunen kann. Ins fantastische Kolumbien werde ich bei diesem Stand der Dinge wohl nicht fliehen können. Aber dir gefällt meine Idee mit der Flucht ja ohnehin nicht, oder? Auch wenn ich dir verschweige, was ich angestellt habe, weißt du es ja sowieso schon. Und wenn du mich schon wegen des Hofkaters verdroschen hast, was bekomme ich dann für einen Menschen? Du würdest mir wahrscheinlich sagen, dass man für alles im Leben die Verantwortung trägt, oder? Dass man für alles zahlen muss. Dass man nicht töten und danach weglaufen kann, dass das scheußlich und kleinmütig ist. Ich hab auf einen schlechten Menschen eingestochen und dabei einen Lebenden erstochen, was gibt es dazu zu sagen. Ich habe gestern versucht mit ihm zu sprechen, aber er schwieg, genauso wie du jetzt schweigst.

Allein bin ich hier die ganze Zeit: rufe in den Schacht, und mir antwortet das Echo.

In der Tasche summte es.

Ilja merkte es nicht gleich. Erst, als sich das Flirren der Fliegenflügel durch den Stoff auf die Haut übertrug, besann er sich und holte es hervor: DS.

Sie haben mir doch erlaubt, bis zum Wochenende wegzubleiben, Denis Sergejewitsch. Was wollen Sie schon wieder? Warum jetzt?

Er nahm nicht ab: bin mal wieder betrunken oder zugedröhnt, suchen Sie mich in den Krankenhäusern. Kopf in den Sand.

Etwas anderes konnte er sich nicht ausdenken: Jedes Gespräch wurde sofort zum Verhör, die waren darin geschult, aus Wörtern Fangschlingen und Würgestricke zu drehen, sodass man sich in dem, was man sagte, verstrickte und erstickte.

Pling.

»Chasin, wo bist du? Lass uns treffen. Mach dir nicht in die Hosen, wegen gestern ist dir verziehen.«

Aha, verziehen. Denis Sergejewitsch hat dich nicht vergessen, Petja, und nicht geglaubt, dass du wieder abgestürzt bist. Die Nacht ist vorbei, der Tag hat begonnen, schon bist du wieder dran. Er sucht so lange, bis er dich findet. Findet er dich bis Donnerstag? Das war die Frage.

Das Telefon hörte auf zu sirren.

Ilja ging schnellen Schritts über den Neuen Arbat – von der Smolenskaja zur Arbatskaja über Granitplatten, die man dort verlegt hatte. Der Prospekt hatte sich offenbar erst vor Kurzem gewandelt: Hohe Schaukeln für Erwachsene waren aufgestellt worden, holzverkleidete Bücherkioske, Dutzende Restaurants hatte man eröffnet, eins nach dem anderen. Auf einer Schaukel erholten sich ein paar Tadschiken: Junge Männer schaukelten junge Frauen, diese lachten. Die Sonne brachte in ihnen normale Menschen zum Vorschein, die sich nach einfachen Freuden sehnten. Ilja sah das gern. Er war für die Tadschiken. Fürs Leben.

Er hatte fast die Metrostation erreicht. Holte das Telefon hervor, um nach der Fahrtroute zu schauen – berührte es mit seinen kalten Fingern und staunte: Es gab Hitze ab. Wie konnte das sein, wenn es in der Außentasche steckte mit erloschenem Display? Es lief sich also warm, war am Arbeiten, aber was hatte es zu tun?

Eigentlich war alles geschlossen und abgeschaltet, aber oben am Display leuchtete ein kleiner Pfeil: Also war die GPS-Navigation eingeschaltet. Was hatte Goscha da erzählt von der Software zum Ausspionieren, die das ruhende Telefon zum Glühen bringt?

Man hatte Petja insgeheim ein Halsband angelegt, solange er ihnen noch aus der Hand fraß, erst hatten sie die Leine locker gelassen, damit das Halsband mit seinen dornigen Gliedern den Hund nur daran erinnerte, dass er kein Wolf war, und nun begannen sie, die Leine aufzurollen, um den selbstvergessenen Hund zurückzureißen, wenn nötig. Die eisernen Dornen gruben sich in Iljas Hals, drückten auf den Adamsapfel, stöberten die Arterien auf, man musste nur noch mit einem Ruck ziehen und: »HIERHEEER, HAB ICH GESAGT!«

Er drehte sich zu den Schaukelnden um – und wurde wütend auf sie.

Warum dürft ihr Dreckskerle leben, und ich nicht?!

Er drückte auf den Aus-Knopf, schaltete den Apparat ab.

Dann kam er vom Weg ab: bog nach links, anstatt sich geradeaus zu halten.

Ich rufe in den Schacht, Mama, und darf ich noch eine kleine Frage hineinrufen?

Das Gefängnis ist ja eine Strafe, da geht's doch darum, dass man für ein Vergehen büßt, stimmt's? Oder ist es eine Lektion? Nun sag schon, du als Paukerin. Geht es dabei um Rache an dem, der gestohlen und getötet hat, oder um ein Lehrstück für andere, damit die nicht stehlen und töten? Was habe ich schon getan – das war doch halb so wild, und dafür bekomme ich sieben Jahre? Dann war es also keine Strafe, sondern eine Lektion, damit ich künftig nicht mit Bullen streite? Oder war es eine Lektion übers Leben, die ich in den sieben Jahren lernen sollte? Da ist ja ein Arztstudium kürzer, verdammt, was soll so schwierig sein an dieser Lektion?! Und warum hat man Petja was anderes beigebracht? Dass man für nichts gradestehen, sondern sich herauswinden soll? Und dass man die anderen dreist plattmachen muss, damit sie es nicht mehr schaffen, nach Rache zu schreien? Nicht umsonst stehen in unserem Land die Peiniger hoch im Kurs: wenn nicht aus Scheu, dann aus Neid. Deine Lehre war mir von Nutzen dort, im Knast. Du hast mich zu einem guten Häftling erzogen, und aus Petja wurde ein guter Aufseher. Das sind schließlich zwei Welten, musst du wissen. Kaum kommt man ins Gefängnis, schon wird man auf die Probe gestellt. Die drücken einem den Besen in die Hand, Mama. Fegst du, dann wirst du vor den Schließern buckeln. Lehnst du ab, gehörst du zu den Gaunern. Für einen Gauner ist Arbeit eine Schande. Die Gauner werden von den Schließern geknüppelt und kaputt gemacht, sie kommen in Isohaft oder werden von Knackis verdroschen – dafür genießen sie den Respekt ihrer Leute. Früher oder später lassen die Schließer von denen ab, und je dreister sie sich beim Verdreschen halten, umso mehr Achtung genießen sie. Und umgekehrt – verhüte Gott, dass du einen Gauner oder Halbgauner an die Schließer verpfeifst. Zwischen denen da oben und den Gaunern tobt ein erbitterter Krieg. Wirst du als räudiges Schaf abgeschrieben, zappelst du am Haken – ohne den Schutz der Schließer bist du sofort erledigt, oder sie entehren dich. Und bist du erst mal entehrt, Mama, dann bleibst du es fürs Leben und verlässt als Entehrter den Knast. Aus dieser Sippe, dieser Kaste kommt man nie mehr heraus. Aber auch die Schließer werden dich räudiges Schaf nicht hätscheln. Du gehörst jetzt schließlich ihnen, was bleibt dir noch? Nun musst du immer weiter zinken. Ein normaler Mensch geht im Gefängnis über einen schmalen Grat und balanciert, um weder den einen noch den anderen zuzufallen, sondern ein Mensch zu bleiben. Ich wäre ja fast durchgedreht damals und wollte mir im zweiten Jahr die Venen aufschneiden, da hat mich der alte Onkel Borja Lapin rausgeholt. Er bedauerte mich, haute mich raus, schützte mich und war überhaupt wie ein Verwandter zu mir, sein Sohn war in meinem Alter und lebte draußen. Ihn selbst haben sie wegen irgendwelcher Geschäfte rangekriegt. Er sagte, seine Partner hätten ihn reingelegt, um seinen Anteil einzuheimsen. Ein erfahrener Mann, kam mit allen klar, keiner rührte ihn einfach so an. Auch später holte er mich aus jedem Klamauk, bis ich kapierte, wo's langging. Er passte dann auf mich auf. Zu den Gaunern ließ er mich nicht. Wenn dieses Gesindel dich erniedrigt, bist du schnell mürbe, die Knochen werden zu Sülze, innerlich bist du randvoll mit Siff. Du wirst nie wieder du selbst. Aber auch wenn das Gesindel dich respektiert, wirst du mit Siff abgefüllt; ein Löffel pro Tag nur, wenigstens nicht eimerweise. Du gewöhnst dich dran, willst sogar mehr. Zu den Aktivisten ließ mich Onkel Borja gehen, aber nur, um die Wandzeitung zu zeichnen. Sollten die Gauner drüber wiehern, aber für meine Akte war das ein Plus in Disziplin. Da zeichnet man ihnen irgendeinen Quark – sie denken, die Umerziehung läuft. Ich habe fleißig gemalt, Ma, gezeichnet im Akkord. Und außerdem habe ich den Wächtern Aschenbecher aus Holz geschnitzt – in Form eines ausgehöhlten Schädels mit leeren Augenhöhlen, innerhalb einer Woche, wegen einer Wette. Eine Schachtel Papirossy gab's dafür. Meiner Bewährung war ich mir sicher, dachte nur daran, plapperte nichts Überflüssiges, um die Bewährung nicht zu verschrecken, um ein halbes Jahr früher rauszukommen. Zu dir, Ma, außer dir habe ich ja niemanden. Und zwei Tage vor deren Sitzung holt mich der Anstaltsleiter zu sich, sagt: Gut sieht sie aus, deine Akte, Gorjunow, die schicken wir jetzt zum Gericht. Bisher hat hier niemand was auszusetzen, aber das kann sich schnell ändern, wenn du uns nicht hilfst. Wie soll ich helfen? Du sollst eine Erklärung schreiben, dass der Häftling Boris Iwanowitsch Lapin dich mehrmals sexuell belästigt hat. Ohne Erfolg, schließlich bist du eine harte Nuss, dir stellt also niemand Fragen hinterher. Wir legen die Erklärung erst mal in die Schublade, in zwei Wochen fährst du nach Hause, denn das Gericht gibt dir deine Bewährung. Wenn du aber zickst, fügen wir eine kleine Notiz in deine Akte, dass du gar nicht so ein Aktivist bist und dich auch nicht gebessert hast, dann kannst du hier weiterbrummen. Dachtest du etwa, du kommst wegen dieser beschissenen Wandzeitung frei, he? Nein, ein halbes Jahr Freiheit kostet mehr. Und Lapin schnappen wir uns so oder so, wir kommen auch von anderer Seite an ihn ran.

Ich hätte also ein halbes Jahr eher rauskommen können, Ma. Aber was wäre dann mit ihm passiert? Kann man sich denken. Die lassen ihn von Schwulis anwichsen, beschuldigen ihn – du vergreifst dich also an kleinen Jungs? Dann kannst du uns auch einen blasen, das wird richtig lecker. Oder tu, was wir sagen. Ich hätte früher kommen können, ja. Bin ich aber nicht, Ma. Und weißt du, worum es real ging? Der Auftrag kam von seinen Partnern draußen, die meinten, sie hätten Onkel Borja zu wenig Kohle abgenommen, er könnte ihnen auch noch sein Haus überschreiben. Das lief über die Bullen, und für die war es einfacher, ihn von den Gaunern quälen zu lassen. Zwei Welten: ein blutiger Krieg, aber wenn's um Geld geht, spielt man gern mit verteilten Rollen. Aber sag denen das mal ins Gesicht – ihr seid selber Zinker, ihr Penner, arbeitet den Schließern zu –, sofort bekommt man auf dem Klo ein Messer in die Leber, die Fresse in den Scheißeimer gesteckt, den anderen als Lehre – wehe, ihr sagt einen Piep, Abschaum, klar? Auf der einen Seite der Medaille die Gauner, auf der anderen die Schließer, also wer bestraft hier wen, Ma, und wofür? Und wenn es eine Lektion sein soll, dann worin? Ich hab alles richtig gemacht, hab nach meinem Gewissen gehandelt und so, wie du es mir als Schüler erklärt hast, ich bin menschlich geblieben, aber das hat Onkel Borja nichts genützt, weil sie ihn vom anderen Ende rangekriegt haben, wie versprochen, und ich bekam keine Bewährung, wie versprochen, aber das war keine Tragödie, bin fristgemäß raus, bin dabei Mensch geblieben, ein

Mensch, dafür kam ich zu dir zu spät, für immer, und das wirst du mir nicht verzeihen, das verzeihe ich mir selbst nicht, aber Petjas Vater hat ihn gelassen, ihm verziehen, dass er mich, einen Zufälligen, dahin gebracht hat, um im Lager das Leben kennenzulernen, und dafür kriegt er keine Strafe, nur ich hab ihm die Rechnung präsentiert, nicht der Staat und nicht Gott, und was meinst du, hatte ich nicht das Recht, ihn dranzukriegen?

Und wer kriegt mich jetzt dran? Du etwa?

Warum muss ich unbedingt in die Hölle?

Niemandem mehr will ich was zahlen. Niemandem mehr was schuldig sein. Ich habe das Recht, auch mal ein bisschen zu leben. Ich will mit diesem Quasselkopf auf seine Ausstellungen. Mit Mädels radeln im Park. Tequila und Bilder unterm Dach. Ich will in dieses idiotische Kolumbien. Klar? Und das kann ich auch!

Das ist sie, die Sonne, man kann sie sich greifen. Für sie muss man keinen Antrag stellen, nichts erbetteln, in ewigen Schlangen stehen. Wer es wagt, der holt sie sich. Wer gelernt hat, sie sich zu nehmen, der wärmt sich in ihr, aber wer erniedrigt wurde und Scheuklappen trägt – der frisst Dreckschnee und leckt Eiszapfen.

Jetzt! Wenigstens das eine Mal!

Er merkte, dass er die ganze Zeit die Powarskaja zurückgegangen, im Kreis gelaufen war, zurück zum Gartenring. Und wieder sah er das Haus mit der Passfirma, ein Stalin-Eckhaus. Zu ihm führte ein Fußgängertunnel.

Ich lebe, Mutter. Lebende haben es immer eilig, und Tote können warten. Wenn du für Gerechtigkeit bist, wenn du wirklich für Gerechtigkeit bist, Mutter, dann lass es mich wenigstens probieren, lass mir diese Chance. Ich weiß, ich verstehe ja, dass dir langweilig ist in diesem kalten Totenraum mit einem fremden Mann. Ich verspreche dir die ganze Zeit, dass ich dich hole, nach Hause bringe, aber du weißt schon, das sind Ausreden, das ist Betrug, denn zu Hause hast du nichts zu suchen, dort zerfällst du nur, du weißt, dass ich dich aus dem Krankenhaus auf den Friedhof holen will, zu Kiefer und Tanne, in die Einsamkeit.

Niemand erwartet dich dort, und auch im Jenseits erwartet dich niemand, auch dort langweilt man sich allein, oder willst du etwa, dass nicht ich dich hole, sondern du mich? Du willst mich holen, ja?

Ja?!

Von den Kachelwänden des Fußgängertunnels schallte das Echo als Querschläger: Ja. Ja. Ja.

* * *

Man hätte meinen können, in Moskau gäbe es viele solcher Flüchtender wie ihn, die unbedingt verschwinden wollten, aber die Schlange bestand nur aus einem Krösussöhnchen. Alle anderen hatten wohl genug vom Reisen. Ilja kam ran, reichte Natalja Georgijewna die unförmig große, brennend schwarze Visitenkarte von Nonna aus der »Wind-Rose«, und dann die fünfzigtausend. Sie fraß den Schein und Iljas Zweifel.

»Bist du das, der gesessen hat? Wirklich alles abgegolten? Keine Bewährung? Zeig mal die Bescheinigung. Gut. Alina, eine Kopie. Jetzt den Personalausweis.« Sie bespeichelte ihre dicken Finger und durchblätterte seinen bordeauxroten Ausweis so schnell wie eine Geldzählmaschine. »Alina, Kopie. Jetzt füllen wir den Antrag aus.«

»Krieg ich den wirklich?«, fragte Ilja. »Da wurde verschiedenes erzählt, wo ich saß …«

»Wenn du wie ein Penner von der Straße kommst, kriegst du ihn nicht, da graben die auf jeden Fall was aus«, sagte sie heiser. »Aber zwischen uns und den Staatsorganen herrschen volles Einverständnis und Zuneigung. Hältst du unsere Preise für unverschämt? Wenn von den Fünfen ein Tausender bei uns hängen bleibt, ist das schon gut. Also. Hier schreibst du nichts. Diese Zeile lässt du frei, da überlegen wir uns noch was. Ja. So, so, so. Und zur Sicherheit, weißt du, was wir da machen? Wenn es in deinem Nachnamen einen falschen Buchstaben gibt, ist das schlimm? Nicht Gorjunow, sondern Gorjonow. Dann finden sie dich bei der Ausreise auch nicht in den Datenbanken des FSB. Und wenn du deinen Pass abholst im Amt, dann bemerkst du das Fehlerchen einfach nicht, klar?«

»Und das geht?«, beunruhigte sich Ilja.

»Na wenn es bei anderen geht, warum nicht auch bei dir? Du bist doch nicht irgendein Pauschaltouri, der in Ägypten Fische gucken will, sondern ein Vip-Kunde! Ein vorläufiger Pass, habe ich das richtig verstanden? Ein biometrischer dauert eine Woche, und dafür muss man seine Fingerabdrücke abgeben.«

»Ich brauche den, der am schnellsten geht. Und ohne Fingerabdrücke«, sagte Ilja nervös, erwartete immer noch, dass sie gleich seine Fantasien zunichtemacht.

»Einen vorläufigen kriegen wir wohl bis Donnerstag hin, schneller geht's nicht. Der ganze Unterschied ist: ein vorläufiger gilt fünf Jahre, ein normaler zehn«, erklärte sie.

»Mir reichen fünf. Ganz bestimmt.«

»Schönchen. So, und die Telefonnummer hast du nicht reingeschrieben? Hier, in der Zeile musst du sie eintragen.«

Ilja blinzelte.

»Die Mobilnummer«, pochte Natalja Georgijewna mit dem Finger auf den Tisch. »wo wir anrufen können, falls Fragen auftauchen.«

»Ich … ja.«

Er hatte ja auch eine andere Mobilnummer.

Und aus dem Gedächtnis, wie er sie Hunderte Male aus dem Lager, aus dem Zug gewählt hatte – schrieb er ihr die Nummer seiner Mutter auf. Wer weiß, was die da überprüften auf allen ihren Instanzen. Sollten die lieber nicht Petjas, sondern Mutters Nummer anrufen – Ilja hatte das Telefon ja am Sonntag aus dem städtischen Krankenhaus mitgenommen.

Die rufen deine Nummer an, Ma. In Ordnung?

Selbst wenn nicht. Er durfte nur nicht vergessen, es aufzuladen, um den Anruf nicht zu verpassen, wenn was wäre.

»Also, wenn es brandeilig ist, dann – was haben wir heute? Dienstag? Nun, also wenn alles glattgeht, dann kannst du ihn Donnerstagmorgen abholen, das Passamt macht um acht auf. So, und jetzt ein kleiner Schnappschuss.«

Hier bei ihnen stand also auch ein Apparat: Ilja schaute finster in die Spiegellinse, es zischte und blitzte, eine halbe Minute später kamen aus dem Drucker vier Aufnahmen. Sie ähnelten weder Passfotos noch denen der Strafvollzugsbehörde. In seinem Personalausweis sah Ilja verträumt, zerzaust und auf Welpenart frech aus, in seiner Personalakte – die in seiner Anwesenheit mal durchgeblättert wurde – niedergeschlagen und zurechtgestutzt. Dieses war ein Farbfoto, darauf war zu sehen, wie Ilja sich entfärbt hatte. Der Igel der vormals rotbraunen Haare war jetzt irgendwie fahl, die Haut mehlig, die Augen gläsern. Nur die Ringe darunter waren ein Kontrast.

»Ja, du bist wirklich urlaubsreif«, sagte Natalja Georgijewna. »Wohin soll's gehen?«

»Irgendwohin«, antwortete Ilja. »In die Sonne.«

15. Kapitel

Doch es ließ ihm keine Ruhe.

Jetzt, wo alles auf Rot gesetzt war: Wie sollte er weiter falschspielen? Er entfernte sich ein Stück von der Firma, befingerte unanständig das Telefon in seiner Tasche, hielt jedoch aus und lief bis zur Krasnaja Presnja – da endlich schaltete er es ein. Er musste Igor breitschlagen.

Er ging die endlosen Granitplatten entlang, schützte das Display vor den grellen Strahlen, damit sie es nicht überbelichteten, und stolperte über die Fugen – die Moskauer Erde wollte partout nicht zum Exerzierplatz werden, blähte sich unter dieser Kasernenwürdigkeit auf, und Pflastersteine tanzten aus der Reihe. Er tippte.

»Igor, hallo. Brauche es heute oder morgen.«

Der ließ sich Zeit mit einer Antwort, das Telefon erhitzte sich inzwischen, der Akku darin schwächelte mit jeder Minute mehr. Ilja sah scheinbar nach unten, verhexte die Buchstaben im Chat, hätte aber lieber den Kopf jäh gewendet und geschaut: ob ihm jemand nachging? Wie damals beim Hof auf dem Kutusowski meinte er, jemand folgte ihm unbemerkt auf Schritt und Tritt.

Er kam vorbei am Café auf der anderen Straßenseite der Ringstraße, wo der fröhliche Goscha die Fräuleins umworben hatte, überlegte sogar, ob er hinübergehen sollte – vielleicht war er noch da? Aber er tat es nicht, bog nach links ein, ging über den alten

Pflasterweg auf die Station »Barrikadnaja« zu. In der Metro konnten sie ihn anpeilen, soviel sie wollten, dort wimmelte es von Millionen von Leuten, und ihre Geräte würden umsonst heiß laufen.

»Chasin! Von mir aus gleich jetzt! Du und ich!«, antwortete Igor endlich; stur war er, der Mistkerl.

»Wenn du es für eine Falle hältst, dann hinterleg es«, schlug ihm Ilja vor.

»Wovor hast du eigentlich Angst?«

»Bin nicht in Moskau, brauche es aber dringend!«

»Dann flott zurück, und wir treffen uns«, spottete Igor.

Er musste ihm irgendwie beikommen. Gestern – als er erschrocken war – fand Ilja ihn besser. Heute jedoch setzte er seine Worte irgendwie anders, selbstsicher und frech.

»Treib's nicht zu weit«, schrieb er Igor. »DS ist schon genervt wegen dir.«

Eine andere Drohgebärde fiel ihm für Igor nicht ein. Er tippte das, und abwärts ging's. Bevor er in den Metrowaggon stieg, kam von Igor eine Bombe:

»DS ist wegen dir genervt, Chasin.«

So. So-so. So-so-so.

Sie hatten also gesprochen. Wahrscheinlich hatte Denis Sergejewitsch Klein-Igor rausgefischt, ihn beruhigt und gesagt, seine Seele wolle sich vorläufig niemand holen, hatte ihn angeheuert, Petja einzufangen. Dann war also auf Arbeit alles bekannt? Nur deswegen terrorisierte die Bullenobrigkeit Ilja heute nicht? Und er war auch noch froh, dass sie nicht an ihn dachten.

Im Würgegriff war er. Aber er kam da raus!

Vielleicht sollte er umkehren, das Beerdigungsgeld zurückholen?

Ein Drecksstück bist du, Igor, Abschaum. Warum willst du es nicht so machen, wie wir von Anfang an besprochen haben, he? Du Schisser, Denunziant, verrätst mich an diesen FSB-Quengler, weshalb? Überleg's dir, stimm zu! Was kostet es dich? Für dich ist es ein wenig Kies mehr, aber ich muss mich aus der Unterwelt freikaufen! Meine Seele habe ich schon verpfändet: Die Grabesruhe meiner

Mutter steht auf dem Spiel, bin ein Schwein, bin selbst Abschaum, schlimmer als du, na los, hilf mir, spiel mit! Wenn ich damals zum Rendezvous mit dir auf dem Kutusowski nicht zu spät gekommen wäre, hättest du mir doch alles überlassen, oder? Du warst doch schon bereit! Was hat sich geändert?

Halt. Warte.

Na gut. Denk nach. Hol tief Luft.

Dieser Magomed war doch Petjas eigener, persönlicher Kontakt, oder? Alle warteten auf Petja, damit der ihn zum Kauf überredete, die anderen hatten also keinen Zugang zu ihm, sodass weder Igor noch Denis Sergejewitsch oder sonst wer ihm diesen Deal abluchsen konnte. Es gab also auch niemanden, von dem Hausknecht-Magomed erfahren konnte, dass Ilja nicht Petja war, dass er nichts hatte, mit Luft handelte. Ilja könnte also für diese Luft einen Vorschuss kassieren!

Er suchte nach Magomed, warf die Angel aus.

»Für Donnerstag alles wie verabredet?«

»Jawoll, Genosse Milizianär!«, grinste Magomed. »Übrigens, ich wollt fragen, wie viel.«

Wie viel? Das wusste Ilja selbst nicht. Wie viel von was? Wollte er den Preis wissen oder das Gewicht? Was war das eigentlich für ein Posten? Wie konnte er das Ganze weder kleinreden noch übermäßig aufblähen?

Er musste wieder zu Igor – mit gesenkter Stimme, mit niedriger Drehzahl ...

»Gut, komme morgen zurück in die Stadt, dann verabreden wir uns«, sandte ihm Ilja, und gleich darauf noch: »Wie viel hast du da besorgt?«

Ständig leuchtete der Pfeil des Navigators auf dem Display, leuchtete einfach, das Miststück. Der Akku hatte noch zwanzig Prozent, dabei war es noch nicht mal Mittag.

Er war am Sawjolowski, musste aussteigen. Zehn Prozent; und erst da, nachdem er Ilja gehörig ausgehungert hatte, warf ihm Igor den Brocken hin: »Anderthalb Kilo.«

Anderthalb Kilo. Ilja multiplizierte 200 mit anderthalb Tausend. Dreihundert. Selbst wenn die Preise en gros anders waren, kämen mehr als zweihundertfünfzigtausend Dollar heraus. Zweihundert. Fünfzig. Tausend.

Alles war plötzlich drin. Ein Marmorgrabstein und endlos leben. Mit dem Akkurest erklärte er Magomed das Heikelste:

»Anderthalb Kilo. Aber Geld vorweg, schicke Kurier. Ist nicht meine Bitte, fordern die anderen.«

Magomed konnte nicht mehr antworten – alles erlosch.

* * *

Die Tür zum Hauseingang war leicht angelehnt – ein Ziegelsplitter verhinderte, dass sie zuklappte; Ilja hatte das als Schüler gemacht, wenn er in den Hof spielen ging. Die Omas auf den Bänken davor hatten ihn geschimpft – was hier so rumläuft, kann ja wer reinkommen. Damals hatte er über sie gelacht und der Tür trotzdem das Ziegelstück in den Rachen geschoben, näher zu den Angeln, damit die Omis es nicht herauspulten. Im Lager später hörte er Instruktionen mit an, wie man alte Frauen mit einem Handtuch erstickt oder mit einem Springseil. Er hätte sie damals also nicht verlachen sollen. Eine alte Frau ist leichte Jagdbeute, selbst ein Schwächling kann sie erlegen. Er musste dort an seine Ziegelstückchen denken, und an seine Mutter.

Nun erstarrte er vor diesem Ziegelstück. Wendete den Kopf. Am engen Gang zwischen den Häusern war niemand. Alle Schüler waren hier wohl längst ausgezogen, es war ein Reich der Alten. Er schaute zum Fenster: von unten war es heller, die Scheibe wie mit Amalgam überzogen. Wenn ihn jetzt jemand aus der Küche beobachtete, würde Ilja es nicht sehen.

Die »Makarow« hatte er zu Hause gelassen – die konnte er ja nicht mit sich rumschleppen; das bedauerte er nun.

Die Tür öffnete er vorsichtig. Ließ Licht rein und feuchte Wärme raus. Das Treppenhaus atmete mit bronchialem Pfeifen: Durchzug vom Erdgeschoss bis in den vierten Stock. Und Schweigen.

Wo würden sie ihn hier erwarten?

Wo würde Ilja warten, wenn er jemandem auflauerte? Auf der Treppe an der Wohnungstür? Am Müllschlucker auf der oberen Zwischenetage? In der Wohnung. Die Tür zur Wohnung ließ sich nicht abschließen. Komm rein, wenn du willst, nimm dir, was du willst. Am besten also in der Wohnung.

Schon war eine Minute vergangen, und er wartete immer noch. Lauschte. Hatte es nicht mehr eilig.

Dann war es zu spät: Aus der Depotstraße bog ein rosa Kinderwagen in seine Gasse ein. Dahinter eine Frau mit gesteppter Polyesterjacke und Strickmütze. Er kannte diese Nachbarn nicht, aber sie kam direkt auf ihn zu, auf ihren Hauseingang.

Er stand da, schaute zu, wie sie ihr Kind immer näher an ihn heranschob, wie immer weniger Zeit blieb. Vielleicht wollte sie vorbei? Vielleicht zum Kiefernwäldchen?

»Junger Mann, lassen Sie auf!«

Er hätte ihr die Tür vor der Nase zuschlagen sollen, allein die Treppe hinaufsausen, und wenn dort jemand wartete … Besser, der schoss nur auf ihn, wenn er zum Schießen gekommen war. Und sie würde sich unten so lange mit dem Kinderwagen abmühen … Und wenn derjenige beim Hinuntergehen dann auf sie treffen würde und kein Risiko eingehen wollte?

»Helfen Sie mir hochtragen?«

Sie rieb ihre rotkalte Nase. Fleischige Waden in schwarzer Verpackung, matte Augen – violett geschminkt. Ilja schaute in den Kinderwagen. Dort war nur der kleine Knopf eines Näschens zu sehen, die Mütze reichte bis über die Wangen. Es schniefte gleichmäßig.

»Mädchen.«

Oder ganz anders: Wenn er mit ihr hochginge, würden sie es wohl nicht wagen? Vor Zeugen? Eine Frau mit Kind gleich mit zu töten wäre irgendwie … Dann besser ein andermal. Würde zumindest Ilja denken.

»Sind Sie aus unserem Haus?«

»Ich … Ja, von hier. Aus Wohnung elf. Gorjunow. Bin gerade erst angekommen.«

»Und wir mieten. Vierter ohne Fahrstuhl! Ich sag dazu nichts mehr. Helfen Sie mir? Hören Sie mir zu, junger Mann?«

»Ja.«

Er fasste die Vorderachse an. Riss die Tür weiter auf. Ein Schritt. Noch ein Schritt. Oben war es fast still. Nur das Echo scharrte die Treppe hinauf, weiter nichts.

Das Baby begann vom Schaukeln zu schmatzen, wurde unruhig. Wimmerte. Störte sein Lauschen.

»Sechs Monate«, erzählte die Frau. »Wie ist Ihr Vorname?«

»Ilja.«

»Mein Mann ist doch tagsüber auf Arbeit, da könnt ich ja nie spazieren gehen.«

Sie kamen vom zweiten Stock zum Müllschlucker zwischen den Stockwerken. Das Mädchen kam in Fahrt, begann zu jammern.

Wie in jenem Traum, erinnerte sich Ilja. Wie im Traum, wo er über unterirdische Stufen gelaufen war und eine Kugel in den Nacken erwartet hatte. Und herausgekommen war er bei Nina in der Wohnung, im Sommer, bei Reisevorbereitungen und Bratapfelduft.

Im Rücken zog es hartnäckig von der unverschlossenen Haustür, das trieb Ilja nach oben. Doch er bremste dem Windzug zum Trotz, wollte nicht hochgehen.

Sie kamen in den dritten. An seiner Wohnungstür legte er einen Schritt zu und wendete sich ab, falls jemand durchs Guckloch schaute. Dann erreichten sie den vierten Stock, er nahm ihre Dankbarkeit entgegen, dankte selbst – sie wusste nicht, wofür. Erst, als sie sich eingeschlossen hatte, fühlte Ilja Erleichterung.

Auf Zehenspitzen ging er hinunter.

Das Streichholz war am Platz, aber er traute dem Frieden nicht. Die Tür öffnete er so, als käme er an einem Samstagmorgen aus dem Club, um niemanden drin zu wecken.

Kaum hatte er sie weiter aufgerissen, hauchte ihm die Wohnung stickigen Küchengeruch ins Gesicht: Es roch nach Kohlsuppe und etwas Abgelagertem. Vor seinen Augen wurde die Tür zu Mutters Zimmer vom Durchzug erfasst, sie fiel krachend zu.

Ilja schluckte das.

Er stand reglos da und lauschte, ob noch jemand außer ihm in der Wohnung war. Dann schlich er in die Küche, holte die Knarre aus dem Küchenschrank, entsicherte sie mit einem Klick und ging damit weiter auf die Suche.

Sein Zimmer war leer und genau in der Ordnung, die er hinterlassen hatte. Auf dem Tisch die unbeendete Zeichnung, das Bett zerwühlt.

Er ging zu Mutters Zimmer.

Drückte die Klinke runter – verschlossen. Rüttelte – sie machte nicht auf. Von innen zugesperrt. An ihrer Tür gab es einen Schnapper, erinnerte sich Ilja: ein Hebelchen, und wenn man es hochschob, verschloss sie sich beim Zuschlagen selbst. In Iljas Zimmer gab es so etwas nicht.

Er schmiegte sein Ohr an die Tür. Still war es drinnen, kein Laut. In Mutters Zimmer war niemand, das stand fest. Er hatte ja das Oberfenster zum Lüften aufgemacht, als er Serjoga anrief. Durch den Luftzug war die Tür zugefallen. Und dass sie abgeschlossen war … Wahrscheinlich hatte er selbst zufällig diesen Hebel verschoben.

Das Schloss ließ sich auch vom Flur aus öffnen, da gab es so ein winziges Löchlein, wenn man da etwas Dünnes reinsteckte, löste die Schlosslarve ihre Mandibeln. Ilja suchte in der Küche nach etwas, womit er drücken konnte. Er nahm Streichhölzer, ein Messerchen, begann eins anzuspitzen. Rutschte ab, schnitt sich bis aufs Blut. Ließ ab, ging zum Badschränkchen, um Jod und Pflaster zu holen.

Du bist wütend auf mich? Dann bleib eben drin!

* * *

Bis zum Abend verkroch er sich, schaute fern.

Der Fernseher hatte zwei Bestimmungen: zu betäuben und die Leere auszufüllen.

Heute wollte Ilja, dass er ihn betäubte. Die Furcht betäubte, das Gewissen betäubte, alle Gespräche unterbrach, die er nur mit sich selbst führen konnte.

Er durfte das Telefon nicht anschalten, damit sie ihn nicht aufspürten – ja und auch laut denken sollte er besser nicht. Einfach dasitzen und abwarten, bis Magomeds SMS kam: ob er einverstanden war, betrogen zu werden oder nicht.

Um von ihm eine Antwort zu bekommen, kroch Ilja mehrere Male aus dem Haus, lief über die Straße, entfernte sich, umherirrend – auf die Bukinskoje-Chaussee, auf die Kompaniestraße, auf die Tschechow-Straße –, und dort schaltete er für eine Sekunde das energiefressende Handy an.

Magomed schwieg – entweder lachte er über seine Unverschämtheit, oder er hatte Chasin einfach schon gestrichen und sich einen zuverlässigeren Lieferanten gesucht; oder beriet er sich noch mit wem? Es kam weder eine Ablehnung von ihm noch eine Zustimmung.

Jedes Mal kreiste Ilja dabei um sein Haus: suchte nach fremden Autos mit getönten Scheiben, nach beschäftigungslos herumlungernden Kerlen, nach den blau-weißen Blechkarren einer Streife. Aber wer auch immer gerade Moskau filzte und versuchte, in den Falten der Stadt Petja Chasin zu ertasten – bis Lobnja waren sie noch nicht gekommen.

Wahrscheinlich hatte Denis Sergejewitsch auch noch anderes zu tun; außerdem fehlte ihm ein Grund, um Chasin zur Fahndung auszuschreiben.

Die Sonne wurde um vier Uhr nachmittags blass und schied schnell dahin; kurz darauf begann man schon, an ihrer Existenz zu zweifeln. Bevor sie gänzlich verschwand, kam der abnehmende Mond zur Beerdigung. Am immer noch transparenten Himmel schien er mit dem geborgten Licht, vermochte jedoch kein Infrarot zurückzuwerfen. Der Wind, der bereits tagsüber aufgekommen war, wurde nun schärfer und fegte rasch die Wärme des Tags aus Lobnja.

Der Fernseher servierte auf allen Hauptkanälen langweilige Filme, sie sahen aus, wie mit einem alten Telefon gedreht. Die Farben waren ausgeblichen, die Helden sprachen sich mit vollem Namen an, beherrscht und gleichgültig. Angeblich tobten heftige Leidenschaften in ihnen, aber die Helden ertrugen sie stoisch, als könne sie nichts in diesem Leben aus der Bahn werfen. Aber die Leute guckten sich so was offenbar an, wenn es schon gesendet wurde, bemerkte Ilja achselzuckend. Seine Mutter hatte das wahrscheinlich auch nach der Arbeit geguckt. Es beruhigt ungemein, dem Leiden anderer zuzusehen, auch wenn es aufgesetzt wirkt.

Er kochte sich Makkaroni, verschlang sie mit Ketchup, erinnerte sich an das Sandwich vom Morgen, lachte.

Die Filme wurden in immergleichen Abständen von Nachrichten unterbrochen: poch, poch, poch. Als würde zunächst der Permafrostboden aufgelockert, damit man leichter Pfähle in den Boden rammen konnte. Wahrscheinlich sollte da was eingepflanzt werden.

Die Nachrichten wirkten exaltiert. Alle Sprecher demonstrierten besorgte Mienen: Die Welt fiel in sich zusammen. Nur die Heimat konnte sich halten. Gezeigt wurden Beamte, die erklärten, wie. Diese Beamten würzten ihre Amtssprache mit Gaunerjargon, um dem Fernsehzuschauer näher zu sein. Der nächste Gang war eine Kurzfassung vom Appell des Präsidenten – eine Drohung an die Verleumder Russlands. In der kurzen Rede erkannte Ilja viele Wörter, die er zuerst im Knast gehört hatte.

Zum Abend hin setzten die Talkshows ein. In Arenen quasselten fette Hohlbirnen in Anzügen, umkreisten einander wie Gladiatoren mit Streitkolben, und einmal kam es zur echten Schlägerei: Irgendein wild gewordener Trottel rammte einem windigen Verticker den Schädel in die Visage und bimste ihm die Fresse blutig. Angeheizt wurde der Rabatz von Autoritäten der Verbrecherwelt: Aber anstatt die Streithähne nach Gaunerregeln zu trennen, hetzten sie sie noch gegeneinander auf. Immer gewannen die blöden Aktivisten, und den Demokraten wurde gesagt »ihr seid gekniffen«, und unter Spott schickte man sie nach Hause, damit sie sich dort ausheulten. Aus alldem zog Ilja den Schluss, dass das ganze Tohuwabohu wohl von der Anstaltsleitung inszeniert war, damit all jenen bang wurde, die auf subversiv machten. Klare Sache eigentlich.

Schon völlig vernebelt von der Kiste, aufgebracht und abgetörnt von der letzten Show, schaltete Ilja das Telefon direkt in der Küche an und schrieb Magomed, ziemlich frech: »Keine Sorge, bei uns läuft das ohne Schmu.«

Daraufhin bekam er sofort Antwort:

»Ich keine Sorge!«, dazu vier zu Tränen belustigte Rundköpfe. »Du besser Sorge!«

Ilja schickte ihm ebenfalls Smileys, um die Sache ins Lustige zu ziehen. Er wartete noch etwas ab – setzte sich das Gespräch fort? Hatte er beim Bärtigen den richtigen Punkt getroffen? Er schwor sich, ihm nun nicht mehr zu schreiben – sonst merkte der noch, dass Chasin nervös war, und wurde es selbst.

Das Treffen mit Magomed fürchtete er nicht: Er nimmt seine Knarre mit, und falls der ihn bedroht – holt er sie raus und zeigt sie ihm. Diese Peitsche für Frechlinge sollte funktionieren.

Nun mach schon, mach! Was ziehst du es in die Länge? Gleich fängt das Telefon an zu rauchen.

»Gut«, schnalzte Magomed endlich. »Wir kennen uns ja alle. Geld für dich Donnerstag. Treffen wir deinen Mann, geben ihm. Gibst du mir Donnerstag alles?«

»Ja!«, rief ihm Ilja fröhlich zu. »Sobald das Geld dort eintrifft, wird die Ware ausgegeben.«

»Morgen ich sage genau, wo«, nickte Magomed trocken.

»Wo auch immer!« Ilja sprang vom Küchentisch auf, hopste, kam mit der Hand bis an seine niedrige Zimmerdecke.

»Morgen genau wo, verflucht.«

Er riss das Fenster auf, saugte die Frische ein, schrie ganz Lobnja zu: »Heeeeaaaaaauuuuuuu!«

Er holte den Wodka aus dem Tiefkühlfach, kippte ihn direkt aus der Flasche, fror davon, erhitzte sich. Er stieß mit der Fernsehpuppe im blauen Anzug an, küsste sie auf die Nase.

»Auf die Liebe!«

Und da klirrte es im Telefon: wie gegen Glas ein Löffel schlägt, in dem man für ein fieberndes Kind Medizin mit Süßem gemischt hat. Hell und traurig.

Nina.

»Petja, alles gut bei dir? Dein Telefon war heute den ganzen Tag abgeschaltet, bin in Unruhe«, schrieb sie.

»Alles chic«, rapportierte er ihr ohne nachzudenken.

»Wirklich?«, fragte Nina nach. »Und wann ist dein Einsatz endlich vorbei?«

»Schon bald«, versprach ihr Ilja, goss der süßen Lüge etwas Bitteres hinterher.

»Mach mir Sorgen um dich. Wie damals, als du an diese Bärtigen geraten bist, weißt du noch?«

An welche? Ilja kam noch ein Stück Freude abhanden. Er konnte ja nicht bei ihr nachfragen. Ungefähr ließ sich erraten, von wem und wovon sie sprach. Aber er wollte gerade nicht über Ernstes reden.

»Die mit Kutten und Kreuzen? Ich erinnere mich, gruselige Jungs«, schrieb er ihr mit dem Rest seines Lachens.

»Ach was! Wirklich?«

»Mit denen sind wir gar nicht mehr im Geschäft, die haben doch ihr Opium, da stehen die Omis drauf«, setzte er fort.

»Pffff«, zischte Nina auf Katzenart und zeichnete eine Klammer dazu: ein kleines Lächeln.

Ilja lächelte auch – wie nach einem Schlaganfall, mit einem Mundwinkel; für jenen Petja, der vermeintlich am Leben war. Dieser Petja musste weiterhin mit seiner Freundin Jux und Gaga machen, damit sie keine Angst bekam.

»Hab mich heut etwas früher hingelegt, kann aber nicht einschlafen. Wälz mich hin und her. Können wir nicht ein bisschen quatschen? Direkt?«

Die zweite Hälfte gehörte dem anderen Petja, der seine Lippen nicht bewegen konnte. Aber die sah Nina nicht – kein Licht fiel auf sie.

»Bin hier auf Wache mit Rex. Wenn ich laut kichere und turtle, kriegen das die Dealer mit und suchen einen anderen Pfad«, schrieb Ilja.

»Dann tu doch so, als ob du mit Rex sprichst«, reagierte sie.

Und schickte drei Emojis: ein Polizistenmännchen, einen Hund, ein Herz.

»Und wenn er es ernst nimmt und sich in mich verliebt?«, fragte Ilja mit halbem Lächeln.

»Dann bekommt er es mit mir zu tun!« Nina klebte ein Emoji dazu: zwei Ringer, einer im roten Trikot, der andere im blauen, bereit zum Kampf.

Ilja grinste.

Dann fühlte er einen Stich.

Es schmerzte – für Petja mit ihr zu flachsen.

»Na gut, hör mal …«, flüsterte er ihr zu. »Ist grad ungünstig.«

»Warte, warte!«, unterbrach ihn Nina sofort. »Wichtige Frage!«

»Welche?«

Sie antwortete nicht sofort – und dann kam auf einmal ein Foto. Ilja tippte auf die unscharfe Kontur, um es herunterzuladen – und war geblendet.

Es waren Ninas Brüste. Entblößt. Durch nichts verhüllt: Ihre dünnen Finger hielten sie nur von unten, obwohl sie auch ohne diese Mühe und durch die Schwerkraft hinabgezogen eine ideale Form hatten. Die Brustwarzen – leicht braun, schüchtern eingezogen in Erwartung seines Blicks – zogen ihn an wie das Epizentrum eines Hurrikans.

Das Foto war an den Lippen abgeschnitten. Ihr Hals, nackt und zart, das Schlüsselbein mit den Kuhlen, das dunkelgraue Tattoo an der Stelle eines Kreuzes an einer Halskette – all das war vorhanden.

Ilja presste das Telefon. Etwas Schöneres konnte er sich im Leben nicht vorstellen.

»Kommt es mir so vor, oder sind sie größer geworden?«, fragte sie ihn mit drei Lach-Klammern nach einer Minute, hatte ihn erst schauen lassen.

»Sie sind jetzt ideal«, presste er hervor.

»Halt, warte, und davor?«, jetzt ein Lachen unter Tränen.

»Nina! Ich muss noch arbeiten!«

»Oh, das macht mich so heiß, wenn du beschäftigt tust. Können wir beim nächsten Mal so tun, als ob du gerade einen Bericht schreiben musst?«

»Pfff«, äffte er sie nach.

»Habe solche Lust zu vögeln!«, verkündete Nina auf einmal. »Schwangere wollen je weiter umso öfter, hab ich gelesen. Aber das ist wohl Quatsch?«

Ilja rutschte unvermittelt vom Stuhl, schaute in sein Spiegelbild im Fenster, trommelte auf den Tisch und dachte, was für ein süßes Miststück sie doch war. Und da bemerkte er: Der kleine Pfeil im Telefon leuchtete auf. Hieß das, er hatte vorher nicht gebrannt? Und warum jetzt? Er musste sich verabschieden.

»Ich kann nicht länger. Morgen schreiben wir wieder.«

»Noch eine Sekunde! Es ist wirklich wichtig!«, flehte Nina.

»Aber schnell, sonst finden sie mich«, gab er nach. Er musste noch eine Minute warten. Und wieder kam ein verschwommenes Körperfoto. Ilja öffnete es gehorsam, sicherer schon, dass sie ihn wieder verführen wollte.

Es war ihr Bauch.

Braun gebrannt: Am Nabel ragte ein silberner Hantel-Ring hervor. Scheinbar völlig flach.

»Gruß an dich.«

Diese Dummheit brachte Ilja völlig aus dem Konzept. Er wusste nicht, wie man auf so etwas richtig antwortet. Gruß zurück? An sie? Von wem? Von Papa?

Er erinnerte sich an Petjas Augenweiß im Taschenlampenlicht, an den eisigen Schacht, die Schwere seines Körpers, die hydraulische Kraft der erfrorenen Hände. Dann erinnerte er sich noch daran, wie Petja mit roten Fingern erfolglos den Pin ins Telefon getippt hatte – einmal, zweimal –, dabei Ilja half, ihn abzuschauen und sich gut einzuprägen. Wen hatte er anrufen wollen. Vielleicht Nina?

»Schon gut, entschuldige, ich versteh ja, das ist Weiberblödsinn«, bereute Nina. »Weißt du, bei Schwangeren atrophiert auch das Gehirn. Ich merk schon, wie's losgeht. Bleib wacker!«

»Ok!«

»Lässt du mich wieder in deine Wohnung? Wenn nicht, kann ich auch hier ausharren. Ich habe nur Sehnsucht nach deiner Striptease-Stange!«

»Nina, ich muss wirklich.«

»Schon gut, Schluss. Gute Nacht.«

»Dir auch.«

Erst jetzt, als sich so was wie eine Zukunft anbahnte, wurde er auch von etwas anderem eingeholt: Wer würde für ihn all die Versprechen erfüllen, die er Nina so großzügig gab? Wer täte es – für Petja?

Hatte er sie gerettet? Wovor? Dass sie nichts Unchristliches tat?

Keine Antwort. Sogar das Echo schwieg: Die Wohnung war klein und zu sehr mit Gerümpel vollgestellt für ein Echo.

Was wäre besser? Wie wäre es sonst?

Sie wird ja doch erfahren, und zwar sehr bald, dass er tot ist, ermordet wurde. Man findet ihn im Schacht, und auch wenn sie nicht zur Identifizierung fährt, was dann? Aber sie käme zur Beerdigung. Warum war er gestern zu Chasin in den Schacht gekrochen? Wie sollte er jetzt wieder glauben, Chasin – das sei er?

Ilja rannte in den Flur. Das Zimmer seiner Mutter war noch verschlossen – seit die Tür zugeschlagen war und er sich geschnitten hatte, war er nicht mehr hineingegangen.

Jetzt noch Wodka kippen – dann geriete er völlig aus den Fugen. Allein ist Wodka verboten, er durchstößt das Häutchen zwischen Verstand und Wahnsinn, das jeden Menschen in einer eigenen Blase hält, wie Galle. Dann sickert die dunkle Galle heraus und zerfrisst ihm das Innere.

Er musste diesen Druck, diesen Dreck wegschwirbeln, vertanzen, ihn mit lauter Musik plattmachen, diesen Ekel, ganz leicht, so leicht, wie man mit dem Absatz einen Hundertfüßer auf dem Asphalt zertritt!

Mit wem? Mit wem nur?

Da fiel es ihm ein: Goscha! Er hatte doch seine Nummer. Goscha hatte doch vorgeschlagen: Schreib mir, ruf an, lass uns was machen. Es war Dienstag – ja und? Dann eben Dienstag. War ja noch nicht spät. Vielleicht spendierte er Ilja was von seinem Lachen, seinem Rausch, seinem Schnee, was auch immer, damit Ilja bis morgen, bis zur Sonne, die Zeit nicht spürte und nicht allein war.

Er musste ihn von Mutters Telefon anrufen, wie geplant.

Wo war es? In ihrem Zimmer, abgelegt im Nachtschränkchen. Dort war auch das Ladegerät.

In der Küche schnitzte er mit dem Messer nun doch einen Streichholz-Dietrich – diesmal achtete er darauf, sich nicht zu schneiden. Er setzte sich neben der Tür zu Mutters Zimmer auf den Fußboden, lachte über sich, der das Zimmer mit der Pistole hatte stürmen wollen. Unter der Tür zog Eiseskälte durch, die Ritze war mit Finsternis abgedichtet wie mit Acryl.

Also los; er stocherte im Schloss – es ging auf.

Im Zimmer war es eisig. Niemand da. Die Gardine bauschte sich vom geöffneten Oberfenster, flog hoch. Er schaltete das Licht ein. Über den Fußboden waren vom Wind irgendwelche Bescheinigungen mit Stempeln auf grauem Krankenhauspapier verstreut. Vom Fensterbrett geweht.

Er setzte sich aufs Bett, zog die Lade auf. Da war das Telefon und auch das Ladegerät. Er stöpselte es, um nicht weit gehen zu müssen, direkt hier, am Nachtschränkchen, ein. Um seiner Mutter zu zeigen, dass er ihr nicht auswich. Der Strom kam wohl an, aber das Telefon belebte sich nicht, blieb störrisch. Gib es mir, wozu brauchst du es noch?

Ich brauche es, um Goscha anzurufen. Goschalein. Damit er mich in die Stadt holt. Damit ich mit ihm über die nächtlichen Prospekte rausche, mich auf seine Kosten in irgendeiner Bar volllaufen lasse, damit er mir beibringt, genauso sinnloses Zeug zu quasseln – damit andere mir ebenso mit offenem Mund zuhören. Damit ich seine Leichtigkeit lerne, seine Frechheit, damit ich unbekannte

Mädchen ansprechen kann wie er, damit ich kapiere, wie man nur für den Tag lebt, selbst wenn man noch hundert Jahre vor sich hat. Ich geh heute feiern, alles klar? Ich gehe einfach und Schluss!

Damit ich nicht nachdenken muss.

Er schloss das Oberfenster – es sollte ihn nicht mehr erschrecken.

Das Telefon blinkte grün – ein monochromes Display leuchtete auf. Er drehte es in den Händen. Es war seltsam, mit ihrem Telefon. Zu denken, dass sie es mal an ihr Ohr gehalten hatte. Von Telefongesprächen bleiben immerhin Partikel der menschlichen Seele im Apparat. Abgelagert in den Membranen, auf den Mikrochips.

Er streichelte es, warum auch immer.

Nun gut. Wo war Goschas Nummer?

Nur für eine winzige Sekunde schaltete er Petjas iPhone an, fand darin schnell Goscha und tippte ihn ziffernweise bei seiner Mutter ein. So, jetzt konnte er anrufen. Es war zwar schon Viertel vor zwölf, aber es trieb ihn, unablässig.

Er drückte die Taste mit dem abgehobenen grünen Hörer. Da war doch noch Guthaben, Ma? Mückenhaftes Schwirren setzte ein – und Ilja legte sich vorsichtig das Telefon ans Ohr mit jener Stelle, mit der seine Mutter es sich ans Ohr gelegt hatte.

Es klingelte, ningelte: eins, fünf, zehnmal. Der Anrufbeantworter schaltete sich ein – ein munterer Goscha bot an, man könne darlegen, weswegen er gesucht wird, und er schwor zurückzurufen. Nein, warte, ich brauche dich jetzt, nicht später. Später ist zu spät.

Er wählte erneut. Wieder zählte er ab: tut, tut, tut. Es wurde abgenommen.

»Hallo?«, eine erschrockene, junge Frauenstimme.

»Hallo«, sagte Ilja heiser. »Ist Goscha da?«

»Goscha?«, fragte sie verwirrt nach.

»Goscha, ja. Das ist doch Goschas Nummer?«

»Goscha ist tot«, sagte sie.

»Was?«

»Er ist gestorben, wirklich. Vor einer halben Stunde. Hat der Notarzt gesagt. Er hatte was mit dem Herzen.«

»Wieso Herz? Was heißt das?«

»Beim Karaoke«, antwortete sie, als würde das alles erklären. »Ich bin grad im Krankenhaus. Wir haben uns erst heute Morgen kennengelernt. Kennen Sie ihn gut? Können Sie herkommen? Hier ist die Miliz. Ich verstehe rein gar nichts.«

Ilja drückte sie weg. Presste den Knopf mit dem roten, aufgelegten Hörer und hielt ihn fest, damit das Telefon verreckte. Länger als notwendig. Dann schmiss er es aufs Bett.

Was heißt das, hatte er sie gefragt, dabei wusste er selbst zu gut, was los war. Wie konnte jemand Herzprobleme bekommen, der noch keine dreißig war und sich am Morgen mit Koks versorgt hatte? Nur aus einem Grund. Eine Überdosis. Er hatte die Mädels zum Karaoke eingeladen, ihnen vielleicht sogar was abgegeben: alles nach dem Plan vom Morgen. Außer dem letzten Punkt.

Und du hast es ihm verkauft.

Chasin wollte ihm nichts geben, und du hast. Chasin, der ihn runtergemacht, auf ihn gepfiffen hatte, sich ihn als Hofnarren hielt – er hatte aufgehört, seinen Goscha zu bestücken, aber du hast das für ihn anders entschieden, auf deine Weise gehandelt. Du hast diesem Schwächling, diesem Quatschkopf, diesem einfältigen Menschen mit einem Mal sechs Gramm reingewürgt, einen guten Preis gemacht! Und er hat's genommen – so high, dass das dumme, lapprige Herz es nicht aushält. Gier. Dummheit. Schweinerei.

Du nimmst dir einfach ein fremdes Telefon, suchst dir darin jemanden, der lebendig und fröhlich ist, verführst ihn und bringst ihn damit um. Jetzt tanze, los, mach schon, plappere doch, ruf dir selbst was zu! Zerreiß dir allein die Stimmbänder, überschrei dich selbst.

Er kniete vorm Bett seiner Mutter.

Berührte das Telefon mit den Knöpfen, von dem nur Tote die Toten anriefen.

Ich wollte das nicht. Hätte man mich nüchtern werden lassen, hätte ich Chasin nicht getötet, Ehrenwort. Und jetzt wirft ein Dominostein den nächsten um, sie stürzen von selbst ein, ohne mein Zutun. Er vergrub sein Gesicht im zerknitterten Kissen.

Ohne dein Zutun? Von wegen: Du bist es, der sie anstößt. Trampelst durch das Labyrinth aus Schicksalssteinen, in das du geraten bist, nur um dich selbst herauszuwinden und zu fliehen, der Strafe zu entgehen, die du verdienst. Chasin hat dich ins Lager gebracht, aber der da, was hat der dir getan? Nichts hat er getan. Wofür musste er zahlen? Für die Gier? Für seine eigene oder für deine?

Petja hat dir wohl nicht gereicht? Jetzt ziehst du sachte mit der Angelschnur auch all jene aus dem schwarzen Telefon, die Chasin trotz allem liebten, und zerbrichst ihr Leben?

Den Schulfreund, die Freundin, die Eltern.

Was meinst du, was deine verfluchte Clownerie wohl bei ihnen auslöst, wenn sie begreifen, was wirklich passiert ist? Wie will Nina Petjas Kind im Bauch behalten, wenn sie auf der Beerdigung darüber rätseln muss, wer ihr an seiner Stelle geschrieben hat? Wie kann der Vater, der ja stolz ist – das merkt man doch, dass er eigentlich stolz ist! –, weil er aus seinem Sohn ein Raubtier gemacht hat, das sogar noch gewitzter und raubtierhafter ist als er selbst – wie kann er seinen einzigen Sohn in der Erde vergraben?

Davor wirst du auch davonlaufen? Ja?

Ilja sprang auf, zog den Stecker raus, schmiss die Tür mit voller Wucht zu, lief in die Küche, kippte Wodka.

Tippte auf Petjas Telefon.

Zerrte Chasin wieder aus dem Totenreich.

Ungeduldig wartete er, dass er zu sich kam, aus der Bewusstlosigkeit herausfand.

Los, hol mir deinen Vater. Her mit dem störrischen Esel! Nörgelt die ganze Zeit, dass du Schiss hast, mit ihm wie ein Mann zu reden – na los, ruf ihn zum Gespräch!

Er ging in den Chat mit Juri Andrejewitsch.

Drückte die Buchstaben mit so schwerer Hand, dass eine Welle über das Display lief wie von einem Stein übers Wasser: »Schläfst du?«

Der Vater bekam die Augen nicht so schnell auf, schrieb aber: »WORUM GEHT'S?«

»Um Nina.«

»Wieso, zum Teufel! Du kennst meine Meinung! Fang bloß nicht davon an!«

»Hör mir zu«, tippte ihm Ilja mit trunkenem Zorn und Entschlossenheit. »Ich werde sie heiraten, und du wirst nichts dagegen tun, klar?«

Der Vater verschwand bei so viel Druck und Frechheit – vielleicht wollte er Chasin zu verstehen geben, dass er diesen Ton nicht duldete. Aber Ilja war das egal.

»Liebst du Mutter? Liebst du deine Frau?«, hämmerte er dem Vater laut sprechend und buchstabenweise in den Schädel.

»Was hat das damit zu tun?«, konnte der Alte nicht an sich halten.

Sicher war er aus dem Bett aufgesprungen, zerzaust, in geripptem Achselhemd, hatte sich vor seiner Frau im Badezimmer eingeschlossen. Stolz und armselig.

»Weißt du, was ich denke?«, verkündete ihm Ilja. »Ich denke, du liebst sie. Würdest du sie nicht lieben, hättest du nicht diese Angst, sie zu verlieren. Du liebst sie, und alles andere geht mir am Arsch vorbei, klar?«

»Pass auf, was du sagst! Das hat nichts mit unserem Gespräch zu tun!«

Die Stimme, eine Stimme fehlte Ilja jetzt, um diesem alten Kretin zu erklären, was womit zu tun hatte.

Eine Stimme, die Petja nicht mehr hatte.

»Also. Ich liebe Nina. Und ich darf sie nicht verlieren. Wir bekommen ein Kind. Sag dazu, was du willst, es ist mir scheißegal. Wir bekommen ein Kind, das wird dein Enkel sein. Oder ein Mädchen. Es kommt im Mai. Du wirst Großvater.«

Chasin senior hatte es die Sprache verschlagen.

Ilja erinnerte sich daran, was er Petja eingetrichtert hatte, wie sich die Aschenputtel schwängern lassen. Ja, zum Teufel mit ihm. Er hatte zu wenig Zeit, um ihn das verdauen zu lassen. Das Wichtigste, das Allerwichtigste musste gesagt werden, solange er zuhörte.

»Pa. Papa. Bist du da?«

»JA.«

»Du bist dann sein oder ihr Großvater, das ist wichtig! Du. Denn wenn mir etwas zustößt, dann musst du dich kümmern. Klar? Ist das klar? Hej!«

Eine Sekunde später fing das Telefon an zu läuten mit dem Lied über das brennende Feuer und das Wasser, an dem man sich satt-trinken kann. Petja wollte abnehmen, aber Ilja drückte ihn weg.

»WAS GEHT HIER VOR SICH?«

»WO BIST DU? ANTWORTE SOFORT!«

»ALLES IN ORDNUNG MIT DIR?«

Eine spiritistische Sitzung, sagte sich Ilja. Das war eine verfluchte spiritistische Sitzung, genau das war es.

16. Kapitel

Übel war die Nacht: kein Schlaf, kein Ort, um rauszugehen, ein Plage-Mond, zu wenig Wodka, das Kissen heiß, die Decke dick, wirre Träume oder Nicht-Träume, der Kühlschrank rumpelte, die Autos draußen, motorenwach, drangen mit Scheinwerfern in die Wohnung, Schatten kahler Birken krochen die Wände hoch, und immerzu brummte ihm der Kopf. Dem ausgeschalteten Telefon wurden angstvolle Mitteilungen gesandt: wie Vögel mit Wucht gegen geputzte Fensterscheiben schlagen und einem den Schlaf rauben.

Erst gegen Morgen schlummerte er ein, erwachte unausgeschlafen. Wollte sich tiefbraunen Tee brühen, aber die Teebeutel waren aufgebraucht. Er steckte das Telefon in die Tasche, zog sich irgendwie an – um zum Laden zu laufen, denn ohne heißen, süßen Tee konnte er diesen neuen Tag nicht betreten.

Er ging die Treppe hinunter, noch verschlafen, kam auf den Hof – wandte sich nach links, zur Moskowskaja, zum Laden – und da sah er: Ein Minibus von undefinierbarer Farbe stand dort, die Scheiben dunkel getönt, und er stand so, dass der Hauseingang einsehbar ist, und Ilja hatte ihn aus seinem Fenster nicht entdeckt. Der Auspuff rauchte, das Auto rührte sich nicht vom Fleck.

Er drehte sich um, als habe er zu Hause etwas vergessen, und ging zurück, durch den Park, über den ökologischen Pfad, am Laden vorbei, die Depotstraße umgehend, ohne sich umzuschauen, einen

Haken schlagend – zur Kompaniestraße, und dort sprang er auf den nahenden Bus auf, wohin fuhr er? War doch egal!

Durch die Heckscheibe schaute er sich um: Verfolgten sie ihn?

An einer Observation zweifelte er keine Sekunde. Er erinnerte sich an Igors Worte, erinnerte sich an den leuchtenden Pfeil im Telefon, während er mit Nina leeres Stroh gedroschen hatte. Aber wie hätte er sie abwimmeln können? Und jetzt durfte er nicht nach Hause zurück. Die würden den Hauseingang beschatten, bis er wiederkam, würden nicht ablassen. Ilja war allein, sie unendlich viele.

Hatte er seinen Ausweis dabei? Er brach in Schweiß aus. Durchwühlte seine Taschen: fand ihn innen. Gott sei Dank, den hatte er nicht rausgelegt. Das Telefon war auch da, das Portemonnaie ebenfalls. Alles Wichtige. Die Knarre war noch zu Hause. Wie sollte er morgen zu den Bärtigen ohne sie? Und wo konnte er die Nacht bis morgen rumbringen? Nun gut, so lang im Voraus ist sinnlos. Nur heute durften sie ihn nicht kriegen!

Mutters Telefon lag zu Hause. Dort würden sie aus der Passfirma anrufen, wenn mit dem Pass irgendwas schiefging. Aber gut, gut, er hatte die Visitenkarte.

Ein wenig beruhigte er sich. Stieg an irgendeiner Haltestelle aus, orientierte sich, stieg um, fuhr bis zum Bahnhof. Das Handy wollte er bis Moskau nicht einschalten. Und in Moskau wäre er für sie eine Nadel im Heuhaufen. Er zählte das Geld nach: anderthalbtausend waren geblieben. Einem Obdachlosen fliegt das Geld schnell davon, aber bis morgen würde es sicher reichen. Und morgen wäre ein völlig anderer Tag.

Bis Moskau schaltete er es tatsächlich nicht ein: schaute aus dem Fenster. Obwohl er das alles schon gesehen hatte.

* * *

Die Idee war gut – die mit der Ringlinie.

Sie hatte keinen Anfang und kein Ende. Niemand jagte einen aus dem Waggon. Auf der Ringlinie konnte man auch noch etwas schlafen und sich zwischen den Menschen verstecken.

In der Metro ging er nicht gleich auf Empfang, zuerst stieg er in den Ring um, von der Mendelejewskaja zur Nowoslobodskaja. Los, peilt mich an! Und fragt euch nur, wie ich aus Lobnja verschwinden und in Moskau wiederauftauchen konnte.

Der Zug fuhr ein und forderte ihn auf einzusteigen.

»Station Nowoslobodskaja«, verkündete die Waggon-Stimme. »Nächste Station – Belorusskaja.«

Dennoch fragte sich Ilja – warum hatten sie ihn nicht gleich geschnappt, als er aus dem Haus kam? Schließlich hätten sie seine Gasse von beiden Seiten sperren können. Hätten Gas geben können, als er umgedreht war. Gab es keinen Befehl? Oder wollten sie ihn nur überwachen, zur Beobachtung? Um ihn festzunehmen, brauchten sie einen Grund, und welchen Grund hatte er ihnen schon geliefert?

Oder, fiel ihm endlich ein, sie hatten Petja einfach nicht erkannt in Ilja.

Sie suchten übers Telefon schließlich Chasin, hatten gewartet, wann Chasin aus dem Haus kam. Aber wenn er nun vom argwöhnischen Igor am Müllplatz fotografiert worden war? Und der die Aufnahmen mit wedelndem Schwanz Denis Sergejewitsch apportiert hatte? Das eine wie das andere war ihm zuzutrauen – aber bis zu diesem Morgen hatte er es offenbar noch nicht geschafft.

Die wussten es noch nicht: Noch war er für sie unsichtbar.

Er schaltete das Telefon ein.

Sofort wurde er mit allem überschüttet, was er über Nacht nicht empfangen hatte. Vorm Abschalten hatte er natürlich noch Petjas Vater abgewimmelt: »Ja alles in Ordnung, reg dich nicht auf«; aber die hatten nicht nachgegeben, zeigte sich nun.

»WAS IST MIT DEINEM TELEFON! RUF AN, SOBALD DU KANNST!«, forderte der Vater. »Petja, wir machen uns große Sorgen um Dich, ruf uns bitte an. Mama.« »WENN DU BIS MORGEN FRÜH NICHT ERREICHBAR BIST, RUFEN WIR DEINE VORGESETZTEN AN.« »Wir haben Dich schon überall gesucht! Selbstverständlich kannst Du nicht immer rangehen, wir sind nur beunruhigt wegen Deiner Worte. Lass uns wissen, ob es Dir gut geht!«

Er schaffte es gerade noch, beiden zu schreiben: »Alles gut«, als es schon sang und klang – Nina.

Unter die Erde war sie zu ihm durchgekommen, in den Tunnel.

Rechts von ihm saß ein Landmensch mit einer ausgedienten Ohrenmütze, starrte ihm aufs Telefon, störte beim Nachdenken darüber, wie er Nina freundlich abwimmeln konnte.

Ilja schaltete einfach den Ton ab und drehte das Handy mit dem Display nach unten, damit sie abließ. Aber auch sie war aufgewühlt. Eine Minute später klimperte eine Nachricht. Er öffnete WhatsApp, fand eine Sprachnachricht – drück auf play und hör zu.

»Petja, bitte!«, eine aufgeregte, brüchige Stimme. »Was ist da wieder los bei dir? Deine Mutter liegt mir in den Ohren und fragt, wann ich das letzte Mal mit dir gesprochen habe! Und da merke ich, ich weiß es gar nicht, verdammt! Der Einsatz und so, ich versteh das ja! Kannst du denn nicht mal kurz beiseitegehen und mir einfach eine Nachricht schreiben ›Nina, mit mir ist alles in Ordnung, bald sehen wir uns‹? Dein Vater schluckt ohne Ende Herztabletten, deine Mutter ist völlig außer sich, was hast du ihnen bloß geschrieben? Weißt du was? Mir reicht eine gesprochene Nachricht nicht mehr. Ich will ein Video, klar? Damit ich sehe, dass du nicht irgendwo gefesselt in einem Keller hockst, mit einer Al-Qaida-Fahne im Hintergrund oder so! Oder wir treffen uns wenigstens für zwei Minuten. Ich will sehen, dass dich niemand verprügelt hat. Und ruf deine Eltern an! Ich bitte dich sehr. Hörst du?«

Sie hatte so laut gesprochen, dass der Kerl mit der Ohrenmütze seine ausgedünnten Brauen hochzog. Ilja drehte seinen Oberkörper weg: »Was wärmst du dir hier die Ohren, zum Teufel?«. Der sackte in sich zusammen, starrte nun scheinbar auf den Metroplan.

Ohne das zweite Augenpaar schrieb Ilja:

»Was für einen Tanz führt ihr da auf? Bin arbeiten!«

»Das glaube ich nicht«, antwortete Nina starrköpfig. »Wenn du dich nicht mit mir treffen kannst, schick ein Video. Wenigstens zehn Sekunden.«

Ilja ging in Petjas Archiv: Gab es da ein Video, das jetzt passte?

Wo Petja lächelte: »Hallo Nina, alles okay, reg dich ab.« Nein, so was hatte Petja nicht aufgenommen. Partys, Feten, Verhaftungen, Verfolgungsjagden durch das nächtliche Moskau, die Uferstraßen entlang, mit ohrenbetäubender Musik: passte alles nicht!

»Kann doch hier kein Video machen, spinnst du?«, schrieb er abweisend, dabei wusste er schon, dass er sie so nicht mehr hypnotisieren konnte. Er griff nach dem rutschenden Sand, wollte hochkrabbeln. »Na gut, ich versuch abends kurz rauszukommen. Treffen wir uns im Café?«

»Wirklich? In unserem?«, fragte Nina.

»Im Kofemania auf der Sadowo-Kudrinskaja«, schlug er ihr das einzige vor, das er im jetzigen Moskau kannte. »Um neun.«

So spät wie möglich. Zeit gewinnen. Sie wird ja seine Eltern anrufen, ganz sicher wird sie das. Soll sie ihnen sagen: Alles in Ordnung, wir treffen uns abends. Und die Hälfte der Zeit bis morgen wäre vorbei. Danach lügt er sich irgendwie durch bis zum Deal – und bis zum Abflug.

»Pass mir bloß auf, Schlawiner!«, schrieb ihm Nina.

Ilja kniff die Augen zusammen.

Er sah ins Dunkel, dann öffnete er die Augen wieder. Er konnte es ja.

Wird er wirklich zu diesem Treffen mit ihr fahren? Natürlich nicht. Wieso sollte er? Wozu sehen, um wie viel besser als auf den Fotos sie aussah? Er musste ein Ende finden im hiesigen Leben, sich langsam verabschieden.

Bis zum Abflug.

Nur noch Mutter beerdigen und weg.

Nicht so schlimm, dass er nicht mehr in die Wohnung kam: Da war auch nichts, was er in die Neue Welt.mitnehmen wollte.

Er suchte nun, ob sich im Internet nicht auch gleich ein Flugticket fände: Das ging alles, zeigte sich. Fliegen konnte er sogar schon heute, freie Plätze gab es. Die Preise gingen bei hundertzwanzigtausend Rubeln los. Thailand war halb so teuer. Aber wenn es klappte, würde er die zweitausend Dollar gar nicht merken. Dafür hatten die Hotels in Bogotá lächerliche Preise. Eines von ihnen, mit drei Sternen immerhin und dem ulkigen Namen »Bancarotta«, kostete in Rubeln nur etwa tausendzweihundert pro Nacht. In so einem könnte Ilja sogar heute übernachten, das Geld würde reichen. Eine anständige Unterkunft, im Kolonialstil. Und der Name war einladend – man fühlte sich gleich wie zu Hause.

Er wollte noch mal nach Tickets schauen: um wie viel Uhr man morgen mit dem frühesten Flug loskonnte? Jetzt ging eine andere Seite auf, dort begannen die Preise bei achtzigtausend. Gleich mal vierzig Riesen reine Ersparnis, wie viel wäre das in Dollar? Mehr als sechshundert! War doch gut? Wenn er bis sechs Uhr abends alles schaffte. Und wann müsste er dann am Flughafen sein? Zwei Stunden vorher oder drei?

Da wollte er nun in Petjas Kolumbien und wusste gar nichts darüber. Er öffnete Wikipedia: Sprache Spanisch, Hauptstadt Bogotá, Bevölkerung achtundvierzig Millionen, im Norden umspült von der Karibik, im Westen vom Pazifik. Devise: »Freiheit und Ordnung«. Das mit der Ordnung war gut, dachte Ilja: Wenn auf dem Wappen »Ordnung« stand, bedeutete das, im Land herrschte totales Chaos. Schlecht war das mit der »Freiheit«. Andererseits, wie wollte man einen Russen noch beeindrucken? Außerdem gefiel ihm die Fläche: mehr als eine Million Quadratkilometer, auf Platz fünfundzwanzig weltweit hinsichtlich der Größe. Da konnte er untertauchen.

Aus Bogotá direkt in den Dschungel verduften, damit einen niemand findet. Obwohl – wozu in den Dschungel, wenn sie da so viele Strände hatten? Alles da – Karibik, Pazifik.

Er las was über die Geschichte, aber das wurde langweilig. Über die Geschichte konnte er auch dort noch lesen. Jetzt war die Sprache wichtiger – die ersten Wörter. Im Internet gab es natürlich einen Sprachführer. Buenos días, sprach er flüsternd aus. Buenas tardes. Caliente. Frío. Soy el fuego que arde tu piel. Mas despacio, por favor. No comprendo. Bastante. Das war nicht schwer: eine romanische Sprache eben, die Hälfte der Wurzeln im Latein, die andere im Arabischen, das blieb den Spaniern zur Erinnerung an die Mauren. In der Uni hatte Ilja Französisch, aber Spanisch war einfacher, das hatten bei den Philologen die Allerfaulsten gewählt. Ein paar Monate und man quatschte drauflos. Perdone. Te quiero. Eres el aire que respiro. Das Lied von ihm hatte er sich schon eingeprägt.

Das war alles keineswegs utopisch.

»Station Nowoslobodskaja«, sagte die Waggon-Stimme. »Nächste Station: Belorusskaja.«

Er war einmal im Kreis gefahren. Blieben noch hundert.

Er fuhr und fuhr – nickte und schlief ein. Er schaut und sieht – das ist nicht mehr die Metro, er sitzt schon im Flugzeug. Reißt die Augen auf zu allen Seiten: wirklich ein Flugzeug.

»Warum bist du wach?«, fragt ihn Nina. »Noch fünf Stunden Flug. Schlaf, ich weck dich, wenn sie das Essen bringen.«

»Fünf Stunden bis wohin?« Durchs Fensterchen dringt blendendes Blau, die Wolken sind irgendwo weit unten, die Sonne treibt das Flugzeug von hinten an, es ist nicht erkennbar, in welche Richtung sie am Himmel fliegen.

»Na wohin fliegen wir wohl? Nach Kolumbien natürlich!«, lacht Nina. »Du wolltest doch das Ende der Serie unbedingt in Medellín anschauen. War doch deine Idee.«

»Genau«, sagt er verwirrt zu ihr. »Genau. Hör mal, ich habe einen ganz fürchterlichen Brand. Ich geh mal zur Stewardess und hol Wasser, lässt du mich durch?«

Nina rückt – und er kriecht, sich die Wangen reibend, zum Gang. Dabei denkt er nur eins: Sie verwechselt ihn doch mit Petja! Wie kann das sein? Vielleicht hat er jetzt Petjas Gesicht? Andernfalls hätte sie den Betrug ganz sicher bemerkt. Schließlich war es Petjas Traum – nach Kolumbien zu fliegen, nicht seiner.

Er kommt ins Heck, geht aber nicht zu den Stewardessen hinter den Vorhang, sondern schließt sich im winzigen Flugzeug-WC ein, das ähnelt sehr einer Zugtoilette. Er schaut in den Spiegel: Es ist Ilja. Aber es ist ein seltsamer Ilja: braun gebrannt, glatt, gepflegt. Ein Baseballcap mit flachem Schirm auf dem Kopf, ein weißes T-Shirt mit Goldaufdruck. Er wäscht sich kalt – das Gesicht lässt sich nicht abwaschen, bleibt seins. Verstört und ermutigt kehrt er an seinen Platz zurück.

Nina lächelt ihm entgegen, lässt ihn ans Fenster. Schmatzt ihm aufs Ohr, dass es knallt, und als er sie für die Liebkosung tadeln will, sagt sie: »Gib mir mal deine Hand. Na gib schon.«

Sie nimmt seine Hand und legt sie sich auf den sonnengebräunten Bauch – der ist leicht gewölbt. Warm, samten.

»Merkst du nichts?«

Ilja bemüht sich, etwas zu fühlen, da ist ganz tief ein schwaches Zucken, wie ein nervöser Tick.

»Ist er das, der da stößt?«

Nina nickt.

»Na siehst du, ist doch nicht schlimm?«, fragt sie.

»Nicht schlimm.«

Trotzdem nimmt er vorsichtig die Hand von ihrer Haut: Ist das dort Petjas oder sein Sohn?

Irgendwie weiß er genau, es wird ein Junge.

»Hör mal.« Ihm fällt etwas ein, um das Thema zu wechseln. »Ich habe versucht, auf diese Seite von Bot-Gott zu kommen, über den QR-Code von deinem Tattoo. Aber da braucht man ein Passwort, das geht so nicht.«

»Ich hab dir das Passwort doch gegeben«, sagt Nina. »Hast du es etwa vergessen? J-8-k…«

»So, aufwachen!«

Ilja schreckte hoch, klapperte mit den Augen. Vor ihm standen zwei Bullen in Jacken, so dunkelblau wie die kolumbianischen Nächte. Einer kickte ihm mit dem Stiefel gegen den Schuh, damit Ilja schnellstens zu sich kam.

»Hallo! Junger Mann! Ich rede mit Ihnen!«, sagte der Ältere von beiden, ein Leutnant. Sie holten ihn? Wie hatten sie ihn gefunden? Übers Telefon rausgefischt? Ilja setzte sich auf, schaute sich gehetzt um.

Der Waggon war leer. Stand auf der Stelle. Die Bullen schauten finster.

»Bitte verlassen Sie die Waggons!«, bellte die Stimme des Fahrers durch die Lautsprecher: lebendig, nicht aufgezeichnet, unduldsam.

»Dieser Zug fährt ins Depot. Wir steigen jetzt aus und warten auf den nächsten, alles klar?«, erklärte der Leutnant langsam, als sei Ilja geistig zurückgeblieben.

»Ja, Herr Kommandeur!« Gebeugt sprang er auf.

Sie warfen sich einen düsteren Blick zu, fragten aber nicht nach: gingen weiter, andere Penner aus dem Zug zu fegen.

Er lief auf den Bahnsteig hinaus. Steckte seine Hand in die Tasche – war das Telefon da? Nicht gestohlen, während er schlief?

Nicht gestohlen.

Es war schon Mittagszeit; das Handy war eingeschaltet geblieben, der Akku fast auf null. Und das Ladegerät? Das lag noch zu Hause! Und Anrufe hatte er verpasst! Von der Mutter und von einer unbekannten Nummer.

Die Streife war am Ende des Zugs angekommen und tauchte wieder auf dem Bahnsteig auf. Sie berieten sich und kamen auf Ilja zu. Mit dem Nacken spürte er das und ging gemächlich dorthin, wo sich die Menschendichte vergrößerte, dann hinauf, ohne noch zu wissen, an welcher Station er war. Es war die »Kurskaja«.

Oben ging er hinaus, nun wusste er genau: Am Abend geht er zum Treffen mit Nina.

* * *

Direkt am Eingang befand sich ein riesiges Einkaufszentrum; Ilja ging darauf zu. Dort konnte er sicher bei irgendwem Strom erbetteln, Petjas Seele zu füttern.

Er ging an einem faulen Wachmann vorbei, krümmte sich weg von den Kameras, schwang sich durchs Drehkreuz.

Und kam in eine bessere Welt.

Hier rauschte Musik in Dur, alles war mit Lächeln beklebt, in der Luft schwebten Düfte nicht von dieser Welt, gläserne Einkaufszeilen waren hell beleuchtet, und hinter jeder Tür öffnete sich kein Haus, sondern eine eigene Dimension: Hier eine Art tropischer Insel, dort ein New Yorker Loft, irgendwo die Dächer von Paris. In dieser Welt lebten fast nur junge Frauen, gepflegt und untätig. Ilja fühlte sich hier wie ein Gastarbeiter, der das erste Mal von seiner Baustelle abgehauen ist – und gleich auf dem Roten Platz landet.

Die Läden boten Verschiedenes an, aber alles war gleich: Hierher kamen Menschen, um sich ein neues Selbst zu kaufen. Sie erwarben Kleidung und dachten, zusammen mit ihr bekommen sie einen neuen, gut gebauten Körper. Sie erwarben Schuhe, denn jedes Paar konnte das von Aschenputtel sein. In der Uhr für hundert Dollar steckte eine Feder, die die Selbstsicherheit aufzog. Und alle Lächel-Läden verkauften Glück.

Für dieses Glück waren die Leute bereit, ihr ganzes Gehalt hinzublättern und noch einen Kredit aufzunehmen. Seitdem das Glück im Einkaufszentrum frei verkäuflich geworden war, meinten die Menschen, sie müssten sich umschmieden. Ilja beobachtete das alles aus der Vogelperspektive: Das letzte Mal war er vor sieben Jahren in einem Einkaufszentrum gewesen, und jetzt hatte er nur anderthalbtausend dabei. Also musste er unglücklich bleiben.

Bis morgen: Dann würde auch er sich erneuern.

Er lief durch alle Cafés, fragte überall nach einem Ladegerät. In einem sagten sie, er bekäme eins, wenn er etwas bestellte. Er wählte einen dünnen Tee und ein Brötchen: ein Drittel des Gelds war weg. Langsam, ganz langsam schluckte er den Tee und tränkte Petja mit schwachem Strom.

Er fragte: »Was ist passiert?«

Sie: »Habe dir einen Brief geschrieben.« Und schon fiel dieser Brief in den Kasten:

»Petja,
Dein nächtliches Gespräch gestern mit Vater hat uns völlig aus der Bahn geworfen. Dein Vater hat heute im Präsidium angerufen, alte Verbindungen aktiviert, mit Deinem Anton Konstantinowitsch gesprochen. Der sagt, Du seist schon den dritten Tag nicht auf Arbeit.

Von einem Einsatz weiß er nichts. Wir verstehen nicht, was vor sich geht. Mit Nina haben wir gesprochen – auch sie hat Dich nicht gesehen, seit Montag. Die einzige Erklärung, die Dein Vater hat, ist eine Operation nicht bei der Miliz, sondern bei Deiner anderen Dienststelle, bei diesem Denis Sergejewitsch. Jetzt will er über seinen Schatten springen und ihn anrufen, um alles zu klären und sich zu beruhigen. Du kannst Dir vorstellen, was das für ihn bedeutet. Ich bitte Dich sehr, ruf uns irgendwie an.

Petja!

Falls Du in irgendwas hineingeraten bist und Dich nun verstecken musst, dann möchte ich, dass Du weißt: Ich werde Dir niemals Vorwürfe machen. Ich werde nicht in Dich dringen, um irgendwelche Einzelheiten zu erfahren. Für mich ist nur eins wichtig: dass Du lebst und gesund bist. Falls Du Angst hast, mit uns zu sprechen, weil Du etwas angerichtet hast – das brauchst Du nicht.

Außerdem bin ich mir völlig sicher, dass Du nichts wirklich Schlimmes getan haben kannst. Ich idealisiere Dich nicht: Ich weiß, Du hast Dir da etwas ausgesucht, wo man nicht sauber bleiben kann. Aber für mich bist Du einfach mein Petja. Ich habe zwar einen erwachsenen und selbstsicheren Mann vor mir, sehe Dich aber auf dem Dreirad in unserem Flur oder mit Windpocken, übersät mit grünen Jodpunkten, und wie Du Deinen Rücken an den Türangeln kratzt.

Ich sage hier, Du hast Dir das ausgesucht, aber zu Deinem Vater sage ich etwas völlig anderes. Ich kann nicht mehr an mich halten. Und nach Deinem nächtlichen Anruf, nach dieser ganzen Suchaktion, die er hier begonnen hat, findet er natürlich auch keine Ruhe. Verhüte Gott, dass Du Dich in wirklicher Gefahr befindest – das würde er sich nicht verzeihen. Ich bitte Dich sehr, melde Dich.

Mama«

Der Tee war kalt.

Ilja hatte zu Ende gelesen und las noch einmal. Kehrte zum Anfang zurück. Und drückte den Button »Antworten«.

»Mama, keine Panik, und lasst um Gottes willen Denis Sergejewitsch aus dem Spiel. Ich hab hier ein paar Scherereien, bin aber hoffentlich bald raus. Tut mir sehr leid, die ganze Aufregung. Und danke für deine Worte. Sie sind mir sehr wichtig. Ich will mich nicht gegen dich abschotten. Wenn ich könnte, würde ich dir gern alles erzählen. Aber das geht nicht. Du hast recht, man kann hier nicht sauber bleiben. Gut, dass wenigstens du das verstehst. Danke. Ich stecke so tief drin, Ma. Ich …«

Dann ging er zurück und löschte alles nach »Aufregung«. Dieser Mann schrieb nicht so.

Ilja hätte gewollt, dass seine Mutter so mit ihm umgegangen wäre. Bedingungslos. Gern hätte er diesen Brief an sie geschrieben und darauf eine Antwort erhalten. Aber nach dort gingen keine Briefe, nur von dort.

»Bald ist alles vorüber, Mama. Auch ich würde gern normal mit dir sprechen. Das ist ein großes Glück, wenn man seine Eltern hat, weißt du. Wenn man jemanden fragen kann – mach ich auch alles richtig? Wenn jemand dich annimmt, egal, was du anrichtest. Und wenn jemand mit dir schimpft, weil du danebenliegst. Wenn man für eine Sekunde noch mal ganz klein sein kann. Das geht nur mit den Eltern. Und ja, das ist wirklich großartig.«

Er ging zurück und löschte wieder alles hinter »Aufregung« – Schluss damit.

»Das ist alles nicht wichtig. Wichtig ist, was weiter wird. Ich habe Vater alles erzählt wegen Nina. Die ganze Zeit denke ich über deine Worte nach, dass sie mein Kind in ihrem Bauch trägt. Irgendwie meine ich, es wird ein Junge.

Gestern habe ich Vater geschrieben, dass er für seinen Enkel Verantwortung tragen muss. Meinst du, das kann er? Wenn der Kleine mir ähneln sollte, kann er es sicher. Aber wie? Du sagst, er zerfleischt sich dafür, dass ich in seine Fußstapfen treten musste. Ich bin ihm deswegen nicht böse. Wenn mir dieses Leben nicht gefallen würde, hätte ich es längst aufgegeben. Erinnerst du dich, wie ich als Kind seine Schirmmütze aufgezogen habe? Sie passte einfach. Aber was wissen wir schon von der Kindheit. Bestimmte Dinge versteht man wahrscheinlich erst viel später.

Also, warum ich das schreibe.

Falls es ein Junge wird, dann ist er ja nicht verpflichtet, unsere Dynastie fortzusetzen, was meinst du? Er kann ja werden, was er will. Und sein Opa wird ihm dabei helfen. Und du noch mehr.

Aber vor allem hat er eine Mutter. Nina.

Und wenn ihr euch jetzt nicht mit ihr aussöhnt, wo ihr von dem Kind wisst, und sie nicht vernünftig kennenlernen wollt, dann kann es passieren, dass es nicht euer Enkel wird. Dann drücke ich kein Auge mehr zu, vor allem nicht bei Vater: Er war sehr ungerecht zu Nina. Ich bereue, was ich getan habe, aber das muss er auch. Anders wird es keinen Frieden geben. Jetzt muss es sein, gleich jetzt, sonst ist es zu spät. Ein Kind ändert alles. Ein Kind rechtfertigt alles. Hörst du mich?

Jetzt.«

Mit dem Cursor markierte er wiederum alles ab »Aufregung«, um es zu löschen – und anstelle es zu löschen, klickte er im Wettlauf mit sich selbst rasch »Senden«.

Das Telefon hatte zwanzig Prozent.

Das Ladegerät war Schrott – alles, was Petja abzapfte, all das war verbraucht für den Brief an die Mutter. Er bat darum, dass man ihm heißes Wasser zum Tee nachgoss: Er wurde noch dünner.

Dieser Brief würde sie nicht beruhigen. Da war ein wenig Inhalt, aber der Vater würde Denis Sergejewitsch trotzdem aufsuchen. Dann wäre Ilja umzingelt. Wenn er es nur schaffen könnte, von Magomed Zeit und Ort für morgen zu erfahren.

Er drehte das Telefon in den Händen. Der Pfeil brannte. Konnte man diese verteufelte Ortung nicht abstellen?

Er ging in die Einstellung, fing an zu suchen.

Gefunden! Das Programm »Parken in Moskau« forderte, dass die Ortung angeschaltet war. Er entzog dieser Schlampe alle Rechte. Dann entdeckte er, wie er die Funktion überhaupt ausschalten konnte. Legte das Telefon weg.

Er seufzte: als habe er sich von der Räude mit einer feinen Hautcreme kuriert. Er saß im Leeren. Gönnte Petja etwas Ruhe. Nahm das Telefon – und da war er wieder, der Pfeil, wie ein Schanker. Unheilbar.

Er durfte nicht länger hier sitzen, er musste sich wie ein Hai immer weiterbewegen, sonst erstickte er.

Er schläferte das Telefon ein, trank die farblose Plörre aus, schaute sich um und zuckelte weiter.

* * *

Mittag aß er bei McDo; es war gleichzeitig das Abendbrot. Er nahm drei Cheeseburger für fünfzig Rubel das Stück. Die schmeckten – unglaublich. Und waren sättigend: als habe er seinen Magen mit Bauschaum gefüllt.

Zum Rendezvous hin wurde er völlig wehmütig, vergaß sogar, dass es nicht ihm galt.

Er kam früher, probte Selbstsicherheit für den Wachmann: Nein, mich erwartet niemand, ich bin groß genug, um mich selbst bei Ihnen zu beköstigen. Er wurde irgendwie eingelassen, forderte für sich sogar einen Platz, von dem aus er den Eingang sehen konnte.

Er nahm das krepierende Telefon – für mich Wasser, für dich ein Ladegerät. Wir verjubeln den Rest.

Gut war es, auf einem Stuhl zu sitzen. Er streckte die Beine aus – die sinnlos durch Läden gestreift waren und nun summten. In den Läden war es wenigstens warm gewesen, draußen konnte man sich tot frieren.

Seinen Blick ließ er nicht von der Tür. Das Wasser rührte er nicht an.

Er wartete auf Nina. Wie wird sie wohl aussehen? Was anhaben? Das Handy lag vor ihm, tonlos. Geöffnet im Chat mit ihr.

Warum war er gekommen? Er hatte kommen müssen.

Morgen, wenn alles klappte, würde der neu gekaufte Mensch Gorjonow für immer wegfliegen. Deswegen musste der ehemalige Gorjunow sich von dem verabschieden, was er im alten Leben zurückließ. Die Frau sehen, mit der er sein ganzes Leben verbringen könnte. Mit der er es gekonnt hätte. Ja, er wollte sie einfach sehen. Warum will man, dass eine geliebte Frau in der Nähe ist? Genau deshalb.

Nina kam zehn Minuten vor der Zeit angeflattert.

Herein kam sie in ihrem geblähten Ballonmantel, mit Mütze und Schal. War außer Atem. Rote Wangen von der Straße, blitzende Augen, auf den Schultern taute Schnee. Erst jetzt begriff Ilja, dass es sie gab. Dass es Nina gab: einen echten Menschen.

Sie war unerwartet groß, so groß wie Ilja wahrscheinlich. Und sehr schnell. In ihren Bewegungen gab es keine Geschmeidigkeit: Sie kam ins Café gestürzt, riss den Mantel herunter, warf ihren schneenassen Pony zurück, indem sie den Kopf herumriss. Ein Pulli mit Rollkragen, Hose mit hoher Taille: beige-braun, zauberhaft zu ihrem Gesicht. Sie rief die Kellnerin heran, gab ihre Bestellung auf. Lachte mit ihr über etwas. Suchte draußen das ihr bekannte Auto. Holte einen Taschenspiegel hervor, zog die Lippen nach, klimperte mit den Wimpern. Der Pony fiel auf ein Auge zurück.

Es war seltsam, eine Frau zum ersten Mal zu sehen und schon so viel von ihr zu wissen. Alle ihre Züge und Körperlinien auswendig zu kennen. In ihr Innerstes eingeweiht zu sein. Ihre Ängste zu fühlen und ihre Träume mitzuträumen.

Das Telefon surrte viel zu stark, fast hätte er es fallen lassen.

»Bin da«, schrieb sie Petja. »Soll ich dir was bestellen?«

Ilja wartete ab.

»Ich verspäte mich, verzeih«, antwortete er. »Wie geht's dir?«

Könnte er jetzt zu ihr gehen, sie ansprechen? So tun, als wolle er sie kennenlernen? Sollte sie ruhig fauchen und ihn verjagen, kein

Drama. Dafür ergäbe sich für eine halbe Minute ein echtes Gespräch. Wenn er ihr nun gefiele? Er konnte ihr ja wenigstens nicht widerwärtig sein?

Nina hatte wahrscheinlich sofort gespürt, wie Ilja sie mit seinem Blick berührte – ihre Hände, ihre Wangen. Aber sie ignorierte es, solange sie konnte. Dann drehte sie sich jäh um und blinzelte – war sie kurzsichtig?

Er versuchte, ihr zuzulächeln, aber seine steif gefrorenen Lippen gehorchten kaum – da hatte sie sich bereits verdüstert und wieder verschlossen.

Verlegen griff Ilja zum Telefon, als sei das Display viel interessanter. Aber die Nina aus dem Telefon war nur ein Schatten der echten Nina, die Fotokopie einer Fotokopie.

Er konnte sich nicht zu ihr setzen, aber doch wohl an ihr vorbeigehen? Schnell vorbeigehen, Wind machen und sie, die Atmende, in diesem Wirbel erspüren. Ihr Parfüm riechen – Blumenduft?

Ilja saß da wie gelähmt, schaute sie verstohlen an, an den Buchstaben vorbei zu dieser Frau, wusste dabei, dass er sie mit seiner düsteren Beharrlichkeit verschrecken konnte, und fürchtete, sie könne sich wieder verflüchtigen, schon zum dritten Mal, wie bereits zweimal im Traum.

Und dann überfiel es ihn.

Herrgott, sagte er sich, warum hatte er sie hierhergerufen? Nur für sich. Nur, um sie zu sehen, sie zu befühlen. Sie ist nicht zu dir gekommen, Idiot, sie ist zu jemandem gekommen, der schon den sechsten Tag tot ist, den du getötet hast. Du schiebst sie über die Kästchen des Moskauer Schachbretts, damit sie ein wenig länger glaubt, ihm ginge es gut. Ihr muss jetzt gesagt werden, dass das Treffen platzt, dass er nicht kommt.

Nina war völlig in ihr Telefon vertieft – schnell, ganz schnell tippte sie mit ihrem langen Finger etwas und lächelte; und über dem Gesicht – ein Schatten.

»Freu mich auf dich«, kam eine Nachricht mit Smileys. »Einen Sekt gönn ich mir. Musst du fahren?«

Tatsächlich, man brachte ihr ein Glas Sekt. Sie nippte nur leicht am blassen Gold, zog von den stachligen Funken die Stirn in Falten.

»Jetzt noch Sekt? Hallo!«

Nina las es, blies die Backen auf, schob das Glas weg, versprühte ihr Lächeln, wurde wieder ernst.

»Ich habe meinen Schluck getan, du wirst austrinken. Wie lange kannst du?«

»Ganz kurz nur, sonst schaffe ich das hier nicht …«

Sie runzelte die Stirn und fing an, ihm lange etwas zu schreiben, aber eine andere Nachricht kam, noch bevor Nina ihre abschicken konnte. Von jemand anderem.

DS schickte ein Bildchen.

Ilja öffnete es – bereits mit einem Vorgefühl. Es versetzte ihm einen Stich. Der Screenshot eines Telefondisplays: ein Stadtplan mit Straßen. Die Sadowo-Kudrinskaja. Ein Pfeil zeigte mit geschärfter Spitze direkt auf Ilja. »Und du sagst, du bist nicht in Moskau, Chasin! Vielleicht ist jetzt Schluss mit Weglaufen?«

Also doch. Kein Hirngespinst, keine Paranoia. Was denn, würden sie ihn hier suchen?

»Ich muss dringend mein ganzes Leben planen, in weniger als fünfzehn Minuten schaffe ich das nicht.« Nina hatte das Telefon auf den Tisch gelegt, jetzt nahm sie es sich sofort wieder.

»Lass uns gleich damit anfangen«, schlug Ilja vor und sah, wie hinter den großen, zerbrechlichen Fenstern die Dunkelheit aufwallte.

»Dein Vater hat mich heute angerufen. Er sagte, er lädt mich zu seinem Geburtstag ein. Stell dir das vor!«

»Ich habe ihnen alles erzählt«, teilte Ilja ihr schlicht mit.

Nina wurde unruhig an ihrem Tisch, griff zum Sektglas, nahm einen großen Schluck.

»Was denn genau?«, drei Emojis mit weit aufgerissenen Augen.

»Dass du schwanger bist. Und dass ich dich heiraten will.«

Nina nahm noch einen Schluck. Und noch einen. Sie griff sich die Speisekarte vom Tisch, schob sie zum Fächer auf, wedelte sich Luft zu. Ihre Wangen waren rosig.

»Whaaat?!!«

»Übrigens, willst du mich heiraten?«

Er lächelte, aber in seinem Inneren brannte es. Weh tat es, ihr das zu sagen, jetzt tat es weh, ziemlich weh. Sie erglühte, er versengte sich. Sie lachte auf, ihm schwollen die Augen. Sie nahm das Glas, ihm wurde schwummrig.

Verzeih mir, bitte. Deine Freude wird in Tränen ertrinken. Aber ich bin nicht deswegen hier, nicht, um deine Freude mit den Augen aufzusaugen. Ich ahne nur: Wenn ich dir jetzt keinen Antrag mache, dann schaffe ich es vielleicht nicht mehr?

Nina rief einen Kellner – bat um einen weiteren Sekt.

Ich will einfach nicht, dass du irgendwann Zweifel bekommst, ob er dich geliebt hat. Du musst dir seiner sicher sein, Nina – und es auch immer deinem Sohn sagen: Dein Vater hat sich auf dich gefreut, wir wollten heiraten. Genau so. Und nicht: »Hat ja nicht jeder einen Vater, Schluss damit.«

»Hej, machst du mir etwa einen Antrag per SMS?!!«, empörte sie sich. »Und was ist mit einem Blumenstrauß?!«

Dabei war sie knallrot, lachte mit leuchtenden Augen.

Er ging in die Emoji-Bibliothek, fand dort alles, was man für diesen Anlass braucht: Blumen, Sekt, einen Brillantring.

»Willst du meine Frau werden?«

Sie schickte ihm: eine Braut mit Schleier und einen Bräutigam im Smoking. Nippte am zweiten Glas.

»Du bist schrecklich, Petja, aber ich liebe dich tierisch! Ja, ich werde deine Frau, verflixt! Mach schon, wo bist du?!!«

Durch die Tür kamen zwei Typen: Pullover, schwarze Jacken.

Man hätte sie für Menschen halten können, aber sie hatten Wolfsaugen, schnupperten die Luft. Unhörbar zischten sie dem Wachmann etwas zu, und der wurde zapplig. Einer lief rechts um die Kuchenvitrine, der andere links – stierend suchten sie die Räume ab.

Ilja drückte sich in den Stuhl, schaltete das Telefon sofort aus und legte es mit dem Rücken nach oben. Tat gelangweilt, schaute aus dem Fenster, gähnte sogar, und dann erbat er monoton die Rechnung, wobei er vermied, die Werwölfe anzuschauen.

Er schob die Hände unter den Tisch, damit niemand sah, wie sie zitterten.

Nina beachtete die beiden überhaupt nicht, starrte nur auf ihr Display.

Einer von ihnen stürzte los, die Toiletten kontrollieren, der andere rief irgendwo an. Ilja wartete auf die Rechnung und zählte – dreiundachtzig, vierundachtzig – um den Kopf frei zu halten, damit er keine elektromagnetische Welle anzog. Er bekam das Restgeld, hinterließ dem Kellner die Münzen, zog sich gemächlich an. Während er sich anzog, fiel ihm noch ein: wenn unter ihnen Igor K. war, dann war Ilja geliefert.

Er ging los, gebeugt, auf den Werwolf in der Tür zu. Er legte sich das schlafende Telefon ans Ohr und sprach etwas hinein: Ja, meine Liebe, natürlich, mach dir keine Sorgen, bin bald da. Nina wandte ihm rasch ihr Gesicht zu, er lächelte sie an – und sie, noch aufgekratzt, noch schwebend, spiegelte ihm sein Lächeln.

Und diese Welle, so warm – trug ihn vorbei an den Wühlern, ließ ihn durch ihre kämmend-gekrümmten Finger – auf die Straße. Hinter ihm wurde gemurmelt: »Nein, er ist nicht hier. Habt ihr eine Störung in der Peilung?«

Er ging an ihr vorbei, um sie noch einmal, das letzte Mal, anzuschauen. Nina saß im grellen Aquarium, blickte direkt zu Ilja, sah aber, wahrscheinlich, sich.

Schön war sie.

* * *

Fünf Minuten später schickte er ihr aus einem dunklen Hof: »Ich hab dich gesehen, konnte nicht reinkommen, wurde da gesucht, die waren direkt im Kofemania, musste abhauen, verzeih mir bitte!!«

Und da war der Akku des Telefons leer.

* * *

Dunkle Gassen flossen an ihm vorbei. Hände in den Taschen, Eisbrocken unter den Füßen, Mond im Nebel, vor ihm – die Nacht. Er kam bis zu den Boulevards: kahle, knorrige Baumstämme standen dort in Kolonne, erwarteten ihren Begleitsoldaten. Er fand eine Straße mit Stimmengewirr, bog dort ein: die Nikitskaja. Eine Straße, trunken von vorn bis hinten: Bars, winzige Clubs. Genau, dachte Ilja. In eine Bar musste er. In einer Bar erfriert man nicht. Schlafen war unmöglich da, aber in die Kälte würde man ihn auch nicht jagen. Er musste jetzt nur die Nacht durchstehen.

Er bat um Einlass in die erstbeste, wo sich Leute tummelten. Aus der Kälte kam er in süßen Rauch, ging in den Keller, dort war blaues Licht, eine Discokugel über der Tanzfläche, Lichtreflexe liefen die Wände entlang. Der schwuchtelige DJ – mit Hahnenkamm – stöhnte schmachtend: »Und je-e-e-tzt: unser Liebling – Selena Gomezzzzz!«

An der Bar ließ er das Telefon aufladen: Es schwächelte, war abgekämpft, trank nur in kleinen Schlucken. Die Musik hämmerte: zuerst ein gefälliges Pfeifen, dann ein dunkles Mädchenstimmchen: »The world can be a nasty place … You know it, I know it!«, und ein Miauen, Iljas Englisch endete hier, es folgten Bässe, dass einem die Eingeweide vibrierten, die Nebelmaschine ließ einen Schleier aufsteigen, irgendwelche abgerissenen, strubbeligen Hänflinge quetschten sich auf engem Raum, die Mädels waren jung und trugen Hemden, die Jungs Kapuzenpullis bis zu den Knien, alle die Augen geschlossen, alle ein Lächeln bis zu den Ohren, Glück in den Gesichtern, Cocktails in den Händen, und sie umarmten sich, schrien einander etwas ins Ohr; schüttelten den Kopf, brüllten eine Antwort, und Selena miaute: »Kill'em with kindness, kill'em with kindness, kill'em with kindness!«, Pfeifen, Stroboskop, Rauch, Lächeln, »go ahead, go ahead, go ahead now!«.

Allein Ilja war nüchtern hier. Und trinken durfte er nicht: vierhundert Rubel in der Tasche fürs ganze Leben. Er stand im Schatten, spechtete aus seiner Ecke zur blitzenden Tanzfläche, auf die jungen Leute, die sieben Jahre jünger waren als er, blinzelte im Stroboskoplicht, das von je drei Bildern zwei ausschnitt, wie ein alter Film.

Ein euphorisches Liedchen ließ er aus, auch das nächste – der DJ legte heute nur solche auf, für Schuldiskotheken. Die Hänflinge waren zufrieden: Sie gaben einander Süßes zu trinken, fassten sich bei den Händen, schrien: Juchuuuu!

Es war schwierig, aber Ilja ging einen Schritt auf sie zu. Dann noch einen.

Er kam an den Rand der Welt. Stampfte auf. Verdrehte die Hand. Schaukelte mit der Schulter, klatschte in die Hände. Sein Innerstes zitterte. Die Membranen flatterten. Er stampfte nochmals auf. Neben dem Takt. Tanzen. Zu laut. Tanzen! Er klatschte. Wo bist du, Goscha? Das wollte ich mit dir! Eins! Gestern Trübsal, heute Tanzen. Was ist von dir übrig? Zwei! Nichts! Tschüss! Drei! Noch mal! So wollte ich es vor sieben Jahren! Was habe ich da gefühlt? Wieder neben dem Takt. Die Schulter verdreht. In den Beinen ein Krampf. Die wollen sich nicht biegen. Eins! Die Ohren schmerzen. Tanzen. Was war das für ein Gefühl. Will es noch mal fühlen. Die Diskothek geht weiter. Das Leben geht weiter! Eins. La-la. Ta-ta!

Er bemühte sich.

Brach in Schweiß aus. Warf die Jacke ab. Ging ins Klo, trank sich mit kaltem Wasser aus dem Hahn satt. Es schmeckte nach Rost und Chlor. Wusch sich. Zurück zur Tanzfläche. Schwer hat's der Nüchterne. So schwer hat's der Nüchterne, Herrgott.

Schlug mit den Absätzen in den Boden, zertrat den Hundertfüßer. Goschas Tod. Petjas Tod. Vorbei! Tanzen! Juhuu! Wir fahren, sie bleiben! Wir sind am Leben, ja! Wieso weinen! Er nickte im Takt der Musik – immer genauer.

Allein inmitten der Tanzfläche, in einer Blase.

Nina bleibt, Petjas Vater bleibt und seine Mutter. Sie finden Petja. Und alles, was du ihnen vorgesäuselt hast, du verfluchter Samariter, geht blitzartig zum Teufel. Sie begreifen, dass er tot ist. Dass sich in seinem Telefon ein Parasit eingenistet hatte. Der die Leiche zum Tanzen brachte, die Strippen zog. Dass der Mörder anstelle ihres Sohns um Verzeihung bat, anstelle des Geliebten den Antrag machte. Werden sie begreifen, dass das kein Zirkus, kein Spott gewesen war? Nein. Das werden sie nicht. Der Häftling kam frei, rächte sich an seinem Beleidiger, hatte noch nicht genug, drangsalierte auch noch die Familie des Aufgeschlitzten. Deine Verkrampfungen sind für sie Grimassen. Das kannst du bereuen, soviel du willst – die würden dich lieber röcheln hören. Wird sie das Kind nach alldem behalten? Ta-ta! La-la! Es war laut: Man hörte nicht mal sich selbst. Eins. Eins. Eins. Eine Stunde, zwei, drei.

»Du bist uuuulkig!«, schrie ihm irgendein Mädchen ins Ohr.

Er nickte ihr zu.

Trank noch mehr Wasser aus dem Hahn. Wieder auf die Tanzfläche. Vergraben und abfliegen.

Ninas Lächeln überm Telefon. Ring, Blumen, Sekt. So war's nicht besser, und wie war's besser?

»Hast du 'ne Papirossa?«, fragte er das Mädchen. »Was zu rauchen?«

Er stieg die Stufen aus dem Keller in die Kälte hinauf. In den Wind.

Drei Uhr nachts, schliefen die Bullen alle? Er schaltete das Handy ein. Kaum geladen, obwohl es so viele Stunden am Netz war. Sie ging wohl zu Ende, Petjas Verlängerung.

Da kam's.

Vom Hausknecht: »Um 10 im Hotel Präsident, soll dein Mann fragen nach Magomed an Rezeption, schaffst du?«

Von Nina: »Das ist eine Schweinerei. Von denen.«

An den Hausknecht: »Schaffen wir.« An Nina: »Liebe dich!!!« Um drei Uhr nachts: Petjas gewohnte Zeit für Bekenntnisse.

Was kannst du, Ilja, da machen? Was kannst du tun, wenn alles schon getan ist. Aus dem Keller dröhnten die Bässe, wieder fing ein Pfeifen und Stimmengesäusel an. Bunter Rauch trat heraus.

»Fahren wir zu mir«, sagte neben ihm ein betrunkenes Mädchen zu einem betrunkenen Jungen.

Sie küssten sich, lachten. In diesem Rauch wähnten sie etwas Herrliches, Erstaunliches. Das Leben versprach, sie nur zu hätscheln.

Der Pfeil leuchtete auf.

Länger durfte er das Handy nicht behalten. Meinst du, die Wölfe lassen so einfach von dir ab? Nein: Die lassen von allen Restaurantbesitzern die Kameras auswerten, befragen Kellner, suchen Petja auf den Videos. Vergleichen die Zeit, finden Ilja. Und beim nächsten Mal werden sie nicht blind an ihm vorbeischauen, sondern direkt in seine Augen.

Er musste sich von Petja verabschieden. Sich vom Telefon losreißen. Sofort. Ab jetzt war ohnehin nicht mehr viel zu regeln.

Morgens zum Passamt – in der Hoffnung, dass niemand seine Mutter mit Fragen behelligt hat, dass alles nach Plan lief. Dann, mit dem Pass, ins Hotel »Präsident«. Von dort mit dem Geld ins Leichenhaus. Aus dem Leichenhaus ins Flugzeug. Morgen Nacht würde Ilja nicht mehr hier sein. Ta-ta-ta! Heute war der letzte Abend. Tanzen!

Er ging wieder hinunter, war jetzt allein auf der Tanzfläche. Brauchte auch niemanden.

Starrte ins Stroboskop.

Es war Zeit, sich vom Handy zu trennen. Das Halsband abzunehmen, das Kreuz abzulegen. Das Wichtigste war gesagt und gehört.

Es einfach wegwerfen? Im Fluss versenken?

Dann merken sie es – und zwar schnell, dass ihnen ein Usurpator geschrieben hat. Und statt des Friedens, den er für Petja mit ihnen zu schließen versucht hatte, statt der Ruhe käme unendliche Schwermut, der blanke Horror für alle und ein nie verheilendes Geschwür.

Er konnte jetzt auch zur Trjochgorka – und Petja das Telefon zurückgeben. Heute und jetzt, als sei er diese Nacht getötet worden. In der Kälte hatte er sich ja wahrscheinlich nicht zu stark verändert? Ilja war kein Experte. Das könnte der Wahrheit ähneln. Konnte es das? Er musste es probieren. Damit Petjas Entschuldigung angenommen, ihm seine Reue angerechnet würde; damit seine Liebe wenigstens noch ein paar Jahre in der Luft weiterhallte.

Er durfte Petja nicht auch noch diese eine Woche wegnehmen.

Aber wenn morgen etwas schiefging? Wie wäre das für ihn ohne Telefon, ohne Verbindung? Wie mit dem Hausknecht umgehen, wenn er sich verspätete?

Irgendwie. Das hier war wichtiger.

Ausgetanzt.

Er ging.

* * *

Dem Vater schreiben, dass er ihm alles verzeiht, und ihn um Verzeihung bitten – ganz ehrlich, jetzt wissend, wofür er sich entschuldigte. Der Mutter einfach für ihre Liebe danken, dafür, dass sie ihn nie aufgab, ihn ertrug, ihm verzieh. Nina – dass er immer an sie denkt, dass sie seinen Eltern vergeben und vergessen soll, weil sie altern, vertrocknen und zerbröckeln, doch wenn man ihnen den Enkel nähme, bliebe ihnen von Petja gar nichts mehr. Für jeden musste er einen Abschiedsbrief aufsetzen: Und während Ilja durch die Dunkelheit ging, hatte er alle Briefe im Geist schon entworfen.

Als er im Ziegellabyrinth am Gullydeckel angekommen war und den Knopf des Telefons drückte, um sie durchzubuchstabieren, wusste er: Er würde niemandem mehr etwas schicken. Das Telefon blinkte ein letztes Mal auf und verreckte endgültig.

Er fand das Haus, mühte sich ab – konnte den Deckel gerade so beiseiteschieben, als sei es eine Granitplatte. Wischte die Fingerabdrücke vom Telefon. Hauchte auf die Spiegelfläche, rieb mit dem Ärmel die Feuchtigkeit ab. Nichts sollte von Ilja bleiben.

Auf einmal wurde hinter ihm gesprochen, irgendwer kam näher – Betrunkene, eine Gruppe. Sie kamen von den Bars – vielleicht aus dem »Hooligan« – direkt auf ihn zu, mit jedem Schritt.

Zu ihm! Da waren sie.

Die Sekunden reichten nur, um ihm das iPhone nach unten zu werfen.

Um den Deckel zu schließen – dafür reichten sie nicht.

17. Kapitel

Der Morgen des neuen Tags setzte unwillig ein, auf den Straßen war es dunstig, die Sonne hatte sich im Nebel aufgelöst wie eine sprudelnde Tablette. Als läge Gott mit Grippe im Bett und könne sich nicht aufraffen, die Welt ordentlich zu zeichnen. Es nieselte.

Was die Betrunkenen an der Trjochgorka noch sehen konnten oder nicht – das wusste er nicht. Als er sich vom Gullydeckel entfernte, hatte er ihnen den Rücken zugedreht, sich auf ihre Rufe nicht umgedreht. Nachrichten waren von nirgendwo zu erfahren: Das Handy war jetzt bei Petja. Verwaist fühlte er sich ohne diesen schwarzen Appendix: Dumpf war es im Inneren, leer in der Tasche.

An der Nowoslobodskaja stand Ilja, noch bevor sie öffneten, als Zweiter in einer informellen Schlange. Bei der Wache am Eingang zum Passamt lief das Radio; als sie noch niemanden reinließen, legte Ilja seine Stirn an die Scheibe, um an der Vibration zu erraten, ob sie Chasin gefunden hatten, ob es Verdächtige gab.

Die Sprecher erzählten von Trump, der Wachmann machte lauter, aber dann, als sie wohl etwas von der Manufaktur Trjochgorka brachten, wurde ihm langweilig, und er drehte leiser.

Endlich wurde geöffnet, Ilja huschte zur Toilette: zum Selbstvergleich. Im Spiegel war er der, als den sie ihn aus der Isohaft entlassen hatten – von grüner Farbe und abgehärmt. Er glättete mit Wasser sein Haar, versuchte zu lächeln. Das ließ er wohl besser.

Während er sich noch bestaunte, drängten sich im Warteraum bereits die Leute. Das Amt war renoviert worden und dadurch irgendwie menschenfreundlicher: Die Sprechzimmer der Beamtinnen waren hinter Glas, ein Automat gab Nummern aus. Man rief per Familiennamen jene in die durchsichtigen Verliese, für die alles bereitlag.

Ilja jedoch wurde und wurde nicht aufgerufen: hatte seine Mutter einen Anruf verpasst? War er auf der Fahndungsliste entdeckt worden? Oder hatten die Aufsichtsbehörden Natalja Georgijewna kassiert?

Doch nein, man gab ihm einfach Zeit, sich aufzuregen. Dann riefen sie streng:

»Gorjonow!«

Er reagierte erst nicht.

Dann fiel der Groschen, er ging hinein, schaute als Erstes auf den Computer der Tante dort: las sie die Nachrichten? Sein Personalausweis wurde ihm abgenommen, man vertiefte sich darin. Zuckte nicht, spielte nicht auf die Schiebung an.

Über den Flur kamen drei Männer in blauer Uniform, und Ilja, in seinem Glaskubus, wollte nun auch durchsichtig sein.

»Warten Sie«, sagte die Passbeamtin.

Sie hob den Hörer ab, wandte sich von Ilja weg, begann ihren Geifer ins Telefon zu tropfen.

»Ja. Gorjunow. Ja. Mit ›o‹. Weiß ich nicht. Was kann ich dafür? Also was? Ändern? Erst absprechen? Gut.«

Sie beendete die Verbindung und vertiefte sich in den Computer. Ilja war nicht mehr anwesend in diesem Büro. Sie tippte etwas mit einem Finger, plagte eine speckige Maus. Der nichtexistente Ilja wurde zapplig; sie schaute ihn finster an.

»Alles in Ordnung?« Er konnte sich nicht mehr zurückhalten.

»Weiß nicht.« Sie klickte etwas auf ihrem weggedrehten Bildschirm an. »Sagen die gleich.«

Selbst wenn letzte Nacht die Zecher am Gully vorbeigegangen waren, musste er den Arbeitern am Morgen auffallen. Da war milchiges Licht hinabgedrungen, hatte Chasin geweckt; jetzt sperrten die Bullen sicher alles ab, knöpften sich zunächst die Arbeiter vor: Wer sich nicht auf Russisch verteidigen konnte, war erst mal verdächtig. Anhand von Petjas Pappe würden sie ihn natürlich erkennen, und dann blieb die Frage – wann kam das alles zur Journaille, wann kam es im Fernsehen, und: Schaute dieser Magomed fern?

In das Zimmer zwängte sich ein Bauchiger mit Schulterklappen, bespeichelte blätternd Iljas knautschigen Personalausweis, studierte durch die Brille Stempel und Bemerkungen. Nahm den Ausweis mit. Es wurde stickig wie vor einem Gewitter, in den Schwaden schwollen Millionen von Volt an. Ihm blieb etwas über eine Stunde bis zum Treffen, und diese Schulterklappen-Schlampen hielten ihn immer noch fest, täuschten ihn, quälten ihn, diese Rechtsverdreher wickelten seine Zeit wie Därme auf eine Trommel und berieten sich: begnadigen oder spaßeshalber hinrichten?

Gelogen hast du, Natalja Georgijewna, den Fehler im Namen werden sie mir nicht verzeihen, der Staat muss jede kleine Laus kennen mit jedem ihrer Buchstaben, sonst kann er sie nicht holen, nicht mit dem Fingernagel zerdrücken. Wenn man sich für fünfzigtausend Rubel einfach so die Freiheit kaufen könnte, hätten sich die Leute dann nicht schon längst damit bevorratet?

»Soll ich im Flur warten?«, fragte Ilja.

»Bleiben Sie hier sitzen.«

Magomed, warte auf mich, glaub an Chasin, wir kommen bald, gleich, es ist nichts Schlimmes. Wir sind nur heiser, stumm, wir können dir nichts zurufen, reißen zwar das Maul auf, aber da kommt kein Laut. Gleich geben sie den Ausweis zurück, entschuldigen sich für die Wartezeit, und ich-wir – sausen zu dir wie der Wind!

Der Bauchige kam nach dreimal zwanzig Minuten zurück.

Als habe man ihn aus jenem Himmelsamt angerufen, dem Ilja gerade erst verzweifelt etwas zugeflüstert hatte.

Er brummte der Beamtin etwas zu, und diese stempelte gehorsam, reichte Ilja das neue, knisternde, bordeauxrote Ding: Unterschreiben Sie.

Ilja unterschrieb mit seinem üblichen Kardiogramm.

Bekam den Ausweis zurück.

Und Millionen von Volt hingen noch über Ilja, dräuten, wollten sich nicht entladen.

* * *

Das Hotel »Präsident« befand sich zehn Minuten von der Metrostation »Poljanka« entfernt: ein rotbrauner Ziegelneubau hinter einem schmiedeeisernen hohen Zaun, etwa zwanzig Etagen hoch, gekrönt mit etwas, das aussah wie braune Helme oder Tschakos oder Sandförmchen für Kinder. Ansonsten erinnerte die Architektur des Gebäudes an die Hochhäuser der Vororte und nahm sich zwischen den herrschaftlichen Stalinhäusern an der Jakimanka fremd aus: als sei es irgendwo in den Gaunervierteln von Solnzewo oder Orjechowo aufgewachsen und dann ins Zentrum umgezogen, wo es sich ein Stück besseres Land ergattert hatte, indem es die alten Zähne daneben ausschlug, und nun grenzte es sich von den verbliebenen Nachbarn mit dornigem Gusseisen ab, hatte sich hier hingekniet. Allerdings hatte man so, auf Knien, die Aussicht auf den Kreml, und den Namen »Präsident« machte dem Hotel auch niemand streitig.

Als Ilja schon darauf zuging, dachte er: Wie konnte Magomed hier seinen Handel abziehen und dabei nicht auffliegen? Da versteckte sich dieser Igor K. auf Müllplätzen, saß in seiner Höhle, tippte Petja Belastungsmaterial ins Telefon, damit sie zusammen untergingen, wenn was wäre. Und Hausknecht-Magomed hatte gesagt: Frag an der Rezeption nach mir. Vielleicht war er gar kein Hausknecht, sondern tat bloß proletarisch?

Das Gusseisen vorn wurde von Wachmännern mit MPs gehütet. Vom Tor bis zum Eingang zählte Ilja fünf Kameras. Auf dem Parkplatz standen wenige Autos, alles riesige Geländewagen mit verspiegelten Scheiben, alle mit auswärtigen Nummernschildern. Das Hotel hatte einen Vorplatz, darauf standen Fahnenstangen mit bunten Fähnchen. Touristen gab es hier keine und auch sonst keine überflüssigen Menschen.

Ilja stieß die Tür auf, geriet in eine riesige, marmorne Hotelhalle, ausgelegt mit Teppichen von tiefblauer Farbe. Die Decke begann auf Höhe des dritten Stockwerks, von dort hingen seltsame Leuchten herunter: Diodenregen aus riesigen Diodenringen. Das sah gleichzeitig billig und grandios aus. In den Ecken standen Straßenkioske, die Souvenirs aus Fantasie-Russland feilboten. An sichtbarem Ort thronte ein weißer Flügel mit goldenem Namen.

Durch die Halle spazierten Bullen, dunkelhäutige Männer in Anzügen sprachen an Tischchen scheinbar per Infraschall, wobei sie sich nicht an-, sondern umschauten. An der Rezeption lächelte geschult eine hellhäutige Frau, es schien, als sei sie von den Herren dieses Hauses schon manches Mal beim Schopf gepackt und zum Durchvögeln in eine Luxussuite gezerrt worden.

Ilja wurde angeschaut wie ein Außerirdischer.

Er näherte sich der Hellhäutigen, sie zog für ihn ihre grellgeschminkten Lippen auseinander, nach seinem Namen fragte sie nicht. Sie führte den Hörer ans Ohr, flüsterte etwas, stockte.

»Setzen Sie sich kurz.«

Ilja versank in einem tiefen und rutschigen Ledersofa; die Wachmänner betrachteten ihn unverhohlen; der weiße, strombetriebene Flügel spielte von selbst etwas Kniffliges, die Tasten senkten sich unter unsichtbaren Fingern, auch bei Tag brannten wuchtige Kristallkronleuchter.

Er zerfloss, zerging, ihn lullte der Flügel ein: die Nacht ohne Schlaf.

Hinten in der Halle schob sich die Fahrstuhltür auf, ein Mann trat heraus. Ringernacken, kurzer Bart, Pony, ein blauer Anzug, der sich auf dem hügeligen Arm wie ein Olympiatrikot spannte. Schaukelnd steuerte er auf Ilja zu – sicher, zielstrebig.

Der kam sofort zu sich.

»Magomed?«, Ilja erhob sich vor ihm.

»Ich führen.«

Er überragte Ilja um einen Kopf, in der Breite war er das Doppelte. Er hielt sich einen halben Schritt hinter Ilja, lenkte ihn und versperrte den Rückweg.

Führte ihn ab zum Fahrstuhl, drückte auf den vorletzten Knopf, stellte sich mit seinem Gesicht zu Ilja – fixierte ihn; oben am Fahrstuhl standen noch zwei bärtige Kämpfer, aber in irgendeiner Uniform. Ihre Knarren steckten in offenen Pistolentaschen, ziemlich fette Exemplare: »Stetschkins« offenbar. Demonstrativ.

Auch vor dem Zimmer standen Männer, die trugen Anzüge, nur die Hemdkragen waren aufgeknöpft an ihren Stierhälsen. Sie hielten Ilja an, tasteten ihn ab, beklopften ihn, beschnupperten ihn noch mit einem Metalldetektor. Die »Makarow« hätte Ilja hier also nichts genützt.

Endlich ließen sie ihn ein.

Die Suite war ohne Maß; vor den Fenstern lag die Christus-Erlöser-Kathedrale wie auf dem Silbertablett, und direkt vor ihr – die Halbinsel des »Roten Oktober«. Die Zimmer gingen als Enfilade in beide Richtungen, als seien zwei Spiegel einander gegenübergestellt worden, den Teufel zu beschwören. Die Möbel waren geschnitzt und vergoldet: Sessel, Tischchen.

Da saßen drei harte Männer, ihr schwarzes, glattes Haar hatte etwas Grau, die Nasen waren gebogen. Weiter weg, in den hinteren Zimmern, waren weitere Stimmen zu hören: Sie sprachen kehlig, lachten krähenhaft.

Einer wandte sich zu Ilja. Die übrigen schauten Fußball auf Plasma. Fußball, keine Nachrichten.

»Ich bin Magomed. Von Chasin kommst?«

»Ja, das Geld holen.«

»Anderthalb Kilo?«

»Anderthalb. Erst das Geld«, sagte Ilja fest.

»Isa, gib das Geld ihm.«

Es kam ein flattriger Jüngling im Hemd, in den Händen eine rote Tüte von »M-Video«, sie sah leicht aus. Ilja wurde nervös: Er hatte eine große Sporttasche erwartet.

»Wie viel ist da?«, fragte er bemüht ruhig.

»So viel soll sein, zweihundertfünfzig Euro«, lächelte Isa. »Was'n, willst zählen?«

Und gab Ilja einfach die Tüte. Ilja schaute hinein: vakuumverpackte Päckchen, alle voll mit violetten Artefakten. Solche hatte er noch nie gesehen, darum holte er sie raus. Scheine zu fünfhundert Euro. Gab es solche? Wenn ja, dann waren in einer Packung fünfzig, und in fünf Packungen zweihundertfünfzig. Im Vakuum.

Er nickte. Wollte gehen.

»Ich bringe das Geld hin, dann bringt er die Ware.«

»Mach das, mach das«, sagte Magomed. »Fahrst. Und sag, er soll Telefon einschalten.«

»Seins ist ausgeschaltet?«

»Und sag ihm, wenn noch mal spielt Spielchen mit uns, dann ihm as-salam alaikum. Nun, er weiß«, sagte Magomed träge und gedehnt-gleichgültig.

»Richte ich aus.«

»Sag, wir ihn durchleuchtet. Wissen alles über Vater. Wir scheißen auf Vater, sag ihm.«

»Klar. Ich bin bloß der Kurier.«

»Also überbring das alles, Kurier. Sag ihm, wenn Ware nicht kommt in drei Stunden, dann richtig Stress. Dann sein Patron nicht hilft. Sag ihm.«

»Gut.«

»Ich ihm heute SMS schickt, er nicht antworten. Antwortet dir?«

»Ich bin hier ohne Telefon. Heute Morgen hat er noch geantwortet«, sagte Ilja. »Bin gerade nicht mit ihm in Verbindung.«

»Habe ihm Bild geschickt. Foto. Er nicht bekommen? WhatsApp schreibt – nicht zugestellt.«

»Ich weiß es nicht, wie gesagt. Ich wurde wegen des Geldes geschickt, soll es holen, hinbringen.«

»Vielleicht wir dich fahren?«, fragte der Flattrige. »Bist du mit Auto?«

»Mit Taxi«, sagte Ilja.

»Wozu mit so viel Geld Taxi fahren, wir bringen dich, Bruder«, lächelte der Flattrige.

»Ich habe Anweisung«, schüttelte Ilja hartnäckig den Kopf.

Die Männer, die aufs Plasma schauten, rissen sich nicht los. Monaco spielte gegen Paris Saint-Germain.

»Anweisung, Scheißdreck! Kurz, sag ihm, wenn bis eins die Ware nicht da ist, wir nehmen sein Hühnchen ran. Und wenn bis abends nicht, dann ihn selbst. Wenn er immer noch nichts gelernt.«

»Was?«, fragte Ilja nach. »Was für ein Hühnchen?«

Der Flattrige lächelte. Magomed kratzte sich die Braue.

»Isa, wo du mir Foto geschickt, zeig ihm.«

Der suchte kurz im Telefon, öffnete: Eine junge Frau betritt den Eingang eines Fünfstöckers. Der Mantel weit wie ein Ballon, Mütze, Schal.

Nina.

»Das ist sein Weib. Von unsre Partner wir haben Adresse, wo arbeitet, alles. Da kann er sich Arsch aufreißen, wenn er retten will sie. Also, die Ware ist in drei Stunden hier. Die hat kein General als Papa, ist allen egal. Also fahr flott, klar? Und er soll Telefon anmachen, sag ihm.«

»Sage ich.«

»Geld, was ist das, Bruder? Müll. Nimm, hab genug!«, lachte Magomed los. »Aber Leben bekommt Mensch nur einmal, weißt du? Sagt Puschkin.«

Er drehte sich um und stierte auf den Fußball.

»Ich führen«, dröhnte der blaue, bärtige Kämpfer Ilja ins Ohr.

Im Fahrstuhl schaute er ihm jede Sekunde in die Augen. Suchte dort etwas. Aber Ilja hatte in sieben Jahren gelernt, aus seinen Augen trübes Glas zu machen.

Er brachte ihn bis zum Ausgang, drehte sich um und ging schaukelnd zurück.

Mach mit dem Geld, was du willst, Ilja.

* * *

Die rote Tüte baumelte in seiner Hand wie ein Beutel mit Wechselsachen, wog nichts.

Ilja dachte: Und wenn sie löchrig würde, könnten unbemerkt fünfzigtausend Euro auf den Bürgersteig fallen. Er faltete sie zusammen, steckte sie unter die Jacke, ein Wanst blähte sich auf. Er schaute sich um – verfolgten ihn die Bärtigen? Kamen Autos? Scheinbar nicht.

Er erreichte die Metro; schaute sich nochmals um. Tauchte in einen leeren Waggon: Hier würde er den anderen sicher bemerken – aber nein. Sie hatten ihn einfach gehen lassen, ihn beladen mit Geld fürs ganze Leben und gesagt: geh.

Wohin jetzt?

Wechseln? Tickets kaufen? Fliegen? Zur Bank bringen?

Was hatte er zu befürchten? Noch war er unsichtbar und frei. Er hatte ein Recht auf sie, auf diese zweihundertfünfzigtausend, eine Auszahlung der obersten Hauptkasse, sieben Jahre Jugend in Euro. Hier der Pass, hier das Geld, hier die Zukunft, hau ab. Natürlich bemerken die das, die Bärtigen, die gar keine Banditen sind, und auch die Bullen, die gar keine Bullen sind, aber es wird zu spät sein – die kämen zwei, drei Tage zu spät, da war er längst abgetaucht mit seinem neuen Familiennamen; er fliegt, und wenn's in weißem Shirt mit goldenem Aufdruck und einer altmodischen Schirmmütze ist – über den Ozean in die Stadt Medellín, taucht dort unter, schaut die Serie mit fünfzig Folgen, bis er weiß, wie alles ausgeht. Ein Unterschied zum Traum: Nina ist nicht dabei.

Schalte dein Telefon ein, Petja. Keine Verbindung.

Keine Verbindung zu Petja, keine Verbindung zu Nina, zu den Eltern: Von allen hatte er sich losgesagt, als er die Spuren verwischte. Niemanden hat er gewarnt. Gut war dieser Plan gewesen, Chasin das Telefon zurückzugeben – gestern. Heute war er schlecht.

Ja, flieg du nur nach Medellín, Herrgott, flieg, um zu leben!

Zum Teufel mit ihnen allen! Was, du hast seinem Papi verziehen, der seinen Sohn mit Macht vollpumpte, ihm beibrachte, Menschen wie Dreck zu behandeln? Weil – warum eigentlich?! Weil er schon Herztabletten schluckt?

Du hast Chasin deine sieben Jahre ehrlich-aufrichtig verziehen? Ach ja?

Ja?! Die haben doch über Raubtiere gesabbelt, dass auf dieser Welt einer den anderen frisst! Schlimm ist nur für sie, wenn sie wen nicht fressen können, weil sie das Maul nicht weit genug aufbekommen, weil ihnen im Schlund was verquer sitzt! Bitte schön, hier kriegt ihr, was ihr nicht reißen könnt: die Bärtigen, die auf Milizgeneräle scheißen! Los, fresst sie, versucht's mal, ohne euch nass zu machen!

Na?! Das sind doch eure Regeln, das ist euer Spiel, sollen die euch jetzt mal rannehmen wie ihr uns, das wäre doch gerecht? Da kriegt ihr eure Strafe, die Vergeltung – da habe ich aus Solikamsk drum gebettelt, hab euch bei Gott verpfiffen, und da ist er: Jetzt hetzt er euch die Knallharten auf den Hals. Wenn schon nicht nach Gesetz, dann wenigstens nach Gaunerregeln!

Nur werden sie in dieser verfluchten Nahrungskette zuerst Nina fressen, die zahnlose und weiche, und erst dann suchen sie sich Chasin. Aber die Frage geht an dich, Chasin, warum du mit den Bärtigen was ausheckst und sie dann hängen lässt. Also hast du dich hinter deinem schwangeren Weib versteckt, nicht ich!

Wer seid ihr überhaupt für mich? Ihr seid alle Fremde für mich!

Ich habe niemanden, nur mich selbst. Geht doch zum Teufel!

Er verließ die Metro.

Egal, dass sie schwanger ist. Egal, dass ich ihr gestern einen Antrag gemacht habe. Egal, dass ich sie überredet habe, das Kind zu behalten. Was heißt das schon? Ist doch nicht mein Kind, ist das von Chasin, und es ist sein Weib, sein Vater, und ich hab Chasin nur zweimal gesehen: als er mich aus Hochmut ins Gefängnis verfrachtete und als ich ihm die Kehle durchschnitt. Wir sind einander fremd. Es ist seine Mutter!

Ich habe hier meine eigene, die langweilt sich in der Totenkammer, steckt fest zwischen hier und dort, das muss ich auch noch regeln, was hab ich mit Chasins Verwandten zu schaffen?!

Du liegst doch da, Ma, und du erzählst mir das doch alles? Ach nein, lass es uns so machen: du dorthin, ich hier. Ich bleib hier, und du siehst irgendwie selbst zu. Belehr mich nicht, zerr mich nicht zu dir!

Ja und, ist doch egal, dass Nina nichts damit zu tun hat!

So ist es eben gekommen, verstehst du, wenn's für mich aufwärtsgeht, geht's für sie abwärts – zu dir. Und wenn's für sie aufwärtsgeht, dann muss ich runter. Beide können wir nicht oben bleiben, das lässt Magomed nicht zu. Sie hat das nicht verdient? Ich etwa? Warum soll ich für sie einstehen? Weil ich sie von der Abtreibung abgehalten habe?

Hier geht's nicht um Ehrlichkeit, nicht um Gerechtigkeit, nicht um Vergeltung, nicht um die Vergebung der Sünden, es geht nur darum, dass sich drei Tote an meine Beine klammern und mich runterziehen auf den Grund, in den Morast, mir die Luft nehmen, darum geht's hier!

Warum kann man ihr nur helfen, indem man sich selbst den Bluthunden überlässt, wen beeindruckt so was, wer weiß es zu schätzen, wer erfährt es überhaupt: Niemand und niemals, eine ruhmlose Heldentat ist Idiotie, hier gibt es keinen Sieg, ihn kann es nicht geben, auch kein Opfer, keine Rettung, hier gibt's nur Reißzähne und rote, zerfetzte Gedärme. Alles sinnlos, sinnlos und nochmals sinnlos.

Und das Kind – das krallt sich sowieso der alte Chasin, und der macht aus ihm einen zweiten Petja, den Weg habe ich ihnen ja geebnet.

Das wird ein zweiter, verwöhnter Scheißer, der alles darf! Er wird groß, geht zur Bullerei, wird aus Langeweile und Hochmut den nächsten Ilja ins Lager treiben, und das ist dann mein ganzer Gewinn.

Deshalb krepieren? Dafür?

Lauf weg! Flieg!

* * *

»Ist Magomed zu sprechen? Sie hatten ihn angerufen.«

Die weißhäutige Frau lächelte ihn gequält an und nahm den Hörer ab. Sie wählte, flüsterte etwas.

»Setzen Sie sich kurz.«

Ilja versank in einem Sessel, der so tief war wie eine Wolfsfalle, wie eine Baugrube. Er saß da und schaute hypnotisiert zu den Fahrstühlen, auf drei Schlunde, drei Mündungen: Von wo käme er?

Die Flügel schoben sich auseinander, heraus kam der Mann in Blau. Gemächlich kam er auf Ilja zu. Sein Gesicht drückte nichts aus. Noch konnte er aufstehen und wegrennen. Er konnte wegrennen. Ilja zuckte und stand auf.

»Was los?«, fragte der Bärtige.

»Hier«, Ilja streckte ihm die rote Tüte entgegen. »Der Deal platzt. Bringe das Geld zurück. Alles drin. Gib's Magomed.«

»Wieso?«, fragte dieser leidenschaftslos.

»Chasin wurde erledigt. Der euch die Ware schuldet. Nimm die Kohle.«

Der Bärtige schaute in die Tüte, zuckte mit den Schultern.

Ilja drehte sich um und ging zum Ausgang.

Er sprang hinaus, schloss die Augen. Sein Kopf wollte zerspringen. Der Wind erfrischte ihn, ließ ihn durchatmen. Er musste rauchen. Für eine Packung reichte es gerade noch.

Gut, dass er keinen Glauben mehr hatte fassen können in zweihundertfünfzigtausend violette Assignaten.

Er schlenderte die Jakimanka entlang, zur Poljanka und zu den Brücken. Damit sein Kopf Ruhe gab, fing er an, ein Lied zu singen, auf Spanisch.

Tú el aire que respiro yo
Y la luz de la luna en el mar
La garganta que ansío mojar
Que temo ahogar de amor

Er fragte sich: War das eine gute Tat? Er antwortete sich: Nein, du bist total bescheuert.

In seinen Ohren klirrte es. Auch fröstelte ihn. Er wollte unbedingt rauchen.

* * *

Er überquerte die Brücke – und kam wieder zum »Roten Oktober«. Alle Wege führten dorthin; aber Ilja war extra gekommen. Wusste genau, wohin.

Bog nach links ab – zum Club »Icon«.

Der war zugeklebt mit Plakaten von irgendwelchen amerikanischen Stars, die sie erst zu Silvester nach Moskau holten. Neujahr war unerreichbar.

Hinter der Ecke begann die Fabrikgasse.

Vor der Tür des Reisebüros stand die unschöne Nonna. Eingemummt in einen Mantel rauchte sie. Ilja erkannte sie sofort.

»Darf ich auch eine?«

»Und, hat das mit dem Pass geklappt?«, sie holte für ihn aus einer Schachtel, die so elegant war wie ein perlmutternes Schmuckkästchen, eine dünne Zigarette mit platinfarbenem Reif.

»Hat geklappt.«

»Sind Sie hier, um die Reise zu buchen?«, sie lächelte ihn an.

»Ich will noch drüber nachdenken«, sagte Ilja. »Irgendwie habe ich mich auf dieses Kolumbien versteift, vielleicht ist das dumm? Was haben Sie denn noch?«

Sie rauchten zu Ende, gingen ins Warme.

»Hier, schauen Sie«, Ilja legte seinen Pass auf den Tisch. »Für fünf Jahre. In zwei Tagen gemacht, toll.«

Sie schlug den Pass auf der Seite mit dem Foto auf. Las seinen Namen.

»Sehr angenehm. Gratuliere!«

Sie klickte mit der Maus, raschelte mit Katalogen.

»Also, dann noch mal. Wir suchen was ohne Visum. Von den beliebten Richtungen wäre da natürlich Thailand. Waren Sie schon dort?«

»Nein.«

Der weiße Schaum der Brandung auf dem Plasmaschirm lief über hellen Sand, Palmen schüttelten Blätter, die aussahen wie Propellerschaufeln. Der Himmel war so blau, dass man in ihn eintauchen wollte. Ilja schaute auf den Bildschirm, schaute und lauschte.

»Eigentlich gibt es da jede Menge Interessantes, nicht nur Ladyboys. Die Russen wollen meist nach Pattaya, zu den berüchtigten Orten, aber die Inseln dort sind auch unglaublich schön. Ganz wie im Film ›Avatar‹, die ragen wie grüne Blöcke aus dem Wasser. Es gibt unbewohnte mit wilden Stränden, weißem Sand, dorthin reisen die jungen Franzosen, Australier, leben dort in Kommunen, veranstalten Raves über drei Tage, einfach irre. Und mit dem Motorboot kann man rumschippern, die Einheimischen fahren einen zu den verlassenen buddhistischen Tempeln in den Wäldern.«

Ilja durchlebte innerhalb einer Minute ein ganzes Leben dort, auf diesen grünen Thai-Inseln, jung und gebräunt, Surfbrett und Moped, in Gesellschaft der kraushaarigen Jugend von Paris: vielleicht eine amour à trois? Aber Nonna lockte ihn schon weiter:

»Oder zum Beispiel Marokko. Waren Sie schon in Marokko?«

»Nein, ich war noch nirgendwo. Also weiter weg.«

»Oh, da war ich im letzten Jahr, echt klasse. Dort ist es fantastisch, total viele Landschaften, die Menschen freundlich, und das Meer echt wild – genau das Richtige fürs Surfen. Da gibt es die weißen Städte am blauen Meer ... Essaouira, zum Beispiel, oder Marrakesch! Eine riesige Altstadt, Kasbah, also eine arabische Festung, enge Gassen wie in ›Tausendundeiner Nacht‹, Basare und Obstgärten, Pasteten mit Puderzucker, mit Taubenfleisch, und das Landgut von Yves Saint Laurent, aber das wird Sie wahrscheinlich nicht so interessieren ...«

»Doch, interessiert mich sehr.«

»Er hatte keine Kinder, hielt sein Leben lang Bulldoggen. Wobei sie alle von einer abstammten. Und er nannte alle Moujik – also Muschik. Moujik I., Moujik II., Moujik III., wie Könige. In diesem Garten ist ihre Familiengruft, wahnsinnig rührend. Eine Dynastie.«

»Aha«, sagte Ilja.

»Oh, und Israel, kommt das für Sie infrage?«

»Natürlich«, sagte Ilja. »Warum nicht?«

»Israel ist überhaupt my love! Ein winziges Land, alles in allem so groß wie das Gebiet um Moskau, sogar weniger, aber eigentlich eine ganze Welt. Tel Aviv – da ist rund um die Uhr nightlife, alle möglichen Clubs, Bars, Diskotheken, und die Küche, da leckt man sich alle Finger – Hummus, eingelegtes Gemüse, das Fleisch – der reine Wahnsinn! Auch die Fischgerichte sind einfach great. Die Leute stylisch gekleidet, kulturell echt was los, Adrenalin und Hormone, das Leben tobt! Vierzig Minuten – und man ist in Jerusalem. Die ganze Stadt besteht nur aus einer Gesteinsart, aus weißem Sandstein, der ist dreitausend Jahre alt, dort gibt es die Grabeskirche, die Al-Aksa-Moschee, die Kuppel über dem Gründungsfelsen, Golgatha – alles beisammen auf wenigen Quadratkilometern, eine umwerfende Energie! Man geht da lang und fühlt sich wie ein Würmchen, wie eine Eintagsfliege. Ach, ich werde wahrscheinlich gleich im Frühjahr wieder hin. Und zwei Meere: das Rote bei Eilat – einfach ein Taucherparadies, und dann Aschdod und so, für Strandurlauber. Im Moment wird man da allerdings nicht besonders braun bei allenfalls zwanzig Grad plus. Aber! Es gibt auch noch Kuba! Soll ich was über Kuba erzählen?«

»Ja gern.«

Erzähl mir von Havanna mit seinen alten amerikanischen Schlitten, mit den Bars, in denen Kreolinnen und Mulattinnen die ganze Nacht ihre Armut vertanzen, von den Wilderern, die illegal Schwertfisch fangen und in geheimen Buchten auf dem Feuer braten; erzähl mir von Rio und dem Leben in den Studentenhostels von Ipanema: bis zum Abendessen Beachvolleyball, nach Sonnenuntergang Caipirinha aus einer Kokosnuss und Samba direkt auf der Straße; erzähl mir von Floßfahrten auf dem Amazonas, von den deutschen Kolonien in Florianópolis, von der Hauptstadt Brasília, inmitten des Dschungels gebaut von Niemeyer in Form eines Vogels mit ausgebreiteten Flügeln. Erzähl von Peru und dem Fußmarsch hinauf zur uralten Hauptstadt des Inkareichs. Von Hongkong, von den Malediven, von Südkorea, von Montenegro. Erzähl weiter, hör nicht auf.

»Und, was machen wir?«

»Ich muss noch mal nachdenken, vielen Dank.«

Er stand auf, knöpfte sich zu, ging hinaus.

Nonna wühlte noch in den Prospekten auf dem Tisch, unter einem von ihnen fand sie ein bordeauxrotes Büchlein: Reisepass auf den Namen Ilja Sergejewitsch Gorjonow. Sie rannte hinaus, um ihn zu rufen, aber er war verschwunden.

* * *

Die Räder der Elektritschka ratterten, Laternenpfähle huschten vorbei, Moskau hinter der Scheibe zerschmolz und verfloss, um eine halbe Stunde später als Lobnja auszuhärten. Moskau hielt Ilja nicht auf, stimmte ihn nicht um. Willst du verrecken – dann verrecke. Eine Stiefmutter war Moskau für Ilja, er war Moskau scheißegal. Lobnja war wie eine Mutter: erwartete ihn.

Du bist mir böse?

Ich habe nichts, um deine Totenmesse und die Beerdigung zu bezahlen. Ich komme mit leeren Händen zu dir. Die Agenten des Bestattungsbüros wollten, dass ich mich christlich verhalte, aber dafür fehlt mir das Geld. Ich weiß nicht, was sie jetzt mit dir machen – und mit mir. Kannst du mir verzeihen? Du hast immer gesagt, Worte sind wertlos, jedes »verzeih« von mir nur ein Laut. Von Bedeutung sind nur Taten. Aber ich bringe dir nichts als Worte.

Du bist mir böse.

Weißt du, als ich noch ein Junge war, bin ich mit Serjoga und Sanka auf eine Baustelle geschlichen. Sie sagten mir, die Arbeiter hätten in der Grube ihre Platzpatronen vergessen und ich sollte sie holen. Ich bin runter und konnte danach nicht mehr raus. An diesem Tag habe ich zum ersten Mal begriffen, dass ich sterben könnte. Ich habe dir das nie erzählt, Ma, weil ich Angst hatte, du würdest danach lange nicht mit mir sprechen, wie nach der Geschichte mit dem Kater.

Die Wände der Baugrube schienen nicht steil, ich versuchte hinaufzuklimmen, um nicht in den Krater hinabgezogen zu werden. Aber der Sand rann mir durch die Finger, die Wand rutschte, und ein Schlund schien mich einzusaugen, der da anstelle des Grunds war, obwohl ich zum Himmel kletterte. Wer zieht mich in den Tod, das bist doch nicht du, Ma? Du wolltest doch, dass ich lebe, hast gesagt, ich kann noch mal ganz von vorn anfangen!

Ich hätte es anders machen können. Das violette Geld behalten, dich königlich bestatten lassen. Der stimmgewaltigste Pope von Lobnja hätte für dich die Totenmesse gehalten, du hättest eine schöne und stille Grabstelle bekommen, für dich wäre ein Marmorstein aufgestellt worden, und im Sommer hätte sich über ein geschmiedetes Bänkchen immer der Schatten von einer Linde oder Birke gelegt. Hundert Jahre im Voraus hätte ich dafür gezahlt, und niemand hätte dich aufgestört. Ich hätte das Geld nicht gezählt, auch für mich hätte es gereicht, für hundert Jahre in der Neuen Welt.

Aber das bist nicht du am Grund des Trichters, Ma.

Du bist auch kein erzürnter Geist in unserer Wohnung, keine zugefallene Tür, kein Echo im Fußgängertunnel, ich hatte nur einfach Sehnsucht nach dir. Du bist gestorben, du bist weg. Dir ist es egal, wo man dich vergräbt. Du kannst mir nichts verbieten, kannst mich für nichts ausschimpfen. Ich fühle mich einsam in dieser Freiheit, werde schwermütig ohne dein Schimpfen. Aber alles, was du mir antun kannst, ist – nicht mit mir zu sprechen.

Sie gefällt mir einfach sehr, diese Nina, verstehst du? Und sie muss leben, leben für zwei, sie muss es unbedingt ins Jahr 2017 schaffen und noch weiter.

Ich habe ebenfalls versucht, mit Betrug dahin durchzukommen. Fast hätte es geklappt. Aber dann standen die Dinge so: entweder sie – oder du und ich.

Gern hätte ich sowohl dich als auch sie gerettet, ich wollte auch mich retten, und Petja, aber es ging nur für einen, und da habe ich sie gewählt. Möge sie nur weiter weggehen vom Rand der Baugrube, für mich ist das jetzt egal. Ich löse die Finger, soll mich der Sand nach unten ziehen. Die Lebenden zu den Lebenden, die Toten zu den Toten.

Ich hätte es anders machen können. Ich könnte heute schon im Flugzeug übernachten, wäre morgen in der Neuen Welt aufgewacht.

Alles lag in meinen Händen. Aber eigentlich wäre ich nicht entkommen, selbst wenn ich weggeflogen wäre, und niemals hätte ich dieses Gespräch mit dir beenden können, selbst nach einer Totenmesse nicht, ich dachte, töten ist nicht schrecklich, aber jetzt weiß ich, wenn man andere tötet, tötet man auch sich selbst: Den Nerv, die lebendige Wurzel tötet man mit diesem Arsen, und danach ist man wie ein toter Zahn.

Trotzdem wollte ich noch ein wenig bleiben, hab mich durchgegaunert bis zuletzt, mich gewunden. Aber jetzt ist alles irgendwie im Lot. Mir ist ein wenig leichter, Ma. Und ich laufe nicht mehr davon.

Verfluch mich, wenn du willst, dass ich so mit dir umgehe.

Nie habe ich vor Prügeln so sehr Angst gehabt wie jetzt davor, dass du nicht mehr mit mir sprichst.

* * *

»Kommen Sie sie holen?«

»Ich … wollte noch mal schauen.«

»Was gibt's denn da zu schauen? Ihre Frist ist fast um, na gut, noch eine Woche. Ab dann wird gezahlt. Wika, komm her, mach ihm auf. Sehen Sie zu, sonst ergeht's ihr wie einer Obdachlosen, und wenn es die Stadt zahlt, wird das nicht üppig.«

Wika führte ihn durch die wohlbekannten Büros in den Kühlraum, rasselte mit dem Schloss, schob den Riegel beiseite, machte Licht: Nur eine Glühlampe ging an, der Quecksilberkolben zickte. Ilja zögerte auf der Schwelle: wusste nicht, wie er seine Mutter ansehen sollte, fürchtete sich vorm Abschied.

Er überwand sich.

Während dieser Tage hatte man einige der Toten geholt, andere gebracht, die Bahren verrückt wie Spielsteine auf einem Brett, und auch seine Mutter war an eine andere Wand geschoben worden.

Sie lag jetzt allein dort, gegenüber dem Eingang. Das warme Licht der alten Spirallampe fiel ihr direkt aufs Gesicht und wärmte es, machte es weich und rosig. Die Lippen, die ihm das letzte Mal zusammengepresst vorgekommen waren, sahen jetzt ruhig aus und schienen sogar ein wenig zu lächeln. Ihr Gesicht war Ilja zugewandt.

Er stand eine Weile da, dann beugte er sich zu ihr hinunter, berührte mit den Lippen ihre Stirn. Das Herz entkrampfte sich. Alles hatte sich geklärt. Mach's gut, Ma. Ich geh heim.

* * *

Der Minibus mit den getönten Scheiben stand immer noch vorm Haus, war sogar näher an seinen Eingang herangekrochen – und schlief nicht. Ilja ging daran vorbei, ohne sich zu verstecken. Er strich über die Knöpfe der Türsprechanlage, riss die Tür ganz weit auf. Stieg ohne Eile die Stufen hinauf, schaute, schnupperte.

Öffnete die Tür, zog sich aus, wusch die Hände, stellte die Kohlsuppe aufs Feuer. Es reichte gerade noch für einen Teller. Über die Woche war sie nicht sauer geworden, im Gegenteil – durchgezogen. Er schaltete die Glotze an, schaute die Nachrichten: »Life«, der Lieblingssender von Denis Sergejewitsch.

»In Moskau wurde ein Mitarbeiter der Rechtsschutzorgane ermordet. Bauarbeiter entdeckten die Leiche des Polizei-Majors mit Stichwunden heute auf dem Gelände der Manufaktur Trjochgorka. Die Ermittlungen laufen derzeit in verschiedene Richtungen …«

Er drehte leiser, begann zu löffeln.

Da schaute ihn Petja Chasin aus dem Fernseher an. Ein lachlustiges Foto in Farbe, ein Bild aus seinem Instagram-Leben. Ilja blieb die Brotkruste im Hals stecken: Und ich dachte, ich seh dich nie wieder, Chasin, wenn ich schon dein Telefon nicht mehr hab. Aber da bist du.

Dann erlosch Petja, und stattdessen wurde gezeigt, wie eine Reporterin mit einem roten Synthetikmikrofon an eine Eisentür klopfte. Es öffnete eine ältere Frau mit grauem, sich noch wellendem Haar, dunklen Augen wie zwei Brunnen, verwirrt. Sofort wollte sie die Tür wieder schließen, aber das Kameraobjektiv hatte sie schon eingefangen, melkte ihr Leiden.

Unten am Bildschirm der Titel: »Swetlana Chasina, Mutter des Getöteten«. Sie flüsterte etwas. So sah sie also aus. Ilja drehte den Ton auf null, damit sich ihre Lippen gänzlich lautlos bewegten.

Dann kam ein hochgewachsener Mann mit einem Pferdegesicht heraus, brauner Haarschopf – sein Gesicht war verzerrt, er drosch ausholend auf die Kamera ein, zog seine Frau zurück, schlug die Tür zu.

»Verzeihen Sie mir«, bat Ilja, aber der Fernseher funktionierte nicht in diese Richtung.

Wieder zeigten sie den unbeweglich lächelnden Petja in Farbe. Draußen vorm Fenster rumpelte es, wurde still. Stimmengebell setzte ein. Es klingelte.

Ilja schaute durchs Fenster. Vorm Haus stand eine Polizei-Wanne, ein blau-weißer Kleinbus, vorm Eingang drängten sich taubenblaue Joppen.

Zur Türsprechanlage ging er nicht.

Er holte die Pistole aus der Küchenschublade, betrachtete sie. Die »Makarow« war schwer und prall. Die Patronen matt, stumpf. Kleine Püppchen. Der gegossene Tod.

Er entsicherte sie.

Er ging ins Badezimmer, rief die Kakerlake, setzte sich auf den Wannenrand und schaute auf die Pistole. Wie schoss man richtig? In die Schläfe oder in den Mund?

In amerikanischen Filmen schossen sie sich immer in den Mund, in russischen in die Schläfe. Suworow traf eine Kugel in die Schläfe – und er überlebte, erblindete nur. Um zu überleben, fehlte Ilja die Kraft.

Die Klingel schrillte weiter, sägte an seinen Nerven.

Was bleibt denn, Ma? Verbiete es mir nicht, lass es. Wir treffen uns sowieso nicht, du siehst ja, was ich aufm Buckel hab. »Polizei!«, brüllten sie von unten. »Wohnung elf, aufmachen! Aber plötzlich, verstanden?«

Herrgott, wie ihr mich nervt! Ilja kickte gegen die Badezimmertür, lief in die Küche, riss das Fenster auf:

»Haut ab, verdammte Scheiße! Haut ab!«

Und knallte mit der »Makarow« in die Luft. Das krachte, tat den Ohren weh. Fluglahme Mülltauben stoben zum Himmel.

Er sank auf den Stuhl.

Die Bullen vorm Haus waren still geworden. Die Vorhänge blähten sich zu Segeln. Schneeflocken flogen herein.

Ilja steckte sich den Lauf in den Mund. Es roch nach Eisen und Öl, auf der Zunge wurde es sauer.

Nun los. Das Herz nahm Anlauf.

Er presste den Daumen – es klickte und verklemmte sich. Was für einen Dreck die herstellen. Er drückte noch einmal – umsonst. Sie ging nicht los.

»Na gut.« Hatte gebrannt, war durchgebrannt.

Er legte die »Makarow« in den Ausguss. Aß die Kohlsuppe zu Ende, dippte mit dem Brot den letzten Saft. Danke, Mama. Wusch das Geschirr ab. Schaumwasser floss auf die blöde Pistole. Er stellte das Geschirr in den Schrank.

Nach der schlaflosen Nacht legte sich die Müdigkeit über ihn wie eine Wattedecke. Tee hatte er nicht mehr kaufen können – womit sollte er wach werden? Schade wäre es, jetzt einzuschlafen. Er ging in sein Zimmer.

Mit den Fingern fuhr er über die Buchrücken. Setzte sich an den Tisch: Dort lag das Blatt Papier mit der weißen Seite nach oben.

Ilja drehte es um – seine unvollendete Studentenzeichnung, eine Illustration zur »Verwandlung«: halb Mensch, halb Insekt. Er suchte einen Bleistift, setzte sich hin, um sie fertig zu zeichnen. Wusste auch schon, wie. Es klappte nicht so gut. Er hatte den Griffel zu stark gedrückt, seine Hände gehorchten ihm kaum, der Strich war zu fett und ungenau. Ist doch keine Gefängniswandzeitung, verflucht.

Aber Ilja gab nicht auf: Er vollendete das Bild, solange die Zeit reichte.

Als sie die Tür eintraten, stand er nicht auf.

* * *

»Unter der angegebenen Adresse wohnte der vorbestrafte Bürger Gorjunow, der kurz zuvor aus dem Strafvollzug entlassen worden war. Beim Versuch, ihn zu verhaften, leistete er Widerstand, eröffnete mit Tötungsabsicht das Feuer auf die Mitarbeiter der Polizei. Zur Verstärkung trafen Spezialkräfte der Russischen Nationalgarde ein. Bei der Stürmung der Wohnung wurde der Täter liquidiert. Bei den Mitarbeitern der Rechtsschutzorgane gab es keine Verluste.«

»Danke, Alexander Antonowitsch. Das war der Pressesprecher der Russischen Nationalgarde für Moskau und das Moskauer Gebiet Alexander Antonowitsch Poljakow. Wir erinnern daran, dass Soldaten der russischen Nationalgarde heute in Lobnja einen gefährlichen Täter liquidieren konnten, der mutmaßlich hinter dem Polizistenmord in Moskau steckt. Und nun zu weiteren Meldungen.«

Der Fernseher sendete immer noch, als Ilja, durchlöchert von Granatsplittern, in ein Laken gewickelt aus der Wohnung getragen wurde. Er ähnelte ein wenig dem heiligen Sebastian.

Er und seine Mutter mussten auf Kosten der Stadtverwaltung beerdigt werden. Sie wurden getrennt begraben, in die Gräber steckte man Stäbe mit Schildern: Gorjunowa, Gorjunow. Dort steckten sie so lange, bis es Zeit war, alles dichter zu belegen.

Die Gorjunows kamen nur bis ins Jahr 2016, die Welt drehte sich weiter.

Nina brachte eine Tochter zur Welt. Es gibt Menschen, von denen bleibt etwas, und von anderen Menschen bleibt nichts.

GLOSSAR

14/88 – rechtsextremistisches Kürzel mit Bezug auf die »vierzehn Worte« des US-amerikanischen Rechtsextremisten David Eden Lane »Wir müssen die Existenz unseres Volkes und die Zukunft für die weißen Kinder sichern« sowie auf »Heil Hitler« (H ist der achte Buchstabe im Alphabet, 88 = Heil Hitler).

Christus-Erlöser-Kathedrale – 1883 als Nationalsymbol anlässlich des Sieges über Napoleon erbaut, 1931 unter Stalin zerstört, um einer geplanten Monumentalhalle Platz zu machen, die nie gebaut wurde; nach dem II. Weltkrieg Umwidmung der Fundamente für ein 1960 eröffnetes Freibad; 1995–2000 originalgetreuer Wiederaufbau.

Denkmal Fürst Wladimir – 2016 an der Moskauer Kremlmauer errichtete Bronze-Skulptur, gewidmet Wladimir I. Swjatoslawitsch (Wladimir dem Großen; etwa 960–1015), Großfürst von Kiew, der 988 das Christentum zur Staatsreligion der Kiewer Rus machte. Kritiker sehen in der Errichtung des Denkmals eine Machtdemonstration des russischen Präsidenten Wladimir Putin.

Die Nawka – Tatjana A. Nawka (geb. 1975), russische Eistänzerin, die seit 2015 mit Kreml-Sprecher Dmitri Peskow verheiratet ist.

Elektritschka – umgangssprachliche Bezeichnung für elektrisch betriebene Vorortzüge.

Haus an der Uferstraße – Wohngebäude unweit des Kremls, unter Stalin 1928–1931 gebaut als »Haus der Regierung«; von hier wurde zur Zeit des Großen Terrors Ende der 1930er-Jahre eine Vielzahl der Bewohner als »Volksfeinde« verhaftet und abtransportiert.

Krim nasch – Im Zuge der Annexion der Krim 2014 in Russland aufgekommener Slogan mit der Bedeutung »Die Krim gehört uns«.

Lubjanka – Platz im Moskauer Stadtzentrum und Synonym für das dort befindliche Gebäude, in dem der KGB von 1920 bis 1991 seine zentrale Verwaltung und ein berüchtigtes Gefängnis hatte, und das heute vom russischen Inlandsgeheimdienst FSB genutzt wird.

Roter Oktober – hier: Name einer ehemaligen Süßwarenfabrik in Moskau. Die Fabrik und umliegenden Gebäude an der Moskwa werden mittlerweile von Restaurants, Boutiquen, Clubs u.a. genutzt.

Suworow – Alexander W. Suworow-Rymnikski (1730–1800), russischer Generalissimus, der bei der Erstürmung der Festung Ismail 1790 im Russisch-Türkischen Krieg von einer Kugel in die Schläfe getroffen wurde.

Tretjakowka – umgangssprachlich für das Moskauer Kunstmuseum »Tretjakow-Galerie«.

Troika Russland – Metapher für das der Zukunft entgegenstürmende Russland, ursprünglich aus dem Roman »Tote Seelen« von Nikolaj Gogol.

Tscheburek – frittierte Teigtasche, meist mit Hackfleischfüllung, ursprünglich aus der Küche der Krimtataren (çüberek), in Russland als Fast Food auf der Straße käuflich.

Tschifir – in russischen Haftanstalten von Gefangenen zubereiteter Teesud mit berauschender Wirkung.

Tschubais – Anatoli B. Tschubais (geb. 1955), Politiker und Unternehmer, in den 1990er-Jahren führender und umstrittener Wirtschaftsreformer.

WDNCh – Abk. für »Ausstellung der Errungenschaften der Volkswirtschaft«, 1939 angelegtes Ausstellungsgelände in Moskau, dem später einer der größten Erholungsparks für Kultur- und Sportveranstaltungen angegliedert wurde.

Wint – Szenebegriff für Methamphetamin.